After Effects CS4
从入门到精通

郭圣路　宋怀营　等编著

電子工業出版社·
Publishing House of Electronics Industry
北京·BEIJING

内 容 简 介

　　After Effects CS4是Adobe公司推出的最新版本的视频合成编辑软件，功能比以前的版本更加强大。良好的通用性和易用性使它拥有越来越多的用户，尤其是随着DV的广泛运用和Web的日益发展，越来越需要一个得心应手的工具来合成和编辑视频，After Effects CS4成为首选。不管你是视频专业人士还是业余爱好者，使用After Effects CS4都可以编辑出自己中意的视频作品。

　　本书分为18章，内容讲解详细、案例丰富实用，适合各层次的读者阅读和使用，既可作为大、中专院校及培训机构的培训用书，也可以作为After Effects爱好者的参考用书。

图书在版编目（CIP）数据

After Effects CS4从入门到精通/郭圣路，宋怀营等编著.—北京：电子工业出版社，2009.6
ISBN 978-7-121-08666-3

Ⅰ. A… Ⅱ. ①郭… ②宋… Ⅲ. 图形软件，After Effects CS4 Ⅳ. TP319.41

中国版本图书馆CIP数据核字（2009）第059870号

责任编辑：姜　影　wuyuan@phei.com.cn
印　　刷：北京天竺颖华印刷厂
装　　订：三河市鑫金马印装有限公司
出版发行：电子工业出版社
　　　　　北京市海淀区万寿路173信箱　邮编：100036
　　　　　北京市海淀区翠微东里甲2号　邮编：100036
开　　本：787×1092 1/16　印张：22.5　字数：570千字
印　　次：2009年6月第1次印刷
定　　价：40.00元

凡所购买电子工业出版社图书有缺损问题，请向购买书店调换。若书店售缺，请与本社发行部联系，联系及邮购电话：（010）88254888。
质量投诉请发邮件至zlts@phei.com.cn，盗版侵权举报请发邮件至dbqq@phei.com.cn。
服务热线：（010）88258888。

前　言

After Effects CS4是全球最著名的视频编辑软件之一。使用它可以合成和制作电影、DV、栏目包装、字幕、网络视频、演示等，另外，还可以使用它编辑音频内容。计算机硬件的不断升级以及After Effects CS4强大的功能和易用性，已经使其博得了全球很多用户的青睐。据报道，全球大多数的视频编辑师在使用After Effects CS4进行视频编辑工作，比如在传统的影视剧编辑领域、电视台广告制作、个人DV制作等方面。另外在相关方面的视频演示方面After Effects CS4也有着广泛的使用，比如电子教案制作。

随着网络的发展和普及，很多制作网页和在线内容的制作人员也在使用After Effects CS4进行设计，因为它的功能是其他软件所不能比拟的，比如大家在网页上常见的GIF动画以及网络视频电影等。与时俱进，Adobe公司非常重视After Effects CS4在网络中的应用，增加了After Effects CS4在网页上发布影像的功能。后来还增加了与其他软件的整合功能，比如与Adobe Premiere Pro和其他第三方插件的整合。这使得After Effects CS4的功能愈加强大，用户数量也在不断增加。

在After Effects CS4中，可以很方便地处理视频和音频内容，可以很容易地合成、拼接、裁剪和输出这些内容。需要的调整或者编辑工具都可以在After Effects CS4中找到。另外，还可以在After Effects CS4中处理位图图形，并可以实时地转换它们，也就是说在After Effects CS4中可以把一种图形文件转换为其他格式的图形。当然使用它也可以把一种视频文件输出为其他各种格式的视频文件。因此使用After Effects CS4可以极大地提高工作效率。

全书分18章。首先介绍After Effects CS4的基本操作和工具，其次介绍一些基本的应用，接下来介绍的是稍微高级一些的内容。在内容介绍上，从初级读者的角度出发，概念介绍非常清楚，选择的实例都比较简单、实用，这样可以使读者很容易地进行操作，更好地帮助读者掌握所学的知识。

本书在内容介绍上由浅入深，结构清晰，并配有相应的实用案例介绍，适合初级和中级读者阅读和使用。希望本书能够帮助读者学习并掌握After Effects CS4。如果达到这样的目的，我们将不胜欣慰。

系统要求

下面介绍一下使用After Effects CS4的系统要求。

- 操作系统：Windows XP SP3或者Windows Vista。
- 处理器：Intel Pentium 4处理器及以上（HDV编辑需要支持超线程技术的Pentium 4 3GHz处理器。HD编辑需要双Intel Xeon&#8482 2.8GHz处理器）。
- 内存：DV编辑需1GB内存，HDV和HD编辑需2GB内存。
- 硬盘：安装需要1GB可用硬盘空间，对于内容，需要6GB可用硬盘空间，DV和HDV编辑需要专用7200RPM硬盘驱动器；HD编辑需要条带式磁盘阵列存储设备（RAID 0）。

- 声卡：Microsoft DirectX兼容声卡。
- 光驱：DVD-ROM驱动器。
- 显卡：1280×1024 32位彩色视频显示适配器。
- 其他附件：DV和HDV编辑需要OHCI兼容IEEE 1394视频接口（HD编辑需要AJA Xena HS卡）。

关于读者对象

本书适合那些想学习After Effects CS4的读者朋友阅读和使用。适合于初、中级读者，以及想进一步提高制作水平的朋友，也可以作为相关培训机构和大、中专院校相关专业的教材。

一点说明

本书是以After Effects CS4英文版为基础进行编写的，为了考虑那些英文基础水平不是很好的读者学习，我们适当添加了中文注释，这样也便于使用After Effects CS4的读者阅读和使用。

给读者的一点学习建议

根据很多人的经验，学习好After Effects CS4必须掌握有关基本操作，就像学习数学一样，先要从加减乘除开始学起。如果基础知识掌握不好，那么就很难制作出非常精美的作品。根据这一体会，本书介绍的基础知识比较多，为的是让读者掌握好这些基本功，为以后的制作打下良好的基础。After Effects CS4涉及的领域比较多，本书介绍的内容比较多，希望读者耐心地阅读和学习，多操作，多练习，多尝试，不要怕出错误。一时出现解决不了的问题或者不明白的问题都是很正常的，只要认真分析和研究一定会得到解决的。

特别感谢

在此，特别感谢电子工业出版社和美迪亚电子信息有限公司的领导和编辑，正是在他们的大力支持与帮助之下，本书才得以成功出版。

本书作者

参加本书编写的基本上都是一线的制作人员或者幕后的技术支持人员，对After Effects CS4非常精通。本书由郭圣路策划编写，参加编写的人员有王光兴、宋怀营、吴战、苗玉敏、刘国力、白慧双、杨岐朋、芮红、王德柱、韩德成、尚恒勇、袁海军、张荣圣和仝红新等。

由于作者水平有限，编写时间仓促，书中难免有不当之处，望广大读者朋友和同行批评和指正。

为了方便读者阅读，若需要本书配套资料，请登录"华信教育资源网"（http://www.hxedu.com.cn），在"下载"频道的"图书资料"栏目下载。

目　　录

<V>

<VI>

<VII>

<VIII>

<IX>

第1章　After Effects CS4基础

使用After Effects CS4软件可以帮助用户高效、精确地创建五彩缤纷的动态图形和视觉效果。利用与其他Adobe软件的紧密集成、高度灵活的2D和3D合成，以及数百种预设的效果和动画，可以为电影、视频、DVD和Macromedia Flash作品增添令人耳目一新的视觉效果。

本章主要介绍下列内容：

※　After Effects CS4简介

※　After Effects CS4常用图像文件格式介绍

※　常用影视术语简介

※　安装与卸载After Effects CS4

1.1　After Effects CS4简介

After Effects CS4是Adobe公司2008年底最新推出的影视合成编辑软件。After Effects CS4是一款非常优秀的视频合成编辑软件，能对视频、声音、动画、图片、文本进行编辑加工，并生成最终的电影文件。另外，After Effects CS4软件以其优异的性能和广阔的发展前景，成为一把打开视频创作之门的钥匙。用户可以使用它随心所欲地对各种视频图像、动画进行合成加工，也能对音频做进一步的处理，还可对视频格式进行各种转换。

After Effects CS4它是专门为电影和视频制作标题序列的软件，并被广泛应用于电视台、电视广告、CD-ROM和DVD、网页动画以及更多的领域。After Effects最突出的特点是用户可以制作单个的项目，然后把它输出为各种格式来支持视频、电影、CD-ROM、DVD或网页中应用的内容。

用户可以像艺术家创作素描或油画那样使用After Effects CS4制作运动图像（moving images）。After Effects CS4可以使用户在图像、声音和运动素材之间创建联系，还可以在屏幕上的特定位置放置图像，通过移动或者改变它们的特征（如不透明度，大小和旋转）来制作动画。同样，After Effects具有使音频和移动图像同时播放的功能。

After Effects CS4在多媒体制作领域有着举足轻重的角色，它兼顾了广大视频用户的不同需求，提供了一个低成本的视频合成编辑方案，其特点包括：

（1）使用非线性编辑功能进行即时合成。

（2）特效的运用，使用运动控制使任何静止或移动的图像沿某个路径飞翔，并具有扭转、变焦、旋转和变形效果。具有更加丰富的生产和创作选择，支持插件滤镜，包括那些与Photoshop兼容的插件滤镜。

（3）更有效地节省时间，使用预置来简化对输出、压缩和其他任务的关键选项的设置。

（4）可将在3ds Max、Maya等三维软件中制作的原始动态影像导入到After Effects中，并在其中加以剪辑合成，让非线性的剪辑作业在PC平台上得以实现，弥补3ds Max动画合成能力的不足。

（5）支持多种音频格式，包括Mid、Wav、MP3等，可使用户很容易找到自己需要的音乐素材，并将其应用到自己制作的电影中。

（6）具有与其他软件整合的功能，比如Photoshop、Premiere Pro和Illustrator等。

1.2　After Effects CS4的应用领域

由于After Effects CS4的合成功能非常强大，因此被应用于很多的领域，包括影视制作、商业广告、DV编辑和网络动画等，如图图1-1至图1-5所示为After Effects CS4在部分领域中的应用。

图1-1　影视合成

图1-2　片头包装

图1-3　特效制作

图1-4　字幕制作

图1-5　DV编辑

另外，After Effects CS4在其他领域也有应用，比如合成影像与声音、编辑音乐和编辑网络动画等，在此不再一一介绍。

1.3 After Effects CS4的新增功能

比起以前版本，After Effects CS4不仅在窗口布局上做了改变，最重要的还是功能上的提高，这些新增功能可使用户更加方便地制作或编辑出需要的合成效果。

1. 重新设计统一用户界面

After Effects CS4具有全新设计的流线型工作界面，总体布局感觉非常舒服，并且界面元素可以随意组合和泊靠，如图1-6所示。

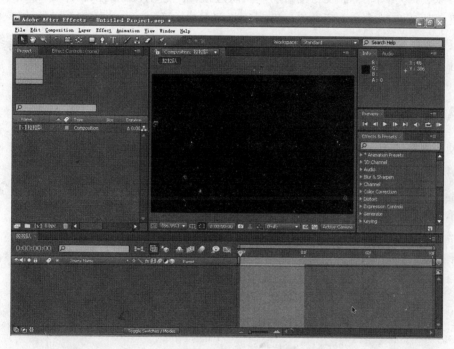

图1-6 新工作界面

2. 新增加的灯光线框图标

在After Effects CS4中新增加了灯光线框图标，如图1-7所示，这样可以便于我们更加容易地使用和调整灯光。

3. 新增加了对象居中、水平与竖直翻转功能

在After Effects CS4中，可以将对象进行水平方向或者竖直方向的翻转，从而便于对视频节目的编辑工作，如图1-8所示。

图1-7 新的灯光线框图标

图1-8 水平翻转效果

4. 新增加的跟踪插件Mocha

After Effects CS4中新增加了跟踪插件**Mocha**，使用该插件可以进行更加出色地运动跟踪。

5. 调整了摄像机工具

在After Effects CS4中整合了摄像机工具，这样更加便于我们的使用，从而可以制作出更加绚丽的视频效果。

另外，还增加了合成面板的导航条、自动分辨率选项、卡通特效、迷你合成流向图、鼠标中建平移工具、时间线面板的搜索功能、双边模糊、运动模糊的快门角度控制、将文字转换为遮罩或其他图形等十几项功能。同时增加了与**Flash**和**Premiere**的整合功能，还增加了一种新的渲染输出格式——F4V。对于这些内容，由于本书篇幅有限，我们不再一一详细介绍。这些改进和新增功能可以使我们使用起来将会更加得心应手，使我们如虎添翼。

1.4　After Effects CS4的安装及卸载

在使用After Effects CS4之前，需要把它安装到计算机上。对于初学者而言，After Effects CS4的安装与卸载过程需要介绍一下，以便于使用它。

（1）把安装盘放进电脑的光驱中，也可以把安装程序复制到电脑的磁盘上，然后打开After Effects CS4的安装程序文件，如图1-9所示。

图1-9　安装程序

（2）在程序安装窗口中双击**Setup**安装图标，打开安装进度对话框，该对话框显示初始化进度，如图1-10所示。

（3）初始化完成将会打开如图1-11所示的对话框。在该对话框中输入安装序列号后才能进行后面的安装。读者也可以选择对话框右侧的"我想安装并使用Adobe After Effects CS4的试用版"来安装试用版本，这样就不必输入序列号了。

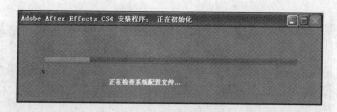

图1-10 安装进度对话框

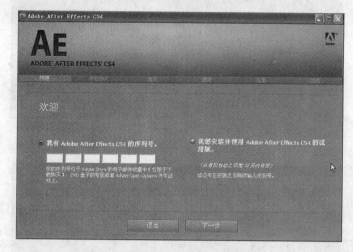

图1-11 输入安装序列号对话框

（4）单击"下一步"按钮，打开如图1-12所示的安装程序对话框，在该对话框中需要选择许可协议。

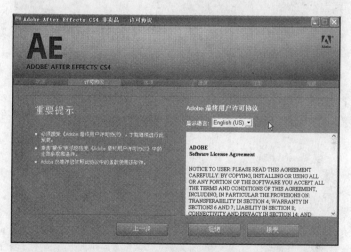

图1-12 许可协议对话框

（5）可以单击"显示语言"右侧的下拉按钮，从中选择English（US），或者自己需要的语言类型，然后单击"接受"按钮，打开如图1-13所示的对话框。

（6）设置好需要的选项之后，单击"安装"按钮，打开如图1-14所示的安装进度对话框。

（7）安装完成后，将会打开如图1-15所示的提示对话框。

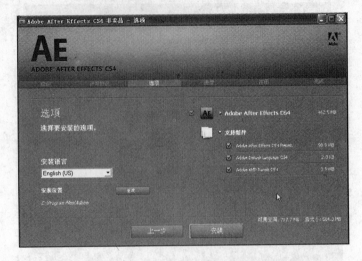

图1-13 打开的选项对话框

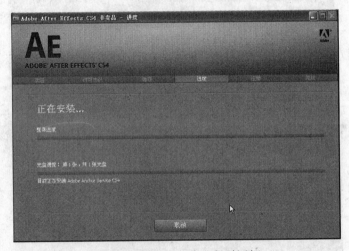

图1-14 打开的安装进程对话框

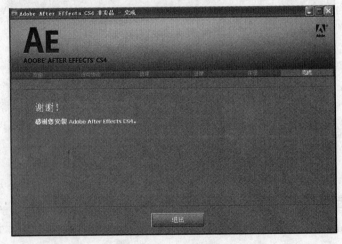

图1-15 打开的安装完成提示对话框

（8）进行注册。注册方法在安装程序中一般都有介绍，读者也可以在因特网上查找到注册方法。

因为After Effects CS4所占用的硬盘空间比较大，因此，在不再使用时，可以很轻松地把它从计算机上卸载掉。与卸载其他软件的方法相同，在"控制面板"里打开"添加或删除程序"对话框，选中"Adobe After Effects CS4"，如图1-16所示，然后单击"更改/删除"按钮即可把After Effects CS4卸载掉。

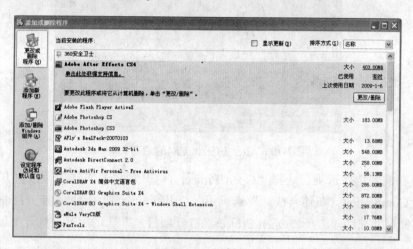

图1-16　"添加或删除程序"窗口

1.5　After Effects CS4的启动与关闭

如果要启动After Effects CS4，只需用鼠标单击左下方的"开始"按钮，然后选择"程序→Adobe After Effects CS4"即可，如图1-17所示。

也可以在桌面上创建一个快捷图标，然后双击该图标即可打开After Effects CS4，其图标如图1-18所示。

图1-17　启动After Effects的操作

图1-18　After Effects CS4的快捷图标

启动After Effects CS4后，即可在桌面上打开After Effects CS4的开始界面，如图1-19所示。

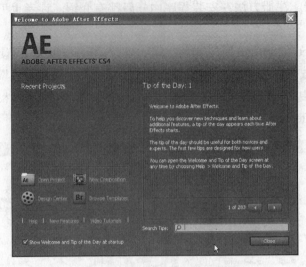

图1-19 After Effects CS4的启动界面

可以根据需要选择选项。选择"Open Project（打开项目）"选项可以打开新的项目，选择"New Compostion（新建合成）"选项可以打开新的合成项目，选择"Help（帮助）"选项可以打开帮助文件。选择"Open Project（打开项目）"选项后就会打开如图1-20所示的工作界面。

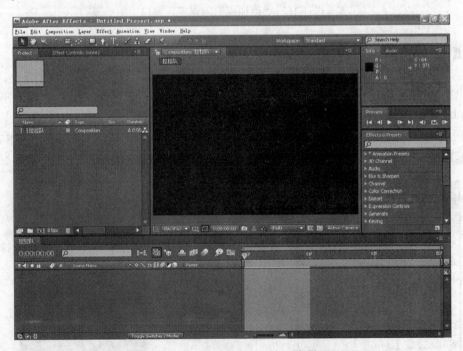

图1-20 After Effects CS4的工作界面

如果想退出After Effects CS4，只需要单击工作界面右上角的关闭按钮区即可。如果已经创建了新的项目，那么在关闭之前会打开一个对话框询问是否保存该项目，如图1-21所示。单击"Yes"按钮则进行保存，单击"No"按钮则不进行保存，单击"Concel"按钮则退出该对话框。

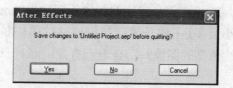

图1-21 打开的对话框

在创建完成一个文件后退出After Effects CS4时，一定要先保存文件，快捷键是Ctrl+S，然后单击关闭按钮🗙即可退出After Effects CS4。

1.6 After Effects CS4可支持的文件格式简介

After Effects CS4支持很多的图片、视频和音频文件，常用的文件格式总共有以下几种。

1. GIF格式

一种非常流行的Web文件格式，通常用于Web上使用的广告条、卡通动画、按钮和简单的动画图像。GIF是Graphics Interchange Format的缩写。Animated GIF（动画GIF）图像可使网页生动活泼。

2. BMP格式

BMP格式是微软Windows应用程序所支持的，特别是图像处理软件，基本上都支持BMP格式。BMP格式可简单分为黑白、16色、256色、真彩色几种格式，其中前3种有彩色映像。在存储时，可以使用RLE无损压缩方案进行数据压缩，既节省磁盘空间，又不会有损任何图像数据。

3. JPG格式

JPG是JPEG的缩写，它几乎不同于当前使用的任何一种数字压缩方法，无法重建原始图像。JPG利用RGB到YUV色彩的变换，以存储颜色变化的信息为主，特别是亮度的变化，因为人眼对亮度的变化非常敏感。只要重建后的图像在亮度上有类似原图的变化，对于人眼来说，它看上去将会非常类似于原图，因为它只是丢失了那些不会引人注目的部分。

4. PSD格式

PSD格式是Photoshop中的一种文件存储格式。PSD格式采用了一些专用的压缩算法，在Photoshop中应用时，存取速度很快。After Effects作为Adobe公司的又一产品，和Photoshop有着密切的联系。在制作字幕、静态背景和自定义的滤镜时，图像存为PSD格式在交换时较为方便。

5. PIC格式

PIC格式是PICT的缩写，是用于Macintosh Quick Draw图片的格式，全称为Quick Draw Picture Format。如果需要将一列After Effects图像输入到支持PICT的程序中，就选择使用这种格式。

6. PCX格式

PCX格式最早是Zsoft公司的PC Paintbrush图像软件所支持的图像格式，它的历史较长，是一种基于PC机绘图程序的专用格式。PCX得到广泛的支持，在PC上相当流行，几乎所有的图像类处理软件都支持它。Zsoft由一个专门的图像处理软件PhotoFinish来管理。它的最新版本支持24位彩色，图像大小最多达64K像素，数据通过行程长度编码压缩。对存储绘图类型的图像（例如大面积非连续色调的图像），合理而有效；而对于扫描图像和视频图像，其压缩方法可能是低效率的。

7. FLC/FLI格式

Autodesk公司的一种Flic动画格式，是为Autodesk Animator和Animator Pro设计的。

8. Amiga IFF Sequence格式

为Amiga计算机设置的一种应用格式。

9. Filmstrip格式

Photoshop幻灯影片格式含有一列可以在Photoshop中生成的动画图像。这是一种含有多个图像的简单文件。

10. Targa Sequence格式

这是一种在含有Targa硬件的PC上使用的图像文件格式，也广泛用于扫描仪和图形处理软件。

11. TIF格式

由Aldus公司（1995年被Adobe公司收购）和Microsoft联合开发的TIF文件格式，最早是为了存储扫描仪图像而设计的。它的最大的特点是与计算机的结构、操作系统以及图形硬件系统无关。它可处理黑白、灰度、彩色图像。在存储真彩色图像时和BMP格式一样，直接存储RGB三原色的浓度值而不使用彩色映射（调色板）。对于介质之间的交换，TIF称得上是位图格式的最佳选择之一。

12. SGI Squence格式

这是一种在SGI计算机工作站上使用的文件格式。一般只有科学设备或者视觉效果设备中使用。

13. QuickTime格式

这是苹果公司开发的一种格式，它是一种用于分布电影的跨平台标准格式。QuickTime是一种"容器"文件，它可以含有各种类型的音频、电影、Web链接和其他数据。对于使用After Effects的数字艺术家而言，这种格式可能是最有用的格式。

14. Pixar Sequence格式

一种在专业的电影和电视制作软件中使用的文件格式。

15. Photoshop Sequence格式

使用这种格式可以将单个文件或者一列图像输出到Photoshop。

16. MP3格式

一种在Web上和个人音频播放器上广泛使用的音频文件格式。

17. Cineon Sequence格式

一种由Kodak公司开发的Cineon文件格式，在专业电影视觉效果中使用标准文件格式。

18. Electric Image IMAGE格式

Electric Image是一种3D动画程序包。IMAGE文件也可以作为纹理贴图使用。

1.7 线性编辑与非线性编辑

现在，视频编辑已经从早期的模拟视频的线性编辑跨步到数字视频的非线性编辑，这对于编辑工作而言是一种质的飞跃。

1.7.1 线性编辑

在传统电视节目制作中，电视编辑是在编辑机上进行的。所谓线性编辑，实际上就是让录像机通过机械运动使磁头模拟视频信号顺序记录在磁带上，编辑人员通过放像机选择一段合适的素材，然后把它记录到录像机的磁带上，然后再寻找下一个镜头，接着进行记录工作，通过一对一或者二对一的台式编辑机（放像机和录像机）将母带上的素材剪接成第二版的完成带，其特点是在编辑时必须按顺序找寻所需要的视频画面。用这种编辑方法插入与原画面时间不等的画面或者删除视频中某些不需要的片段时，由于磁带记录画面是有顺序的，无法在已有的画面之间插入一个镜头，也无法删除一个镜头，除非把这之后的画面全部重新刻录一遍；这中间完成的诸如出入点设置、转场等都是模拟信号到模拟信号的转换，转换的过程就是把信号以轨迹的形式记录到磁带上，所以无法随意修改；当需要在中间插入新的素材或改变某个镜头的长度等操作时，整个后面的内容就需要重新来做。从某种意义上说，传统的线性编辑是低效率的，常常为了一个小细节而前功尽弃，或以牺牲节目质量作为代价省去重新编辑的麻烦。鉴于传统线性编辑存在很多缺陷，现在已逐渐不再被使用。

1.7.2 非线性编辑

非线性编辑是相对于线性编辑而言的。所谓非线性编辑，就是应用计算机图像技术，在计算机中对各种原始素材进行各种反复的编辑操作而不影响质量，并将最终结果输出到计算机硬盘、磁带、录像机等记录设备上的一系列完整的工艺过程。现在的非线性编辑实际上就是非线性的数字视频编辑。它利用以电脑为载体的数字技术设备完成传统制作工艺中需要十几套机器才能完成的影视后期编辑合成以及其他特技的制作，由于原始素材被数字化存储在计算机硬盘上，信息存储的位置是并列平行的，与原始素材输入到计算机时的先后顺序无关。这样，可以对存储在硬盘上的数字化音频素材进行随意的排列组合，并可以在完成编辑后方便快捷地随意修改而不损害图像质量。非线性编辑的优势即体现在这里，它实质上就是把胶片或磁带的模拟信号转换成数字信号存储在计算机硬盘上，然后通过非线性编辑软件的反复编辑后一次性输出。下面是一幅非线性编辑的图示，可以在不同的视频轨道上添加或者插入其他的视频剪辑，如图1-22所示的是在Adobe公司开发的另外一款非线性编辑软件Prencere中的Timeline窗口。

非线性编辑原理是利用系统把输入的各种视频和音频信号进行从模拟到数字（A/D）的转换，并采用数字压缩技术把转换后的数字信息存入计算机的硬盘而不是录入磁带。这样，非线性编辑不用磁带而利用硬盘作为存储媒介来记录视频和音频信号。由于计算机硬盘能满足任意一张画面的随机读取和存储并能保证画面信息不受损失，这样就实现了视频、音频编辑的非线性。现在所要做的就是如何去创作作品，如何发挥想像力，再也不用受线性编辑的限制了。

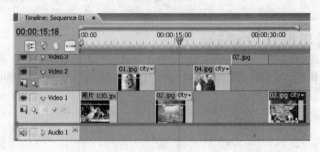

图1-22　在Premiere的Timeline窗口中可以随意插入剪辑片段

　　非线性编辑系统的进步还在于它的硬件高度集成和小型化，它将传统线性编辑在电视节目后期制作系统中必备的字幕机、录像机、录音机、编辑机、切换机和调音台等外部设备集成于一台计算机内，用一台计算机就能完成这些编辑工作，并将编辑好的视音频信号输出。能够编辑数字视频数据的软件成为非线性编辑软件，如Adobe公司的最新版本的视频软件Premiere Pro，便是一款理想的非线性编辑软件。

1.7.3　非线性编辑的优点

　　非线性视频编辑是对数字视频文件的编辑和处理，与计算机处理其他文件相同。在计算机的软件编辑环境中可以随时随地、多次反复地编辑处理而不影响质量。非线性编辑系统在编辑过程中只是对编辑点和特技效果的记录，因此编辑过程中任意的修剪、复制或调动画面前后顺序都不会引起画面质量的下降，这样便克服了传统线性编辑的弱点。

　　目前，非线性编辑软件还可以对采集的文件素材进行实时编辑预览，在剪辑时可以通过监视器实时监看，实现所见即所得。另外，非线性编辑系统功能集成度高，设备小型化，可以和其他非线性编辑系统甚至个人电脑实现网络资源共享，大大提高工作效率。随着计算机软、硬件技术的快速发展，非线性编辑系统的价格正在不断下降。原本需要昂贵专用设备的视频编辑制作，现在只需要一台计算机和一套Premiere即可完成，视频编辑真正步入了大众家庭。

1.7.4　非线性编辑的应用

　　随着非线性编辑的普及，线性编辑将被淘汰。一个影片节目的完成是编导的艺术概念加上剪辑工具来实现的，非线性编辑就是节目制作的必用工具，它是把编导的想法变为现实的途径。所以全面理解和灵活掌握非线性编辑，对从事编辑工作具有重要意义。

　　非线性编辑系统一般可以分为三类。

　　（1）娱乐类，主要面对家庭用户和个人爱好者。

　　（2）准专业类，主要面对小型电视台、专业院校、中小型广告公司和商业用户等。

　　（3）专业级配置，主要面对大中型电视台和广告公司等。

　　其软、硬件组成一般有下面几种：

　　（1）板卡。

（2）接口，可以通过1394接口、USB、复合视频或S端子等进行采集，视频输出也多采用复合视频或S端子。

（3）格式，可将视频直接采集成MPEG-2文件或用于刻录CD、VCD、SVCD或DVD。

（4）软件，自带视频软件功能简单，非常实时，虽然信号质量不错，但后期处理能力较差。专业类软件，功能齐全，而且处理能力比较强大。

在专业的非线性编辑当中，还可以分为单机非线性编辑、网络非线性编辑、移动非线性编辑和流媒体非线性编辑等。可见非线性编辑的种类在逐渐增多，因此有越来越多的专业人士和非专业人学习Premiere。

1.8 常用视频术语简介

1. 素材

一部电影或者视频节目中的原始素材。它们可以是一段电影、一幅静止图像或者一段声音文件，也有人称之为剪辑。

2. 帧

有人称之为画面。电视、影像和数字电影中的基本信息单元。在北美，标准剪辑以每秒30帧的速度进行播放。欧洲国家则以每秒29.97帧的速度进行播放。

3. 关键帧

指的是关键画面或者主要画面，关键帧之间的部分称为中间帧。

4. 位深

在计算机中，位是信息存储的最基本单位。介绍物质的位使用得越多，其介绍的细节就越多。位深表示设置在一边的位的数值，其作用是来介绍一个像素的色彩。位深越高，图像包括的色彩就越多，这可以产生更精确的色彩和质量较高的图像。例如，一幅存储8位色的图像可以显示256色，一幅24位色的图像可以显示大约1677万色。

编辑数字视频包括存储、移动和计算大量的数据。许多个人计算机，特别是运算速度慢的计算机，则不能处理大的视频事件或者未经压缩的数字视频事件。使用压缩来降低数字视频的数据速率到一个用户的计算机系统可以处理的范围。当捕捉源视频、预览编辑、播放Timeline和输出Timeline时，压缩设置是很有帮助的。在许多情况下，用户确定的设置并不一定适合所有的情况。

5. 压缩

用于重组或删除数据以减小剪辑文件尺寸的特殊方法。如需要压缩影像，可在第一次获取到计算机时进行或者在After Effects中编译时再压缩电影，分为暂时压缩、无损压缩和有损压缩。

6. 合成

合成（compositing）是一个把图像、电影素材、动画、文本或声音等多种原始资料合并在一起的过程。和Photoshop类似，After Effects使用层（层的堆栈，既把一个层放置在另一个层的上面）来创建合成。合成可以简单到只用两个层，也可以复杂到使用上百个层。After

Effects具有很强的功能，可使用alpha通道支持复杂的遮罩。

7. 项目

After Effects项目就是一个作品文件，它包含作品中所需要的全部图像、视频和音频文件的引用。引用是指在硬盘上的文件位置的指针。After Effects使用引用而不把图像、视频和音频文件复制到项目文件中。项目知道到哪里找到需要的文件，因为After Effects会自动创建每个文件的引用作为项目设置过程的一部分，这样可以节省大量的磁盘空间。

8. 镜头

在实拍的电影中，镜头是用于拍摄电影的摄像机的一个视点。在After Effects中，可以对镜头作同样的理解。用户可以创建同一镜头的多个版本，并把所有的镜头保存在一个项目文件中。也有人称之为分镜头。

9. 矢量图形

矢量又叫向量，是一种基于数学方法的绘图方式，用矢量方法绘制出来的图形叫做矢量图形。矢量图形可任意放大而不会在图像边缘出现锯齿状的效果。After Effects CS4支持矢量图形。

10. 位图

位图图形是由屏幕上的无数个细微的像素点构成的，所以位图图形与屏幕上的像素有着密不可分的关系，图形的大小取决于这些像素点数目的多少，图形的颜色取决于像素的颜色。位图放大后会在图像边缘出现锯齿状的效果，如图1-23所示。

图1-23　矢量图形放大后的效果（左），位图图形放大后的效果对比（右）

11. 动画

"动画"这个词来源于拉丁文anima，意思是"生命"或"灵魂"。把静止的图像按特定的顺序排列，然后用非常快的连续镜头依次变换它们就可以让它们看起来是运动的。也有人称之位运动的图像或者运动图像。

小知识：为什么动画可以让静止的图像看起来是运动的

人类的眼睛就像一个传感器（sensors），它们能够使图像保留一会儿。盯着一个高对比度的图像一会儿，然后闭上眼睛，将会看到一个朦胧的图像。这叫做"视觉暂留"或视觉的"暂停效果"。这款计算机软件的名称After Effects就来源于这个感觉现象。

动画的全部奥秘是有一系列相关联的图像并把它们快速移动以至于眼睛无法意识到分离图像的区别。克服图像显示出分开的倾向需要每秒钟放24幅单独的图像，这样就能获得连续运动的视觉效果。

注意：对于初学者而言，不要为上面这些术语所吓倒或迷惑。在掌握了After Effects CS4的基本操作之后，返回来再看这些内容就会觉得简单了。建议读者多阅读一些有关于影视和DV制作方面的书籍，以便了解更多专业的知识。

1.9　工作流程

这一部分内容简要地介绍影片后期制作的常识，给影视制作及DV爱好者一个初步的印象，以方便用户使用After Effects制作节目，这些内容在以后的章节还要进一步的介绍。大家都知道，After Effects的主要技术应用就是进行影片及DV的后期合成制作。电视节目和电影一样，都强调后期制作的重要性，因为使用传统方式制作的很多好的影片都是通过剪辑师对胶片的剪辑"挽救"出来的。为了取得制作上的成功，一个好的影视编辑必须掌握有关节目编排的基础知识和基本技巧。

一般来说，通过计算机进行的后期制作，包括把原始素材编织成影视节目所必需的全部工作。主要包括了以下几个步骤，如图1-24所示。

另外，对于有些读者而言，参考和使用下列更具体的工作流程可能会更加形象一些，如图1-25所示。

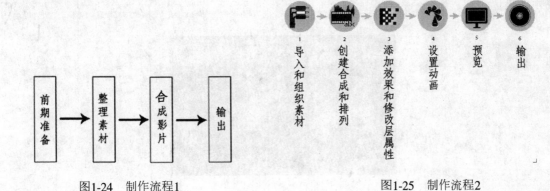

图1-24　制作流程1　　　　　　　　　　图1-25　制作流程2

（1）前期准备

在该过程中，包括编写剧本、绘制故事板及为影片制作拍摄计划等。故事板的简略图如图1-26所示。

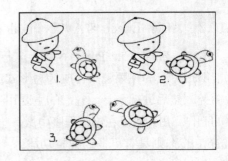

图1-26　故事板

（2）整理素材

所谓素材指的是用户通过各种手段得到的未经过编辑（或者称剪接）的视频和音频文件，把它们都转换成数字化的文件。制作影片时，需要将拍摄到的胶片中包含声音和画面图像的文件输入计算机，转换成数字化文件后再进行加工处理。

（3）把素材编辑成节目

将实拍到的分镜头按照导演和影片的剧情需要组接剪辑，要选准编辑点，才能使影片在播放时不出现闪烁。在After Effects CS4的合成面板中，可按照指定的播放次序将不同的素材组接成整个片段，并将素材精准衔接。

（4）输出

最后根据需要把编辑或者合成好的影片或DV输出到磁带、光盘或者其他存储设备中。

1.10 After Effects与其他相关软件的关系

After Effects是一款比较不错的视频合成软件，同时还有几款与之类似的合成软件，也具有很强的合成功能，比如Photoshop、Premiere、Avid、Final Cut Pro和Macromedia Flash、3ds Max和Maya等。下面简要介绍一下它们的区别。

1.10.1 After Effects和Photoshop的关系

Photoshop是专门用于编辑静止图像的。如果用户的项目需要高质量的静止图像，Photoshop可能是目前最好的工具。在After Effects项目中使用Photoshop图像可以得到很好的效果，所以许多人同时使用Photoshop和After Effects。区别这两个工具的一个好的原则是，Photoshop最适合于编辑静止图像，而After Effects最适合于编辑动画图像。但是，在After Effects中使用的一些静止图像可以在Photoshop中进行编辑和处理。如图1-27所示为使用多种软件制作的视频效果。

图1-27 使用多种软件制作的电视片头

1.10.2 After Effects与Avid, Final Cut Pro和Premiere的关系

Avid, Final Cut Pro（苹果电脑上使用的软件）和Premiere都是非线性编辑工具。它们都能够把完成的视频镜头合成为短形式或者长形式的电影，也可以说是把原始素材中的内容裁剪掉，然后进行合并。它们的主要用途并不是创建帧到帧的动画、复杂的标题效果或者特效的制作。用户可以在这些程序中做一些类似的工作，但是在创建专业动画和运动图像方面，After Effects则具有更多的独特功能。

1.10.3 After Effects与Flash的关系

和After Effects一样，Flash是合成静止图像、视频（动画）、声音的工具。它还能通过自身的脚本语言Action Script创建交互式表演，而After Effects没有Action Script，只能编辑动画和声音。Flash使用矢量图和位图写文件，而After Effects则完全使用位图写电影文件，即使电影中含有矢量图形。矢量图形由数学上的线和形状组成的，而位图则是使用像素生成的。矢量图形的优势在于它有非常清晰和干净的外观，而位图图形由于有阴影、渐变、发光和模糊，从而看起来更真实。

另一个重要区别是**After Effects**可以在任何分辨率下进行渲染，而且都可以以高的分辨率进行渲染！与**Flash**相比，它具有更多复杂的效果和关键帧控制。用户可以把**After Effects**的序列输入**Flash**中，但**After Effects**不能提供像**Flash**那样的交互式功能。另外，**Flash**是基于时间的，而**After Effects**是基于帧的。这就使得在**After Effects**中可以非常容易地改变时间，并可以把它从两秒钟拉长到两分钟而不丢失任何的动画联系，但在**Flash**中无法这样做。

1.10.4　After Effects与3ds Max和Maya的关系

在**After Effects**中进行合成的素材除了一部分是使用摄像机拍摄的之外，有的素材还可以借助于一些动画制作软件来进行完成，比如3ds Max和Maya。在3ds Max和Maya中制作的动画素材可以直接导入进**After Effects**进行编辑，常见的一些电视片头一般都是借助于这几种软件来制作的。

1.10.5　一般还需要哪些其他的工具

如果用户使用**After Effects**制作网页动画，那么只需要一个图像扫描仪或者一台数码相机和一台计算机。对于一个视频项目，用户需要合适的硬件以便选择适合的视频系统。对于运动图像和电影项目则要求使用外部设备把电影素材转换为数字形式并把最终的项目输出记录到电影上。

用户可能创建的媒体类型还需要其他的软件工具。在**After Effects**中可以输入多种不同的文件格式，允许用户使用多种类型的计算机图形，例如位图（比如从**Photoshop**中导入的），矢量图形（比如从**Illustrator**中导入的），或3D内容（比如从3ds Max中或Maya中导入的）。虽然用户可能不需要其他的应用程序，但是如果知道在这些程序中创建图形，就可以更容易地在**After Effects**中使用这些图像，这一点非常重要。

第2章 认识工作区及工具

如果要想了解和使用After Effects CS4，首先必须要熟悉它的工作区、窗口布局、菜单命令和工具，只有熟悉了这些，才能开始进入创作殿堂。

本章主要介绍下列内容：

※ After Effects CS4界面简介

※ After Effects CS4菜单命令

※ 窗口和面板简介

2.1 认识工作区

首先应该了解After Effects CS4的工作区，以便知道在哪里导入文件、合成影片，该使用哪些工具，了解各窗口的作用。这样才能知道从哪里及怎样制作或编辑影片或者DV。

After Effects CS4把编辑功能都组织到了一个专门的窗口中，而且可以进行自定制，这样就给用户排列窗口布局以满足编辑风格带来了很大的灵活性。用户可以任意排列窗口和面板，以便充分利用显示器的有限空间。浮动面板给出了很多信息并可以快速查看视频节目的任一部分。在认识各个窗口之前，需要首先根据自己的需要认识和设置工作区，以便适合自己的编辑风格。

After Effects CS4的工作区域和Adobe Premiere Pro 2.0有些相似，使用过Premiere Pro的读者应该有所体会。如果需要可以重新排列窗口和面板，使它们不相互叠加，如图2-1所示。

> **注意**，Info（信息）面板和Audio（音频）面板是组合在一起的，可以通过拖动的方式把它们分离开。

下面简要介绍一下各个组成部分的基本功能。

标题栏：用于显示正在编辑的项目的名称。

命令栏：包含了After Effects CS4中的所有命令。

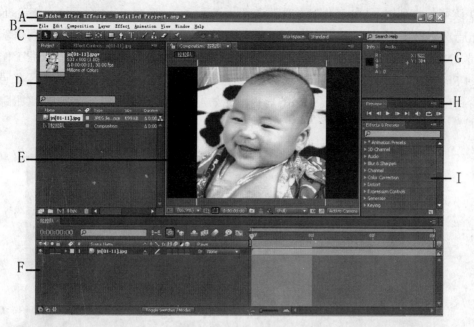

A. 标题栏　 B. 命令栏　 C. 工具栏　 D. Project（项目）面板　 E. Composition（合成）窗口
F. Timeline（时间标尺）面板　 G. Info/Audio（信息/音频）面板
H. Preview（预览）面板　 I. Effects&Presets（效果&预置）面板

图2-1　工作区布局

工具栏：包含了在**After Effects CS4**中合成和编辑项目时的所有工具，比如选择工具、旋转工具、钢笔工具和放大镜工具等。

Project（项目）面板：该面板用于输入、组织和存储素材，它同时列出了用户输入到项目中的所有源素材。

Composition（合成）窗口：该窗口用于预览或者播放编辑的节目内容，其作用类似于一个演出舞台或者电影银幕。

Timeline（时间标尺）面板：该窗口用于控制各种素材之间的时间关系，包括所有的视频、音频和叠加视频轨道，用户在其中所做的变动将在合成窗口中显示出来。

Info（信息）面板：该面板提供了素材、过渡和所选区域的有关信息，或者用户正在执行的操作信息。

Audio（音频）面板：用于编辑合成中的音频素材。

Preview（预览）面板：可以播放整个项目，也可以选择具体的帧来播放。

Effects&Presets（效果&预置）面板：在该面板中包含各种音频和视频效果，还有内置的各种预置，把这些效果拖动到合成项目的素材中即可应用各种效果。

图2-1所示为标准的工作区布局。还可以根据工作需要改变工作区布局，在工作区右上角的Work-Space（工作区）右侧有一个下拉按钮，单击该按钮，将会打开一列菜单命令，如图2-2所示。

图2-2　工作区菜单命令

在该菜单中列出了9种工作区的布局类型，比如Animation（动画布局）、Effects（应用效果布局）、Text（文本布局）、Paint（绘画布局）等，使用最下面的3个命令可以新建工作区布局（New Workspace）、删除工作区布局（Delete Workspace）和重置标准工作区布局（Reset Standard）。如图2-3所示是选择All Panels（所有面板）命令后的工作区布局结构，可以看到在工作区右下方显示了很多的面板，比如Align（对齐）面板和Tracker（跟踪器）面板。

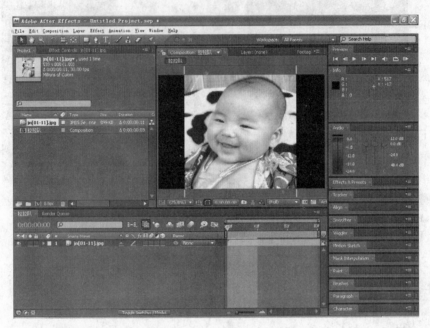

图2-3　显示所有的面板

在窗口中处理素材或素材集时，主要用到前面提到的Project（项目）面板、Composition（合成）窗口和Timeline（时间标尺）面板。这些窗口和面板的用途将在本章后面的内容中介绍。另外，工作区命令栏中的命令是非常重要的，将在后面的内容中进行介绍。

2.2　窗口和面板简介

在这一部分内容中简要地介绍一下几个常用窗口和面板的功能。只有在了解了这些窗口和面板之后才能正确地使用它们进行工作。

2.2.1　Project面板

Project面板是用户输入、组织和存储素材的地方，用户可以查看和添加项目中所有素材的信息，它列出了用户输入到项目中的所有源素材。用户可以调节Project面板的大小，如图2-4所示。

Project面板中的文件名用于标识输入到项目中的文件，每一个文件名后面的图标表明了文件的类型。视频和音频文件通常很大，所以把每一个素材都复制到项目中将浪费很大的磁盘空间，相反，After Effects项目只存储用户输入素材的参考素材，而不是素材本身。这意味着对于一个5KB的素材来说，不管用户在一个项目中使用还是在十个项目中使用，它只占用5KB的磁盘空间。当用户编辑视频节目时，**After Effects**会在所需的源文件中检索画面。

在Project面板的右上角有一个按钮，单击该按钮可以打开**Project**面板的菜单命令栏，如图2-5所示。使用该菜单栏中的命令可以对**Project**面板进行设置。

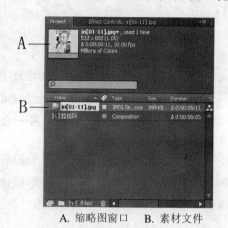

A. 缩略图窗口　　B. 素材文件

图2-4　**Project**面板

图2-5　**Project**面板的菜单命令

在**Project**面板底部有几个按钮，如图2-6所示，使用这几个按钮可以在该面板中执行不同的功能。

单击**Project**面板下面的"新建文件夹"按钮即可创建一个新的文件夹。如图2-7所示就是建立了一个名称为boy1的新文件夹后的**Project**面板，它类似于**Premiere Pro**中的**Bin**。如果在新建文件夹或者输入素材后，想把它删除掉，那么选中它，然后单击"删除"按钮即可，也可以把它直接拖拽到"删除"按钮图标上将其删除。

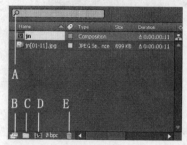

A. 查找项目栏　　B. 解释素材　　C. 新建文件夹
D. 新建合成　　E. 删除

图2-6　**Project**面板底部的按钮

图2-7　新建的文件夹

 提示： 也可以通过按Delete键将其删除掉。

如果单击"新建合成"按钮，将会打开一个新的"**Composition Settings（合成设置）**"对话框，如图2-8所示。在该对话框中可以设置新合成项目的屏幕的宽高、分辨率和持续时间等属性。

2.2.2　使用Timeline面板

Timeline（时间标尺）是对节目的时间显示，用户可以在**Timeline**面板中汇集和编辑视频

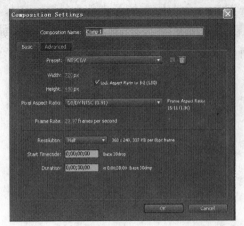

图2-8 "Composition Settings"对话框

素材。当启动一个新项目时,Timeline面板是空的。Timeline面板以水平方式显示时间,在时间上显示早的素材靠左边,显示晚的素材靠右边,时间通过面板顶部附近的时间标尺表示出来,Timeline面板如图2-9所示。

提示:也有人把Timeline面板称为"时间线"面板或者"时间轴"面板,读者要注意这几种名称,它们都是指同一面板。

下面先介绍Timeline面板中各个部分的名称以及相关的功能,然后分别介绍隐藏按钮的名称及功能,最后介绍它们的使用。

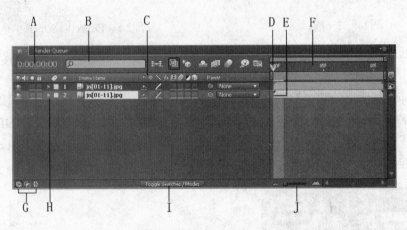

图2-9 Timeline面板

A. 当前时间,用于提示工作区域的位置。

B. 素材搜索栏。

C. 控制按钮。

D. 当前时间指示器。

E. 编辑线,它和当前时间指示器是同步的。

F. 时间标尺。

G. 折叠按钮。

H. 旋转开关,单击旋转开关可以展开或者折叠素材。

I. 模式切换开关。

J. 缩放滑块,用于缩放时间标尺区域的大小。

在Timeline面板中还有一个与之并存的面板,那就是Render Queue(渲染序列)面板,如图2-10所示。在该面板中显示合成后进行渲染的内容,而且可以在这里设置渲染的一些选项。

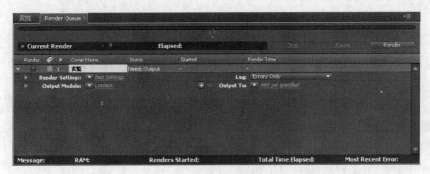

图2-10 Render Queue面板

2.2.3 工具栏

在Project面板的上侧是工具栏，使用这里面的工具可以编辑视频和音频文件。下面介绍工具栏中的这几个工具的功能，如图2-11所示。

图2-11 工具栏

A. 选择工具，用于选择一个或多个素材。

B. 徒手工具，用来移动Composition窗口中素材的位置，让节目在不同位置中显示。

C. 缩放工具，用来放大或者缩小Composition窗口的素材，假如单击的同时按下Alt键，则是缩小该素材的显示状态。

D. 旋转工具，用来旋转Composition窗口的素材。

E. 摄像机操作工具组，用来拉伸、移动摄像机视图。在该工具组中还包含有下列工具，如图2-12所示。

F. 移动后面工具，用来改变后层素材的位置。

G. 矩形工具组，用来创建矩形遮罩，按住该按钮不放，会打开隐藏的椭圆形按钮，用于创建椭圆形的遮罩。在该工具组中还包含有下列工具，如图2-13所示。

图2-12 摄像机操作工具组

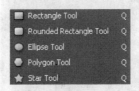

图2-13 矩形工具组

H. 钢笔工具组，用来绘制和调整各种路径。在该工具组中还包含有下列工具，如图2-14所示。

I. 文本工具组，用来创建合成各种文本内容。在该工具组中还包含有下列工具，如图2-15所示。

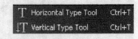

图2-14　钢笔工具组　　　　　　　　　　　　　图2-15　文本工具组

J. 画笔工具，用于绘制需要的图形。

K. 克隆图章工具，用来克隆画面中的某些区域。

L. 橡皮工具，用来擦除画面中不需要的内容。

M. 大头针工具，用于控制动画内容。

N. 局部轴模式，采用局部坐标轴查看视图。

O. 世界轴模式，采用世界坐标轴查看视图。

P. 视图轴模式，采用视图坐标轴查看视图。

> **提示**：在绘画、制作遮罩、设置文本时通常会使用到工具栏中的工具。读者可以通过使用键盘上的按键来快速访问工具栏中的每一个工具。使用这些快捷键可以节省一定的时间，如表2-1所示。

表2-1　工具栏中工具的快捷键

键	工具
V	选择工具
W	旋转工具
G	钢笔工具
Q	矩形/椭圆遮罩工具（当选择一个层时使用）
C	相机工具（只有在选择使用3D层时使用该工具，读者将在后面的章节中学习）
Y	摇镜头工具
H	手形工具
Z	缩放工具

图2-16　Composition窗口

2.2.4　使用Composition窗口

Composition窗口就像一个舞台或电影荧幕，是用户对作品进行预览的地方。在创建或打开一个合成后，Composition窗口才会显示出合成的内容，如图2-16所示。在每个项目中不是只有一个合成，实际上，在一个项目中可以有上百个合成，还可以把一个合成嵌入到另一个合成中。

2.2.5 其他几个常用面板

After Effects CS4提供了几个面板来显示信息或帮助用户修改素材，在默认设置下，只有几个面板是打开的，可以打开、关闭、分离和组合面板，以使它们更好地适应用户的工作。注意After Effects的面板和Photoshop和Illustrator中的面板工作原理是相同的。从工作区右上角的Workspace下拉菜单中选择All Panels命令即可将所有的面板都打开，如图2-17所示。

图2-17 After Effects中的面板

下面介绍几个比较常用的面板。

1. Preview（预览）面板

使用Preview面板可使用户能够把创建的合成作为运动图像进行预览。用户可以播放整个项目或选择播放一些具体的帧，如图2-18所示。

 提示：对于这些面板，如果不需要，可以将它们关闭，需要它们时，再把它们打开。

2. Effect&Presets面板

在默认设置下，Effects&Presets（效果和预置）面板位于Info（信息）面板的下方。在该面板中含有音频效果组和视频效果组，它们用于为音频和视频添加各种特殊效果。Effects&Presets面板如图2-19所示。

A. 第一帧　B. 前一帧
C. 播放/暂停按钮　D. 下一帧
E. 最后一帧　F. 音频静音
G. 循环　H. RAM预览

图2-18 Preview面板

图2-19 Effects&Presets面板

图2-20 Effect Controls面板

在After Effects CS4工作区中，可以直接拖拽效果到Composition窗口的视频中。此时就会打开Effect Controls（效果控制）面板，用于控制所应用的效果，如图2-20所示。

比如应用Fast Blur（快速模糊）视频效果后，把Blurriness（模糊程度）的值设置为6，效果如图2-21所示。

图2-21 效果对比（右图为模糊效果）

3. Info面板

在After Effects CS4中，Info（信息）面板被作为一个独立面板列了出来，默认设置下是空白的。如果在Compositions窗口中放入一个素材，那么Info面板中将显示所选素材的信息。Info面板提供了素材颜色、alpha透明度和坐标信息，如图2-22所示。

4. Audio面板

默认设置下，Windows中的Audio面板和Info面板在一起。用户可以通过拖拽把Audio面板分开到单独的窗口中。Audio主要用于设置与音频相关的一些选项，如图2-23所示。

图2-22 Info面板

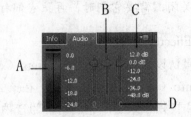

A. VU（Volume Unit）音量表　B. 级别控制
C. 级别单位　D. 级别值

图2-23 Audio面板

2.2.6 改变控制面板的显示方式

读者可以根据自己的喜好来改变控制面板和控制面板组的排列和显示方式，以充分地利用显示器的空间。

如果要显示或隐藏一个控制面板，从Window（窗口）菜单中选择该控制面板的名称，如果带有对号，那么该面板显示在工作区中，否则该面板就是关闭的。

可以把一个控制面板移到另一个组中，鼠标指针放在该控制面板顶部的标签上，然后将其拖放到目标组中即可。下面是将Audio面板组合到Effects&Presets面板中的效果，如图2-24所示。

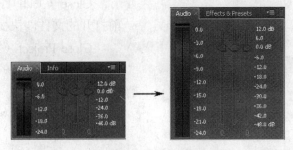

图2-24　重新组合的面板

假如要分离一个控制面板，将面板标签拖放到另一位置；要将控制面板停靠在另一个控制面板组旁，将面板标签拖到另一个控制面板标签一侧，然后释放鼠标；要将控制面板从组合或停靠在一起的控制面板中分离出来，将控制面板标签拖离其他控制面板。

如果有不止一个显示器连接到系统上，并且操作系统支持多显示器的桌面，那么可以将控制面板拖到其他显示器上。

2.3　After Effects菜单命令简介

在After Effects CS4命令栏中，共有9个下拉式菜单，它们分别是File（文件）菜单，Edit（编辑）菜单，Composition（合成）菜单，Layer（层）菜单，Effect（效果）菜单，Animation（动画）菜单，View（查看）菜单，Window（窗口）菜单和Help（帮助）菜单，如图2-25所示。

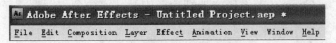

图2-25　After Effects CS4命令栏

> 提示：虽然有读者反应介绍这些菜单命令有些烦锁，但是在需要的时候可以作为快速参考以便顺利地完成自己的工作。

1. File（文件）菜单

File菜单如图2-26所示。

下面分别介绍文件下拉菜单中的各种命令。

New（新建）：该命令用于建立一个新的项目，New里面包括了Project（项目），Folder（文件夹）和Photoshop File（Photoshop文件）。

Open Project（打开项目）：用该命令来打开一个已有的文件。After Effects CS4可以打开各种格式的文件，比如项目文件等，快捷键为Ctrl+O。

Open Recent Project（打开最近的项目）：该命令打开最近一次被打开的项目。

Browse in Bridqe（浏览）：用于浏览需要的项目文件，快捷键为Ctrl+Alt+Shift+0。

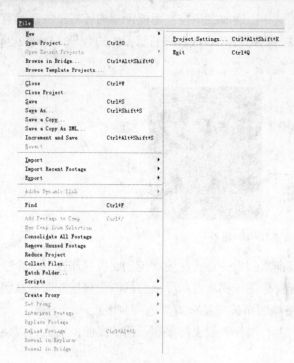

图2-26 File菜单

Browse Template Projects（浏览模板项目）：用于浏览需要的模板项目文件。

Close（关闭）：该命令用于关闭当前打开的文件，快捷键为Ctrl+W。

Close Project（关闭项目）：该命令用于关闭当前打开的项目。

Save（保存）：该命令用于保存当前编辑的窗口，保存为相应的文件，快捷键为Ctrl+S。

Save As（另存为）：该命令用于将当前编辑的窗口保存为另外的文件，快捷键为Ctrl+Shift+S。

Save a Copy（保存为副本）：该命令用于将当前的项目或者文件保存为一个副本。

Revert（恢复）：将最近一次编辑的文件或者项目恢复原状。

Import（导入）：该命令用于导入文件素材，快捷键为Ctrl+I。

Import Recent Footage（导入最近的素材）：该命令用于把最近使用的素材导入到Bin文件包里面去。

Export（导出）：该命令用于输出当前制作的电影剪辑，可以输出为电影、帧、DVD等。

Find（查找）：该命令用于查找需要的内容，快捷键是Ctrl+F。

Add Footage to Comp（把素材添加到合成中）：该命令用于把素材添加到指定的合成中。

New Comp from Selection（把选择内容新建为合成）：该命令用于把选择的内容创建为合成。

Consolidate All Footage（合并所有素材）：该命令用于把所有的素材合并在一起。

Remove Unused Footage（删除未使用的素材）：该命令用于把项目中不需要的素材删除掉。

Reduce Project（简化项目）：该命令用于简化项目。

Collect Files（收集文件）：该命令用于收集需要的文件。

Watch Folder（查看文件夹）：该命令用于查找文件夹中的内容。

Scripts（脚本）：该命令用于运行脚本、打开脚本编辑器编辑脚本等。

Create Proxy（创建代理）：该命令用于创建代理。

Set Proxy（设置代理）：该命令用于设置代理。

Interpret Footage（编译素材）：该命令用于编译素材。

Replace Footage（替换素材）：该命令用于把指定的素材进行替换。

Reload Footage（重载素材）：该命令用于把重载素材。

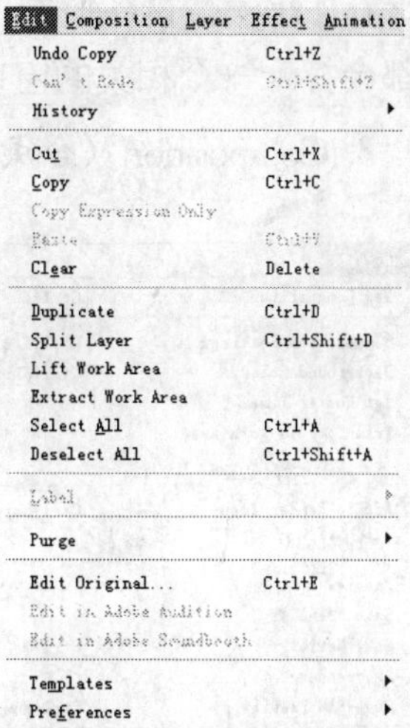

Reveal in Explorer（在浏览器窗口中显示）：选择该命令后可以使影片在浏览器窗口中显示。

Project Settings（项目设置）：该命令用于对项目设置各种属性。

Exit（退出）：该命令用于退出After Effects。

2. Edit（编辑）菜单

Edit菜单主要包括了一些常用的编辑功能及After Effects CS4中特有的影视编辑功能，其下拉菜单如图2-27所示。

下面分别介绍编辑下拉菜单中的各种命令。

Undo Copy（取消复制）：该命令用于取消上一步的复制操作，快捷键为Ctrl+Z。

Redo（重做）：该命令用于重复上一步操作，快捷键为Ctrl+Shift+Z。

图2-27 Edit菜单

History（历史）：该命令用于记录前面的操作历史。

Cut（剪切）：该命令用于剪切选中的内容，然后将其粘贴到其他地方，快捷键为Ctrl+X。

Copy（复制）：该命令用于复制选中的内容，然后将其粘贴到其他地方，快捷键为Ctrl+C。

Copy Expression Only（只复制表达式）：该命令只用于复制表达式。

Paste（粘贴）：该命令用于把刚刚复制或剪切的内容粘贴到相应的地方，快捷键为Ctrl+V。

Clear（清除）：该命令用于清除所选中的内容。

Duplicate（复制）：该命令用于复制剪辑，快捷键为Ctrl+D。

Split Layer（分离层）：该命令用于使文件层分离开，快捷键为Ctrl+Shift+D。

Lift Work Area（提升工作区）：该命令用于提升工作区。

Extract Work Area（拔出工作区）：该命令用于拔出工作区。

Select All（全部选定）：该命令用于选定全部的内容，快捷键为Ctrl+A。

Deselect All（取消全部选定）：该命令用于取消刚刚全部选定的内容，快捷键为Ctrl+Shift+A。

Label（设置标记）：该命令用于为素材设置标记，比如设置为绿色、红色等。

Purge（整理）：该命令用于整理素材，减少素材占用系统资源的量。

Edit Original（编辑初始化）：该命令用于将素材初始化，快捷键为Ctrl+E。

Edit in Adobe Audition（在Adobe Audition中编辑）：该命令用于在Adobe Audition中编辑素材。

Edit in Adobe Soundbooth（在Adobe Soundbooth中编辑）：该命令用于在Adobe Soundbooth中编辑素材。

Templates（模板）：该命令用于设置渲染或者输出的模板。

Preferences（预置）：该命令用于设置各种相关的选项，包括总体设置、音频设置、自动保存、采集、设备控制、标签颜色、交换区盘、静止图像、标题和修整设置等。选择每一项都会打开一个相关的窗口，在这些窗口中可以根据需要进行设置。

3. Composition（合成）菜单

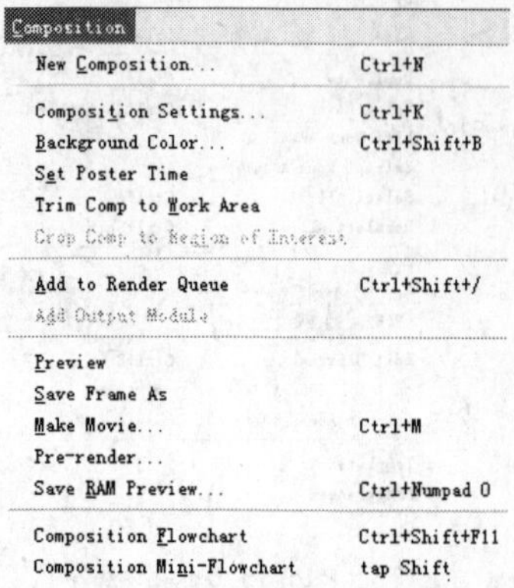

图2-28　合成菜单

Composition菜单的主要作用是处理合成的内容，还包括编辑、保存和预览制作的影视作品等，如图2-28所示。

下面分别介绍Composition下拉菜单中的各种命令。

New Composition（新建合成）：该命令用于新建合成，快捷键为Ctrl+N。

Composition Settings（合成设置）：执行该命令后，会打开Composition Settings窗口，用于设置各种合成选项。

Background Color（背景色）：该命令用于设置合成中的背景色。

Set Poster Time（设置海报时间）：该命令用于设置海报时间。

Trim Comp to Work Area（裁剪工作区中的合成）：该命令用于裁剪工作区中的合成。

Crop Comp to Region of Interest（裁剪特定的合成）：该命令用于裁剪特定的合成。

Add to Render Queue（添加到渲染序列）：该命令用于把指定的内容添加到渲染序列。

Add Output Module（添加输出模块）：该命令用于添加输出模块。

Preview（预览）：该命令用于设置各种视频和音频的预览。

Save Frame As（把帧另存为）：该命令用于另存帧。

Make Movie（制作电影）：该命令用于制作电影文件，快捷键为Ctrl+M。

Pre-render（预渲染）：该命令用于预渲染项目。

Save RAM Preview（保存RAM预览）：该命令用于保存RAM预览。

Composition Flowchart（合成流程图）　该命令用于显示合成流程图。

Composition Mini-Flowchart（合成微小流程图）：该命令用于打开或显示合成流程图。这是在该版本中新增加的命令。

4. Layer（层）菜单

Layer菜单的主要功能是对合成中的层进行各种处理，比如新建层、移动层的位置等，如图2-29所示。

下面分别介绍Layer下拉菜单中的各种命令。

New（新建层）：该命令用于创建新的层。

Layer Settings（层设置）：该命令用于设置层的各个选项，快捷键是Ctrl+Shift+Y。

Open Layer（打开层）：该命令用于打开指定的层。

Open Layer Source（打开源素材）：该命令用于打开源素材窗口。

Mask（遮罩）：该命令用于创建遮罩。

Mask and Shape Path（遮罩和形状路径）：该命令用于创建遮罩和形状路径。

Quality（质量）：该命令用于设置合成的质量。

Switches（切换）：该命令用于切换视频内容的显示。

Transform（转换）：该命令用于设置视频的各种属性。

Time（时间）：该命令用于设置与层有关的时间。

Frame Blending（帧混合）：该命令用于混合帧。

3D Layer（3D层）：该命令用于设置3D层。

Guide Layer（引导层）：该命令用于设置引导层。

Add Marker（添加标记）：该命令用于添加标记。

Preserve Transparency（保持透明）：该命令用于保持层的透明。

Blending Mode（混合模式）：该命令用于设置层的混合模式。

Next Blending Mode（下一混合模式）：该命令用于选择层的下一个混合模式。

Previous Blending Mode（前一混合模式）：该命令用于选择层的前一个混合模式。

图2-29　Layer菜单

Track Matte（移动蒙版）：该命令用于设置移动蒙版。

Layer Styles（层样式）：该命令用于设置层的样式。

Group Shapes（成组形状）：该命令用于将选择的形状成组。

Ungroup Shapes（取消成组形状）：该命令用于将成组的形状分解开。

Arrange（排列）：该命令用于排列图层的顺序。

Adobe Encore：该命令用于设置视频编码，比如可以制作成DVD。

Convert to Live Photoshop 3D（转换成可用的Photoshop 3D图层）：该命令用于将选择对象转换成在Photoshop中可用的3D图层。

Convert to Editable Text（转换成可编辑的文本）：该命令用于将选择对象转换成可编辑的文本。

Create shapes from Text（使用文本创建形状）：该命令用于将选择的文本创建成形状。

Create Masks from Text（使用文本创建遮罩）：该命令用于将选择的文本创建成遮罩。

Auto-Trace（自动跟踪）：该命令用于设置对象的自动跟踪。

Pre-Compose（预合成）：该命令用于设置预合成，快捷键是Ctrl+Shift+C。

5. Effect（效果）菜单

Effect菜单中的命令用于对合成中的素材应用各种视频效果或者音频效果，并最终生成电影，如图2-30所示。下面分别介绍该菜单中的各种命令。

Effect Controls（效果控制）：该命令用于对应用的效果选项进行各种设置，快捷键为F3。

Box Blur（盒子模糊）：该命令用于设置盒子模糊效果，快捷键为Ctrl+Alt+Shift+E。

Remove All（删除全部）：该命令用于删除所有的效果，快捷键为Ctrl+Shift+E。

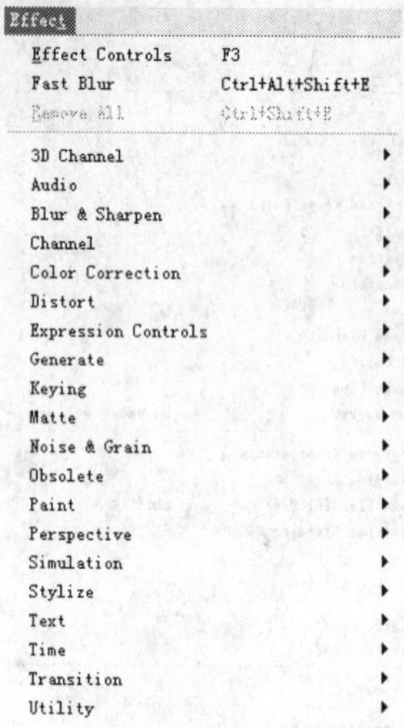

```
Effect
Effect Controls        F3
Fast Blur              Ctrl+Alt+Shift+E
Remove All             Ctrl+Shift+E

3D Channel                     ▶
Audio                          ▶
Blur & Sharpen                 ▶
Channel                        ▶
Color Correction               ▶
Distort                        ▶
Expression Controls            ▶
Generate                       ▶
Keying                         ▶
Matte                          ▶
Noise & Grain                  ▶
Obsolete                       ▶
Paint                          ▶
Perspective                    ▶
Simulation                     ▶
Stylize                        ▶
Text                           ▶
Time                           ▶
Transition                     ▶
Utility                        ▶
```

图2-30　Effect菜单

3D Channel（3D通道）：该命令用于设置3D通道视频效果。

Audio（音频）：该命令用于设置音频效果。

Blur&Sharpen（模糊和锐化）：该命令用于为合成设置模糊和锐化效果。

Channel（通道）：该命令用于为合成设置各种通道效果。

Color Correction（颜色校正）：该命令用于为合成的颜色进行校正。

Distort（扭曲）：该命令用于对合成设置扭曲效果。

Expression Controls（表达式控制）：该命令用于对合成应用表达式控制。

Generate（创建）：该命令用于为合成创建各种特殊效果。

Keying（键控）：该命令用于对合成应用各种键控效果。

Matte（蒙版）：该命令用于对合成应用各种蒙版效果。

Noise&Grain（噪波和颗粒）：该命令用于为合成应用噪波和颗粒效果。

Obsolete（陈旧）：该命令用于为合成应用陈旧效果。

Paint（美术）：该命令用于为合成应用各种美术效果。

Perspective（透视）：该命令用于为合成应用各种透视效果。

Simulation（模拟）：该命令用于为合成应用各种模拟效果。

Stylize（样式）：该命令用于为合成应用各种样式效果。

Text（文本）：该命令用于为合成应用各种文本效果。

Time（时间）：该命令用于为合成应用各种时间差异效果，如回声效果。

Transition（过渡）：该命令用于为合成应用各种过渡效果。

Utility（实用）：该命令用于为合成应用各种转换效果。

6. Animation（动画）菜单

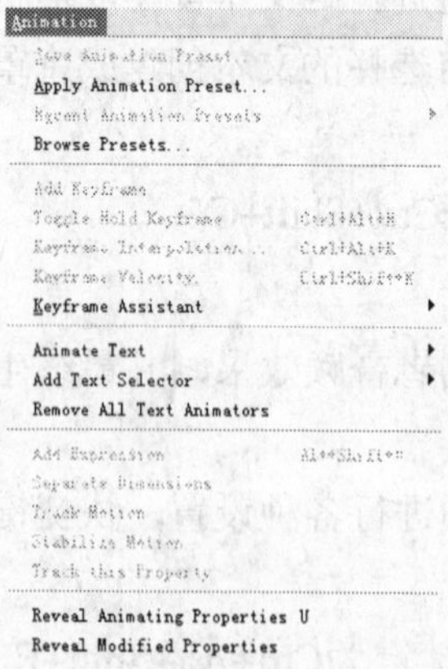

```
Animation
Save Animation Preset
Apply Animation Preset...
Recent Animation Presets       ▶
Browse Presets...

Add Keyframe
Toggle Hold Keyframe           Ctrl+Alt+H
Keyframe Interpolation...      Ctrl+Alt+K
Keyframe Velocity...           Ctrl+Shift+K
Keyframe Assistant             ▶

Animate Text                   ▶
Add Text Selector              ▶
Remove All Text Animators

Add Expression                 Alt+Shift+=
Separate Dimensions
Track Motion
Stabilize Motion
Track this Property

Reveal Animating Properties    U
Reveal Modified Properties
```

图2-31　Animation菜单

Animation菜单中的选项用于为合成设置各种动画，还可以设置和保存动画预置等，如图2-31所示。

Save Animation Preset（保存动画预置）：该命令用于保存为动画设置的各种预置选项。

Apply Animation Preset（应用动画预置）：该命令用于应用为动画设置的预置。

Recent Animation Preset（最近的动画预置）：该命令用于查找最近的动画预置。

Browe Preset（浏览预置）：该命令用于查找动画预置。

Add Keyframe（添加关键帧）：该命令用于添加关键帧。

Toggle Hold Keyframe（切换保持关键帧）：该命令用于切换是否保持关键帧，快捷键是Ctrl+Alt+H。

Keyframe Interpolation（关键帧补间）：该命令用于添加关键帧之间的帧，快捷键是Ctrl+Alt+K。

Keyframe Velocity（关键帧速度）：该命令用于设置关键帧的运动速度，快捷键是Ctrl+Shift+K。

Keyframe Assistant（关键帧助手）：该命令用于设置关键帧的相关属性，比如关键帧的淡入与淡出。

Animate Text（动画文本）：该命令用于设置文本的动画。

Add Text Selector（添加文本选择器）：该命令用于添加文本选择器。

Remove All Text Animators（删除所有的文本动画）：该命令用于删除所有的文本动画。

Add Expression（添加表达式）：该命令用于添加表达式，快捷键是Ctrl+Shift+=。

Sepatate Dimensions（分离维数）：该命令用于分离维数。

Track Motion（跟踪运动）：该命令用于跟踪运动。

Stabilize Motion（稳定运动）：该命令用于稳定运动。

Track this Property（跟踪该属性）：该命令用于跟踪指定的属性。

Reveal Animating Properties（显示动画属性）：该命令用于显示动画属性，快捷键是U。

Reveal Modified Properties（显示修改属性）：该命令用于显示修改属性。

7. View（视图）菜单

View菜单用于设置与视图相关的一些属性，比如缩放视图，新建视图和设置视图分辨率等，视图菜单如图2-32所示。

图2-32 View菜单

New Viewer（新建视图）：该命令用于创建新的视图，快捷键是Alt+Shift+N。

Zoom In（放大）：该命令用于放大视图。

Zoom Out（缩小）：该命令用于缩小视图。

Resolution（分辨率）：该命令用于设置视图的分辨率。

Use Display Color Management（使用显示颜色管理）：该命令用于使用颜色管理。

Simulate Output（模拟输出）：该命令用于模拟输出。

Show Rulers（显示标尺）：该命令用于显示视图中的标尺。

Show Guides（显示指示线）：该命令用于显示视图中的指示线。

Snap to Guides（吸附到指示线）：该命令用于吸附到指示线，快捷键是Ctrl+Alt+;。

Lock Guides（锁定指示线）：该命令用于锁定指示线，快捷键是Ctrl+Alt+Shift+;。

Clear Guides（锁定指示线）：该命令用于清除指示线。

Show Grid（显示网格）：该命令用于显示视图中的网格，快捷键是Ctrl+'。

Snap to Grid（吸附到网格）：该命令用于吸附到视图中的网格线，快捷键是Ctrl+Shift+'。

View Options（视图选项）：该命令用于查看视图选项，快捷键是Ctrl+Alt+U。

Show Layer Controls（显示层控制）：该命令用于显示层的控制选项，快捷键是Ctrl+Shift+H。

Reset 3D View（重置3D视图）：该命令用于重置3D视图。

Switch 3D View（切换3D视图）：该命令用于切换3D视图。

Assign Shortcut to "Active Camera"（为激活摄像机赋予快捷键）：该命令用于为激活摄像机赋予的快捷键。

Switch to Last 3D View（切换到最近的3D视图）：该命令用于切换到最近的3D视图。

Look at Selected Layers（查看所选层）：该命令用于查看所选的层。

Look at All Layers（查看所有的层）：该命令用于查看所有的层。

Go to Time（定位时间）：该命令用于定位时间，快捷键是Ctrl+G。

8. Window（窗口）菜单

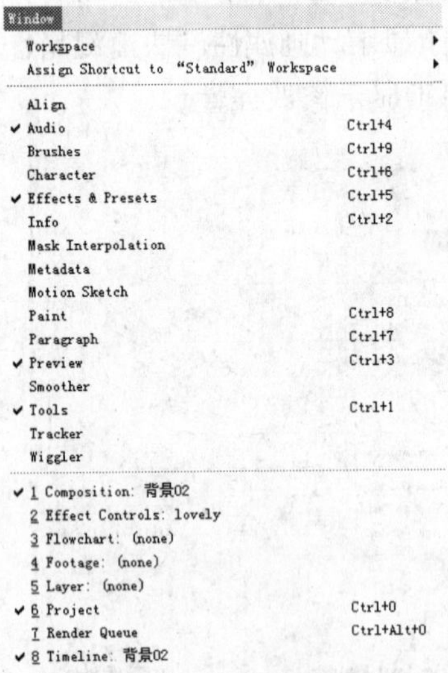

Window菜单的主要功能是对各种编辑工具进行管理，可以通过它的命令对编辑工具进行打开或隐藏等操作，窗口菜单如图2-33所示。

Workspace（工作区）：该命令用于对工作区进行管理，包括视频、音频、颜色校正和保存工作区的选项等，选择该命令可以使窗口改变成具有不同侧重点的窗口布局。

Assign Shortcut to "Standard" Workspace（为标准工作区赋予快捷键）：该命令用于为标准工作区赋予快捷键。

Align（对齐）：该命令用于对齐和分布工作区中的窗口和面板。

Audio（音频面板）：该命令用于在工作区中打开或关闭Audio面板，快捷键是Ctrl+4。

图2-33 Window菜单

Brushes（画笔）：该命令用于在工作区中打开或关闭Brushes，快捷键是Ctrl+9。

Character（字符面板）：该命令用于在工作区中打开或关闭Character面板，快捷键是Ctrl+6。

Effects&Presets（效果和预置面板）：该命令用于在工作区中打开或关闭Effects&Presets面板，快捷键是Ctrl+5。

Info（信息面板）：该命令用于在工作区中打开或关闭Info面板，快捷键是Ctrl+2。

Mask Interpolation（遮罩解释）：该命令用于显示Mask Interpolation面板。

Metadata（元数据）：该命令用于显示Metadata面板。

Motion Sketch（运动略图面板）：该命令用于在工作区中打开或关闭Motion Sketch面板。

Paint（绘画面板）：该命令用于在工作区中打开或关闭Paint面板，快捷键是Ctrl+8。

Paragraph（段落面板）：该命令用于在工作区中打开或者关闭Paragraph面板，快捷键是Ctrl+7。

Preview（预览）：该命令用于显示Preview面板。

Smoother（平滑器面板）：该命令用于在工作区中打开或关闭Smoother面板，快捷键是Ctrl+7。

Tools（工具面板）：该命令用于在工作区中打开或关闭Tools面板，快捷键是Ctrl+1。

Tracker（跟踪器）：该命令用于显示Tracker面板。

Wiggler（摇摆器）：该命令用于显示Wiggler面板。

Composition（合成窗口）：该命令用于在工作区中打开或关闭Composition窗口。

Effects Controls（效果控制面板）：该命令用于在工作区中打开或关闭Effects Controls面板。

Flowchart（流程图面板）：该命令用于在工作区中打开或关闭Flowchart面板。

Footage（素材面板）：该命令用于在工作区中打开或关闭Footage面板。

Layer（层面板）：该命令用于在工作区中打开或关闭Layer面板。

Project（项目面板）：该命令用于在工作区中打开或关闭Project面板。

Render Queue（渲染序列面板）：该命令用于在工作区中打开或关闭Render Queue面板。

Timeline（时间标尺面板）：该命令用于在工作区中打开或关闭Timeline面板。

9. Help（帮助）菜单

Help菜单的主要功能是使用After Effects CS4遇到困难时，可以查找相应的英文帮助内容，如图2-34所示。

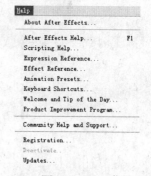

About After Effects（关于After Effects）：该命令用于打开After Effects CS4 的相关信息，比如版本号和法律声明等。

After Effects Help（After Effects帮助文件）：该命令用于打开Adobe After Effects CS4 的帮助文件。

Scripting Help（脚本帮助文件）：该命令用于打开After Effects CS4的脚本帮助文件。

Expression on Reference（表达式参考文件）：该命令用于打开After Effects CS4中关于表达式的帮助文件。

图2-34　Help菜单

Effects Reference（效果参考文件）：该命令用于打开After Effects CS4中关于视频效果和音频效果的帮助文件。

Animation Presets（动画预置）：该命令用于打开关于动画预置简介的信息。

Keyboard Shortcuts（键盘快捷键）：该命令用于对After Effects中快捷键进行介绍。

Welcome and Tip of the Day（提示信息）：该命令用于打开关于使用After Effects的提示信息。

Product Improvement Program（产品更新程序）：该命令用于更新After Effects。

Community Help and Support（联系在线支持）：该命令用于打开After Effects的在线联机帮助。

Registration（注册）：该命令用于对该产品进行注册。

Deactivate（激活）：该命令用于取消激活该产品。

Updates（更新）：该命令用于升级After Effects。

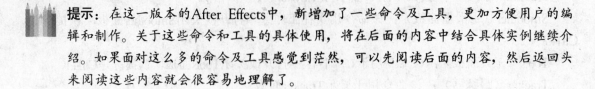

提示： 在这一版本的After Effects中，新增加了一些命令及工具，更加方便用户的编辑和制作。关于这些命令和工具的具体使用，将在后面的内容中结合具体实例继续介绍。如果面对这么多的命令及工具感觉到茫然，可以先阅读后面的内容，然后返回头来阅读这些内容就会很容易地理解了。

第3章 基 本 操 作

在了解了After Effects CS4的界面之后，再学习一些在After Effects CS4中的一些基本操作，像文件的处理，比如新建文件、打开现有文件；对象的操作，比如导入素材、移动素材、删除素材、对齐素材等，这些基本操作对于进一步学习是非常重要的。

本章主要介绍下列内容：

※ 基本项目操作

※ 对象操作

※ 基本工具的使用

※ 预览

3.1 项目操作

打开After Effects CS4后，要开始编辑工作，必须首先建立新项目或打开已存的项目，这也是After Effects CS4最基本的操作之一。

3.1.1 新建项目

在启动After Effects CS4后，执行"File（文件）→New（新建）→New Project（新建项目）"命令即可新建一个项目。新建项目后，After Effects CS4中的各个窗口和面板将都是空的，如图3-1所示。

3.1.2 打开已有项目

要打开一个已经存在的项目文件来进行修改或继续编辑，可使用如下两种方法：

· 选择"File（文件）→Open Project（打开项目）"菜单命令。

· 选择"File→Open Recent Project（打开最近的项目）"菜单命令。

使用这两种方式，系统会打开如图3-2所示的"打开"对话框，选择需要的项目文件，然后单击"打开"按钮即可。此外，需要说明的是，使用打开功能只能打开After Effects CS4文件，如要打开其他非After Effects CS4文件，则必须使用Import（导入）命令。

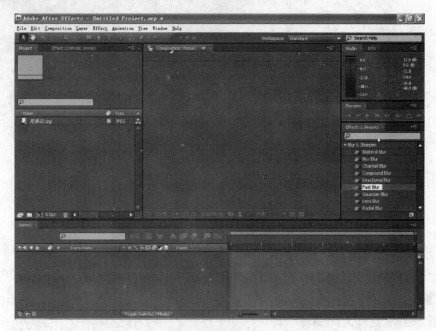

图3-1   新建项目

图3-2   "打开"对话框

3.1.3   保存项目

保存项目是文件编辑的重要环节，在After Effects CS4中，以何种方式保存文件对图形的以后使用有直接的关系。

如果要保存文件，可选择"File（文件）→Save（保存）"菜单命令，或选择"File→Save As（保存为）"菜单命令，则会打开如图3-3所示的"Save As（保存为）"对话框。

可在"Save As"对话框中选择或导入保存文件的文件名称和保存类型等。另外还可以选择"File→Save a Copy（保存为副本）"菜单命令把文件保存为一个副本文件。

3.1.4 关闭项目

要关闭当前的项目文件，可选择"File→Close（关闭）"菜单命令。其中，如果对当前文件做了修改却尚未保存，系统将会显示如图3-4所示的询问对话框，询问是否要保存对该文件所做的修改。选择"Yes"保存文件，选择"No"则不保存文件，选择"Cancel"则取消保存文件。

图3-3 "Save As"对话框

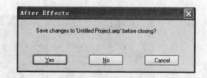

图3-4 After Effects保存询问对话框

当完成所有的操作，需要退出After Effects CS4时，可通过单击After Effects CS4标题栏右上角的按钮退出After Effects CS4。

3.2 导入文件

在After Effects CS4中，可以导入音频文件、视频文件、图片文件等，也可以导入单个文件、多个文件及整个文件夹中的文件。

3.2.1 导入视频素材

新建项目后，可以根据需要导入各种素材文件。比如要导入一幅静止图片文件，可以执行"File（文件）→Import（导入）→File（文件）"命令，打开"Import File（导入文件）"对话框，如图3-5所示。

在"Import File"对话框中选择需要的文件，然后单击"打开"按钮即可把选择的文件导入到After Effects CS4的Project面板中，如图3-6所示。

> **提示**：此时可以通过用鼠标左键把文件直接拖拽到"Composition"窗口或者Timeline面板中，就可以合成项目了，如图3-7所示。

在After Effects CS4中，可以导入下列格式的图片文件：

图3-5 "Import File"对话框

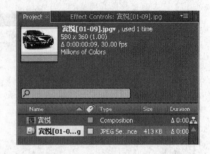

图3-6 导入的文件

图3-7 Timeline面板和"Composition"窗口

- Adobe Illustrator（AI、AI4、AI5、EPS、PS）
- Adobe PDF
- Adobe Photoshop（PSD、16bpc和32bpc，bpc为位每通道）
- Bitmap（BMP、RLE）
- Camera raw（TIF、CRW、NEF、RAF、ORF、MRW、DCR、MOS、PEF、DNG、X3F、ERF、16bpc）
- Cineon（CIN、DPX、8bpc、16bpc和32bpc）
- Discreet RLA/RPF
- EPS
- JPEG（JPG）
- Maya camera data（MA）
- Maya IFF（IFF）
- OpenEXR
- PBM（8bpc、16bpc和32bpc）

- PCR
- Pict（PCT）
- Pixar（PXR）
- PNG（16bpc）
- HDR
- SGI（SGI、16bpc）
- Softimage（PIC）
- Targa（TGA、VDA、ICB、VST）
- TIFF

3.2.2 导入音频

导入音频的方法与导入图片素材的方法基本相同，也是选择"File→Import"命令，或者按Ctrl+I组合键，打开"Import File"对话框，在"Import File"对话框中选择需要的音频文件，比如mp3文件或者WAV文件。在Project面板中显示出音频文件，如图3-8所示，然后拖放到Timeline面板中的Audio轨道上即可，如图3-9所示。通过拖动Timeline面板中的滑块可以播放声音，如果计算机上安装有音箱，即可听到播放的声音。

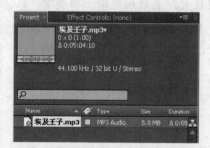

图3-8　Project面板

图3-9　导入音频文件

提示：也可以在项目中选用其他音频格式，不过在使用前需要把它们转换成After Effects CS4支持的音频格式，比如WMV，可以使用Adobe Audition软件进行转换。

在After Effects CS4中，可以导入下列7种格式的音频文件：

- Advanced Audio Coding（ACC）
- AU（需要使用QuickTime播放器）
- Audio Interchange File Format（AIFF）
- MP3
- AVI
- WAV
- WAVE

3.2.3 导入动画

在After Effects CS4中，也可以导入动画文件，比如AVI动画和GIF动画，导入方法与其他素材相同。在After Effects CS4中可导入下列格式的视频和动画文件：

- GIF动画
- ElectricImage（IMG，EIZ）
- FLC/FLI
- Filmstrip（FLM）
- Macromedia Flash（SWF）
- MPEG-1，MPEG-2（Windows），MPEG-4（QuickTime）
- Open Media Framework
- QuickTime（MOV，16 bpc）
- Video for Windows（AVI、WAV）

另外，它还支持下列格式的视频项目文件：
- Advanced Authroing Format（AAF）
- Adobe Premiere 6.0或者6.5（PPJ）
- Adobe Premiere Pro 1.0、1.5、2.0、CS3或者CS4。

注意： 在输出时需要进行渲染，根据项目的大小，需要的时间会有所不同。为了减少渲染时间和增加执行性能，在把素材导入到After Effects之前需要做一些准备工作。首先确定要使用哪些媒体文件，其次确定最佳的素材设置，最后确定输出的类型。比如，要把项目输出到录像带，需要确定影像的大小、颜色位深和帧频适合录像带。如果要输出为Web上的流媒体，那么要确定影像的大小、颜色位深和帧频适合流媒体，等等。

3.3 显示设置

在After Effects CS4中，可根据需要设置面板和窗口的显示模式，比如调整面板或者窗口的显示顺序、显示位置，在窗口中改变视图的显示级别，打开和隐藏的面板或者窗口等。

3.3.1 设置工作空间

第一次打开After Effects CS4后，在默认设置下打开的是标准的工作空间，标准空间是最为常用的工作空间，但是在执行不同的工作时，比如设置动画或者添加文本，就可以使用专属的工作空间。执行"Window（窗口）→Workspace（工作空间）"命令可以打开一个菜单，如图3-10所示。

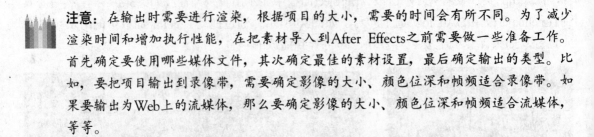

图3-10　工作空间菜单（左侧为中文注释）

在该菜单中列出了9种工作空间模式，通过选择不同的工作空间命令，即可进入到对应的工作空间中，从而完成不同的工作。比如选择"Animation（动画）"命令和"Paint（绘画）"命令后的工作空间如图3-11所示和图3-12所示。

图3-11　动画工作空间

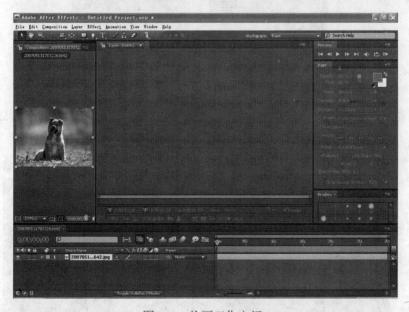

图3-12　绘画工作空间

从上面的两幅图中可以看到，在不同的工作空间中，面板及窗口布局都发生了改变，这样会更有利于用户的工作。

3.3.2　设置Info面板组的显示模式

在After Effects CS4中，在标准工作空间的默认设置下，Info面板和Audio面板位于一个面板组中，Preview面板和Effects&Presets面板在一个面板组中，如图3-13所示。

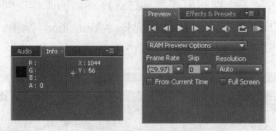

图3-13　在一个面板组中

通过单击某个面板名称，即可使它处于当前显示状态，比如单击Info，Info面板就会处于当前显示位置。而单击Audio，Audio面板就会处于当前显示位置，如图3-14所示。

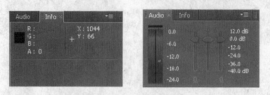

图3-14　调整显示顺序

用鼠标按住一个面板的名称并拖动可以改变它们的左右显示顺序，比如拖动Audio面板到Info面板的后面，效果如图3-15所示。

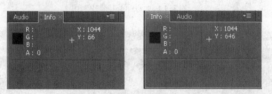

图3-15　调整位置

还可以把一个面板拖动到工作窗口的其他位置，按住一个面板名称后拖动即可，如图3-16所示。

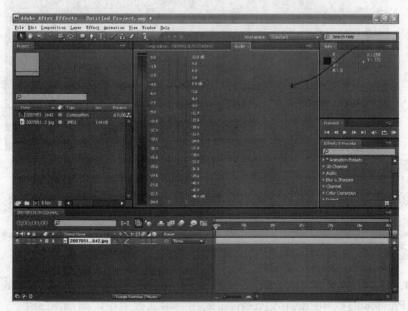

图3-16　调整面板的位置

提示：也可以按相同的方法把面板恢复到原来的位置，其他面板或者窗口都可以进行这样的操作。

有的面板比较大或者很长，在进行查看时，可以通过拖动面板右侧的滚动条来查看面板中所有的内容，比如Effects&Presets面板，如图3-17所示。

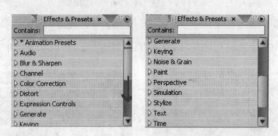

图3-17 滚动面板

3.3.3 设置"Composition"窗口的显示模式

在默认设置下，"Composition（合成）"窗口是一个单独的固定窗口，也就是说不能移动它的位置，但是通过在"Composition"窗口的菜单中选择Undock（取消固定）命令，即可使"Composition"窗口成为一个独立的窗口，这样可以在工作空间中随意地移动它，如图3-18所示。

图3-18 成为独立的"Composition"窗口

如果想恢复它的初始状态，执行"Window（窗口）→Workspace（工作空间）→Reset Standard（重置标准）"命令，将会打开一个提示对话框，如图3-19所示。从打开的对话框中单击"Discard Changes（放弃改变）"按钮即可。

 提示：其他面板和窗口也可以执行这样的操作。

图3-19　打开的提示对话框

对于"Composition"窗口中的影像，还可以调整它的大小。在"Composition"窗口底部有一个百分比下拉菜单，通过单击菜单的下拉按钮，并从打开的菜单中选择合适的百分比命令，即可使"Composition"窗口中影像的大小发生改变，如图3-20所示。

图3-20　设置视图的显示大小（左为25%，右为50%）

3.3.4　设置Timeline面板的显示模式

在默认设置下，Timeline面板中的轨道不是展开的，包括视频轨道和音频轨道，也有人把它称为Timeline窗口，如图3-21所示。

图3-21　Timeline面板

可以通过单击轨道左侧的一个小三角按钮 将其展开，展开后还会显示更多的小三角形按钮，有人将其称为旋转开关，效果如图3-22所示。

图3-22　展开的轨道效果

使用面板顶部工具栏中的"选择工具" ![arrow]，可以在Timeline面板的轨道中选择并移动素材文件，可以把素材文件移动到任意轨道中的任意位置。使用"缩放工具" ![zoom]可以把轨道中的素材放大显示。当Timeline面板中的素材太多时，会隐藏起Timeline面板的部分区域，可以使用"徒手工具" ![hand]拖动来查看被隐藏的部分。

关于轨道的各种操作，在后面的内容中，还会详细介绍，读者可参阅本书后面的内容。

3.4 预览

在After Effects CS4中，在导入素材或者制作好剪辑序列之后，可以对它们进行预览。通过预览可以确定素材的内容或者剪辑序列是否符合要求。由于预览对于每个合成的制作者来说都是非常重要的，因此在本书后面的内容中，将专门拿出一章的内容来介绍与预览有关的知识。

3.4.1 在Project面板中预览

把素材导入到Project面板之后，就可以直接在Project面板中预览素材的内容。在Project面板的上方有个预览窗口，选择素材后即可预览素材了，如图3-23所示。

3.4.2 在"Composition"窗口中预览

在"Composition"窗口中，不仅能够进行合成操作，还能够进行预览，把素材从Project面板中拖入到"Composition"窗口中即可，效果如图3-24所示。

图3-23 在Project面板中预览素材

图3-24 "Composition"窗口中的预览

3.4.3 在Timeline面板中预览

在Timeline面板的顶部有一个三角形的滑块，称为当前时间指示器，如图3-25所示。通过拖动当前时间指示器就可以预览轨道中的剪辑序列。注意，拖动时，需要在"Composition"窗口进行预览。

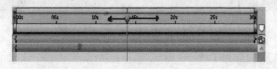

图3-25 当前时间指示器

注意：如果要预览音频，需要打开音箱设备进行预览。

3.5 撤销与恢复操作

通常情况下，要制作一个完整的项目需要经过反复调整、修改与比较方能完成。因此，After Effects CS4为用户提供了撤销与恢复命令，下面介绍以下这两个命令的使用。

在编辑视频或者音频时，如果上一步操作是一种误操作，或对操作得到的效果不满意，选择"Edit（编辑）→Undo（撤销）"菜单命令即可撤销该操作。如果连续选择Undo命令，则可连续撤销前面多步操作。注意，撤销的快捷方式是Ctrl+Z组合键。

此外，也可以选择"Edit（编辑）→Redo（恢复）"菜单命令来取消撤销操作。比如，删除一个素材后，选择"Edit（编辑）→Undo（撤销）"菜单命令即可撤销删除操作，如果还是想把该素材删除，那么只要"Edit→Redo"菜单命令。

3.6 设置自动保存和交换区

在默认设置下，After Effects CS4会自动保存编辑工作，每20分钟保存一次。自动保存会占用一定的系统资源，因此可以根据所做项目的不同及计算机硬盘空间的大小来设置自动保存的间隔时间。

在菜单栏中选择"Edit（编辑）→Preferences（预置）→Auto Save（自动保存）"菜单命令，打开"Preferences（预置）"对话框，如图3-26所示。确定选中Automatically Save Projects（自动保存项目）项，然后根据需要改变Save Every（每隔…自动保存）的数值即可。默认是20分钟，可以把它修改为30分钟或者40分钟。

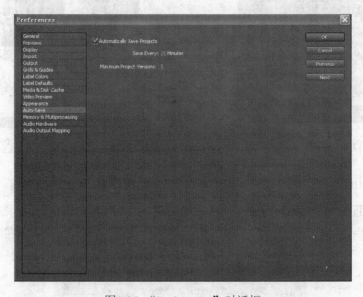

图3-26 "Preferences"对话框

在采集视频和音频及制作项目时，会消耗很大的系统资源。比如在采集时，**After Effects** 系统会使用一个虚拟空间，注意它的空间容量是固定的，会把采集的数据都存放在这个虚拟空间中。当这个虚拟空间被占满时，系统处理采集的操作能力就会降低或者终止。不过可以通过设置交换区来改变这种情况，以前，也有人把交换区称为交换盘，现在称为磁盘缓存。下面介绍如何设置磁盘缓存。

从菜单栏中选择"Edit（编辑）→ Preferences（预置）→ Media&Disk Cache（媒体&磁盘缓存）"命令，打开"Preferences（预置）"对话框，如图3-27所示。

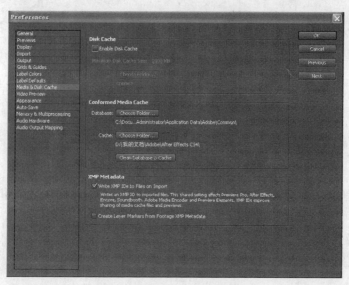

图3-27 "Preferences"对话框

- **Enable Disk Cache**（启用磁盘缓存）：选中该项后，就会启用磁盘缓存。
- **Database**（数据库）：用于设置After Effects的数据保存位置，单击Choose Folder（选择文件夹）按钮，即可从打开的对话框中设置保存位置。默认设置下是磁盘**C**。
- **Cache**（缓存）：用于设置缓存的位置，单击Choose Folder（选择文件夹）按钮，即可从打开的对话框中设置缓存位置。
- **Clean Database&Cache**（清除数据库和缓存）：单击该按钮可以清除数据库和磁盘缓存的内容。

最后单击Preferences窗口中的"**OK**"按钮关闭Preferences对话框即可。

第4章 合 成

合成一般用于制作效果比较复杂的电影，简称复合电影，一般通过叠加和透明来实现的。另外电影或者DV中的特效也都是借助于合成来实现的。本章将介绍什么是合成，"Composition"窗口的使用，以及该窗口提供的用于编辑电影的工具。

本章主要介绍下列内容：

※ 创建合成
※ 合成设置
※ 使用"Composition"窗口
※ 使用Timeline面板
※ 替换和嵌套素材

4.1 合成概述

合成就是通过设置动画、使用视频效果、合并素材、遮罩和其他在本书中学到的工具赋予素材生命的操作。合成和其他素材一起显示在Project面板中，它们有自己特别的图标，如图4-1所示。

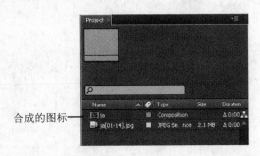

合成的图标——

图4-1 合成图标

双击合成，会看到两个窗口，第一个窗口一般被称为"Composition（合成）"窗口，如图4-2所示。

在"Composition"窗口中，可以交互地编辑合成中的图像。可以把"Composition"窗口看作画家的画布，因为在该窗口中可以实现自己的设计，也可以预览动画来查看动画效果。

第二个与合成相关联的窗口是Timeline面板，也称为Timeline窗口，它显示合成的所有设置，如图4-3所示。

图4-2 "Composition"窗口　　　　　　　　图4-3 Timeline面板

可以把Timeline面板看作是音乐家使用的乐谱，使用它可以创建最终的乐曲。这里的设置可以看作是音符，完成的乐曲可以看作是最终的动画。注意"Composition"窗口和Timeline面板是相互关联的，如果没有其中的一个窗口，那么另一个窗口将无法打开或关闭。如果在编辑过程中关闭了Timeline面板和"Composition"窗口，那么可以使用Project面板重新打开它们。

注意：也有人把"Composition"窗口称为Composition面板，读者要注意这两个概念，它们是一样的。

另外还可以把合成看作是对After Effects发布的指令。最终，After Effects 读取这些指令，把它们解释给每一个帧或者关键帧，并根据合成中的设置进行最后的输出。

合成只能在After Effects的项目中创建。合成位于项目文件之中，不能像其他的素材那样被单独地保存到硬盘上。

在一个项目中可以包含多个不同的合成。可以创建多个合成并把它们全部保存到项目文件中，另外也可以删除不再需要的合成。

4.2　创建合成的方法

After Effects的主要功能就是进行合成。在进行合成时，必须先创建新的合成，共有两种方法来创建合成。

第一种方法：

（1）执行"Composition（合成）→New Composition（新建合成）"命令，或者按Ctrl+N组合键，打开"Composition Settings（合成设置）"对话框，如图4-4所示。

（2）在"Composition Name（合成名称）"输入栏中输入合成的名称，比如Comp 1、

Comp2或者Comp3。另外，还可以设置合成的屏幕Width（宽度）、Height（高度）、Frame Rate（帧频）、Resolution（分辨率）和Duration（持续时间）等。

> **注意**：为合成适当地命名非常重要。因为大多数项目都有几个版本，把每个版本都编号是一个不错的方法。如果要输出两种不同的媒体类型（例如视频和电影），那么要为每组合成起一个不同的名称来区别这两种输出类型。要仔细地为合成命名的另一个原因是用户可能在项目进展过程中做一定的修改。给每个合成起一个特定的名称或编号可以使用户明白合成版本的改变。

（3）从Preset（预置）下拉菜单种选择合适的预置，或者根据需要改变合成的设置选项。

（4）单击Advanced（高级）选项卡，则可以设置一些高级的选项，如图4-5所示。在该选项卡中可以设置Rendering Plug-in（渲染插件）、Motion Blur（运动模糊）和Sample Per Frame（帧采样数）等。

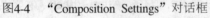

图4-4 "Composition Settings"对话框　　　图4-5 "Composition Settings"对话框

> **提示**：关于合成的选项设置，在后面的内容中进行介绍。

（5）设置完成后，单击"OK"按钮即可。

第二种方法：

可以直接使用Project面板中的素材来创建合成，而且可以使用这里的素材创建一个或者多个合成。下面介绍如何创建。

（1）在Project面板中导入素材后，选择一个或者多个素材。

（2）把选择的素材拖拽到Project面板底部的Create a New Composition（创建新合成）按钮上，如图4-6所示。或者执行"File（文件）→New Comp From Selection（使用选择内容创建合成）"命令即可。

（3）如果在Project面板中选择多个素材文件，然后把它们拖拽到Create a New（创建新合成）按钮上后，就会打开New Composition from Selection（使用选择内容新建合成）"对话框，如图4-7所示。

图4-6 通过拖动方式创建新合成

图4-7 "New Composition from Selection"对话框

（4）设置好需要的选项后，单击OK按钮即可。关于该对话框中的选项，将在本章后面的内容中进行介绍。

4.3　合成设置

由于合成的内容或者目标不同，因此在创建合成时，需要定义一些选项设置。在这一部分内容中，将介绍与合成有关的选项设置。按着前面介绍的方法打开"Composition Settings（合成设置）"对话框，如图4-8所示。

对于合成设置，用户可以随时改变它们。这意味着用户可以以一种方式构思和制作，在完成后以另一种不同的方式进行输出。一般很少有程序能够提供和After Effects一样的灵活性。另外，有时客户经常会改变主意。一旦创建了一个合成，完成了设置，用户可以随时通过选择"Composition→Composition Settings"命令打开"Composition Settings"对话框进行编辑。下面就介绍这些基础选项卡中各选项的意义。注意，在"Composition Settings"对话框中有两个选项卡，Basic（基础设置）选项卡和Advanced（高级设置）选项卡，在不同的选项卡中有不同的设置。首先介绍一下Basic选项卡中的位置。

· Preset（预置）：在该菜单含有很多对普通尺寸和分辨率的选择。它含有对视频、电影、网页和其他很多形式的设置，如图4-9所示。对于学习After Effects的读者而言，尽量使用足够小的尺寸，如320×240，这样可以快速地进行渲染。当制作个人或专业项目时，可以根据输出目标选择不同的预置。

注意：在该菜单栏中，Widescreen是宽屏的意思，　Cineon是宽银幕的意思，HDV/HDTV是高清晰DV/高清晰电视的意思。

· Width、Height和Lock Aspect Ratio to 3:2（宽度、高度和锁定宽高比为3:2）：当改变预置时，宽度和高度的设置也会根据需要而改变。用户可以使用Preset菜单改变这些设置，或者直接在它们的输入栏中输入自定义值。如果用户选中了Lock Aspect Ratio to 3:2，那么可以输入宽度值，After Effects将自动计算高度值。4:3的比率适用于很多的视频，多媒体和电影格式的大小。它使屏幕的宽度大于其高度，看起来像电视或电影的银幕。

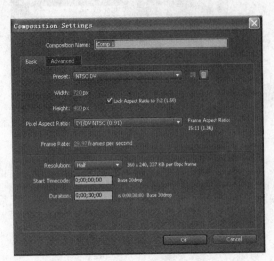

图4-8 "Composition Settings" 对话框　　　　图4-9 预置菜单

- Pixel Aspect Ratio（像素宽高比）：计算机屏幕是由正方形的像素构成的，然而，视频屏幕是由长方形的像素（宽大于高）构成的——在视频编辑界指的是"非正方形像素"。因为这本书旨在教读者使用**After Effects**，并且使用的是计算机屏幕而不是视频屏幕，所以选择正方形像素就可以。如果为视频制作项目，可以把设置改为预置菜单提供的众多视频选项中的一个，如DV、NTSC D1、PAL D1等。当把格式从正方形像素改为非正方形像素格式时，素材看起来会有些被压扁的感觉。在把最终的素材输出为视频时不会有被压扁的感觉。

- Frame Rate（帧频）：不同的输出要求有不同的帧频。在本章下面的内容中将介绍不同的帧频选项，并详细地讲解它们的含义及何时使用它们。视频使用的帧频是30帧/秒。

- Resolution（分辨率）：可以把分辨率设置为Full（全分辨率）、Half（半分辨率）、Quarter（四分之一分辨率）或Third（三分之一）。这是说用户将以1:1、1:2、1:3或者1:4设置预览素材。当处理大格式的电影或使用很多的效果滤镜或者3D时（需要更多时间进行渲染），很多**After Effects**艺术家会缩减分辨率，这样可以快速预览。当渲染最终的电影时，用户可以随时改变这个设置。在编辑时使用半分辨率，而全分辨率的素材不会改变。也就是说，以后可以随时以全分辨率输出而且质量不会受到影响。

- Start Timecode（开始时间码）：0:00:00:01表示它是这个合成的持续时间中的第一帧。有时候，在处理将与电影或视频产品结合的素材时，After Effects艺术家需要使它们的数字与具有特定时间码的序列相匹配。如果改变这个设置使它不是在第1帧开始，那么设置它与外部视频素材的时间码（Timecode）匹配。大多数的人，特别是初学者，都是从第一帧开始。顺便讲一下，在0:00:00:01中，第一个数字是小时（0），后面是一个冒号，第二个数字是分钟（00），后面是一个冒号，第三个数字是秒（00），后面是一个冒号，最后一个数字是帧（01）。

· Duration（持续时间） 用于设置合成的持续时间。

提示：关于像素宽高比的确定

大部分计算机图形显示设备都使用正方形像素。这就是说，像素的高和宽是完全相同的。然而，很多的视频系统和失真（anamorphic）电影项目(使用特殊的镜头拍摄的电影) 使用非正方形的显示系统。非正方形显示系统的高和宽是不同的，这些像素的形状是长方形的。

那么如何决定什么时候使用正方形像素？什么时候使用其他选项呢？基本的原则是：如果制作的项目不是输出为视频或者电影，就选择使用正方形像素。如果正在制作一个视频项目，那么需要确定使用什么视频模式，并从菜单中选择它。在美国，最常见的视频模式是D1/DV NTSC。在欧洲，最常见的标准视频模式是D1/DV PAL，在我国一般也采用这种视频模式。

注意：当制作视频项目时，Start Frame（开始帧）和Start Timecode（开始时间码）的设置都非常关键。比如视频编辑使用时间码作为一个系统来记录所有的编辑内容。可能会根据时间码的数字询问是否从一个特定点开始一个序列或者动画。在视频作品中时间码用于设置确切的小时，分钟，秒和帧。

基本设置完成之后，单击Advanced（高级）选项卡，可以看到一些高级的选项设置，如图4-10所示。

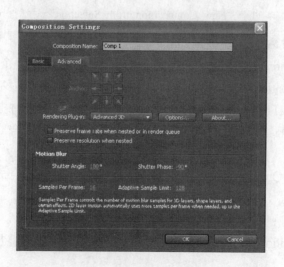

图4-10 高级选项设置

下面介绍一下该选项卡中的选项设置。

· Anchor（锚点）：当调整合成的大小时，如果想使该层靠近合成的一侧或者一角，那么单击需要的箭头即可。

· Render Plug-In（渲染插件）：单击右侧的小三角按钮可以从打开的菜单中选择一种3D渲染插件。

· Preserve frame rate when nested or in render queue（嵌套时或者在渲染队列中保持帧频）：选中该项后，在嵌套或者在渲染队列中可以保持帧频。

- Preserve resolution when nested（当嵌套时保持分辨率）：选中该项后，在进行嵌套时可以保持帧频。
- Shutter Angle/Shutter Phase（快门角度/快门相位）：用于设置对象的运动模糊效果。
- Samples Per Frame（每帧采样数）：用于设置每帧的采样数。
- Adaptive Sample Limit（适应性采样限制）：用于设置合适的采样限制数。

如果使用Project面板中的素材直接创建合成，在Project面板中选择多个素材文件，当把它们拖拽到Create a New Composition（创建新合成）按钮上后，就会打开"New Composition from Selection（使用选择内容新建合成）"对话框，如图4-11所示。

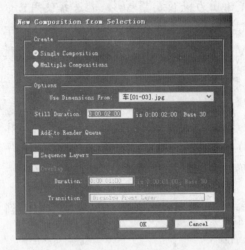

图4-11　"New Composition from Selection"对话框

下面介绍一下该对话框中的选项设置。

- Single Composition（单个合成）：选中该项后，将会创建一个合成。
- Multiple Composition（多个合成）：选中该项后，将会创建多个合成。
- Use Dimensions From（使用……的大小）：通过选择的素材指定新合成的大小。
- Still Duration（静止影像持续时间）：通过指定的值来确定合成中静止影像的持续时间。
- Add To Render Queue（添加到渲染队列）：用于把新建的合成添加到渲染队列中。
- Sequence Layers（序列层）：在序列中排列层。
- Overlay（叠加）：叠加素材中的层。
- Duration和Transition（持续时间和转换）：控制素材中层的叠加方式。

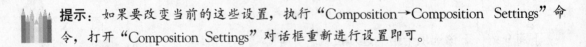

提示：如果要改变当前的这些设置，执行"Composition→Composition Settings"命令，打开"Composition Settings"对话框重新进行设置即可。

4.4　项目设置

在前面的内容中，提到了项目及它对于After Effects工作流程的重要性。在4.3小节中介绍的合成设置在项目中只能影响单独的镜头或者分镜头。也许，读者对于在一个项目中可以含有很多的合成仍然不是很清晰。继续学习本章，这一点会变得更加清晰。项目设置会影响创建的所有合成，并且涉及整个项目的全局设置，而合成设置为单独的合成创建局部的设置。

如果要查看一个项目的设置，那么要执行"File（文件）→Project Settings（项目设置）"命令，打开"Project Settings（项目设置）"对话框，如图4-12所示。在该对话框中有很多的选项设置，理解这些设置和它们的含义是非常重要的。

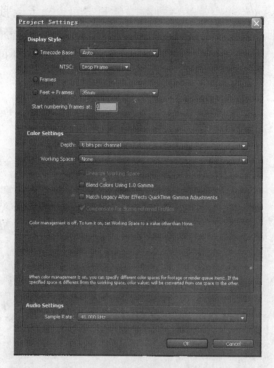

图4-12 "Project Settings"对话框

下面介绍这些设置的含义。

- **Timecode Base**（时基）：当制作视频、网页或多媒体时，选用这个设置。大多数的视频设置为30 fps，如果需要不同的设置，可以设置其他的选择。

- **NTSC**：它有两各选项，一个是**Drop Frame**（丢帧）项，另外一个是**Non-Drop Frame**（非丢帧）项。在NTSC制式下会经常丢帧，因此使用线性方式很难计算帧。很多人选择**Non-Drop Frame**项，这样帧数就会按顺序在**After Effects**的**Timeline**中逐渐增加。实际上，当输出视频时，使用的是每秒29.97帧。对于本书而言，采用**Non-Drop Frame**设置。坦白地说，为了更容易地计算帧，大多数的**After Effects**艺术家都采用**Non-Drop Frame**设置。这不会影响最后的视频输出，也不会影响预览和编辑。

- **Frames**（帧）：如果选择这个设置，那么**After Effects**将计算帧数，而不是小时、分钟、秒和帧。大多数制作一般动画或者角色动画的动画师都习惯于使用这种方式，因为动画师一般都按顺序对图像进程编号，并且通过帧的编号引用它们的图像。

- **Feet+Frames**（胶片长度+帧）：如果是要制作成胶片，那么选用这个设置。胶片是由英尺和帧来计算的，35mm的胶片每秒运行24帧。因此，如果使用的是35mm的胶片，那么一英尺是24帧。对于非专业的电影制作人来讲，不太容易计算时间，所以除非在编辑一个真正的电影项目，否则不建议使用这个设置。这里，有35mm或16mm两个选项。**Start Numbering Frames**设置指第一个帧的编号。通常，电影制作人把第一个帧称为1号，但是用户可以输入需要的任意数值。

- Depth（颜色深度）：对于大多数的项目而言，8 bits/ Per channel是合适的设置。唯一接受16 bits Per channel的系统是电影系统，但是它高昂的价格超出了大多数After Effects艺术家的需要。不过，用户也可以使用After Effects制作高端的电影项目。
- Working Space（色彩空间）：视频的色彩空间也属于色彩的概念，这些概念是为了在不同的应用场合中方便地描述色彩，以对应不同的场合和应用。数字图像的生成、存储、处理和显示对应不同的色彩空间，需要做不同的处理和转换。在其右侧的下拉菜单中包含有多种色彩应用空间。

4.5 "Composition"合成窗口

"Composition"窗口是进行合成的地方，也有人把它称为合成面板，如图4-13所示。

图4-13 "Composition"窗口

提示：在默认设置下，"Composition"窗口的右侧有一部分内容没有显示出来，可以通过拖动窗口右侧或者左侧的边缘将其显示出来。

A. Always Preview This View（总是预览该视图）按钮：把当前视图作为默认的预览视图。

B. Magnification Ratio（缩放比例）菜单：用于设置视图的放大比例。

C. Title-Action Safe（动作安全框）菜单：用于设置视图中字幕安全区和动作安全区。

D. Toggle View Masks（切换视图遮罩）按钮：用于切换遮罩和影像。

E. Current Time（当前时间）按钮：单击该按钮后，打开Go To Time窗口，用于设置新的帧或者时间。

F. Take Snapshot（快照）按钮和Show Last Snapshot（显示最后快照）按钮：用于捕捉或者显示图像内容。快照不被保存到磁盘中，按住Show Last Snapshot按钮不放可以看到最近的快照。

G. Show Channel and Color Management Settings（显示通道和颜色管理设置）菜单：用于设置合成的RGB、Red、Blue、Green和Alpha通道。

H. Resolution/Down Sample Factor（分辨率和采样系数下拉列表）菜单：用于设置当前合成的分辨率。

I. Region Of Interest（观察区域）按钮：设置要预览的合成区域。

J. Toggle Transparency Grid（透明网格开关）按钮：用于查看棋盘格背景和背景色。

K. Active Camera（激活摄像机）菜单：用于设置当前视图的种类，比如摄像机视图、前视图和顶视图等。

L. Select View Layout（选择视图布局）菜单：用于设置视图的布局模式，比如把视图设置为4视图模式，如图4-14所示。

图4-14 设置视图布局

M. Toggle Pixel Aspect Ratio（像素宽高比开关）：用于设置像素比。

N. Fast Preview（快速预览）：用于设置预览模式，比如线框模式。

O. Timeline（时间标尺）：用于激活Timeline面板。

P. Comp Flowchart View（合成流程图）：用于查看合成的流程图。

4.5.1 设置背景色或者粘贴板的颜色

在默认设置下，合成窗口中的背景色是黑色的，可以随时改变它的背景色。当添加第2个合成或者嵌套合成时，第2个合成的背景色被保留，第1个合成的背景色变成透明的。另外还可以在合成窗口中设置粘贴板的颜色。下面介绍如何进行设置。

（1）如果要设置合成的背景色，那么执行"Composition（合成）→Background Color（背景色）"命令，打开"Background Color（背景色）"对话框，如图4-15所示。

（2）单击"Background Color"对话框中的颜色框，打开"Color Picker（颜色拾取器）"对话框，如图4-16所示。

（3）在"Color Picker"对话框中选择一种颜色后，单击"OK"按钮关闭该对话框，然后再单击"OK"按钮关闭"Background Color"对话框，就会看到"Composition"窗口中的背景色改变成了设置的颜色，比如白色，如图4-17所示。

（4）如果要改变界面的亮度，那么执行"Edit（编辑）→Perferences（预置）→Appearance（外观）"命令，打开"Perferences（预置）"对话框，如图4-18所示，然后根据需要调整Brightness（亮度）下方的滑块即可。

图4-15 "Background Color"对话框

图4-16 "Background Color"对话框

图4-17 改变背景色（左黑右白）

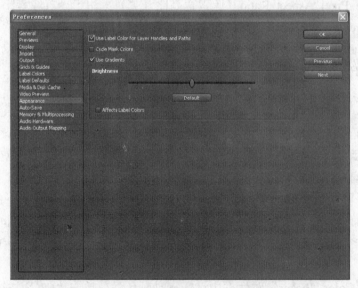

图4-18 "Perferences"对话框

4.5.2 关闭或者打开透明栅格

在"Composition"窗口中，可以很容易地打开或者关闭透明的栅格。在"Composition"窗口的菜单中选择Transparency Grid（透明栅格）命令或者单击"Composition"窗口底部的 ▦ 按钮即可打开透明的栅格，如图4-19所示。再次选择Transparency Grid命令或者单击 ▦ 按钮即可关闭透明的栅格。

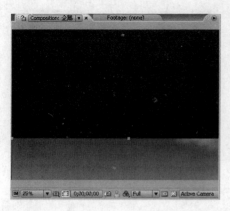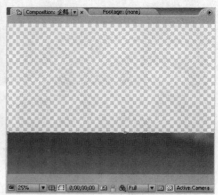

图4-19 打开透明的栅格（右图）

4.5.3 改变观察区域

在"Composition"窗口中，可以观察整个影像，也可以选择其中的一部分进行查看，也就是所谓的改变观察区域（Region of Interest）。如果只想观察某一区域，那么在"Composition"窗口底部单击Region of Interest按钮 ，然后围绕需要显示的区域拖拽出一个范围框即可，如图4-20所示。

图4-20 改变观察区域（右图）

如果要恢复初始的视图状态，那么再次单击Region of Interest按钮 即可。

4.5.4 设置视图的显示大小

使用"Composition"窗口底部的显示比例菜单可以设置视图的显示比例，比如可以把视图设置为按100%显示、25%显示或者33.3%显示等，如图4-21所示。

> 提示：可以在"Composition"窗口中使用工具箱中的选择工具 或者手形工具 移动影像的显示位置，如图4-22所示。

4.5.5 设置视图的显示分辨率

使用"Composition"窗口底部的分辨率显示比例菜单可以设置视图的显示分辨率，比如可以把视图设置为Full（全分辨率）显示、Quarter（四分之一）分辨率显示等，分辨率越低，预览速度也越快，如图4-23所示。

33.3%显示　　　　　　　　　　　　　　100%显示

图4-21　改变视图的显示比例

图4-22　改变视图的显示位置

全分辨率显示　　　　　　　　　　　　四分之一分辨率显示

图4-23　改变视图的显示分辨率

4.6　替代素材

在使用After Effects进行合成项目时，有时为了加快预览和渲染的时间，需要使用一些特定的手段，比如使用占位符和代理来替代Timeline的视频或者音频素材等。

提示：本章后面的这些内容，对于初学者而言可能不好理解，可以等学完后面的内容后再回头阅读这一部分的内容。

4.6.1 占位符和代理

在**After Effects CS4**中，需要临时使用替代物替代某个合成素材时，可以使用占位符或者代理。

占位符一般是指临时替代丢失素材的静止颜色条图片，如图4-24所示。在合成过程中，如果想尝试某种设计而没有可用的素材时，就可以使用占位符替代。而不必提供任意的**After Effects**素材。

一般情况下，使用低分辨率或者静止版本的素材替代原始的素材，这样可以节省很多的处理时间。当需要加快预览或者提高渲染速度时，可以使用代理来替代实际的素材，但是必须具有可用的作为代理的文件。

不论使用那种方式，应用到占位符或者代理的遮罩、属性、表达式、效果和关键帧，在插入实际的素材后都会被应用到实际的素材。另外，还可以为占位符设置代理，这样就可以使用低分辨率或者静止版本的素材。

4.6.2 使用占位符和丢失的素材

在**After Effects**中，占位符显示为静止的颜色条。可以把各种属性、表达式、特效和关键帧应用到占位符。当有可用的实际素材时，就可以使用实际素材替换占位符，应用的各种设置也会应用到实际素材中。

为了获得最佳的效果，需要把占位符的大小、持续时间及帧频设置得和实际素材的大小、持续时间及帧频相同，否则可能得不到预期的效果。

打开一个项目时，如果找不到源素材，那么在**Project**面板中的素材项目将会被标记为丢失，丢失素材的名称以斜体字显示，而且所有使用该素材项目的合成都会使用一个占位符替换它。

如果要使用占位符，那么执行"File（文件）→Import（导入）→Placeholder（占位符）"命令，打开"New Placeholder（新建占位符）"对话框，如图4-25所示。

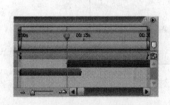

图4-24 占位符

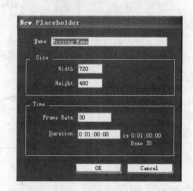

图4-25 "New Placeholder"对话框

在"New Placeholder"对话框中设置好名称、大小、帧频和持续时间，然后单击"OK"按钮即可应用占位符。

如果要使用实际的素材替换占位符，那么执行"File（文件）→Replace Footage（替换素材）→Placeholder（占位符）"命令，打开"New Placeholder（新建占位符）"对话框，找到需要的实际素材，然后单击"OK"按钮即可替换占位符。

4.6.3 使用代理

在After Effects的合成中，电影、图像及合成会占用很大的内存及磁盘空间，这样会降低预览和渲染的速度。但是使用低分辨率的代理替换实际的素材就可以极大地减少占用的内存及磁盘空间。在最后使用实际的素材替换代理后，应用到代理的效果、属性及遮罩也会应用到实际的素材。

在使用代理时，After Effects将把所有合成中的实际素材替换为代理。工作完成后，After Effects可以使用实际的素材替换合成中的代理。

当把合成渲染为电影时，可以选用实际分辨率的素材，也可以选用它们的代理。一般在需要快速地通过渲染来测试物体运动时，就可以选用代理进行渲染，因为这样的渲染速度相对来说非常快。

为了获得最佳的效果，需要把代理的宽高比设置得和实际素材一样。比如，实际像素的宽高比是640×480，那么代理的宽高比应该设置为160×120。当导入代理项目后，After Effects将把代理项目进行缩放，大小相同，而且持续时间和实际素材相同。

如果要在Project面板中查找和使用代理，那么执行"File（文件）→Set Proxy（设置代理）→File（文件）"命令，打开"Set Proxy File（设置代理文件）"对话框，如图4-26所示。找到并选择作为代理的文件，然后单击"打开"按钮即可。

图4-26　"Set Proxy File"对话框

如果要在源素材和它的代理之间进行切换，那么单击源素材名称左侧的代理指示器即可。

如果要停止使用代理，那么选择源素材项目，然后执行"File（文件）→Set Proxy（设置代理）→None（取消）"命令即可。注意，执行"File（文件）→Create Proxy（创建代理）"命令则可以把选择的素材创建成代理。

在Project面板中，实际素材和它的代理是有区别的，如图4-27所示。

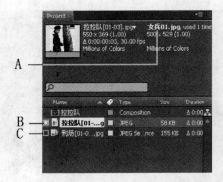

A. 代理名称　B. 正在使用的代理　C. 未使用的代理

图4-27　Project面板

4.7　嵌套

在合成中，嵌套是一种非常有用的技术，通过应用嵌套可以在合成中应用更多的遮罩、效果或者变换效果。

比如，可以使用嵌套使一个星球体进行公转和自转，就像地球的旋转运动那样。先在一个合成中为星球体应用公转运动，然后把该合成应用到另外一个合成中，成为一个新的合成层，注意要包含有背景，然后为星球体应用自转运动，如图4-28所示。

图4-28　星球体的影像

在当前合成中改变特定的设置时，所应用的改变将会应用到嵌套的合成中，比如质量设置，也可以通过设置使改变不应用到指定的嵌套合成中。

在嵌套合成时，必须通过从Project面板中把合成图标拖拽到Timeline面板中的另外一个合成中。如果在"Composition"窗口中的目标合成处于激活状态，那么也可以直接拖拽到"Composition"窗口中进行嵌套。

4.7.1　使嵌套的合成当前时间同步

当打开与一个合成相关的面板时，比如Timeline面板、Layer面板或者Effects Controls面板，如果改变一个面板中的当前时间，那么其他面板中的当前时间也会发生相应的改变，如图4-29所示。

"Composition"窗口　　　　　Timeline面板

图4-29　时间同步

但是，当改变一个合成中的当前时间时，隶属于其他合成的面板中的当前时间不会发生改变，除非使用嵌套的合成。在隶属于一个嵌套合成的所有面板中，可以使当前时间保持一致。After Effects提供了一个参数可以更新嵌套合成的所有面板中的当前时间。执行"Edit（编辑）→Preferences（预置）→General（总体设置）"命令，打开"Preferences"对话框，如图4-30所示。

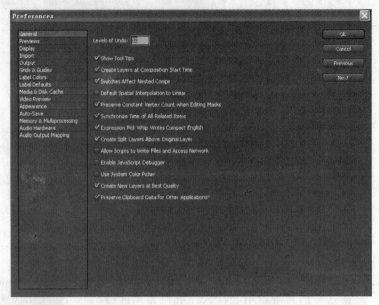

图4-30 "Preferences"对话框

在"Preferences"对话框中勾选"Synchronize Time of All Related Items（同步所有相关时间）"项，然后单击"OK"按钮即可。

4.7.2 预渲染嵌套合成

复杂的嵌套合成需要很长的时间才能进行预览和渲染，但是可以通过预渲染嵌套合成来避免这样的问题，节省很多的时间。通过把嵌套合成渲染成小电影并把它作为实际嵌套合成的一个代理，作为渲染后的电影，会需要较少的计算，从而在显示和渲染时会需要较少的时间。对于预渲染的合成仍旧可以对它实施改变，因为初始的嵌套合成仍然被保存在项目列表中。当在一个项目中多次使用一个嵌套合成时，预渲染是非常有用的。

渲染最终的主合成时，使用预渲染的电影替代嵌套合成不仅可以节省很多的时间，而且还可以减少系统资源的占有量。注意，在进行预渲染时，使用的设置要和最终输出的设置保持一致。

预渲染合成需要三个阶段：第一是创建合成，第二是渲染创建的合成，第三是把渲染的合成设置为代理。使用预渲染命令可以自动完成最后两步的操作，下面介绍预渲染命令的使用。

（1）在Project面板或者"Composition"窗口中选择需要进行预渲染的合成。

（2）选择"Composition（合成）→Pre-render（预渲染）"命令，打开"Output Movie To（输出电影到）"窗口，如图4-31所示。在该窗口中设置好文件名称和输出文件类型，然后单击"保存"按钮即可。

4.7.3 编辑预渲染的合成

对于预渲染后的合成，也可以进行编辑。下面简单地介绍一下编辑过程。

图4-31 "Output Movie To"窗口

（1）在Project面板中单击代理指示器，使它变成空白的，这样是为了关闭代理，从而可以使After Effects使用该项目中的实际合成素材。

（2）在Project面板中双击合成，该合成被预渲染成代理电影。

（3）编辑合成。

（4）保存项目。

（5）把合成再次渲染成电影，注意要把文件名设置得和前一版本的电影相同。

（6）渲染完成后，把电影设置为该合成的代理。

这样当再次观看包含该电影的合成时就是新渲染的电影了。

4.7.4 预排列层

通过预先排列层可以很容易地把层嵌套在当前的合成中。通过预排列把层（一个或者多个）移动到新的合成中。合成将替代选择的层，在一般的嵌套中不会出现这种情况。当需要改变层的渲染顺序时，通过预排列可以快速地在当前层级中创建出中间级的嵌套。

 提示： 关于层的内容，将在本书后面的章节中进行详细介绍，在此只简单了解即可。

下面简要地介绍一下预排列层的操作过程：

（1）在Timeline面板中选择进行预排的层。

（2）执行"Layer（层）→Pre-compose（预排）"命令，打开"Pre-compose（预排）"对话框，如图4-32所示。

下面介绍一下该对话框中的几个选项。

- Leave all attributes in：遗弃选择层的属性和原始合成中的关键帧。新合成中的帧大小和选择层的大小相同。当不需要改变渲染顺序时选择该项。

- Move all attributes into the new composition：把合成中的所有属性移动到新合成中。新合成中的帧大小和初始合成的大小相同。当需要改变渲染顺序时选择该项。

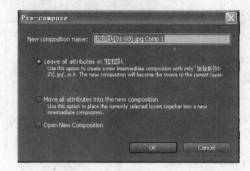

图4-32　"Pre-compose"对话框

· Open new composition：选择该项后会打开新的合成。

（3）根据需要选择合适的选项，然后单击"OK"按钮即可。

第5章 预 览

预览就是预先或者提前观看合成的效果，也可以是预先检查音频的效果。通过预览可以检查合成是否满足需要，或者说是否获得了预期的效果。本章将介绍与预览有关的知识。

本章主要介绍下列内容：

* 预览合成和音频
* Preview（预览）面板
* 预览模式
* 改变视图的显示

5.1 预览的作用

在以往的电影或者DV制作中，如果要预览动画，必须先照相，然后把胶片送到洗印室，等到第二天甚至更多天才能结果。而现在，After Effects CS4把该过程简化了，但是在预览方面还涉及很多的技术。

在After Effects中创建了动画并设置了关键帧设置后，After Effects就会渲染每一个帧。如果有很多的层、效果或者属性设置，那么渲染就会需要很多的时间。尽管在查看单帧时几乎没有什么意义，但是，当渲染包含多帧的复杂合成时，其意义就非同寻常了。因此，预览的速度就会成为非常重要的问题。本章将介绍一些技术来加快预览和渲染的速度，从而节省宝贵的时间。

最主要的预览"工具"是Preview面板，也可以使用Timeline面板进行预览，当然在进行预览时都离不开"Composition"窗口。

5.2 Preview面板

在前面的章节中，已经简单地介绍过Preview（预览）面板。和After Effects中的其他面板一样，该面板看起来比较复杂，但实际应用非常简单。如果该面板还没有打开，那么在菜单栏中选择"Window→Time Controls"命令打开它，如图5-1所示。

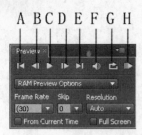

图5-1　Preview面板

该面板是控制预览的主要工具，包含有很多个按钮和选项设置，下面就介绍几个按钮的功能。

 提示：以前版本中Preview面板称为Time Control（时间控制）面板，要注意该面板名称的改变。

　　A. First Frame（第一帧）：与摄像机上的倒带按钮相同，使用该按钮可以从当前帧直接跳至第一帧。

　　B. Previous Frame（前一帧）：允许在反方向上以单帧形式浏览电影。注意这里的电影可以是合成、动画或者其他视频内容。

　　C. Play/Pause（播放/暂停）：单击该按钮后可播放动画，但不是实时播放。再次单击该按钮可以停止播放电影。

　　D. Next Frame（下一帧）：允许以单帧模式浏览动画。

　　E. Last Frame（最后一帧）：单击该按钮后，从当前帧直接跳至最后一帧。

　　F. Audio（音频）：按住该按钮可以听到音频（使用RAM Preview按钮听到的音频，而不是Play按钮）。

　　G. Loop（循环播放）：允许重复地观看合成动画。单击该按钮可以使After Effects重复地播放电影。

　　H. RAM Preview（RAM预览）：使After Effects以真实的速度播放合成电影。可能需要等待一段时间，因为程序要渲染预览，但是只渲染一次，使用它播放的速度要比使用Play按钮播放的速度快。

　　在Timeline面板中显示的绿色条表示计算机可以在RAM中播放。另外在该面板中还可以设置电影的帧频、是否跳帧以及分辨率等。

注释：RAM和RAM预览

这里的RAM指的是计算机的内存。在使用RAM预览时，通常会在显示完成整个合成之前停止预览。这可能是由于计算机没有足够的RAM来运行整个合成动画。可以购买更大的内存来解决该问题，Adobe公司建议使用512MB以上的内存，越大越好。或者使用在本章中介绍的其他一些方法，比如，跳帧或者降低预览分辨率。

5.3　预览的类型

　　在After Effects CS4中有4种类型的预览：手动预览、标准预览、RAM预览和线框预览。

　　·手动预览

　　当一次一帧地分析动画的运动或者把当前时间设置到特定帧时就可以使用手动预览。Timeline面板中的Time Controls Indicator滑块、Shuttle滑块和Preview面板中的Previous Frame/Next Frame和Play/Pause按钮都属于手动预览类型。

　　·标准预览

　　通过按键盘上的空格键或者单击Preview面板上Play/Pause按钮即可访问标准预览类型。

如果打算观看每一帧，那么就可以使用该模式。也可以使用它以低于实时播放的速度来分析运动。当可用的内存较少时或者需要从头至尾地观看整个动画时也可以选择标准预览模式进行预览。

· RAM预览

当需要实时播放时，使用RAM预览是最有用的。可以在Preview面板上找到它。也可以设置两种RAM预览模式，并可以在它们之间进行切换以优化工作流程。最好使用的两种模式是设置一个具有较高的图像细节，另外一个具有较低的图像细节。使用较高的图像细节时会去掉一些在RAM中播放的帧。根据可以应用的系统内存，可能需要选择跳帧来优化播放效果。

· 线框预览

当需要实时播放，而且使用图像轮廓就能提供需要的预览时就使用线框预览。线框预览会使用相对较少的内存，当具有大量的帧而可用内存相对较少时使用这种模式相当好。使用该方法可以预览很长的动画片段。选择"Composition（合成）→Preview（预览）→Wireframe Preview（线框预览）"命令即可进行线框预览，如图5-2所示，可以看到的是一些点状线框。

图5-2　线框预览（右图）

注意：在有的书籍、网络或者文件中，会看到两个英文单词：Comp和Composition，其实这两个词语是相同的，都是合成的意思，Comp是Composition的缩写。Composition在正式的文本中使用，比如"Composition"窗口。Comp在非正式的文本中使用，比如创建一个新的Comp，打开一个Comp或者关闭你的Comp。

5.4　Preview面板中的播放模式

在Preview面板中有三种可用的播放模式。这三种模式决定预览动画的方式，分别是一次性播放、连续地循环播放以及连续地向前或者向后播放。

尽管可能不需要经常改变播放模式，但是在After Effects CS4中的每种播放模式都是必需的。在下面的内容中，将介绍怎样使用这三种播放模式，并介绍使用它们的原因。

（1）把配套资料中的第4章文件夹复制到计算机的硬盘上。

（2）选择"File→Open Project"命令打开复制到计算机硬盘上的"单画面.aep"文件，或者从文件夹打开"单画面.aep"项目，并在Project面板中通过双击将其打开，如图5-3所示。

（3）该合成文件已经提前准备好了，它是一个小的动画合成文件。关于动画的制作，将在本书后面的内容中进行介绍。

（4）在Preview面板中单击Loop（循环）按钮，直到它显示Loop图标。单击该按钮时，它会显示不同的按钮。确定显示出循环图标，然后单击RAM Preview按钮播放动画，如图5-4所示。

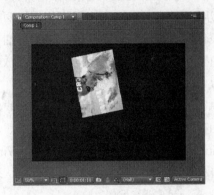

图5-3　打开的预览文件　　　　　　　　图5-4　Preview面板（1）

选择循环图标可以使动画连续播放，直到在屏幕上单击或者按键盘上的空格键。对于分析对象的运动而言，该播放模式最好用。

（5）单击Loop按钮，直到它显示Play Once图标，并单击RAM Preview按钮，如图5-5所示。

在Play Once模式中，动画只播放一次，并在第一帧停止。如果打算只预览一次并快速地找到进行调整的位置，那么最好使用这种方法。也可以用于为客户进行预览。

（6）再次单击Loop按钮，直到它显示Ping Pang图标，并按键盘上的空格键。按键盘上的空格键是按播放按钮预览动画的快捷方式，如图5-6所示。

图5-5　Preview面板（2）　　　　　　　图5-6　Preview面板（3）

使用Ping Pang模式可以连续地向前或者向后进行播放。该模式对于分析复杂的运动比较好。有时，也可以用于帮助以反向方式查看动作，速度可能很慢，但是可以确定动作的细微之处。

（7）在预览完动画以后，按任意键停止预览，使图标返回到Loop模式，它是Time Controls预览的默认设置。

5.5　跳帧预览

还可以使After Effects通过跳帧进行快速的RAM预览。当创建了一个很大的项目时，需要很长的时间进行预览，此时就可以通过跳帧来加快预览播放。使用跳帧预览的原因是：如果直接单击Timeline面板中的RAM Preview按钮，会使After Effects花费一定的时间进行预览。播放时，一般不会播放到最后，除非计算机有足够的内存。如果在Preview面板的Skip Frames（跳帧）输入栏中输入数值1，这样可以跳过一帧，并再次单击RAM Preview按钮。应该花费一点时间准备预览，而且现在应该能够播放整个动画，如果不能，那么在RAM Preview项的Skip Frames输入栏中输入数值2，甚至可以输入更大的数值，如图5-7所示。

图5-7 设置跳帧

使用Skip Frames（跳帧）功能可以帮助浏览整个合成，即便没有足够的内存播放每一帧。当需要进行实时预览，而不需要查看每个单帧时，这种预览技术就非常有用。它可以使用户获得精确的时间概念，但不是精确的动画外观概念。注意，预览完成后，把Skip Frames的数值设为0。保存该项目，并保持该合成打开，以便进行后面的操作。

> **提示**：如果将Skip Frames项的值设置为1，那么可以使预览显示一帧，然后再略一帧。该预览的整个过程都是这样的。通过设置跳帧可以节省内存。省略的每一帧都会节省内存的使用。但是，省略的帧越多，预览就越不平滑。如果需要节省内存，最好先通过省略一帧来查看在播放时能够节省内存的数量。
> 选择跳帧的另外一个原因是它可以在预览时加快渲染的速度。如果设置该项省略一帧，那么渲染的时间就可以节省50%。

5.6 降低预览的分辨率

通过降低预览的分辨率，也可以适当提高预览的速度。在处理分辨率方面，After Effects与其他一些程序稍有不同。在After Effects中使用的文件的分辨率应该是72dpi（点/英寸），或者在合成时自动转换成这样的分辨率。After Effects使用像素/英寸作为分辨率的单位，而不是使用点/英寸。要在"Composition Settings（合成设置）"对话框中设置分辨率。不管分辨率是怎样设置的，都要考虑由After Effects使用的full resolution（全分辨率）。

通过设置RAM Preview Resolution（RAM预览分辨率）选项可以以低于全分辨率的低分辨率预览动画。这样会增加播放和预览的速度，因此它是另外一种加快工作流程的方法。可以合并使用跳帧和降低分辨率这两项。

（1）打开一个合成文件，然后在Preview面板中，确定Skip Frames（跳帧）的数值是0，把Resolution（分辨率）项设置为Quarter（四分之一），也可以设置为二分之一或者三分之一，如图5-8所示。不管现在为After Effects设置的分辨率是多少，分辨率都要降低75%。

（2）单击RAM Preview按钮▶，所有的帧都以四分之一的分辨率被渲染并且被实时播放。当需要节省内存时，使用该设置可以预览合成的所有帧，而且还可以加快预览渲染时间，因为低分辨率的图像可以被更快地渲染。不好的方面是素材的播放效果不太好。它可以在运动方面获得好的概念，但是不会获得好的外观效果。

（3）如果需要，可以保存该项目，然后关闭打开的合成文件。

提示：通过设置Frame Rate（帧频）项也可以加快预览的速度。有时候，需要使用比合成设置更快或者更慢的速度预览电影，就可以使用Frame Rate选项。该方法是另外一种分析运动的途径。

在Preview面板中，可以把Frame Rate项设置为60帧/秒。如果使用RAM Preview按钮的话，那么该动画将以该合成设置的2倍的速度进行播放，设置的帧频值越低，播放速度也越慢，如图5-9所示。

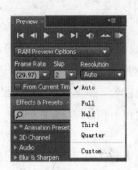

图5-8　设置分辨率

图5-9　设置帧频

使用Auto（自动）项可以自动调整帧速率来匹配该合成设置。

注意：也可以直接在"Composition"窗口中设置影像的分辨率，在前面的内容中介绍过。

5.7　预览观察区域

通过定义观察区域（Region of Interest），可以预览图像的特定区域。通过设置小的预览区域可以减少渲染时间和加快工作流程，还可以将精力集中到有限显示区域的细节上。

可以很容易地使用观察区域。在设置好观察区域后，它就可以一直被使用，而且可以通过单击按钮来打开和关闭它。在这一部分内容中，将学习有关观察区域的知识。

（1）在Project面板中双击一个合成文件，在"Composition"窗口中把它打开，如图5-10所示。

（2）单击Region of Interest图标，光标将改变成Marquee（矩形框）工具，在左上角拖拽来定义观察区域。使用矩形框的控制手柄可以调整观察区域的大小。调整好大小后，观察矩形框之外的画面内容将会消失，如图5-11所示。

注意：通过使用移动工具拖动观察区域的边缘可以移动它的位置。

（3）在"Composition"窗口中，把Magnification Ratio（缩放系数）项的数值设置为200%。如果把光标放在"Composition"窗口中的话，按住空格键将会显示Hand工具，单击Hand工具并移动可以在"Composition"窗口中移动观察区域。

提示：也可以使用工具箱中的Zoom Tool（缩放工具）进行缩放来查看特定的区域。按住Alt（Windows）键可以使用缩放工具缩小或放大观察区域，按空格键预览动画。

图5-10　在"Composition"窗口中打开文件

图5-11　观察区域

（4）在观察区域关闭的情况下，按住Alt键单击"Composition"窗口底部的Region of Interest图标可以去除观察区域。Marquee（矩形框）工具再次显示，这样可以重新创建新的观察区域。

（5）最后保存该项目。

5.8　使用Work Area设置限制预览

有时，如果电影或者DV很长，可能只想预览调整的部分。在这种情况下，就可以使用Timeline面板中的Work Area（工作区域）设置。这一部分将介绍使用工作区域（Work Area）的内容。

（1）通过双击Project面板中的合成，把它打开。在Timeline面板中拖拽工作区域的左侧到需要的位置处，然后把右侧拖拽到需要的位置处，如图5-12所示。

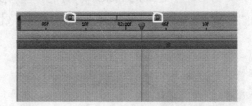

图5-12　设置工作区域

（2）在Preview面板中单击RAM Preview按钮█，将会看到预览中包含的只有工作区中的帧。电影将在设置的时间点开始，而不是从00:00:00处开始。如果只想预览Timeline面板中的一小部分，那么使用这种方法是非常有用的。

> **提示**：如果动画不能完整播放，那么需要把RAM Preview选项设置为Half或者更低来降低分辨率。

除了拖拽工作区标记以外，还可以使用键盘快捷键来设置这些点。把工作区的开始点设置到当前时间的快捷键是B，把工作区的结束点设置到当前时间的快捷键是N。

5.9 怎样确定预览设置

到现在为止，已经学习了几种不同的预览设置，可能会混淆它们的使用。在设置预览时，可以使用下列表格作为参考，如表5-1所示。

表5-1 预览设置总结

位置	功能	原因
Timeline面板	在Timeline面板中设置工作区，在Preview面板中使用RAM预览	当电影较长而且需要的渲染时间也比较长时，可以减少在预览期间显示的帧数
"Composition"窗口	选择分辨率的大小：全、一半、三分之一或者四分之一	当静态预览需要较长的时间和尝试移动一个物体时使用该项
"Composition"窗口	设置观察区域	只想集中查看影像的一小部分区域时使用
Preview面板	选择播放模式：一次性、循环或者往复播放	用于选择观看的方式：一次、重复、往复
Preview面板	使用RAM预览或者Shift+RAM预览。	用于实时预览。可以使用Shift键访问第2组设置，可用于在精确预览和快速预览之间进行切换

5.10 其他预览模式

预览模式用于平衡显示质量与速度之间的关系。所有的预览模式都适合于标准预览、手动预览和RAM预览，以及"Composition"窗口底部Fast Previews（快速预览）下拉菜单中的预览，如图5-13所示。

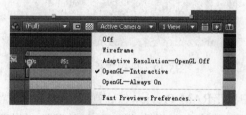

图5-13 其他预览

5.10.1 OpenGL预览

OpenGL预览是一组标准，可为多种应用程序提供高性能的2D和3D图形。对于After Effects用户而言，使用它可以提供高质量的预览，而且相对其他播放模式而言需要的渲染时间比较少。OpenGL还可用于加快最终的渲染。

为了在After Effects软件中更好地发挥OpenGL的作用，需要安装支持OpenGL 2.0的OpenGL卡，它能够支持Shader（光影）和NPOT纹理。最低需要安装一个能够支持OpenGL 1.5的OpenGL卡。第一次启动After Effects时，可能会显示关于OpenGL卡是否匹配的信息，用户还可以关闭或者开启OpenGL功能。

打开After Effects后，选择"Edit（编辑）→ Preferences（预置）→ Previews（预览）"命令，打开"Preferences（预置）"对话框，如图5-14所示。

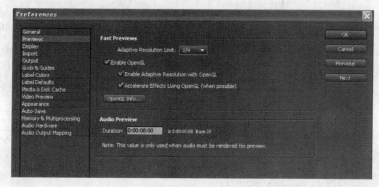

图5-14 "Preferences"对话框

在"Preferences"对话框中，单击"OpenGL Info"按钮即可打开显示有OpenGL信息的"OpenGL Information（OpenGL信息）"对话框，如图5-15所示。

在"OpenGL Information"对话框中显示了关于经销商、渲染器、版本号、纹理内存、灯光和阴影的各种信息。注意通过为不同的选项设置参数值都可以设置OpenGL。它支持下列功能：

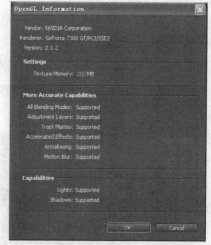

图5-15 "OpenGL Information" 对话框

- 阴影
- 灯光
- 遮罩
- Alpha通道
- 轨道蒙版
- 交叉层
- 2D层和3D层的变换
- GPU加速效果，包括亮度&对比度、颜色平衡、曲线、色相&饱和度、色阶、高斯模糊、快速模糊、锐化、通道模糊、反相和噪波等
- 除消溶之外的所有混合模式
- 3D层的金属属性
- 2D模糊
- 调整层
- 抗锯齿

当然，在After Efters中的这些功能还取决于OpenGL硬件，这方面的信息可以与硬件经销商进行联系。

下面介绍如何关闭和启用OpenGL。

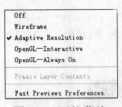

图5-16　下拉菜单

（1）选择"Edit（编辑）→ Preferences（预置）→ Previews（预览）"命令，打开"Preferences"对话框。

（2）选中Enable OpenGL项，然后单击"OK"按钮关闭"Preferences"对话框。

（3）在"Composition"窗口的底部单击Fast Previews按钮，打开其下拉菜单，如图5-16所示。

下面简单地介绍一下其中的两个选项。

- OpenGL—Interactive：选择该项后可进行交互式预览，比如在Timeline面板中通过拖动滑块进行预览，或者在"Composition"窗口中拖动层进行预览。
- OpenGL—Always On：选择该项后进行的所有预览都使用OpenGL。在这种模式下，OpenGL将显示在"Composition"窗口的左上角。

（4）根据需要选择合适的选项即可。

5.10.2　使用Adaptive Resolution预览

当需要保持播放速度时，使用Adaptive Resolution（适应性分辨率）预览可以降低层的分辨率。比如在预览比较复杂的动画效果时或者在预览需要大量内存的电影和层时就可以使用这种预览模式。下面介绍一下使用Adaptive Resolution预览的操作步骤。

（1）选择"Edit（编辑）→ Preferences（预置）→ Previews（预览）"命令，打开"Preferences"对话框，如图5-17所示。

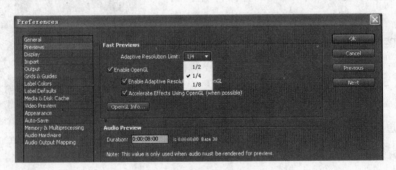

图5-17　"Preferences"对话框

（2）从Adaptive Resolution Limit菜单中选择合适的选项。

（3）在"Composition"窗口的底部单击Fast Previews（快速预览）按钮，从打开的下拉菜单中选择Adaptive Resolution（适应性分辨率）项即可。

5.10.3　使用Freeze Layer Contents预览

当启用OpenGL时，由运动影像组成的层需要OpenGL卡中的大量内存才能进行预览，要比只预览静止影像需要的内存更多。而在使用Freeze Layer Contents（冻结层内容）预览可以只显示一个层中的第一帧，从而加速预览。

在"Composition"窗口的底部单击Fast Previews（快速预览）按钮，从打开的下拉菜单中选择Freeze Layer Contents项即可使用该预览模式。

5.10.4 使用Live Update预览

当关闭Live Update（直播更新）模式后，在"Composition"窗口中移动合成的层时，After Effects将以线框形式显示层内容，而不显示实际的层内容。当停止移动层时，就会返回到实际显示模式。注意该预览模式的开关按钮位于Timeline面板中。

- 如果要关闭或者启用Live Update（实时更新）模式，那么在Timeline面板中单击Live Update按钮即可，如图5-18所示。
- 如果想临时关闭或者启用Live Update按钮，那么在"Composition"窗口中拖动层时按住Alt键。

5.10.5 使用Draft 3D预览

在Draft 3D（3D草图）模式下，所有3D层上的灯光和阴影都会被关闭，而且也会关闭摄像机的景深模糊功能。在使用这种模式时，预览的速度比较快，因为关闭灯光和阴影会减少系统的运算量。该预览模式的开关按钮也位于Timeline面板中。

如果要关闭或者启用Live Update模式，那么在Timeline面板中单击Draft 3D按钮，如图5-19所示。

图5-18 Live Update按钮

图5-19 Draft 3D按钮

5.11 改变视图

有时，需要改变一下视图，比如使用缩放工具放大或者缩小视图，在视图中显示安全框、网格和标尺等来排列层和编辑合成的内容。

5.11.1 观看和使用安全区和网格

在Footage面板、Layer面板和"Composition"窗口中，可以显示字幕和动作的安全框以及用于排列层的网格。使用字幕和动作的安全框可以确定我们制作的电影能够正确地显示在电视或者电影屏幕上，而使用网格可以排列和对齐合成中的层，如图5-20所示。

在制作电影或者DV时，要把重要的场景元素、图形和角色放置在动作安全区之内，另外，要把字幕和其他文本放置在字幕安全区之内。对于视图中的一些外部边缘区域可以允许被电视屏幕的边缘剪切掉，这些区域就是过扫描区域，因此必须要把视图中的重要内容放置在安全区之内，否则在电视上可能显示不出来。

在"Composition"窗口底部单击🔲按钮将会打开一个菜单命令，如图5-21所示。从该菜单命令中选择"Title（标题）/Action Safe（动作安全框）"命令即可在视图中显示出字幕和动作安全区。如果选择Grid（网格）命令则会在视图中显示出网格。如果选择Proportional Grid（比例网格）命令则会在视图中显示出比例网格，如图5-22所示。

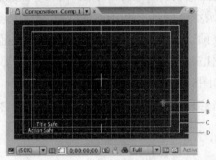

A. 网格　B. 字幕安全区　C. 动作安全区　D. 过扫描区域

图5-20　"Composition"窗口中的网格和安全区

图5-21　菜单命令　　　　　　　图5-22　显示安全区和网格

　　安全区和网格的大小是可以改变的，如果需要改变安全区和网格空间的大小，可以执行"Edit（编辑）→ Preferences（参数选项）→Grids & Guides（网格和辅助线）"命令，打开"Preferences（预置）"对话框，如图5-23所示。在"Preferences"对话框可以设置安全区和网格的大小、颜色及其他的各种属性。

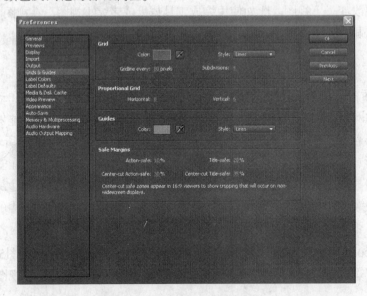

图5-23　"Preferences"对话框

在Safe Margins（安全框）区域中的Action-safe（动作安全框）输入栏中输入数值可以改变动作安全框，在Title-safe（标题安全框）输入栏中输入数值可以改变字幕安全框。在Gridline Every（网格线间距）输入栏中输入数值可以改变网格的大小，单击颜色框可以设置网格的颜色。在Proportional Grid（比例网格线）区域中的Horirzontal（水平）输入栏和Vertical（垂直）输入栏中输入数值可以改变比例网格的大小，如图5-24所示。

默认值10　　　　　　　　　　　　　把Action-safe的值设置50

图5-24　对比效果

注意：在默认设置下，字幕安全区和动作安全区的大小被设置为标准的大小，因此最好不要改动它，要保留默认的设置。

5.11.2　使用标尺和辅助线

还可以在"Composition"窗口、Layer面板和Footage面板中显示出标尺和辅助线，这样就有了一个可视化的参考来帮助移动和编辑合成中的素材。在默认设置下，标尺是隐藏的，可以通过选择"View（视图）→Show Rulers（显示标尺）"命令或者"Hide Rulers（隐藏标尺）"命令来显示或者隐藏标尺，如图5-25所示。

在"Composition"窗口的左上角有一个十字框，是两格标尺的交叉点，通过拖动可以设置0点，也有人称之为原点，如图5-26所示。

图5-25　显示的标尺效果

图5-26　设置0点

可以创建和移动辅助线来精确地移动物体，也可以锁定、隐藏或者删除它们。把鼠标指针放到标尺上向视图内拖动即可创建出辅助线，如图5-27所示。

注意：在视图中辅助线是蓝色的。

图5-27 拖拽出辅助线

如果要锁定辅助线，那么选择"View（视图）→Lock Guides（锁定辅助线）"命令。如果要隐藏或者显示辅助线，那么选择"View→Show Guides（显示辅助线）"或者"Hide Guides（隐藏辅助线）"命令。如果要删除辅助线，那么选择"View→Clear Guides（清除辅助线）"命令。

5.11.3 查看颜色通道或者alpha通道

在After Effects CS4中，可以预览静止摄像机或者合成中其他视频素材（包括层）的红色通道、蓝色通道、绿色通道和alpha通道。当查看颜色通道时，在视图中将根据每个像素的颜色值来显示颜色。当预览alpha通道时，After Effects将使用黑白两色以透明和不透明区域显示，如图5-28所示。

原图　　　　　　　颜色通道　　　　　　alpha通道

图5-28 查看颜色通道

下面介绍一下查看颜色通道和alpha通道的操作。

（1）在"Composition"窗口中打开一个合成，或者打开Footage面板和Layer面板。

（2）在"Composition"窗口底部单击Show Channel（显示通道）按钮，打开一个菜单命令，如图5-29所示。

图5-29 菜单命令

(3) 根据需要选择不同的命令，就会在"Composition"窗口中显示出相应的颜色通道，比如选择Red（红色）命令，如图5-30所示。

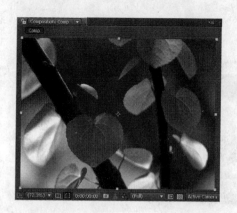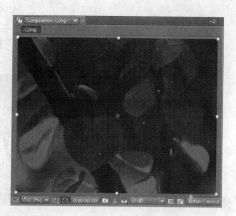

图5-30 显示红色通道（右图）

提示：在选择Colorize（彩色化）命令后，才能显示出颜色通道，否则只显示出无色的视图。

第6章　层

可能在其他应用程序中使用过层的概念，比如，在Photoshop或者Illustrator中。在After Effects CS4中，层的使用原理与上述软件基本相同，但是，相对于只处理静止图像的应用程序而言，它要更复杂一些。层位于After Effects的Timeline面板中，它们不仅与合成密切相关，而且还与图像和动画的时间有着密切的联系。本章将探索层的强大功能，层对于学习After Effects是至关重要的。

本章主要介绍下列内容：

※　层的基础知识
※　调整层
※　分离层
※　排列层
※　管理层

6.1　关于层

在After Effects中，层是用于创建合成的组件或者元素。添加到合成中的静止图像、运动图像文件、音频文件、灯光层、摄像机层或者其他的合成都被作为一个新的层。如果没有层，那么合成只是一个空的画面。就像前面所描述的那样，通过多个层可以制作成一个合成项目。也有人把层称为图层。

使用层，可以在一个合成中对任意的素材项目（实际上它是一个层）进行编辑而不会影响其他的素材项目，因为每个素材项或者对象都位于不同的层中。比如可以在一个层中移动、旋转或者缩放素材，但是这样不会影响合成中其他层中的内容。另外也可以在不同的层中使用同一个素材。如图6-1所示，实际上是由4个层合成的效果。

　　在Timeline面板中　　　　　在 "Composition" 窗口中

图6-1　由4个图层合成的效果（右图）

在一个合成中，可以复制层，也可以从一个合成中复制层然后在另外一个合成中进行粘贴。合成就是由多个层组合而成的。层可以是下列内容：

- Project面板中的所有素材项
- 项目中的其他合成
- 文本层
- 实体层、摄像机层或者灯光层
- 调整层，该层用于修改它下面的其他层
- 复制的层
- 分离层
- 虚拟物体（null）

After Effects自动地为合成中的所有层进行编号。在默认设置下，Timeline面板中的编号是可见的，位于层名称的旁边。多个层就会构成一个层堆栈，通过层的编号就可以确定一个层的位置。当层堆栈顺序改变时，After Effects CS4将相应地改变所有的编号。

以上介绍的都属于正常的层，或者实际的层，它们在渲染输出时都被包含在内。还有一种层，使用这种层可以移动或者调整其他正常层的外观，但是不被渲染输出，只起一个辅助作用，因此把它称为辅助层。

6.2　层的分类

在After Effects CS4中，把层分成两大类，2D层和3D层。每种层的类型可细化为多种类型，比如前面列举的层类型一般属于2D层，3D层将在本书后面专门拿出一章来介绍。另外2D层中的文本层属于一种特殊的层，也会在后面拿出一章的内容来进行介绍。

6.3　创建层

在这一部分内容中，介绍两种常用的创建层的方法，一种方法是使用Project面板中的素材直接创建层。另外一种方法是使用其他的合成来创建层。另外，还将介绍实色层、灯光层和摄像机层的创建过程。

6.3.1　使用Project面板中的素材创建层

在After Effects 的合成中可以使用多种方法来创建层，最常使用的方法就是使用Project面板中的素材来创建层。在把素材添加到合成中之后就创建了一个层，添加的素材就位于这个层上，可以修改这个层，也可以为它设置动画。

下面介绍一下创建层的操作步骤。

（1）在Project面板中把一个素材拖拽到"Composition"窗口中，这样就可以在"Composition"窗口和Timeline面板中把它打开，如图6-2所示。这实际上就创建了一个层。

（2）在Timeline面板中把当前时间指示器移动到层开始的位置，如图6-3所示。

（3）把另外一个素材从Project面板中拖拽到"Composition"窗口中，拖动另外一个素材后的效果如图6-4所示。这实际上就创建了第2个层。

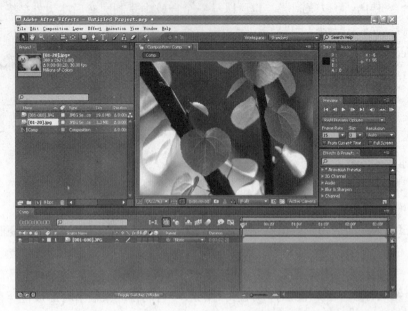

图6-2 打开的素材

图6-3 移动当前时间指示器

图6-4 在"Composition"窗口中的两个层

提示：如果需要同时创建多个层，可以按住Ctrl键在Project面板中选择多个素材项，然后拖拽到"Composition"窗口中即可。

6.3.2 使用其他的合成来创建层

在After Effects CS4中使用另外一个合成来创建层。可以把一个合成添加到另外一个合成中，前面已经介绍过，这个过程称为嵌套。但是，同时也会创建一个新的层，被添加的合成就位于这个层上。嵌套的合成会改变合成的结构、内存使用和渲染顺序。

一般，把被添加的合成称为嵌套合成，另外一个合成称为目标合成。下面介绍一下创建过程。

（1）在"Composition"窗口和Timeline面板中打开目标合成。

（2）把嵌套合成从Project面板中拖拽到"Composition"窗口中或者Timeline面板中，效果如图6-5所示。

6.3.3 创建实色层

在After Effects CS4中，可以创建任意颜色的实色图像，其大小可以达到30 000像素×30 000像素。After Effects处理实色图像的方式和其他图像相同，可以把实色图像作为遮罩，变换它的属性，也可以把它作为单独的层使用，还可以对实色层使用各种效果，也可以把实色层作为彩色的背景。

图6-5 "Composition"窗口中的两个层

下面介绍如何创建实色层。

（1）在"Composition"窗口或者Timeline面板中添加一个合成。

（2）选择"Layer→New→Solid"命令，打开"Solid Settings（实色层设置）"对话框，如图6-6所示。

> **提示**：也可以在Project面板中添加层后，执行"File（文件）→Import（导入）→Solid（实色层）"命令，打开"Solid Settings"对话框。

（3）在Name栏中设置名称。

（4）在Width（宽度）栏中设置宽度，在Height（高度）栏中设置高度，在Units（单位）栏中设置单位，在Pixel Aspect Ratio（像素比）栏中设置像素比。

（5）单击"Make Comp Size（合成大小保持相同）"按钮可以使实色层的大小和合成的大小保持相同。

（6）单击Color（颜色）下面的颜色框按钮可以打开"Solid Color（实色）"对话框，如图6-7所示，该对话框用于设置颜色，设置好颜色后单击"OK"按钮。也可以使用吸管工具在计算机界面中选择需要的颜色。

图6-6 "Solid Settings"对话框

图6-7 "Solid Color"对话框

（7）在"Solid Settings（实色层设置）"对话框中设置好选项之后，单击OK按钮，即可创建出实色层。如图6-8所示为选择红色后创建的实色层。

> **提示**：如果想删除实色层，选择它然后按Delete键即可。

图6-8 在"Composition"窗口和Timeline面板中的实色层

6.3.4 创建新的Photoshop层

在制作合成过程中,有时我们需要使用到Photoshop的文件层。我们可以直接在After Effects中创建,其大小与合成的大小相同。一般它被放置于合成的顶层。

下面介绍一下创建过程。

(1)在"Composition"窗口或者Timeline面板中打开一个需要添加Photoshop层的合成。

(2)执行"Layer→New→Adobe Photoshop File"命令,打开"Save Layered File As(把分层文件保存为)"窗口,如图6-9所示。

图6-9 "Save Layered File As"窗口

(3)输入文件名称,然后单击"保存"按钮即可。

> **提示:** 也可以把包含有层的文件转换为合成。如果想转换素材的所有层,那么在Project面板中选择素材,然后执行"File(文件)→Replace Footage(替换素材)→With Layered Comp(与分层合成)"命令。

6.3.5 创建新的调整层

在制作合成的过程中,调整层(adjustment layer)用于帮助调整它下面的其他层,对于修改合成是非常有意义的。和其他层一样,调整层在使用前也需要创建。

下面介绍一下创建过程。

（1）在"Composition"窗口或者Timeline面板中打开一个需要添加调整层的合成。

（2）执行"Laye→New→Adjustment Layer（调整层）"命令即可创建调整层，它显示在Timeline面板的顶部，如图6-10所示。

图6-10　调整层

另外，还可以把其他层转换为调整层，只要在Timeline面板中选中需要转换为调整层的层，然后执行"Layer（层）→Switches（转换为）→Adjustment Layer（调整层）"命令即可。

6.4　选择层和排列层

对于包含多个层的合成而言，我们需要选择某一个层进行编辑以便获得需要的合成效果，而且有时还需要对层进行排列，这就涉及到选择层和排列层。

6.4.1　选择层

在After Effects CS4中，有多种选择层的方法。这里，介绍三种比较常用的选择层的方法。

第一种方法是在"Composition"窗口中选择层，在包含层的"Composition"窗口中右键单击，从打开的菜单中选择"Select→层名称"命令即可选择需要的层，下面是选择小狗层的方式，如图6-11所示。

图6-11　选择层

> 提示：如果想选择多个层，那么按住Shift键单击需要的层即可。

第二种方法是在Timeline面板中选择层，在包含层的Timeline面板中直接单击层的名称或者持续时间条即可选择层，如图6-12所示。

图6-12　在Timeline面板中选择层

第三种方法是在键盘的数字区域按数字键，因为层都是被编号的，按对应的数字键也可以选择层。

6.4.2　改变层的堆栈

当一个合成项目中包含有多个层时，就会形成一个层的堆栈。在Timeline面板中即可看到层的堆栈，也就是按顺序排列的一组层，如图6-13所示。

层的堆栈顺序非常重要，因为在Timeline面板中位于最上面的层在"Composition"窗口中就显示在最前面，如图6-14所示。注意该图中的显示顺序和前面图中显示的顺序是对应的。处于最下面的层在"Composition"窗口中也显示在最后面。

图6-13　层的堆栈

图6-14　层的显示顺序

可以通过调整层的堆栈顺序来改变层的显示顺序，从而达到改变合成的效果。注意，对于调整层而言，如果改变它在堆栈中的顺序，那么只能改变它影响的层的范围，因为调整层只影响位于它下面的层。

有两种方法可以改变层的堆栈顺序，下面依次进行介绍。

- 在Timeline面板中，单击选择需要改变顺序的层，然后把它拖拽到需要的位置即可，如图6-15所示。
- 选择"Layer→Arrange"命令，将会打开它的子菜单命令，如图6-16所示。

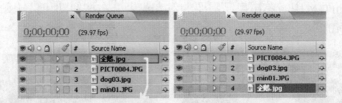

图6-15 改变层的堆栈顺序

把层移到最前面 Bring Layer to Front　　Ctrl+Shift+]
把层前移一层　　Bring Layer　Front　　　Ctrl+]
把层后移一层　　Bring Layer　Backward　Ctrl+[
把层移到最后面 Bring Layer　to Back　　　Ctrl+Shift+[

图6-16　Layer菜单命令

在Timeline面板中改变了层的堆栈顺序后，在"Composition"窗口中也会相应地显示出来，如图6-17所示。

图6-17　在"Composition"窗口中的顺序也发生改变

6.4.3　对齐层

还可以使用Align（对齐）面板将合成中的层进行对齐。可以沿选择对象的水平轴向或者垂直轴向把多个层对齐。下面介绍一下操作过程。

（1）选择要对齐的层，在Timeline面板中按住Ctrl键单击需要的层。

（2）执行"Window→ Align"命令打开Align面板，如图6-18所示。

下面介绍一下各个按钮的名称，如图6-19所示。

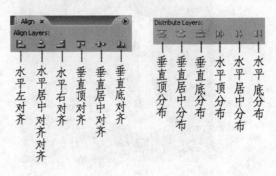

图6-18　Align面板　　　　　　　　　　图6-19　按钮名称

（3）在Align面板中，单击自己需要的对齐或者分布按钮即可，比如单击左对齐按钮，对齐效果如图6-20所示。

图6-20 对齐效果

提示： 在选择多个层后，单击其他的按钮，则以其他方式进行对齐或者分布。

注意： 如果要对齐层，必须选择两个或者更多的层；如果要分布层，必须选择3个或者更多的层

6.5 排列层

在After Effects CS4中，可以通过在"Composition"窗口中选择和拖拽的方式来排列层，也就是移动层。通过这种方式可以把一个层移动到画面的外面或者一侧。在"Composition"窗口中排列层时，需要在Timeline面板中通过当前时间指示器来确定当前时间。如果没有为层设置关键帧，那么为层设置的位置值将影响层的持续时间，层的位置也会被保持，直到为它设置了新的位置值之后。

6.5.1 在"Composition"窗口中排列层

在前面的内容中，介绍了对齐层的操作，其实这也属于层的排列范畴。最直接的方法就是在工具箱中选中Selection Tool（选择）工具后在"Composition"窗口中直接拖动层，如图6-21所示。

图6-21 排列层

提示：如果有多个层相互叠加，那么可以在Timeline面板中选择层的名称后，再从"Composition"窗口中调整层的位置。

提示：可以在Timeline面板中选择对象的层并使用键盘上的方向箭头键移动"Composition"窗口中的对象。如果只按箭头方向键，那么在该方向上一次只能将物体移动1个像素单位。如果按住Shift键移动，那么一次能将物体移动10个像素单位。

6.5.2 把层排列成序列

使用序列层的关键帧助手可以把一列层自动地排成一个序列。当应用关键帧助手时，选择的第一个层保持在原来的位置，注意是在Timeline面板中，其他层则根据选择的顺序依次进行排列，如图6-22所示。

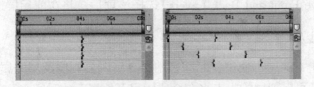

图6-22 排列成一个序列（右图）

提示：也可以在Timeline面板中使用鼠标键直接拖动来调整层的排列顺序。

还可以指定层是否叠加或首尾相连。对于叠加的层，可以决定叠加层的长度，或者从一个层过渡到另外一个层，也就是一个层逐渐淡出，另外一个层逐渐淡进。如果要设置过渡，那么After Effects将会自动地创建透明关键帧来控制层的过渡方式，如图6-23所示。

对于成为序列的层，它们的总持续时间必须要小于合成的持续时间，这样可以为其他层保留出时间段。如果导入的静止图片层的持续时间比较长，那么可以进行裁剪。裁剪的方法很简单，通过移动当前时间指示器到自己需要的位置即可，然后按Alt+]组合键即可。

提示：对于使用苹果机的用户而言，要按Option+]组合键。PC机上的Alt键与苹果机上的Option键是对应的。

下面介绍一下把层排列成一个序列的操作。

（1）在Timeline面板中，按Ctrl键单击选择需要的层，要注意选择顺序。

（2）执行"Animation（动画）→Keyframe Assistant（关键帧助手）→Sequence Layers（排列层）"命令，打开"Sequence Layers（排列层）"对话框，如图6-24所示。

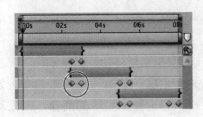

图6-23 透明关键帧

图6-24 "Sequence Layers"对话框

（3）在"Sequence Layers"对话框中根据需要设置选项，如果要使层相互首尾相连，那么不要选中Overlap（叠加）项。如果要使层相互叠加，那么选中Overlap（叠加）项，同时要设置持续时间和过渡的类型。设置完成后，单击"OK"按钮即可。

在"Sequence Layers"对话框中，Duration用于设置持续时间，Transition用于设置过渡类型，它有3个选项，如图6-25所示。

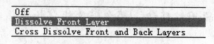

图6-25　3个过渡选项

下面简单地介绍一下这3个选项。

· Off：选择该项后，没有过渡效果。

· Dissolve Front Layer：选择该项后，从前一层进行溶解过渡。

· Cross Dissolve Front and Back Layers：选择该项后，将在前后层之间交互溶解过渡。

6.5.3　复制和粘贴层

在After Effects CS4中，使用复制和粘贴命令可以复制层及层的属性。在Timeline面板中复制和粘贴层时，可以把层的入点（在合成中层开始显示的时间点）粘贴到特定的时间点处。也可以把一个层中的关键帧属性复制到多个层中，还可以把一个属性复制到一个层中的其他属性中。

下面介绍一下复制层的操作。

（1）在Timeline面板中，按Ctrl+C键复制一个层。

（2）把当前时间指示器移动到层开始的位置，如图6-26所示。

（3）按Ctrl+Alt+V组合键即可把复制的层粘贴到需要的位置，如图6-27所示。也可以直接按Ctrl+V组合键进行复制。

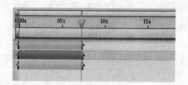

图6-26　移动当前时间指示器

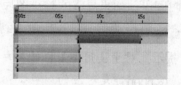

图6-27　粘贴层

> **注意**：使用"Edit（编辑）→Duplicate（复制）"命令复制层时，可以把为该层设置的所有关键帧、表达式、遮罩和效果等都同时进行复制。复制的内容位于原始层之上，并自动处于选择状态。如果不想复制应用到层的属性，那么只能把原素材文件再次添加到合成中。

6.5.4　分离层

在多数情况下，当把一个素材文件拖拽到合成中时，需要使素材作为一个单独的层使用。但是，有时不需要这样。比如，假定使一个对象先运动到一个层的前面，然后再运动到该层的后面。具体一点说，在动画的一部分内容中使一艘宇宙飞船运行到星球的前面，在该动画的另一部分内容中使宇宙飞船运行到星球的后面，一般的做法就是复制飞船的层，然后把它放置到星球层的上面和下面，最后再适当调整它的切入点和切出点。

　　After Effects提供了一种更为简单的方法来处理这种情况，就是使用分离层的方法。在分离一个层后，它被分离成两部分。这两部分都包含有原始层的所有属性。实际上，每一部分都是一个整层，并被放置在Timeline面板中，而且根据Current Time Indicator（当前时间指示器）　的位置被自动调整。使用这种方法可以节省很多的时间。下面将介绍如何分离层及什么时候需要分离层。

　　（1）选择"File→Open Project"命令打开一个合成项目或者文件。

　　（2）在"Composition"窗口或者Timeline面板中选择一个层。

　　（3）在Timeline面板中，把Current Time Indicator（当前时间指示器）设置到分离层的位置，如图6-28所示。

　　（4）选择"Edit→Split Layer"命令即可把层分离成两部分，如图6-29所示。

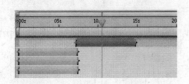
图6-28　移动时间指示器

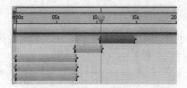
图6-29　一个层被分离成两部分

　　（5）对于分离的层也可以进行移动、复制等操作。

6.6　管理层

　　为了便于对层的操作，还必须能够对层进行管理。After Effects CS4提供了非常成熟的管理系统。

6.6.1　重命名层

　　在默认设置下，Timeline面板中的层使用的是导入到Project面板中的源素材的名称。可以根据实际情况来改变层的名称。当在一个项目中多次重复地使用一个素材时，独特的层名称有助于识别它们。下面介绍一下操作过程。

　　（1）在Timeline面板中选择要改名的层。

　　（2）按键盘上的Enter键后，在层名称上显示出一个框，如图6-30所示。

　　（3）输入新的名称后，再次按键盘上的Enter键即可。

　　提示： 可以在Info（信息）面板中查看层的原始名称。确定打开Info面板，在Timeline面板中选择层，然后按Ctrl+Alt+E组合键即可，如图6-31所示。注意该图和图6-30是相关的。

图6-30　显示的框

图6-31　层的原始名称

6.6.2 改变层标签的颜色

在默认设置下，Timeline面板中右侧的层标签是淡蓝色的，如图6-32所示。

图6-32 默认颜色

也可以根据需要改变它们的颜色，操作非常简单，在Timeline面板中选择要改变标签颜色的层，然后执行"Edit→Label→..."命令，从打开的子菜单中选项一种颜色即可，比如选择Red命令，如图6-33所示。

在After Effects CS4中，可供选择的颜色有15种，使用这15种颜色足以区别Timeline面板中的标签，如图6-34所示。

图6-33 改变为红色的效果

图6-34 可选择的15种颜色

 提示：也可以多个标签同时改变颜色。

6.6.3 显示和隐藏层

对于层，可以使它们隐藏起来，也可以把它们显示出来，有两个窗口可以进行这样的操作，一个是"Composition"窗口，另外一个是Timeline面板。

如果在Timeline面板中隐藏或者显示层，那么单击Timeline面板层左侧的眼睛图标 ☻ 即可，如图6-35所示。隐藏层后，在"Composition"窗口中就不会显示该层了。

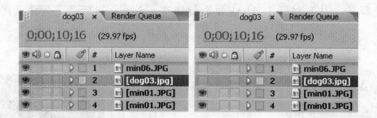

图6-35 隐藏层

也可以在选择层后，执行"Layer→Switches→..."命令进行显示或者隐藏层。执行"Layer→Switches→Show All Video"命令可以显示所有的层。执行"Layer→Switches→Hide Other Video"命令可以隐藏所有不被选择的层。

6.6.4 锁定和解开锁定层

在After Effects CS4中，通过锁定层可以防止它被意外地编辑。当把一个层锁定后，就不能在"Composition"窗口中和Timeline面板中选择该层了。如果想选择或者修改已锁定的层，它会进行闪烁。

在Timeline面板左侧功能栏中有一个锁开关 🔒 ，或者锁图标，通过单击这个锁开关即可把需要的层锁起来。被锁定的层，在其左侧显示一个锁图标，如图6-36所示。如果想解开锁定的层，再次单击层左侧的锁图标，把它清除即可解开锁定的层。

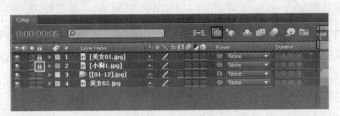

图6-36 锁定层

> **提示**：也可以在Timeline面板中选择层后，执行"Layer→Switches→Lock"命令把选择的层隐藏起来。执行"Layer→Switches→Unlock All Layers"命令即可把锁定的层解开。

6.6.5 隔离层

也可以在动画、预览或者渲染时，通过使用Solo（隔离）命令把一个或者多个层隔离起来，通过隔离层可以把它对其他层的影响去除掉。比如，把一个视频层隔离起来之后，其他的灯光层和音频层就不受其影响了。通过隔离层还可以加快刷新、预览和渲染的速度。

下面介绍一下隔离层的操作，有两种方法。

（1）在Timeline面板中，选择要隔离的层，然后执行"Layer→Switches→Solo"命令，在选择层的左侧会显示一个隔离标记，如图6-37所示。

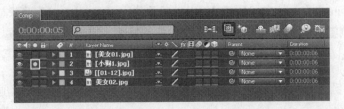

图6-37 隔离层

（2）也可以直接在Timeline面板中单击Solo开关 ⊙ 或者图标。如果想取消对层的隔离，那么再次单击Solo开关即可。

注意： 隔离后的层，在"Composition"窗口依然显示，但是其他层将在"Composi-tion"窗口不显示。

6.6.6 替换层

前面介绍过，After Effects允许把层输入到Timeline面板中，为层设置关键帧并改变它们的属性。但是有一点可能还不知道，那就是可以很容易地为层替换不同的素材。新的素材将保持所有它所替换层的动画和属性设置。为什么要替换层呢？假定我们在为一家电影院做设计工作，任务是设计一个英语版本和一个法语版本的标题序列，在需要使用一个版本的标题替换另一个标题时就会找到这个问题的答案了。

如果从一个草图开始并使用法语版本的标题替换英语版本的标题，这是非常复杂的。必须为每个标题设置关键帧、添加遮罩属性、添加效果属性、设置层选项等。

如果使用After Effects的替换层功能，那么原层的所有属性和设置都会被自动应用到新的层上，这样就会节省很多的时间。在下面的内容中将介绍如何替换层。

（1）把配套资料中第6章文件夹中的替换层文件打开。

（2）按空格键预览电影，文字由小变大，如图6-38所示。

（3）在Timeline面板中选择English-title.psd层。

（4）在Timeline面板中选择French-title.psd素材。按Alt键把"Project"窗口中的法语素材拖拽到Timeline面板中，并释放素材，如图6-39所示。

图6-38　文字由小变大

图6-39　替换层

注意： 在Timeline面板中，English-title.psd层被French-title.psd层替换。把French-title.psd素材拖拽到Timeline面板中的任意位置都无关紧要，因为After Effects知道它要替换English-title.psd层。为什么呢？在拖拽之前已经选择了该层。

（5）按空格键预览电影，会看到法语标题动画变成了英语标题的动画。

提示： 还可以将合成中的其他层进行替换，比如把一个包含有小狗视频的层替换为一个包含有美女视频的层，如图6-40所示。

除了语言替换外，这种技术还有其他多种用途。可以为标题序列设计一个模板用于替换适当的标题。如果有商业项目，可以为不同的产品制作相同的动画来替换它们。

图6-40 替换视频层的效果（右图为替换效果）

6.7 辅助层

在After Effects CS4中，可以使用标尺、辅助线、安全框和网格来帮助移动或者编辑素材。也可以在"Composition"窗口中使用辅助层（guide layers）作为参考来编辑素材，也可以在编辑音频、时间码时作为参考。

在默认设置下输出时，辅助层不被渲染，但是可以通过编辑合成的渲染设置来渲染辅助层。注意，嵌套合成中的辅助层是不可见的。

创建辅助层

一般在After Effects CS4中，通过转换的方式来创建辅助层，下面介绍一下创建过程。

（1）在Timeline面板中选择一个层，如图6-41所示。

（2）执行"Layer（层）→Guide Layer（辅助层）"命令即可，在转换为辅助层的左侧会显示一个方框■，如图6-42所示。

图6-41 选择层   图6-42 转换为辅助层

6.8 修剪层

可以在层的开始处或者结束处修剪素材，改变合成中的开始帧或者最后帧。显示的第一帧称为入点，而显示的最后一帧称为出点，如图6-43所示。对于静止图片的层而言，修剪操作会改变该图片在合成中的时间长度，而不会裁切该图片。

把一个素材用于不同的层时，可以在每个层中单独地修剪它们，修剪操作不会改变源素材文件。

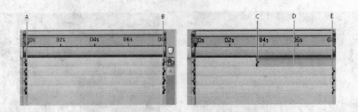

A. 初始的入点　B. 初始的出点　C. 修剪之后的出点
D. 修剪的素材或者合成　E. 初始的出点参考

图6-43　出点和入点

修剪层素材

在After Effects CS4中，可以根据需要在Timeline面板中或者Layer面板中通过改变层的入点和出点来修剪素材层。

在Layer面板中，入点和出点与源素材中的时间位置相关，而与该层在合成中的显示位置无关。如果只想显示电影的特定帧，那么可以在Layer面板中修剪电影素材。如果想在源素材的第一帧开始播放电影，那么就可以在Layer面板中或者Timeline面板中修剪出点或者入点。

在Timeline面板中，使用出点和入点可以清楚地知道素材可以在合成中的什么位置开始。如果想使一个静止图片在合成中的特定位置显示，然后消失，那么在Timeline面板中调整入点和出点的位置即可。

下面介绍如何设置出点和入点，有两种方法。

（1）在Timeline面板中直接使用鼠标拖拽层的持续时间条的两端即可，如图6-44所示。

图6-44　拖拽层的持续时间条

（2）另外，也可以通过单击Timeline面板底部的 ⁅ ⁆ 按钮，扩展Timeline面板。然后调整In（入点）或者Out（出点）的值来调整入点和出点的位置，如图6-45所示。

图6-45　展开后的Timeline面板

提示：在Timeline面板中也可以通过调整Duration（持续时间）和Stretch（伸展时间）的值来调整素材的持续时间和伸展时间。

6.9 开关

使用开关可以允许在After Effects中以不同的方式显示层。根据工作需要，可以在Timeline面板中使用开关把显示的层隐藏，把音频层的声音关闭，或者在"Composition"窗口中只显示单独的层。使用开关可以提高使用After Effects处理项目的效率。开关也会影响电影的预览和最终的渲染。

开关位于Timeline面板中。每个层都有只影响自身的开关组，如图6-46所示。

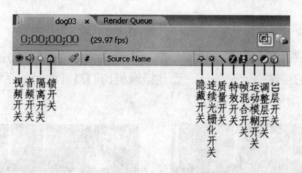

图6-46 开关

图6-46中就显示了一些可能常用的开关选项。前面已经介绍了Lock（锁）开关和Solo（隔离）开关的作用。在下面的内容中将简要地介绍每一个开关的作用：

- 视频开关 ⊙：只有当层中含有电影视频素材时才可用。使用这种开关可以打开或者关闭视频。

- 音频开关 ◁》：只有当层中含有音频素材时才可用。使用这种开关可以打开或者关闭音频。

- 隔离开关 ◉：允许隔离一个或者多个层，并允许关闭其他所有的层。在关闭不想看到的层时，使用它可以节省一定的时间。使用这个开关可以在"Composition"窗口中关闭层的可见度。而Shy Layers开关只能关闭Timeline面板中的一个或者多个层。

- 锁开关 🔒：允许锁定层，以便它不被移动或者编辑。当需要层不被改变时使用这个开关是非常有用的。

- 隐藏开关 ☯：允许在Timeline面板中关闭一个层，即使它在"Composition"窗口中仍然是可见的。这样可以限制显示层的数量以便于在Timeline面板中处理复杂的项目。通过单击按钮可以打开或者关闭Shy层以便使它们可用或不可用。在下一个练习中将使用Shy层。

- 连续光栅化开关 ☼：当应用不同的转换时可允许矢量艺术品光栅化，从而使它具有清晰的外观。在本章后面的内容中将使用这种开关。

- 质量开关 ⟍：用于设置Wire（线框）、Draft（草图）或者Best（最好）质量。默认设置是Draft质量。可以通过单击该开关查看使用两种设置所产生的效果。当对艺术品进行缩放或者旋转时使用Quality设置是非常有用的。

- 效果开关 ⨍：允许临时关闭效果以使它们不被渲染。当关闭它们时不会丢失效果的设置。

- 帧混合开关![icon]：当使用时间映射或者时间伸展功能时，**After Effects**会控制帧，这样通常会导致产生急速的运动。使用Frame Blend可以通过在不同的帧之间创建溶解效果来消除急速运动的问题。
- 运动模糊开关![icon]：使用After Effects内置的运动模糊功能，它可以模拟电影摄像机使用的长胶片曝光（long exposure）的功能。
- 调整层开关![icon]：允许一次性在多个层上使用效果。
- 3D层开关![icon]：3D层可以在三维空间中进行运动。

6.10 运动模糊

如果拍摄的物体或者运动看起来比较模糊，这就称为运动模糊。比如，有一辆自行车在大街上行驶，如果想拍摄这个运动的话，而且摄像机快门打开的时间足够长，那么照片可能就是模糊的，如图6-47所示。

图6-47 运动模糊

有快门的摄像机可以使底片曝光。当快门打开时，影像被记录到底片上。当使用快照（snapshot）时，听到的"咔嚓"的声音就是在拍照时听到快门打开和关闭的声音。快门打开的时间越短，被记录到底片上的运动就越少。而快门打开的时间越长，被记录到底片上的运动就越多。

在运动图像中，运动模糊是非常有用而且必要的。在日常生活中，不会把整个时间看作是单独的快照，看到的是连续的运动。快速运动的物体对于眼睛而言自然是模糊的。当在电影院中投射一系列的图像时，观众看到的是一系列连续的自然运动，因为运动模糊帮助摄像机把图像混合在了一起，从而产生了连续的运动。在**After Effects**中创建的动画也是靠运动模糊产生自然的感觉。

使用After Effects就可以创建运动模糊来产生平滑的运动。

应用运动模糊（Motion Blur）

Motion Blur开关可以用于在动画中制作快速的运动以使运动看起来更加真实。在**After Effects**中可以很容易地应用运动模糊，在下面的内容中将介绍使用**Motion Blur**开关和**Enable Motion Blur**按钮。

（1）在After Effects中打开配套资料中第6章文件夹中的"运动模糊**.aep**"项目，如图6-48所示。

（2）双击Space Comp1，把它打开。在**Timeline**面板中拖动时间滑块，查看在应用运动模糊之前的运动效果。然后把Current Time Indicator（当前时间指示器）移动回Timeline面板的开始部分。

（3）在Timeline面板中，找到rocket.psd层，然后找到Motion Blur开关栏，由一个大写字母M标识。单击Motion Blur（运动模糊）开关为rocket.psd层打开运动模糊功能，但是在合成中看不到任何的改变。在Timeline面板的顶部，在Current Time Indicator的左边找到按钮组。找到Enable Motion Blur（启用运动模糊）按钮 ，单击该按钮即可激活运动模糊功能。在"Composition"窗口中，运动模糊被应用到火箭图像，如果在Timeline面板中拖动时间滑块就可以看到运动模糊效果，如图6-49所示。

图6-48　在"Composition"窗口中打开的文件

图6-49　模糊效果

为什么有Motion Blur（运动模糊）开关和Enable Motion Blur（启用运动模糊）按钮两种设置呢？因为运动模糊需要的渲染强度很大，很多人都需要设置它，然后在工作和需要快速预览时关闭Enable Motion Blur按钮。所以最好为每个层设置一个局部开关，为整个合成设置一个主开关。

（4）在Timeline面板中，把当前时间指示器移动到帧0:00:00:18处。打开或关闭Motion Blur开关，也会在"Composition"窗口中打开或关闭运动模糊。

（5）在Motion Blur（运动模糊）开关打开的情况下，在Preview（预览）面板中单击RAM Preview按钮观看动画。

可能会发现此时渲染动画需要的时间要比应用运动模糊之前渲染动画需要的时间要长。如前所述，运动模糊需要的渲染强度很大，效果比较不错，但是好的效果是建立在"一定的代价"基础上的。

> 提示：使用运动模糊会降低渲染的速度。在制作一个合成时，一般情况下，最好是只在检查图像的运动模糊效果时才打开运动模糊功能。为了加快工作流程，打开需要有运动模糊的所有层，然后打开或者关闭Enable Motion Blur（启用）按钮。

6.11　时间伸展

已经学习过如何调整（缩短）层，但是如何伸展层呢？在After Effects中几乎没有什么事情不能实现，当然也可以伸展层了！通过伸展层可以使它的时间伸展或者进行延伸，在下面的内容中将介绍如何定义、设置和调整层的持续时间。

（1）打开一个视频素材文件，然后选择"Composition→Composition Settings"命令，打开"Composition Settings"对话框，其设置如图6-50所示。

（2）按空格键预览，如图6-51所示，可以看到运动速度比较正常。注意它的Duration（持续时间）是0:00:10:00。

图6-50 "Composition Settings"对话框

图6-51 跳水效果

图6-52 "Time Stretch"对话框

（3）在Timeline面板中选择视频层，并选择"Layer→Time→Time Stretch"命令，这样会打开"Time Stretch"对话框，使用该对话框可以改变电影的持续时间，如图6-52所示。在New Duration输入栏中输入0:00:05:00，并单击"OK"按钮。

（4）按空格键预览，可以看到跳水运动员的运动速度加快了很多。

After Effects是怎么处理的呢？它使原始长度除以需要的长度，然后临时性地丢掉一些不需要的帧。

在这个例子中，使用Time Stretch缩短了该层的持续时间。看起来不像是"时间伸展"中的"伸展"，但是可以被理解为"缩短"和"伸展"。

> **注意：** 在After Effects CS4中也可以倒转关键帧。只要按住Shift键选择需要倒转的关键帧，然后选择"Animation（动画）→Keyframe Assistant（关键帧助手）→Time Reverse Keyframe（时间倒转关键帧）"命令即可。

6.12 标记

在本书中，标记指的是合成时间标记和层时间标记。使用它们可以标记合成或者特定层中的重要点。合成时间标记是编号的，而层时间标记使用指定的文本标记。使用标记还可以更容易地对齐层或者使当前时间指示器和特定的点对齐。

层时间标记还可以细分为注释、Web链接或者章节链接。注释只显示在Timeline面板中，使用Web链接可以直接跳转至浏览器中的Web页面中，使用章节链接可以直接跳转至QuickTime

电影的章节中，或者可支持的其他格式的章节中。当渲染输出为AVI或者QuickTime格式时，After Effects允许实时地设置标记的位置和保持层时间标记。

合成时间标记显示在Timeline面板中的时间标尺上。After Effects会自动地按顺序为它们编号。在一个合成项目中最多可以设置10个合成时间标记。如果删除一个标记，那么其他的标记将保持它们原来的编号。合成时间标记如图6-53所示。

层时间标记在Timeline面板中显示为小三角形，如图6-54所示。在一个层中可以设置任意数量的层时间标记，也可以根据需要移动它们或者删除它们。通过双击层时间标记可以观看或者修改它的属性。

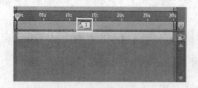

图6-53　合成时间标记

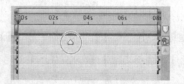

图6-54　层时间标记

注意：如果要把当前时间指示器或者层持续时间条吸附到一个标记，那么按Shift键拖拽当前时间指示器或者层持续时间条即可。

6.12.1　添加、删除和移动合成时间标记

在Timeline面板的最右侧有一个合成时间标记箱，如图6-55所示。把鼠标指针移动到Comp marker bin（合成时间标记箱）上，单击并拖拽到需要的位置即可添加上标记，如图6-56所示。

图6-55　合成时间标记箱

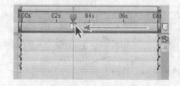

图6-56　设置合成时间标记

还有一种设置合成时间标记的方法，先把当前时间指示器拖动到需要的位置，然后按键盘数字区域（键盘最右侧的数字键区）中的数字键即可。

如果想删除合成时间标记，操作非常简单，只要把设置好的标记拖拽到合成时间标记箱上即可，如图6-57所示。还可以按住Ctrl键，此时鼠标指针改变成一个剪刀的形状，然后在标记上单击即可。

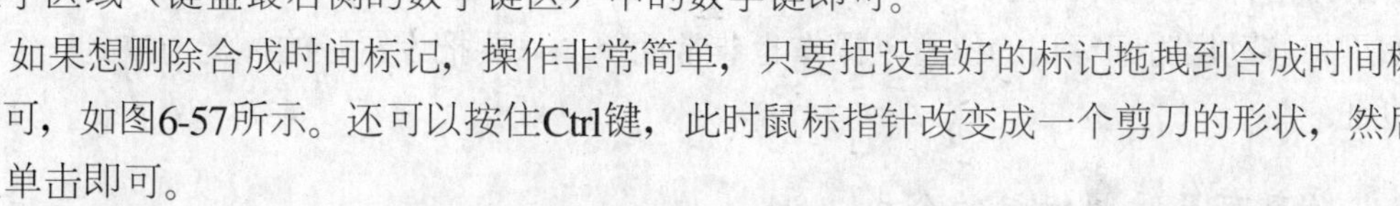

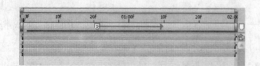

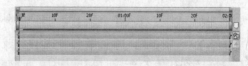

图6-57　删除合成时间标记

如果想移动合成时间标记的位置，操作也非常简单，只要把设置好的标记拖拽到一个新的位置即可，如图6-58所示。

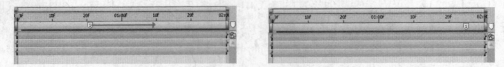

图6-58　移动合成时间标记

6.12.2　添加、删除和移动层时间标记

如果要添加层时间标记，需要先选择层，然后把当前时间指示器移动到需要标记的层上，然后执行"Layer→Add Marker"命令，即可创建出层标记，如图6-59所示。快捷方式是按键盘数字区域中的星号键"*"。

通过双击层标记，可以打开"Layer Marker（层标记）"对话框，如图6-60所示。在该对话框中可以设置名称或者注释等，设置完成后单击"OK"按钮即可。

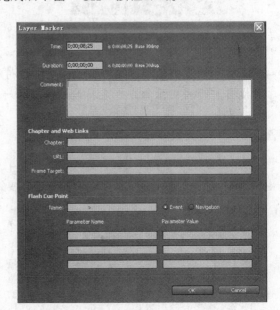

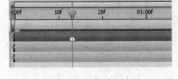

图6-59　层时间标记　　　　　　　图6-60　"Layer Marker"对话框

如果想删除层时间标记，操作非常简单，按住Ctrl键移动鼠标指针到需要删除的标记附近，当鼠标指针变成剪刀形状时，单击标记即可将其删除。

如果想移动层时间标记的位置，操作也非常简单，只要把设置好的标记拖拽到一个新的位置即可。

6.12.3　嵌套有层时间标记的合成

如果要把一个合成（子合成）添加到另外一个合成（父合成）中，那么初始的合成将改变成另外一个合成的层。所有嵌套合成的合成时间标记将改变成父合成的层时间标记。这些标记不被链接到初始的合成时间标记中。改变初始合成中的合成时间标记不会影响嵌套合成中的层时间标记。比如，在删除初始合成中的合成时间标记后，嵌套合成中对应的层时间标记不会被删除。

6.12.4 使用标记创建Web链接

在创建层时间标记时，可以通过在"Layer Marker"对话框中输入统一资源定位器（URL）来创建一个与网站的自动链接，After Effects就会把该信息嵌入到电影中，当创建了包含在网页中的电影时，URL就会被识别并链接到指定的URL。

Web链接标记只支持层时间标记，并且支持多种输出格式，比如QuickTime、Macromedia Flash（SWF），下面介绍一下创建过程。

（1）创建好层时间标记后，双击标记打开"Chapter and Web Links（章节和Web链接）"对话框。

（2）在URL输入栏中输入需要的链接地址，如图6-61所示。

图6-61 输入URL

（3）如果要在网站中设置特定的帧，在Frame Target（帧目标）栏中输入帧的文件名。

（4）设置完成后，单击"OK"按钮即可。

6.12.5 使用标记创建Web链接

还可以创建层时间标记作为章节引用点，这里的章节引用点类似于CD-ROM、DVD中的章节。就像是书籍中的章节，章节链接把一个电影分成多个分段。章节链接支持QuickTime电影。下面介绍一下创建过程。

（1）创建好层时间标记后，双击标记打开"Chapter and Web Links（章节和Web链接）"对话框。

（2）在Chapter（章节）输入栏中输入需要的章节名称和数字，如图6-62所示。

图6-62 输入章节名称

（3）设置完成后，单击"OK"按钮即可。

6.12.6 使标记和音频同步

在After Effects CS4中，可以为一个层的音频轨道快速地添加标记，比如音乐中的节奏或者对话中的语素等。在创建标记后，可以使它们与视频或者其他效果同步。下面介绍一下创建过程。

（1）在Preview（预览）面板中，单击Audio按钮 🔊，然后单击RAM预览按钮 ▶，如图6-63所示。

（2）在需要添加标记的地方按键盘数字区的星号键"*"创建一个层时间标记。

（3）当预览完成后，双击创建的标记，在Comment栏中输入描述性的标记，如图6-64所示，然后单击"OK"按钮即可。

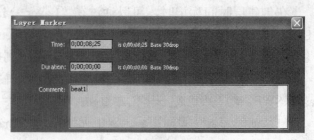

图6-63　Preview面板　　　　　图6-64　"Layer Marker"对话框

6.13　层模式

如果使用过Photoshop或者其他的平面设计软件，那么一定使用过它的层模式，其实Photoshop的层模式与After Effects中的层模式基本是一样的，层模式也就是层的混合模式。在"Composition"窗口中合成（或者合并）时，层模式会影响在Timeline面板中多个层的显示。对于标准层而言，在Timeline面板中，如果在它的上面再放置另外一个标准层，那么它将完全遮盖它下面的层。但是，如果设置层模式的话，可以使它与它下面的层交互来改变它的显示效果。

图6-65　层模式菜单

如果顶层（上面的层）被设置为Normal（正常）模式，那么它会遮蔽它下面的层。如果顶层被设置为Multiply（乘）模式，那么它下面的层会透过它显示出来。使用层模式可以改变多层After Effects文件的合成效果。

层模式是使用数学公式通过加、减、乘和除像素来创建的。根据使用的数学公式，得到的结果也不同。多数After Effects艺术家以实验的方式使用层模式。一般很难记忆每个层模式的效果，但是通过实验不同的层模式可以很容易地获得需要的效果。

执行"Layer→Blending Mode（混合模式）"命令可以打开一个菜单，如图6-65所示。在该菜单中列出了After Effects CS4中的所有混合模式。从该菜单命令中选择需要的模式后即可为层应用该模式。

在下面的内容中将简要介绍一下部分常用的层模式。

- Normal（正常）：上面的层遮盖下面的层，比如在合成窗口有多个层时，只有顶层的影像才显示出来，底层的影像不显示。
- Dissolve（溶解）：为了使Dissolve能够起作用，应用该模式的层必须含有透明的像素。通过使用遮罩、alpha或者降低不透明度即可实现。它可以使底层的随机像素显示出来。如果把顶层不同的Opacity属性值设置关键帧的话，那么可以将其制作成动画。实际上，动画的是Opacity属性，因为不能为层模式设置关键帧。

- Dancing Dissolve（跳动溶解）：与Dissolve模式基本相同，只是使用该模式时像素改变。使用它可以创建闪动的动画效果。与使用Dissolve模式一样，顶层图像必须有透明的像素。
- Darken（暗化）：使暗色的图像更暗，会导致颜色改变，同时产生一定的混合效果，如图6-66所示。

图6-66 暗化效果（右图）

提示：左图和中图是"Composition"窗口中的两个层，右图为应用层模式后的效果。

- Multiply（乘）：从底层图像中乘以或者除以颜色值，会产生比原始图像更暗的颜色，如图6-67所示。

图6-67 乘效果（右图）

- Color Burn（颜色发热）：创建出比原始图像更暗的结果。纯白色不会改变底色，纯黑色被保留，如图6-68所示。

图6-68 颜色发热效果（右图）

- Add（添加）：合并顶层和底层的颜色，会产生比原始图像更亮的颜色，如图6-69所示。

图6-69 添加效果（右图）

- Screen（屏幕）：为底层和顶层乘以颜色的倒数亮度值（inverse brightness），产生的结果要比原始图像亮。

下面的这些层模式不再展示混合后的图示效果，读者可以自己进行尝试。

- Overlay（叠加）：在混合两个层的颜色时保留层颜色的亮度区域和暗度区域。
- Soft Light（柔光）：根据原始层的颜色使之变暗或者变亮。根据底层颜色是否比50%的灰色亮或者暗而改变。
- Hard Light（强光）：根据亮度或者暗度的像素值而会产生不同的结果。
- Color Dodge（颜色应用）：会产生很多的纯白色或者纯黑色，并创建出比原始图像更亮的结果。
- Difference（差值）：通过减去顶层底色的颜色值来混合层。
- Exclusion（排除）：类似于**Difference**混合模式，但是对比度较低。
- Hue（色相）：合并底色的亮度和饱和度及层颜色的色度。
- Saturation（饱和度）：合并底色的亮度和色度及层颜色的饱和度。对灰度级图像没有效果。
- Color（颜色）：合并底色的亮度及层颜色的饱和度和色度。灰色被保留。
- Luminosity（亮度）：合并底色的饱和度和色度及层颜色亮度。得到的效果与使用**Color**模式获得的效果相同。

注意：有些层模式没有介绍，因为它们多与遮罩有关。没有在这里列出的模式包括：Stencil Alpha, Stencil Luma, Silhouette Alpha, Silhouette Luma, Alpha Add 和Luminescent Premul模式等，将在后面学习遮罩的时候介绍这些模式。

提示：与层的属性不同，层模式不能使用关键帧进行动画。如果需要在Timeline面板中同一层的任意点上使用另外一种层模式的话，那么分离该层并应用一个新的层模式。在前面的内容中，已经介绍过如何分离层。

第7章 3D层

使用3D层可以激发创作灵感。如果在After Effects中能够看到图像在三维空间中运动，而且还有绚丽的灯光、阴影，还能够使用摄像机，都会让人感到兴奋。但是对于以前没有在3D环境中工作过的用户而言这些都是新的领域。首先，从不同的视图中（顶视图、左视图、右视图和底视图）观看影像是很不适应的，因为它们是不相同的。在本章的内容中，将详细地介绍这些内容并使用户将直接使用它们，同时将继续探索层的强大功能。

本章主要介绍下列内容：

※ 3D层的基础知识
※ 3D层的使用
※ 3D视图
※ 摄像机、灯光和观察点

7.1 关于2D层和3D层

实际上，After Effects这个程序是用于合并二维图像的，可以把多种类型的数字图像作为素材输入到After Effects中，所有的素材都有一个X轴（这样可以使图像左右移动）和一个Y轴（这样可以使图像上下移动），就像在平面几何中学习到的XY轴一样。这两个轴是图像移动的方向。不过，还有一种是纯粹的3D程序，使用它可以创建、动画和渲染三维模型，比如3ds Max、Maya、Lightwave、SolidWorks等。这些特定的程序都具有自己的使用目的，专门用于在计算机的三维环境中创建三维物体。

不能把After Effects与这些3D程序混淆使用。在After Effects中的影像是二维的，它们没有深度。但是，通过激活After Effects中的3D层可以使2D物体在After Effects的3D空间中运动。After Effects提供了和3D程序基本上相同的3D视图和灯光环境，在After Effects的3D环境中也可以使2D图像运动。在这一方面，After Effects与那些真正的3D程序的不同是，它不具备建模程序，也就是说不能在After Effects中创建带有厚度和深度的3D物体，只能在After Effects中创建2D影像，并且只能使它在After Effects的3D环境中运动，如图7-1所示。

当观众从一侧观看2D物体时是不能看到该2D物体的。这是因为2D物体没有深度。在3D空间中移动2D物体非常类似于在2D绘图程序中使用歪斜工具所获得的效果。不同之处是在观看影像的运动时，它的运动效果像是在3D空间中那样。令人可信的3D运动类型是很难使用简单的歪斜工具实现的。

传统的2D影像　　　带有3D属性的影像

图7-1　对比效果

在After Effects CS4中设计3D作品时，必须记住一点：使用的是2D物体。当在透视图中显示它时，它没有厚度。但是在After Effects的3D环境中的真实透视结果是令人信服的。同样，三维灯光和阴影所提供的效果只有在看到它们时才能意识到。

可以在After Effects中制作出惊人的3D效果。通过学习和了解3D层的工作方式，就可以制作出可信度惊人的、想象丰富的、效果优美的图像。

> **提示：** 在After Effects CS4中，还可以导入第三方3D文件，但是在这些文件中不能为单独的对象设置动画。After Effects会把这些合成的第三方文件看作是一个层，它们具有3D层的属性，但是包含在这些3D文件中的对象不能被单独地操作。

7.1.1　Z轴

图7-2　3个坐标轴

在3D层中，还有一个轴，那就是Z轴。什么是Z轴呢？就像在几何中X轴（左右）和Y轴（上下）定义的二维空间一样，在三维空间中包括Z轴。X轴是水平方向的，Y轴是上下方向的，Z轴表示距离或者深度和厚度的维数。有了这些坐标系统，就可以在After Effects的3D世界中放置物体，并可以使用这些轴向的值来精确地定义它们的位置，如图7-2所示。

在选择3D层时，将会看到从锚点上伸出的箭头，每个箭头都使用不同的颜色。红色的箭头是X轴，绿色的箭头是Y轴，蓝色的箭头是Z轴。

可以通过使用Selection（选择）工具和Rotation（旋转）工具拖拽任意手柄来移动一个物体。字母X、Y、Z将显示在指针旁边，它们用于确定轴并允许拖拽物体。

7.1.2　3D层的顺序

3D层的顺序及其调整与2D层的调整基本相同，不再赘述。当在"Composition"窗口中把3D层移动到其他层的前面或者后面时，它们在Timeline面板中的顺序不会改变。可以使用3D View菜单中的其他视图来确定一个3D层在"Composition"窗口中的实际位置。

层的顺序是非常重要的，比如在Timeline面板中，层的顺序决定After Effects应用轨道蒙版的方式，因为它们总是影响与之临近的层。当对一个带有轨道蒙版的3D层应用阴影效果时，阴影效果可能不会像期望的那样。为了确保阴影正常显示，要预合成3D层和轨道蒙版层，但不是塌陷这两个层，然后为合成效果应用阴影。

在一个合成中可以同时包含有2D层和3D层。但是，3D层中的灯光和阴影不会应用或者影响到2D层。注意，在3D层中可以设置灯光和阴影效果，但是2D层和3D层的位置会影响After Effects渲染合成的方式。

7.1.3 在3D层中使用效果和遮罩

虽然在After Effects CS4中的所有效果都是2D的，但是可以对所有的3D层应用这些2D效果，除灯光层和摄像机层之外。对于具有Comp Camera（合成摄像机）属性的效果，可以使用激活的合成摄像机或者灯光来查看或者从不同角度使效果变亮，从而可以模拟复杂的3D效果。

> **注意**：因为效果是2D的，所以在一个3D层中它可能看起来是"突出的"，比如Bulge（凸出）或者Wave Warp（波浪变形）视频效果，它们没有Z轴空间值，而且不能使用摄像机来观察层，但是可以通过旋转这些应用了效果的层，并从侧面观察它，这样效果就不会突出层平面了。

另外，也可以在任意的3D层中绘制遮罩。遮罩坐标与2D空间中的层坐标是对应的。但是遮罩自身没有3D属性，因此不能沿Z轴绘制遮罩。但是，在绘制遮罩后，就可以使该层沿Z轴进行动画。

> **注意**：如果为一个塌陷的3D合成应用遮罩或者效果，会使该合成层像一个2D层。为了避免这一问题的发生，要在Timeline面板中关闭Collapse Transformations（塌陷变换）开关，如图7-3所示。

图7-3 关闭Collapse Transformations开关

关于效果与遮罩的内容，将在后面的章节中进行介绍，在这里，只需要了解3D层与它们的关系即可。

7.2 使用3D层

在这一部分内容中，将介绍3D层的创建和旋转，另外，3D层和2D一样，也可以进行调整，还将介绍关于3D层旋转的知识。

7.2.1 创建3D层

图7-4　3D层的属性

制作3D层的操作非常简单，基本上只要在Timeline中单击一个开关 ——3D层开关或者简单地执行"Layer→3D Layer"命令，就可以把一个标准层转换成一个3D层。

在把一个层转换成一个3D层之后，就会在Timeline面板中显示出附加的Transform（变换）属性和选项，如图7-4所示。

下面介绍附加的选项：

· Anchor Point（锚点）、Position（位置）、Scale（缩放）属性显示Z轴的选项。

· Orientation（方位）属性。

· Rotation（选择）的值被分解成*X*轴、*Y*轴和*Z*轴的属性。

· Material Options（材质选项）用于设置层与灯光的交互作用。

在设置3D层时，可以添加灯光层和摄像机层以便利用附加的维数。灯光层和摄像机层分别用于为层设置灯光和摄像机。

在After Effects CS4中，有两种方法创建3D层：一是执行"Layer→3D Layer"命令，二是在Timeline面板中单击3D 层开关，如图7-5所示。

创建完3D层后，就会在"Composition"窗口中显示出一个带有3个轴向的坐标轴，如图7-6所示。注意需要使用工具箱中的旋转工具沿绿色的*Y*轴旋转之后才能看到*Z*轴。

图7-5　3D层开关

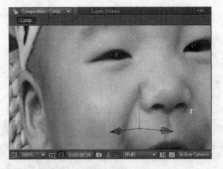

图7-6　带有3个轴向的坐标轴

7.2.2　3D层的旋转

对3D层可以执行旋转操作。在After Effects CS4中有三种方法来旋转3D层。一是直接使用工具箱中的旋转工具旋转3D层，二是通过在Timeline面板中改变Orientation（方位）的值来旋转3D层，三是通过在Timeline面板中改变X Rotation、Y Rotation和Z Rotation的值来旋转3D层。

当创建好3D层后，它的附加属性不会全部显示出来，如图7-7（左）所示。只有在单击小三角按钮后才能展开这些属性，如图7-7（右）所示。

在为3D层的Orientation（方位）值设置动画时，层将会沿着3D空间中最短的旋转路径进行运动，从而可以创建出自然的旋转运动。也可以通过把空间关键帧的插补类型设置为Auto

Bezier来平滑层的运动路径，关于动画方面的内容，将在后面的章节中进行介绍。

（左）没有显示属性　　　　　　　　　　（右）显示出属性

图7-7　单击小三角按钮

当为3D层的X Rotation、Y Rotation和Z Rotation值设置动画时，3D层将沿着每个轴向进行旋转。可以为3D层在3个轴向上分别设置旋转的数量和角度。也可以为3D层在每个轴向上的旋转运动设置关键帧。

注意：在设置3D层的旋转时，如果使用Orientation（方位）属性和X Rotation，Y Rotation和Z Rotation属性旋转层是可能会产生混乱的。鉴于这个原因，建议在学习After Effects时使用X Rotation，Y Rotation和Z Rotation属性来设置3D的旋转，这样就可以使用一致的方式来处理3D旋转问题，如图7-8所示。

将来，在有了一定的使用3D的经验之后，如果需要在3D空间中设置物体但不需要使用关键帧动画时就可以使用Orientation属性了。Orientation属性使物体在3D空间中沿着最短的旋转路径运动。由于这个原因，最好使用Orientation属性设置位置并保留它，但不要用于关键帧动画。如果尝试使用Orientation属性设置关键帧动画，那么层可能不是以需要的方式运动。

图7-8　Orientation选项

7.3　调整3D层

在默认设置下，在"Composition"窗口中的3D层上会显示出3个坐标轴（也有人称之为轴向），分别用3种颜色进行标记，如图7-9所示。红色箭头是*X*轴，绿色箭头是*Y*轴，蓝色箭头是*Z*轴。另外还可以对3D执行其他的一些调整操作。

通过在工具箱中单击激活Selection工具，然后沿任意一个坐标轴拖动即可移动3D层，使用旋转工具则可以旋转3D层。当移动3D层或者旋转3D层时，在Info（信息）面板上会显示出相关的信息，如图7-10所示。

7.3.1　显示和隐藏坐标轴

在默认设置下，当把一个层设置为3D层后，会显示出一个坐标轴。有时，需要把显示在"Composition"窗口中的坐标轴隐藏起来，或者再次把它显示出来，下面介绍如何隐藏坐标轴。

图7-9　3个坐标轴　　　　　　　　　　　　　　图7-10　移动信息

（1）在"Composition"窗口中激活需要隐藏坐标轴的层。

（2）在Timeline面板中选择需要隐藏坐标轴的层。

（3）执行"View（视图）→ Hide Layer Controls（隐藏层控制）"命令即可把坐标轴隐藏起来，如图7-11所示。

图7-11　隐藏坐标轴（右图）

（4）执行"View（视图）→ Show Layer Controls（显示层控制）"命令即可把坐标轴显示出来。

7.3.2　移动锚点（anchor point）

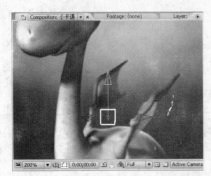

图7-12　锚点

锚点就是三个坐标轴相交的位置，也可以把它看作是坐标轴的原点，如图7-12所示。有时需要移动锚点的位置以便更好地编辑3D层。移动锚点时，三个坐标轴一起被移动，注意不能使用选择工具移动，需要使用专属的工具进行移动。

下面介绍一下如何移动锚点。

（1）在"Composition"窗口中选择需要移动锚点的3D层。

（2）确定锚点后，在工具箱中激活Pan Behind（移动到后面）工具 。

（3）在"Composition"窗口中把鼠标指针放在坐标轴的中心点上，按下鼠标键拖动到需要的位置即可，如图7-13所示。

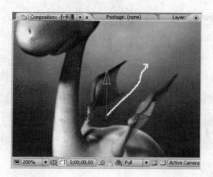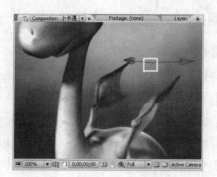

图7-13　移动锚点（右图）

7.4　3D视图

在前面的内容中提到了3D视图。使用这些3D视图可以在"Composition"窗口中从不同的角度观察3D层。在首次使用3D层时，在其他3D视图中观看要比在默认的视图中（指的是Active Camera视图）观看3D层更会让用户失去方向感。在有了一定的使用经验后，就能很快适应对它们的使用。

在预览和创建最终的电影时，需要使用Active Camera视图进行渲染，也可以使用该视图评估自己的作品。其他3D视图用于在3D空间中更精确地确定层的位置。在After Effects CS4中还可以通过不同的视图类型来查看影像，通过在"Composition"窗口底部单击 Active Camera 按钮打开一个下拉菜单，从该菜单中就可以选择自己需要的视图类型，如图7-14所示。

视图分别包括Front（前）视图、Left（左）视图、Top（顶）视图、Right（右）视图、Back（后）视图和Bottom（底）视图，它们都是正交视图（有人也称为直角视图）。正交视图显示层的位置，但是不显示透视。需要通过练习才能够习惯使用它们，

图7-14　视图类型

在有了一些使用经验后就能习惯这些视图了。如图7-15所示的是分别在前视图、后视图和顶视图中观察一个视图内容的效果。

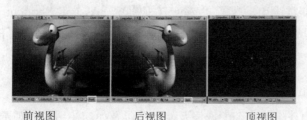

前视图　　　　　　后视图　　　　　　顶视图

图7-15　对比效果

注意： 因为视图是2D的，所以在顶视图中看不到影像。

　　这些视图提供了从不同角度观察视图的途径，比如前视图就是从视图的正前方观察视图内容，而后视图是从视图的正后方观察视图内容，顶视图是从视图的正上方观察视图内容。

　　另外还有3个自定义视图，分别是Custom View 1（自定义1）视图、Custom View 2（自定义2）视图和Custom View 3（自定义3）视图，它们以透视方式显示层，如图7-16所示。这些视图看起来更加自然，因为它们使用透视方式显示层。自定义视图也非常有用，因为可以按需要调整它们的位置。

　　在工作的过程中，会发现自己一直在使用这些视图，因为在3D空间中工作时需要从关键帧位置观察创建的物体。另外也会看到正交视图（不是透视图）是非常有用的，因为它们可以使用户更好地获得物体的关系、比例和位置。透视会改变物体的大小，因此有时这可能是一种障碍。由于这些原因，正交视图是非常重要的。

7.4.1　设置3D视图

　　可以很方便地选择和调整3D视图以便从不同的角度查看层，而且可以选择查看一个层或者多个层。当选择不同的视图后，After Effects就会改变观察层的视点和视角。

　　在After Effects CS4中有多种选择3D视图的方法，比较常用是在"Composition"窗口底部单击 Active Camera ▼ 按钮打开一个下拉菜单，另外，也可以执行"View→Switch 3D View"命令，打开一个子菜单命令，如图7-17所示，从该菜单中就可以选择自己需要的视图类型。

图7-16　自定义3视图

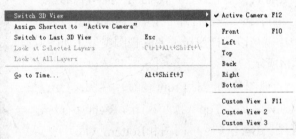

图7-17　视图类型菜单

7.4.2　设置或者替换3D视图快捷键

　　在工作的时候，可能会经常使用某一个或者几个视图，为了更方便地切换到这些视图中，可以为它们设置一些快捷键，通过这些快捷键可以快速地切换到自己需要的视图中。

　　快捷键的设置非常简单，执行"View（视图）→Assign Shortcut to n（为……赋予快捷键）"命令，这里的n代表的是当前处于激活状态的视图，然后选择F10、F11或者F12键即可。通过这种操作，也可以把当前的F11键替换为F12键或者F10键等。

7.4.3　使用Costom View视图

　　在前面的内容中介绍了视图的选择及使用，以及如何使用它们观看3D空间。在工作时，可以很容易地改变任意的自定义摄像机视图。在这一部分内容中将介绍自定义视图的使用。

（1）在"Composition"窗口放置一个合成文件，然后在底部单击 Active Camera ▼ 按钮，从打开的菜单中选择Custom View 1，如图7-18所示。

（2）在工具箱中，选择Orbit Camera工具 。在"Composition"窗口中，拖动鼠标浏览视图，如图7-19所示。使用该工具可以旋转视图。

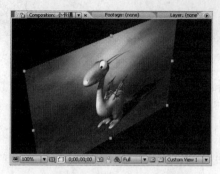

图7-18 Custom View 1视图

图7-19 改变视图

 注意： 使用该工具只能简单地改变视图，而不是移动影像。

 提示： 还可以将一个层转换为3D层后，使用工具箱中的Rotate（旋转）工具 在"Composition"窗口中旋转3D层。

（3）选择Track XY Camera工具 并沿X轴或者Y轴改变视图。如前面介绍的，该工具只是简单地改变视图，影像仍然保持在原来的位置。使用该工具可以移动视图，如图7-20所示。

（4）在工具箱中选择Track Z Camera工具 并尝试沿Z轴改变视图。Z轴控制摄像机视图与影像之间的距离。使用该工具可以缩放视图，如图7-21所示。

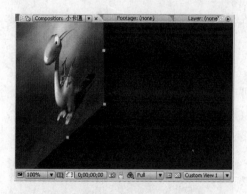

图7-20 移动视图

图7-21 缩放视图

7.5 摄像机

在After Effects CS4中有一种称为摄像机的层，它就像是现实世界中的摄像机，使用它可以从任意的角度观察3D层，一般把它称为摄像机。为一个合成设置摄像机视图，实际上就是透过这个摄像机来观察这个层，如图7-22所示。在Timeline面板中，激活的摄像机位于顶部。在创建最终的输出时，使用的就是激活的摄像机视图。

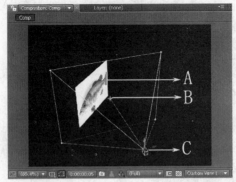

A. 画面　B. 兴趣点　C. 摄像机

图7-22　摄像机

可以为一个合成添加多个摄像机，摄像机视图只影响3D层或者应用了效果之后的2D层，需带有Comp Camera属性。另外，还可以为3D层和摄像机、2D层和摄像机设置父子关系，也就是说，可以把摄像机设置为层的子对象，或者把层设置为摄像机的子对象。

7.5.1　创建和设置摄像机动画

前面的内容中使用的一般都是摄像机视图，即Active Camera视图。所有含有3D层的合成都使用默认的Active Camera视图。在合成中添加了3D层后，Active Camera视图就会打开并显示2D物体的3D透视。

用户可能还不知道，在合成中可以添加新的摄像机。为什么想要或者需要更多的摄像机呢？添加摄像机的最直接原因是默认摄像机不能被设置成动画。这意味着可以在3D中移动影像或者灯光，但是不能使用默认摄像机来动画这些物体的视点。在手动添加新摄像机时，它会带有可以被设置成关键帧的属性。为摄像机层设置关键帧可以使用摄像机视图设置动画，而不只是移动影像和灯光。

在下面的内容中将介绍如何在3D世界中添加摄像机，如何设置它的位置，如何在它的位置上设置关键帧及通过3D世界来动画它。

（1）在Project面板中，创建一个新的合成。

（2）把一个素材文件从Project面板中拖拽到Timeline面板中。把Scale的数值设置为合适的数值，单击该层的3D Layers开关把它转变成3D层，如图7-23所示。

在"Composition"窗口中的效果如图7-24所示。

图7-23　Timeline面板中的设置

图7-24　"Composition"窗口

（3）选择"Layer→New→Camera"命令，打开"Camera Settings（摄像机设置）"对话框，如图7-25所示。

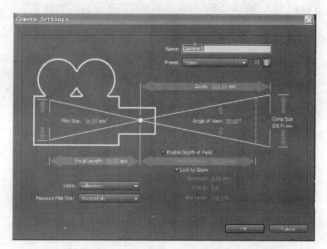

图7-25 "Camera Settings"对话框

（4）在"Camera Settings"对话框中，把Preset（预置）的数值设置为24mm，单击"OK"按钮。该视图看起来不同于默认的摄像机视图，因为它的透镜设置改变了。在添加新的摄像机时，可以使用很多新的控制来影响电影的效果。

"Camera Settings"对话框不同于其他的窗口，因为它含有一个图像，而且所有的术语都是新的。在后面的内容中列出了该窗口的选项并给予了解释。20mm透镜预置提供了多角度的透镜视图，如果对这一领域的知识很了解的话，它看起来像是一个鱼眼透镜（fish-eye lens）。一般情况下，要把透镜设置为一个较小的数值来创建比较生动的透视，在靠近物体时，使用这样的透视可以更加明显一些。

（5）从"Composition"窗口的3D View弹出菜单中选择Custom View 1视图，可以在该视图中看到添加的摄像机，如图7-26所示。注意：在Timeline面板中必须选择这个摄像机层以便看到新添加的摄像机。在Active Camera中看不到摄像机的轮廓。

（6）单击Camera 1层旁边的旋转开关，然后单击Transform旁边的旋转开关展开该摄像机的属性，如图7-27所示。在这里主要介绍的是如何移动摄像机并从"Composition"窗口中获得反馈及从Timeline面板中获得属性值。

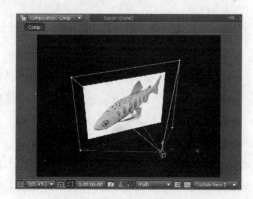

图7-26 摄像机

图7-27 摄像机的属性

（7）在Timeline面板中来回地移动Position X axis的值，并在"Composition"窗口中查看摄像机的枢轴点及其左右的摇摆移动，然后来回地移动Position Y axis的值，并在"Composition"窗口中查看摄像机的枢轴点及其上下的摇摆移动，如图7-28所示，它的枢轴点在它的观察点上（point of interest），在默认设置下，它位于"Composition"窗口的中间位置。

 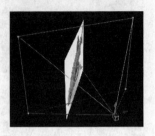

图7-28　改变摄像机的位置

 提示： 也可以通过改变Rotation的值来旋转摄像机。

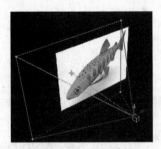

图7-29　兴趣点手柄

在3D合成中添加新的摄像机时，这个新摄像机将把它的兴趣点放置在"Composition"窗口的中间位置，如图7-29所示。前面使用灯光时，已经获得了一些使用兴趣点设置的经验，使用它们可以设置摄像机或者灯光的指向。

兴趣点是Camera（摄像机）层的原点，它们的X、Y和Z的值都基于这个点。摄像机就在这个点上进行旋转。

（8）把Custom View 1视图改变为Active Camera（激活的摄像机）视图，移动X和Y的值并查看枢轴点对视图的影响。不会看到摄像机的轮廓，因为After Effects不在Active Camera视图中显示摄像机，Active Camera视图主要用于显示合成的最终渲染和预览。

可以在自定义视图中看到摄像机，而在Active Camera视图中只显示摄像机"看到"的内容。了解它们的不同是非常重要的，这样不仅可以准确地移动摄像机，还能够精确地使摄像机拍摄到需要的内容。因此，处理摄像机动画时，需要经常变换视图。

可以通过使用摄像机（如上面的操作）或者移动物体来创建动画。这个操作的目的不是介绍如何创建有趣的动画。要理解兴趣点、Active Camera视图以及摄像机动画的Position（位置）设置。在后面的内容中将介绍与兴趣点有关的内容。

7.5.2　摄像机设置

除了Transform属性外，还有一组摄像机属性，它的名称是Options（选项）。Options属性是基于真实的摄像机选项，在日常生活中，真实的摄像机具有透镜、光圈、快门和其他组件，它们一起作用使摄像机拍照。在After Effects中创建的每个摄像机都有自己的透镜设置、光圈设置和其他用于调整为3D世界照相的方式的功能。

如果以前使用过摄像机，那么对这些术语应该很熟悉。如果没有学习过摄影，这些术语可能有些神秘。这些都没有大碍，不一定必须了解摄影。下面将通过调整设置和观察结果来学习这些功能。

选择"Layer（层）→New（新建）→Camera（摄像机）"命令，即可打开"Camera Settings（摄像机设置）"对话框，如图7-30所示。

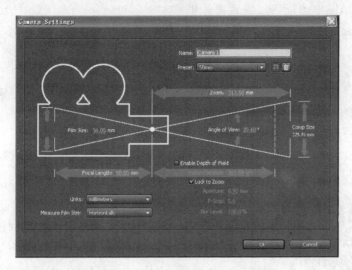

图7-30 "Camera Settings"对话框

下面介绍一下"Camera Settings"对话框的各种选项。

- Name（名称）：After Effects CS4自动命名摄像机，也可以手动设置摄像机的名称。名称将显示在代表摄像机物体的Timeline中的层上。
- Preset（预置）：摄像机带有一个菜单，在该菜单中含有不同的预置。这些预置仿效不同的35mm透镜设置及不同的焦距。视角、缩放、定焦点、距离、焦距和光圈都有一个预置。
- Zoom（缩放）：用于设置摄像机位置与视图面的距离。
- Angle of View（视角）：焦距、胶片大小和缩放设置都决定视角。可以创建宽角透镜设置或者更小的窄角设置，这要取决于输入的数值。
- Enable Depth of Field（景深）：设置图像所在焦点的距离范围。该距离范围之外的图像被模糊。该设置用于创建真实的摄像机调焦效果。
- Focus Distance（聚焦距离）：设置到摄像机位置的距离，在该位置物体显示在焦点上。
- Lock to Zoom（锁定大小）：选中该项后，可以使焦距和缩放值匹配。
- Aperture（光圈）：增加或者减小透镜的大小。该设置影响景深模糊及f制光圈的位置。
- F-Stop（光圈系数）：表示焦距到光圈的比例。模拟摄像机使用f制光圈设置光圈的大小。如果为该项设置一个新的数值，那么光圈也会动态地改变来与它匹配。
- Blur Level（模糊级别）：表示在一个图像中景深模糊的数量。使用100%可以创建由摄像机设置规定的自然模糊。使用小的数值将减小模糊的程度。
- Film Size（胶片尺寸）：与合成画面的大小密切相关。在为胶片大小设置一个新的数值时，画面大小也会改变来匹配真实摄像机的透视。
- Focal Length（焦距）：表示胶片表面到摄像机透镜的距离。摄像机的位置表示透镜的中心。在为焦距设置一个新的数值时，画面大小也会改变来匹配透视。

・Units（单位）：摄像机选项值使用的度量单位。

・Measure Film Size（测量胶片大小）：描述胶片大小的尺寸。

使用上述的摄像机选项可以设置摄像机来实现各种效果。

7.6 灯光

到现在为止，所有的内容看起来都很平淡。可能还会怀疑3D的功能，因为使用Illustrator中的歪斜工具也可以实现很多与此相同的效果。但是，在3D空间中添加了灯光之后它的效果就会变得不可思议了。

A. 灯光兴趣点　B. 灯光光柱　C. 灯光

图7-31　灯光的组成

在After Effects中，灯光是一特殊类型的层。在添加灯光时，它会显示在Timeline面板中，这一点和其他层相同。但是，灯光有自己的一组属性，当然这些属性可以被设置成关键帧进行动画。

After Effects提供了4种类型的灯光，它们分别是Parallel（平行灯光）、Spot（聚光灯）、Point（点灯光）和Ambient（环境灯光）。一般最常使用的是Spot（聚光灯）灯光。灯光都具有关键帧选项和其他的控制选项。在默认设置下，灯光直接照射到兴趣点上，如图7-31所示。

7.6.1　创建灯光

在After Effects CS4中可以很方便创建各种灯光，还可以为灯光的各种属性设置动画，除Casts Shadows（投影）项外。下面介绍一下创建灯光的操作。

（1）新建一个合成，并按前面介绍的方法将其设置为3D层，如图7-32所示。

图7-32　新建的合成

（2）选择"Layer→New→Light"命令，会打开"Light Settings（灯光设置）"对话框，如图7-33所示。

（3）设置好灯光选项之后，注意这里选用的是Point（点灯光），单击"OK"按钮即可，如图7-34所示。在图中可以看到有的区域变亮了，有的区域变暗了。关于灯光的选项设置，稍后进行介绍。

图7-33 "Light Settings"对话框

图7-34 使用默认设置创建的灯光

7.6.2 灯光的设置

打开"Light Settings(灯光设置)"对话框之后,可以看到有多个灯光设置,通过这些选项,可以设置灯光的各种属性。

(1)Light Type(灯光类型):在"Light Settings(灯光设置)"对话框中,单击Light Type(灯光类型)旁边的双箭头查看弹出菜单,会看到4个类型的灯光,如图7-35所示。

图7-35 灯光类型

- Parallel(平行灯光):这种灯光具有方向性、不受光源距离限制。当需要灯光均匀地照射一个物体或者使光从一个特定的点发出来时最好使用这种类型的灯光。
- Spot(聚光灯):这种灯光能够产生锥体形的光柱,所以这种类型的灯光最常使用,因为可以控制灯光的所有属性。
- Point(点灯光):这种灯光是一种不受约束的全方向性灯光。在需要一种电灯泡照亮周围环境的效果时,最好使用这种类型的灯光。
- Ambient(环境灯光):这种灯光没有光源而且不投射阴影。它为合成提供整体照明。最好把它作为辅助灯光使用,为所有的物体创建总体的亮度水平。但是要有节制地使用这种类型的灯光。

下面是这4种灯光的对比效果,如图7-36所示。

注意:灯光只有在3D层上才能生效,而且,即使打开Casts Shadows(投影)选项,也不会在背景上产生阴影,只会在层上投影。

(2)Intensity(灯光强度):该项用于设置灯光的亮度。如果把灯光强度设置为负值,那么会创建出"负灯光",这种灯光会从层上吸收颜色,在层上创建出暗的区域。使用正值增加灯光强度后的效果如图7-37所示。

平行灯光　　　　　　　　　聚光灯

点灯光　　　　　　　　　　环境灯光

图7-36　灯光效果对比

图7-37　增加灯光强度后的效果（右图）

（3）Cone Angle（锥体角度）：通过调整锥体角度可以设置聚光灯照射范围的大小，如图7-38所示。

图7-38　增加锥体角度后的效果（右图）

（4）Cone Feather（锥体羽化）：使用该项可以设置聚光灯发射出的灯光边缘的柔和度，如图7-39所示。

图7-39　羽化效果（右图）

（5）Color（颜色）：用于设置灯光的颜色，如图7-40所示。

（6）Casts Shadows（投影）：该项用于设置灯光光源是否在一个层上产生投影，如图7-41所示。

图7-40 把灯光的颜色改变成绿色（右图）

图7-41 投影效果（右图）

（7）Shadow Darkness（阴影暗度）：用于设置阴影的暗度或者颜色深度的水平，只有把Casts Shadows项选中后，该项才可用，如图7-42所示。

图7-42 调整阴影的颜色深度（右图）

（8）Shadow Diffusion（阴影扩散）：该项用于设置阴影的柔和度，设置的数值越大，阴影也就越柔和。只有把Casts Shadows（投影）项选中后，该项才可用，如图7-43所示。

图7-43 调整阴影的颜色深度（右图）

提示：也可以把灯光效果的变化设置成动画，其方法与层动画的设置方法相同，关于动画的设置，将在下一章的内容中进行介绍。

7.6.3 移动灯光

与3D层的移动、旋转和缩放一样，也可以对摄像机、灯光进行移动、旋转和缩放等操作。创建了灯光之后，也会显示一个坐标轴系，如图7-44所示。

选择工具箱中的Selection（选择）工具或者Rotate（旋转）工具，围绕一个坐标轴进行移动或者旋转即可完成灯光的移动和旋转操作，如图7-45所示。

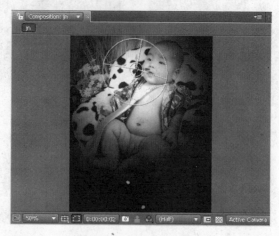

图7-44　灯光的坐标轴系

原图

改变位置

旋转角度

图7-45　移动和旋转灯光

提示：灯光和摄像机的兴趣点也可以进行移动，移动方法与灯光的移动方法类似，不再一一介绍。

7.7　Material（材质）选项

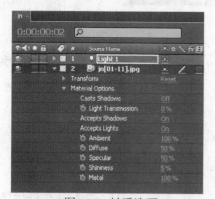

图7-46　材质选项

在Timeline面板中，3D层还有一个附加的属性，称为Material Options（材质选项），如图7-46所示。注意，需要把3D层展开之后才能看到。这些属性用于确定3D层、灯光及阴影的作用方式。在3D动画中，它们也起着非常重要的作用。

下面依次介绍一下这些选项的作用。

- Cast Shadows（投影）：在层的特定范围内投射阴影，光源的方向和角度决定阴影的方向和角度。

- Light Transmission（光传播）：用于设置灯光透过层的百分比，使用该项可以使灯光的颜色投射到其他层上，如图7-47所示。也可以用于创建灯光穿过毛玻璃的效果。

图7-47　透射效果（右图）

- **Accepts Shadows**（接受阴影）：用于通过另外一个层显示在这一层上的阴影效果，如图7-48所示。

图7-48　接受效果（右图）

- **Accepts Lights**（接受灯光）：用于设置层颜色受灯光（照射到层上的灯光）影响的方式，如图7-49所示。

图7-49　接受效果（右图）

- **Ambient**（环境光）：用于设置层对环境灯光的反射率，当值为100%时，反射率最大，当值为0时，没有反射。
- **Diffuse**（散射）：用于设置在层上的光的散射率，当值为100%时，散射率最大，当值为0时，没有散射。
- **Specular**（反射高光）：用于设置在层上的镜面反射高光的强度，当值为100%时，镜面反射高光最大，当值为0时，镜面反射高光最小，如图7-50所示。

图7-50　镜面反射高光（右图）

- **Shininess**（高光）：用于设置在层上的镜面高光的大小，当值为100%时，镜面高光最小，当值为0时，镜面高光最大，如图7-51所示。

• Metal（金属）：用于设置在层上的镜面高光的颜色，当值为100%时，是层的颜色，当值为0时，是灯光光源的颜色，如图7-52所示。

图7-51　镜面高光　　　　　　　　　　　　图7-52　镜面高光的颜色

第8章 基础动画

After Effects CS4是运动图像（motion graphics）的编辑工具，所以创建动画是它主要的功能。专业的动画师和运动图像艺术家都需要知道如何创建有目标而且通常很复杂的运动。有些运动项目要求使用精细的运动，有些则要求使用粗略和不规则的运动。可以通过使用关键帧并结合使用Timeline面板来实现对动画的制作。

本章主要介绍下列内容：

※ 关键帧
※ 动画预置
※ 层属性
※ 运动路径

8.1 动画基础

经常看的电影、动画片等都可以称为动画，它们是由多幅运动画面组成的一个序列，而且随时间的延续而发生改变。通常，这些画面在After Effects CS4 中称为帧，主要的画面被称为关键帧。如图8-1所示为关于帧和关键帧的图示。

图8-1　序号1，2是关键帧，其他为帧（也称为中间帧）

在After Effects CS4 中，一般通过为不同的层属性设置运动来创建动画。层的属性包括位置、旋转、大小、遮罩和效果等很多可用于创建动画的属性。可以使属性的改变单独地进行，也可以同时进行。每一层可以包含很多组属性。包含有视频或者静止图片的层具有遮罩和变换属性，比如遮罩的形状和层的旋转。一个层也可以包含有其他的属性，比如时间重映射、视频效果和音频效果等。

在After Effects CS4中，有多种设置动画的方式，比如可以通过在"Composition"窗口中移动层和在Timeline面板中添加关键帧来设置动画；可以通过为属性值设置关键帧来设置动画；可以通过在Graph Editor窗口中移动关键帧来设置动画；可以通过为属性设置表达式来设置动画；还可以使用动画预置来设置动画。

这一章就详细地介绍与动画制作有关的内容。将会看到一些关键帧可以使运动加速或减速，有些关键帧可以创建弯曲的路径，还有一些关键帧能够平滑运动或者使运动抖动。在我们完成本章的学习后，将会打下制作动画的基础，它将会在我们的整个职业生涯中被使用。

8.2 Timeline面板

动画的设置一般都必须使用Timeline面板，通过Timeline面板才能为层设置关键帧和动画属性，因此有必要熟悉一下Timeline面板的功能。

Timeline面板中可以被拉宽和缩小，这样可以看到更多的内容。有大尺寸显示器的人很喜欢这一点，如图8-2所示。可以使用鼠标以拖动方式把Timeline面板拓宽到整个工作界面，使所有的属性都显示出来。

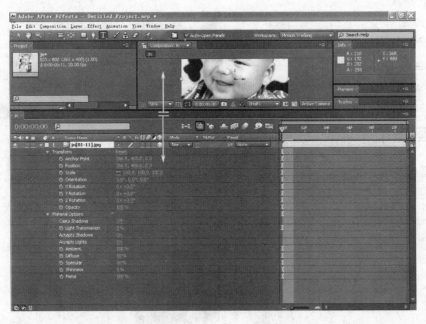

图8-2　可以把Timeline面板拓宽到整个工作界面

注意：也可以使用Timeline面板底部的帧缩放级别滑块 　　　　　　来调整关键帧显示区域的大小。

Timeline面板中包含有时间导航器，如图8-3所示。使用Time Navigator（时间导航器）滑块可以放大或者缩小Timeline面板以使它适应较小的窗口。只要简单地拖拽这个滑块使它显示出Timeline的内容即可。

创建合成或者把素材导入到Timeline面板中之后，通过单击素材的旋转开关 ▼ 才能展开它们的属性，如图8-4所示。可以对属性值进行编辑，单击属性值，然后输入新的属性值即可。

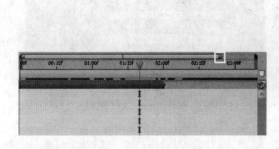

图8-3　时间导航器

图8-4　使用旋转开关展开素材的属性

8.3　关键帧

关键帧（Keyframe）是一个动画术语，它在动画第一次被发明出来时就存在了。它通常描述有变化的一个关键点。计划和设计动画的最好方法是为一个特定的动作确定开始点和结束点。这些开始点和结束点是动画的关键点。如果动作很复杂，还需要使用其他的变化点。

动画师使用关键帧这个概念描述动作的关键点。比如把一个图像从屏幕的左边移动到右边，需要两个关键帧：一个在屏幕的左边，另一个在屏幕右边。一旦创建完关键帧，就可以创建关键帧之间的帧。例如，在传统的手绘动画中，动画师画两个关键帧，然后让助手画中间帧。如果图像从屏幕左边移动到右边需要使用30帧，其中有两个关键帧，那么需要画28个中间帧。关键帧扮演所有中间帧的向导。

在After Effects CS4中设置动画的过程中，用户可以定义关键帧，After Effects会制作出中间的帧。同样，关键帧扮演着绘制中间帧向导的作用。

8.3.1　设置关键帧

前面的内容中介绍了如何把素材导入到项目中来创建合成，及如何把图形从项目中导入合成中。这里将介绍如何设置关键帧，如何创建作为关键帧的点，并且预览最终的动画。

（1）打开After Effects CS4，新建一个合成。

（2）在Project面板中导入一个素材，并拖拽到Timeline面板中或者"Composition"窗口中创建一个合成，它的名称是"飞"，该合成也是一个层，如图8-5所示。读者可以使用一幅静止图片进行学习和使用。

（3）在Timeline面板中，单击"飞"层左边的小箭头，显示它的下列属性：Anchor Point（锚点）、Position（位置）、Scale（比例）、Rotation（旋转）和Opacity（不透明度），如图8-6所示。

（4）确定当前时间指示器位于最左端，然后单击Position（位置）属性右侧的Stopwatch（时钟）图标。注意，单击Stopwatch图标 ⏱ 就会在Timeline面板中Current Time Indicator（当前时间指示器）的当前位置产生了一个Keyframe图标，这样就创建了一个关键帧，如图8-7所示。

图8-5 "Composition"窗口

图8-6 显示其属性

图8-7 创建关键帧

（5）在"Composition"窗口中，按住鼠标左键把图片拖拽到屏幕的另外一个位置。然后在Timeline面板中把Current Time Indicator（当前时间指示器）也移动到另外一个位置，这样会为图像的Position属性设置第二个关键帧，如图8-8所示。

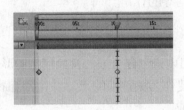

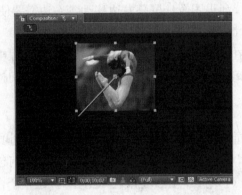

图8-8 第二个关键帧

注意：在"Composition"窗口中移动物体时，会生成一条运动路径，它指示物体的运动轨迹。

（6）使用同样的方法，可以创建更多的关键帧，如图8-9所示。

（7）此时，在Timeline面板中拖动Current Time Indicator就会在"Composition"窗口看到物体开始在三个关键帧之间进行运动了。这就创建了一个简单的动画。

注意：如果在Timeline面板中把时间指示器人为地移动到最后一帧，可能会看到一个空白的灰色帧，这表示把指示器拖得太远了。可以这样调查，单击Current Time的显示值并输入正确的值，使用Preview（预览）调板中并单击Last Frame按钮，或者按End键。如果使用的是笔记本电脑，上面没有End键，那么可以使用快捷键Ctrl+Alt+右箭头。或者手动重新调整时间指示器。

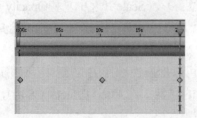
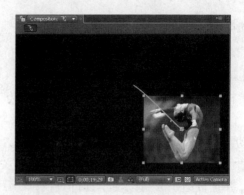

图8-9 第三个关键帧

 提示：有人把前后拖拽Current Time Indicator称之为滑擦Timeline。

另外，通过单击Add or remove keyframe at current time（在当前时间添加或去除关键帧）按钮 ◄ ◆ ►，也能够添加关键帧。这可以在不改变帧值的情况下在当前时间指示器位置添加关键帧，如图8-10所示。如果要删除使用这种方式添加的关键帧，那么再次单击该按钮即可。

图8-10 使用按钮添加关键帧

8.3.2 删除关键帧

前面的内容中介绍了如何添加关键帧的操作，实际上关键帧也可以被删除，比如在添加了错误的关键帧之后，就需要把它删除掉。那么如何删除关键帧呢？在After Effects CS4中，有下列几种删除关键帧的方法。

· 在Timeline面板中，选择一个或者多个关键帧，然后按Delete键或者Back Space键即可。
· 如果要删除一个层属性的所有关键帧，那么单击层属性名称左侧的图标◎，使它处于非激活状态即可。

 提示：也可以使用Timeline面板中的Add or remove keyframe at current time（在当前时间添加或去除关键帧）按钮来删除关键帧。

注意： 当取消选择属性名称左侧的"马表"图标时，它的所有关键帧都将被永久删除。再次单击"马表"图标时，以前设置的关键帧也不会被恢复。但是，如果意外地删除了关键帧，可以执行"Edit（编辑）→Undo（取消）"命令来恢复。

8.3.3 属性

在前面的内容中，介绍了如何为Position（位置）属性设置关键帧。实际上Transform（变换）属性是所有素材层都固有的，包括Position（位置）、Scale（大小）和Opacity（透明度）等。当素材内容被放到Timeline中时，它被作为"层"。可以把层看作是构成合成的单独元素。

在动画的每一帧上都有访问和改变的属性。可以把属性看作层的选项。使用这些属性可以改变颜色、大小、位置和很多其他的与层有关的属性。在After Effects CS4中，属性是多样化的，并且被组织成组以便于进行查找。

除了Transform属性，还有一些基本的属性：Masks（遮罩）、Effects（效果）、Text（文本）、3D和 Expressions（表达式）。Transform属性被自动地赋给所有的层。如果要访问一些其他类型的属性，需要使用其他的步骤或者创建其他类型的层。本书后面的内容中将介绍其他类型的属性。

可以使用关键帧为所有的属性值设置动画。在介绍了如何为Transform属性设置关键帧之后，可以为其他类型的属性按同样的步骤进行操作。这里只介绍为Transform属性设置关键帧，在后面的章节中将介绍如何为其他类型的属性设置关键帧。

8.3.4 移动关键帧

到现在为止，已经知道了如何在Current Time Indicator（当前时间指示器）位置设置关键帧。这是创建关键帧的唯一方法，因为关键帧只在Timeline面板的Current Time Indicator位置显示。有时候，在创建了关键帧之后，可能需要改变它们的位置。庆幸的是，在创建了一个关键帧后，可以随时把它移动到其他帧的位置。把关键帧彼此的距离拉远可以使运动或者属性的改变速度减慢，相反可以使运动速度加快。在这部分内容中，将介绍怎样移动关键帧及将会在动画中看到的效果。

（1）在Project面板中导入素材，并把它拖动到Timeline面板中创建一个合成，在这里，使用的是一个ufo的素材，读者也可以使用其他的素材。

（2）按前面介绍的方法设置3个关键帧，如图8-11所示。

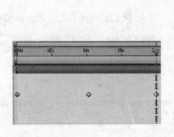

图8-11　设置关键帧

（3）按空格键预览动画，并在"Composition"窗口中观看物体的运动，可以看到物体非常平缓地先向上运动，再向下运动。如图8-12所示。

（4）在"Composition"窗口中显示出关键帧图标，然后使用移动工具即可把它移动到自己需要的位置，比如向下移动中间的关键帧，如图8-13所示。

图8-12　物体的运动路径

图8-13　修改物体的运动路径

（5）按空格键观察物体在"Composition"窗口中的运动，就可以看到运动路径改变了。注意，也可以通过这种方式移动其他的关键帧来编辑物体的运动。

提示：也可以一次性移动多个关键帧。使用光标，框选想要移动的关键帧，或者按住Shift键选择多个关键帧。选择完关键帧后，只要把它们拖拽到新的位置再放开即可。

注意：大多数的专业动画都明显地比较复杂。如果要制作更复杂的运动，则需要为一个层的多个属性设置动画，比如Position（位置）、Scales（大小）、Rotation（旋转）和Opacity（透明度）等。

8.3.5　改变属性值

After Effects CS4具有很好的编辑关键帧的功能，通过编辑关键帧可以编辑物体的运动。编辑物体的运动涉及到改变层的属性值，如大小、位置等。可以使用下列几种方式来改变属性值。

· 输入属性值

除了拖拽或使用滑块之外，还可以直接在Timeline中输入属性值。单击数值，在显示的数值输入框中输入需要的数值。按Return键（Mac）或Enter键（Windows）确认，如图8-14所示。

图8-14　输入属性值

· 通过双击关键帧的图标来调整属性值

通过双击Keyframe图标可以调整关键帧数值。这会打开一个"Position（位置）"对话框，可以在其中输入数值来调整或者设置位置，如图8-15所示。设置好需要的数值，单击

"OK"按钮即可关闭该对话框。

8.3.6 复制和粘帖关键帧

和在Word程序中复制和粘贴文本一样，在After Effects CS4中也可以复制和粘贴关键帧。可以在同一层中进行复制，也可以在不同的层之间进行复制。如果已经设置了一个重复的动作并想继续使用它，那么这种方法就非常有用。下面介绍复制和粘贴关键帧。

（1）在Project面板中导入一个素材文件，并拖动到Timeline面板中，然后按着前面介绍的方法创建关键帧，如图8-16所示。

图8-15 "Position"对话框

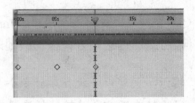

图8-16 创建的3个关键帧

（2）可以选择一个或者多个关键帧。如果选择多个关键帧，那么在选择一个关键帧之后，需要按住Shift键选择其他的关键帧。

（3）选择"Edit→Copy"命令进行复制。

（4）在Timeline面板的目标层中，把当前时间指示器移动到需要放置关键帧的位置。

（5）如果要粘贴同一属性的关键帧，那么选择目标层。如果要粘贴不同属性的关键帧，那么选择目标属性。

（6）选择目标之后，选择"Edit→Paste"命令进行粘贴即可。如图8-17所示，这里复制的是同一层中的同一属性的关键帧。

（7）按键盘上的空格键预览动画，可以看到物体开始围绕一个圆环形的路径开始运动，如图8-18所示。

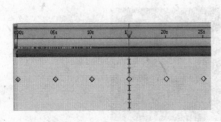

图8-17 粘贴关键帧

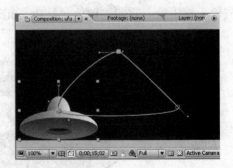

图8-18 物体的运动路径

8.3.7 属性的快捷键

在After Effects CS4中，可以通过按键盘上的快捷键显示单独的层属性。在这里专门拿出一部分内容介绍一下显示Transform属性的所有快捷键。注意个别的属性都是隐藏的，除非使用这些快捷键或者单击旋转开关显示全部的属性。

如果想改变一个层的缩放和旋转属性，并知道显示这两个具体属性的快捷键，那么使用它们的快捷键会更快地显示出需要的属性，而且这种方法可以只显示需要查看的属性。如果在Timeline中显示两个以上的属性，那么必须先显示一个单独的属性，然后按住Shift键的同时，按想要添加显示的属性的快捷键。表8-1和表8-2列出了Transform属性的快捷键及在Timeline中添加显示Transform属性的全部快捷键。

表8-1　Transform属性的快捷键

快捷键	属性
A	Anchor Point（锚点）
P	Position（位置）
R	Rotation（旋转）
S	Scale（大小）
T	Opacity（透明度）

表8-2　添加Transform属性的快捷键

快捷键	动作
Shift +A	Anchor Point（锚点）
Shift +P	Position（位置）
Shift +R	Rotation（旋转）
Shift +S	Scale（大小）
Shift +T	Opacity（透明度）

如果想在显示属性的同时自动设置关键帧，那么按住Option（Mac）或Alt+Shift（Windows）的同时按属性的快捷键。这样，使用快捷键就可以显示想要的属性并设置一个关键帧。为属性设置关键帧的快捷键如表8-3所示。

表8-3　为属性设置关键帧的快捷键

Mac快捷键	Windows快捷键	动作
Option+A	Alt+Shift+A	Anchor Point
Option+P	Alt+Shift+P	Position
Option+R	Alt+Shift+R	Rotation
Option+S	Alt+Shift+S	Scale
Option+T	Alt+Shift+T	Opacity

8.3.8　查看和编辑关键帧的值

在After Effects CS4中，有一种快速查看和编辑关键帧值的方式，那就是在一个关键帧上右击，打开一个关联菜单，关键帧的值就显示在该关联菜单的顶部，如图8-19所示。

如果要编辑该关键帧的值，那么选择"Edit Value（编辑值）"命令，打开一个对话框，如图8-20所示，在该对话框中可以设置X轴，Y轴的值，以及单位。设置好数值后，单击"OK"按钮即可。

图8-19　关联菜单

注意：选择的属性不同，打开的对话框也不同。比如选择Rotation（旋转）属性后打开的将是"Rotation"对话框，如图8-21所示。

图8-20　打开的对话框

图8-21　打开的"Rotation"对话框

8.3.9　使用Pen（钢笔）工具编辑关键帧

如果使用过Adobe Illustrator，那么一定知道如何使用它的Pen工具，使用钢笔工具可以对绘制的路径进行修改。在After Effects中也有钢笔工具，使用它的Pen工具可以在"Composition"窗口或者Layer面板中编辑空间性的关键帧。为了更好地使用Pen工具，需要理解Bezier插补对路径的影响，使用Bezier插补可以控制曲线的形状。

下面介绍如何使用Pen工具编辑关键帧。

（1）在Timeline面板中选择需要编辑的层的属性，并为属性设置好关键帧。

（2）在工具箱中选择Pen工具 ◊ 。

（3）在"Composition"窗口或者Layer面板中执行下列操作。

· 在路径上单击可以添加一个关键帧，添加的关键帧可以在Timeline面板中看到，如图8-22所示。

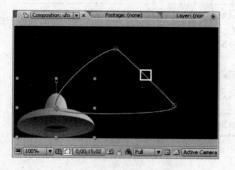
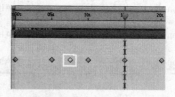

图8-22　添加关键帧

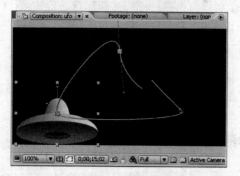

· 可以把现有的关键帧移动到一个新的位置，这一功能和移动工具类似。

· 可以调整曲线点手柄的方向或者改变插补方式，如图8-23所示。

提示：读者可以使用任意的图片素材进行练习和试验。

图8-23　调整曲线点手柄的方向

8.3.10 Bezier曲线和手柄

在这一部分内容中，专门介绍一下Bezier曲线和手柄以便熟悉它们。Bezier 曲线和手柄深受数字艺术家的喜爱，因为它们可以提供"艺术"控制。熟悉Illustrator 或Freehand的人可能会熟悉Bezier曲线编辑。在After Effects中，Bezier曲线被用来影响运动路径的形状。它们也被用于其他目的，如设置遮罩形状和运动图形，这方面内容将在以后的章节学习。如果对Bezier曲线和点并不熟悉，不必着急，在学习完这部分内容后就熟悉它们了。

Bezier曲线包括带有控制手柄的点。在"Composition"窗口中可以看到Bezier手柄，如图8-24所示。需在Timeline中选择一个关键帧，Control手柄影响点周围的曲线。

在这个图像中，一系列的记号标记表示的是动画路径。拖动Bezier手柄，可以影响Bezier曲线并且影响运动路径。

Bezier点有两个手柄：一个用于Bezier点前面的那部分曲线，另一个用于Bezier点之后的那部分曲线。

Bezier源于法国数学家Pierre Bezier的名字。他发明了一个数学公式来描述曲线。After Effects 和很多其他计算机图像程序都使用这个公式。不过，不必考虑公式问题，只需要单击和拖动来得到想要的曲线形状。

• 空间性插补类型

另外介绍如何通过使路径变直或弯曲来控制运动路径。这是通过After Effects 的一个功能空间性插补（spatial interpolation）来完成的。空间性插补类型在"Composition"窗口中是显示出来的，而且它们可以改变运动路径的形状。在After Effects CS4中，有三种类型的插补，它们分别是：Linear（线形插补）、Auto Bezier（自动Bezier插补）和Continuous Bezier（连续Bezier插补）。

Linear插补通过尖锐的曲线，甚至标记的分布来确定。在线性插补类型中没有Bezier控制。在"Composition"窗口中把Pen工具放在曲线的任何一点并单击，就可以使它的形状在直线路径和曲线路径之间转换，如图8-25所示。

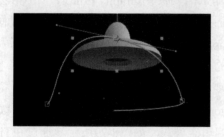
图8-24 Bezier手柄

图8-25 Linear插补

Auto Bezier插补可以通过平滑曲线确定，它有控制手柄却没有把手（handlebar）。如果试图在自动Bezier插补类型的曲线上移动一个控制点，它会转变为Continuous Bezier插补类型，如图8-26所示。

Continuous Bezier插补可以通过笔直的把手确认，把手的长度可能不同，但是它们总是直的，如图8-27所示。

使用有角的手柄可以确定Bezier插补类型。把手的角度和长度可以独立调节。使用Selection工具，在任何Bezier手柄上，按住Ctrl键（Windows）键，通过朝不同的方向拖动把手就可以创建这种类型的路径。按住Ctrl（Windows）键，用Selection（选择）工具▶单击控制点，可以把它从平滑点转变为有角的点，反之亦然。

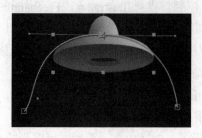 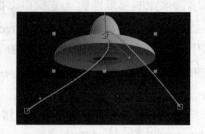

图8-26　Auto Bezier插补　　　　　　　　　　图8-27　Conttinuous插补

・混合空间性插补类型

对于空间性插补这个术语来说，"空间性"这个词指的是对象在物理空间中的移动方式，如Position属性。"插补"是指 After Effects在关键帧之间创建平滑的运动。如果设置一个关键帧，使它的位置从屏幕左边移动到右边，从而可以设置它在空间中的运动方式。用户可能对"关键帧之间的帧"（tweening）和"中间帧"（in-betweening）很熟悉，插补的意思与它们相同。

使用空间性插补，物体从画面的顶部移动到底部。运动的默认类型是Auto Bezier插补。除了Bezier曲线外，也可以使用其他类型的空间性插补方法。通常需要在同一个运动路径中创建直线和复杂的曲线。要实现这个目的，必须在运动路径上同时使用线性和Bezier空间性插补类型，这就是混合空间性插补。

8.4　Graph Editor（图表编辑器）

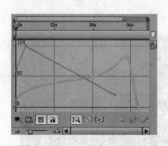

图8-28　Graph Editor窗口

如果想查看和操作所有的效果和动画，包括属性值、关键帧和插补，那么需要使用Graph Editor，如图8-28所示。Graph Editor以图表的形式显示了所用效果和动画的改变情况。在Graph Editor中有两种可用的图表，一种是值图形，它显示的是属性值。另外一种是速度图形，它显示的是属性值改变的速度。

在Graph Editor中有两种显示模式，一种是层条模式，另外一种是图表编辑器模式，如图8-29所示。通过在Timeline面板中单击Graph Editor（图表编辑器）▣按钮即可在这两种模式之间进行切换。

8.4.1　使用Graph Editor

在After Effects CS4中，Graph Editor提供了很大的可操控性，为设置动画提供了很大的方便性。在该编辑器底部有一些按钮，该编辑器的使用主要是通过这几个按钮来实现的，下面介绍一下这些按钮的使用。

 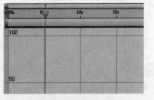

层条模式　　　　　　　　　图表编辑器模式

图8-29　图标的两种模式

如果要在Graph Editor中选择需要显示的属性，那么在Graph Editor底部单击Show Properties（显示属性）按钮 👁，会打开一个菜单，如图8-30所示。在该菜单中可以选择要显示的属性。

- Show Selected Properties：在Graph Editor中显示选择的属性。
- Show Animated Properties：在Graph Editor中显示选择层的动画属性。
- Show Graph Editor Set：在Graph Editor中显示单击按钮 ⊡ 后的属性。

如果要在Graph Editor中选择图形选项，那么在Graph Editor底部单击Graph Options（图形类型选项）按钮 ▦ 就会打开一个菜单，如图8-31所示。

 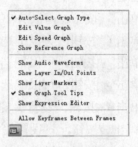

图8-30　打开的菜单命令　　　　　　　　图8-31　打开的菜单命令

- Auto-Select Graph Type：在Graph Editor中自动选择适当的属性的图形类型，空间性属性的速度图形和其他属性的值图形。
- Edit Value Graph：显示所有属性的值图形。
- Edit Speed Graph：显示所有属性的速度图形。
- Show Reference Graph：显示在背景中未选择的图形类型。
- Show Audio Waveforms：显示任意层的音频波形，注意层中至少有一个属性。
- Show Layer In/Out Points：显示所有层的入点和出点，注意层中至少有一个属性。
- Show Layer Markers：显示层时间的标记。
- Show Graph Tool Tips：用于关闭或者打开图形工具的提示信息。
- Show Expression Editor：用于显示或者打开表达式编辑器。
- Allow Keyframes Between Frames：允许在帧之间放置关键帧，用于调整动画。

在Graph Editor的底部还有一个Snap（吸附）按钮 🧲，激活该按钮可以使关键帧与下列项目对齐：

- 关键帧（都在垂直方向或者水平方向上）；
- 当前时间指示器；

· 入点/出点；

· 标记；

· 工作区开始端/结束端；

· 合成始端/结束端。

当关键帧与这些项目对齐时，在Graph Editor中会显示一条橘黄色的线，表示关键帧已经对齐了。可以按Ctrl键临时激活Snap按钮。

为了查看方便，使用工具箱中的Hand（手形）工具 和Zoom（缩放）工具 移动和缩放Graph Editor（图形编辑器）按钮。在放大Graph Editor后，如果需要缩小Graph Editor，按住键盘上Alt键使用Zoom（缩放）工具在Graph Editor单击即可。

单击Auto Zoom Height（自动缩放高度）按钮 后，打开自动缩放高度模式，这样会自动地缩放Graph Editor的高度，使关键帧的高度与Graph Editor相匹配。注意，水平缩放只能通过手动方式进行调整。

单击Fit selection to view（使选择内容与视图匹配）按钮 后，将会调整垂直的数值和水平的时间比例，使选择的关键帧匹配Graph Editor窗口。

单击Fit All按钮后，将会调整垂直的数值和水平的时间比例，使所有的内容与Graph Editor窗口相匹配。

· 单击 按钮，可以分离X、Y、Z维数。

· 单击 按钮，可以把选择的关键帧转换为Hold（保持）关键帧。

· 单击 按钮，可以把选择的关键帧转换为Linear（线形）关键帧。

· 单击 按钮，可以把选择的关键帧转换为Auto Bezier关键帧。

· 单击 按钮，设置关键帧的淡入和淡出。

· 单击 按钮，只设置关键帧的淡入。

· 单击 按钮，只设置关键帧的淡出。

8.4.2 在Graph Editor中设置层属性值

在Graph Editor中，值的图形显示的是每个关键帧的值和关键帧之间的插补值。当层属性的值图形平直时，关键帧之间的属性值是不发生改变的。当值图形是曲折的线时，关键帧之间的属性值是变大的或者变小的，如图8-32所示。

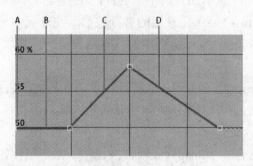

A. 关键帧　B. 平直的图形表示属性值没有变化　C. 上升的图形表示层属性值变大
D. 下降的图形表示层属性值变小

图8-32　Graph Editor窗口

从图8-32中可以看到黄色的点，这就是关键帧。通过向上或者向下移动黄色的点即可改变层属性的值。

注意：锚点、遮罩形状、效果点控制、3D方位和位置属性都是空间性的，因此在默认设置下，它们使用速度图形，而不是值图形。

8.4.3　在Graph Editor中编辑关键帧

在Graph Editor窗口中，可以同时编辑或者移动多个关键帧。在Show Transform Box（显示变换框）按钮处于激活状态下，选择多个关键帧之后会在选择的关键帧周围显示一个自由变换范围框，在范围框的中间是锚点，它标记出了变换的中心点。可以通过拖动范围框或者它的手柄来移动选择的关键帧，也可以改变锚点的位置，如图8-33所示。

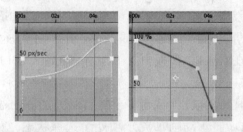

图8-33　在Graph Editor中选择多个关键帧

- 要在Graph Editor窗口中选择多个关键帧，可以按住Shift键单击需要的关键帧，也可以使用框选的方式选择关键帧。如果要选择所有的关键帧，那么按住Alt键单击两个关键帧之间的部分。
- 要移动关键帧或者它们的值，把鼠标指针放置到自由变换范围框中拖拽即可，如果按住Shift键拖拽，则可以以水平方式或者垂直方式进行拖拽。
- 把鼠标指针移动到范围框的边缘处，当它改变成一个双向箭头时，通过拖拽，可以调整范围框的大小。
- 如果要移动范围框中的锚点，使用选择工具拖动锚点即可。
- 如果要向上或者向下移动范围框的一侧，按住Ctrl+Alt+Shift组合键拖拽即可。
- 如果要在垂直方向上锥化关键帧的值，按住Ctrl+Alt组合键拖拽即可，通过锥化关键帧的值可以缩小或者扩大重复动画的幅度。

8.5　动画预置

动画预置可允许保存或者重新使用特定配置的属性和动画，包括关键帧、效果和表达式。在After Effects CS4中包含有上百个动画预置，可以把它们直接放到合成项目中，也可以根据需要进行修改。

可以把一个动画预置应用到一个层中，或者只应用动画预置中的一个效果或者属性。如果动画预置中的属性或者效果不在目标层上，也可以把它们添加到目标层中。

有些动画预置不包含有动画，而是一些效果的组合或者变换属性的组合。可以把一个或多个带有需要设置的属性保存到动画预置中，但是可以不保存关键帧。有一类名称为"**behaviors**

（行为）"的动画预置，使用它们可以快捷地进行动画，而不需要使用关键帧。

动画预置可以被保存为FFX文件，并可以在计算机之间进行传送。在默认设置下，动画预置被保存在Presets（预置）路径中。

8.5.1 应用动画预置

在After Effects CS4中，动画预置的应用非常简单，在选择一个层后，使用下列方式即可应用动画预置。

- 在Effects&Preset（效果&预置）面板中找到需要的动画预置，如图8-34所示。然后把动画预置拖拽到在Timeline面板中、"Composition"窗口或者Effects Controls面板中的选择层上即可。
- 如果想应用最近使用或者保存的动画预置，执行"Animation（动画）→Recent Animation Presets（最近动画预置）"命令，从打开的子菜单中选择需要的动画预置即可。
- 如果只想应用一个动画预置中的选择效果，按Ctrl键从Effects&Preset面板中选择效果，然后把它们拖拽到在Timeline面板中、"Composition"窗口或者Effects Controls面板中的选择层上即可。
- 如果只想应用动画预置中的一个或者多个属性，确定Effects&Preset面板菜单中的Show Animation Presets（显示动画预置）项处于选择状态，如图8-35所示。然后展开Effects&Preset面板，把需要的属性拖拽到Timeline面板或者"Composition"窗口中的选择层上即可。

图8-34 Effects&Preset面板

图8-35 Effects&Preset面板菜单

8.5.2 保存动画预置

可以把一个或者多个效果的设置保存为动画预置，也可以单独地把在效果中使用的关键帧或者表达式保存起来。比如，在使用多个效果创建的爆炸效果中，需要使用到比较复杂的参数和动化设置，可以把这些设置单独地作为一个动画预置保存起来，以便在以后的工作中使用。

下面介绍一下保存的过程。

（1）在Timeline面板或者"Composition"窗口中选择一个层，并应用一个或者多个效果，也可以通过设置关键帧来动画效果。关于效果的应用，将在后面章节中介绍。

（2）在选择层的**Effect Controls**（效果控制）面板中，选择保存为动画预置的一个或者多个效果，也可以保存为动画预置的层属性。

（3）从**Effects&Preset**面板菜单或者**Animation**（动画）菜单中选择**Save Animation Preset**（保存动画预置）命令。

（4）从打开的窗口中设置文件名称和保存路径，然后单击"保存"按钮即可。

8.5.3 从Effects&Preset面板中删除动画预置

在**After Effects CS4**中，对于**Effects&Preset**面板中的动画预置可以把它们中的一个或者多个删除掉。下面介绍一下删除的过程。

（1）在**Effects&Preset**面板选择动画预置。

（2）然后从**Effects&Preset**面板菜单中选择**Reveal in Windows Explorer**（在Windows浏览器中显示）命令。

（3）把动画预置文件（.ffx）移动出**After Effects**应用程序文件夹。

（4）从**Effects&Preset**面板菜单中选择**Refresh**（刷新）命令更新**Effects&Preset**面板即可。

8.5.4 动画预置效果

动画预置位于**Effects&Preset**面板中。在**After Effects CS4**中包含了13种动画预置，每种动画预置又包含多种效果，如图8-36所示。

图8-36 动画预置

下面列举出部分动画预置效果，以便对动画预置有一个初步的感性认识，如图8-37至图8-46所示。

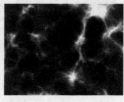

窗帘　　　　　　　　　　薄纸　　　　　　　　　　灯光雾

图8-37 Backgrounds（背景）

自动卷起（水平）　　　　　自动卷起（垂直）　　　　　漂流

图8-38　Behaviors（行为）

着色-红外线　　　　　　着色-月影　　　　　　着色-银色

图8-39　Image-Creative（图像-独创）

瓷砖破裂　　　　　　浮雕暴光　　　　　　漏光

图8-40　Image-Special Effects（图像-特效）

裁切边缘　　　　　　翻转并落下　　　　　　翻转

图8-41　Image-Utilities（图像-使用）

条形　　　　　　　花形　　　　　　　心形

图8-42　Shapes（形状）

　　还有很多其他的动画预置，由于本书篇幅有限，不再一一介绍，读者可以自己进行查看和应用。直接将动画效果拖动到"Composition"窗口中，然后按键盘上的空格键即可进行查看。

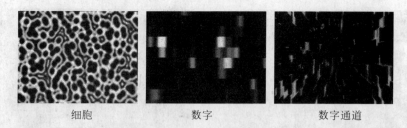

细胞	数字	数字通道

图8-43 Sound Effects（声音效果）

盒子-同心、NTSC	盒子-PAL	盒子-随机 1 NTSC

图8-44 Synthetics（合成）

卡片擦出-2D碎片	卡片擦出-3D像素雨	卡片擦出-3D摇摆

图8-45 Transitions-Movement（过渡-运动）

分段擦出-NTSC	分段擦出-PAL	分段擦出-交叉NTSC

图8-46 Transitions-Wipe（过渡-擦出）

8.6 层的其他动画设置

另外，除了可以移动层之外，还可以对层执行其他的操作，比如旋转、缩放、翻转等，同时也可以通过关键帧把它们设置成动画。下面简单地介绍一下这方面的内容。

8.6.1 缩放层

在默认设置下，**Layer**面板中的层都是以100%的原始大小显示。但是，可以使用下列方法来改变层的大小，在缩放层时，一般都是围绕层的锚点进行缩放。

- 在"Composition"窗口中，层会在周围显示出一些控制手柄，通过拖动这些控制手柄就可以改变层的大小，如图8-47所示。

图8-47　改变层的大小

- 如果按比例缩放层，那么按住Shift键拖动层的控制手柄即可。
- 在Timeline面板中改变Scale（缩放）的参数值，如图8-48所示。

图8-48　改变缩放值的大小

- 按住Alt键的同时按键盘数字区域中的减号键或者加号键。

　提示： 关于动画的设置可参阅前面内容的介绍。

8.6.2　翻转层

可以围绕层的锚点翻转层，使它翻转过来。一般要在Timeline面板中通过设置参数值来翻转层。下面介绍一下操作过程。

（1）在Timeline面板中选择需要翻转的层。

（2）按S键，展开Transform下的Scale（缩放）属性。

（3）在Scale值上右击，然后从打开的菜单中选择Edit　Value（编辑值）命令，打开"Scale（缩放）"对话框，如图8-49所示。

图8-49　打开"Scale"对话框（右图）

（4）在"Scale"对话框中的Preserve（保持）菜单中选择None（无）项。

（5）如果要水平翻转层，那么输入负的Width（宽度）值。如果要垂直翻转层，那么输入负的Height（高度）值，翻转效果如图8-50所示。

A — Width 100, Height 100　B — Width -100, Height 100　C — Width 100, Height -100　D — Width -100, Height -100

图8-50　翻转效果

8.6.3　旋转层

还可以旋转层，使它旋转一定的角度来满足需要。在After Effects CS4中有多种旋转层的方法。

- 最直接的方法就是使用工具箱中的旋转工具围绕层的坐标轴旋转层，如图8-51所示。

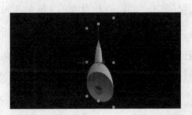

图8-51　旋转层

- 在Timeline面板中改变Rotation（旋转）属性的参数值。
- 按键盘上数字区域的加号键或者减号键。
- 围绕运动路径旋转层。它的操作稍微烦琐一点，在Timeline面板中选择要旋转的层后，执行"Layer→Transform→Auto-Orient"命令，打开"Auto-Orientation"对话框，如图8-52所示。

在"Auto-Orientation"对话框中选中Orient Along Path（沿路径定向）项，然后单击"OK"按钮即可。应用自动定向后的效果如图8-53所示。

图8-52　"Auto-Orientation" 对话框

应用自动定向旋转之前　应用自动定向旋转之后

图8-53　自定向旋转的效果对比

注意：在旋转或者缩放层时，都是围绕层的锚点进行。在默认设置下，锚点位于层的中心位置。如果要改变层锚点的位置，则会产生不同的效果，如图8-54所示。

锚点在层的中心　　　　　把锚点移动到右侧

图8-54　对比效果

8.6.4　子化层

在其他的Adobe程序中，比如Photoshop或Illustrator，用户可能对"组合"、"链接"和"嵌套"很熟悉。这些功能都允许用户把多个对象作为一个对象进行编辑、移动和组织。在After Effects中没有这些术语，但是在它的Parenting（子化）特性中引入了一些相同的功能。

子化允许一个层继承另外一个层的Transform属性。这意味着用户可以动画一个父物体的锚点或者Position（位置）、Scale（缩放）和Rotation（旋转）属性，并且可以按相同的方式动画其子物体的属性。在子化中唯一不能使用的Transform属性是Opacity（透明度）。

子化是在After Effects 5中引入的一个新功能，由于它的重要性，很多用户都需要学习它。在After Effects 5之前，如果要获得相同的效果，则需要在合成中嵌套合成。当然，有时可能还需要这样的操作。相对而言，如果使用子化，则不必花费更长的时间就可以很容易实现。

在子化过程中，可以把一个层作为父层，而把另外一个层或者多个层做为子层。父层的Transform属性可以被它的任意子层继承。比如，一个父层的Rotation（旋转）属性被设置为60度，那么它的子层也会在它的初始位置旋转60度，即使没有设置子层旋转60度。在同一合成中，子层可以只有一个父层，而一个父层可以有

图8-55　子化层的操作

多个子层。任何一个合成都可以有多个父层，它们可以控制不同组的子层。

子化层的操作非常简单，只要在Tineline面板中把作为子层的pick whip图标◎拖拽到作为父层的层上即可，如图8-55所示。

8.6.5　使用空物体

空物体（Null object）不可见物体的称谓或者术语，也有人称之为零物体或者孔对象。不可见物体的概念有点让人难以理解，为什么会有人需要看不见的一些东西呢？通过这个练习提供一个有形的范例来练习使用空物体。在这个练习中，用户将创建一个空物体层，也就是说创建的层上带有一个不可见的物体，那些可见的物体将被连接到这个空物体层上，从而成为这个空物体的子物体，而这个空物体将作为父物体。通过这个父物体使它的子物体跟随它运动，并且将空物体的运动添加到已经有运动的子物体上可以创建更为复杂的难以置信的运动效果。

在一个合成中可以包含任意数量的空物体，空物体只在"Composition"窗口中和Layer面板中是可见的，是一个带有手柄的矩形框。空物体的创建过程非常简单，选择"Composition"

窗口或者Timeline面板后，执行"Layer（层）→New（新建）→Null Object（空物体）"命令即可创建出空物体，如图8-56所示。

创建空物体后，一般会显示在Timeline面板的顶部，如图8-57所示。如果要使一个层成为它的子物体，子化操作和其他层相同，不再赘述。

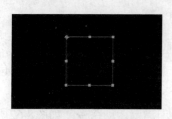

图8-56 空物体

图8-57 在Timeline中的子层

8.7 运动路径

为Position（位置）属性值设置动画时，After Effects会显示一条运动路径。也可以为层的移动或者层的锚点创建一条运动路径，运动路径显示在"Composition"窗口中，而锚点运动路径显示在Layer面板中。运动路径一般显示为一系列的点，每个点都标记层在每一帧中的位置，运动路径中的×则表示的层移动的关键帧，如图8-58所示。

注意，关键帧之间点的密度表示的是层的相对运动速度，点的距离越近，其运动速度越低；点的距离越远，其运动速度越高。

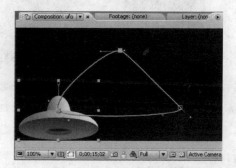

图8-58 运动路径

可以通过改变现有的关键帧或者添加新的关键帧来修改运动路径。注意，运动路径中的关键帧越少，越容易控制和修改运动路径。

8.7.1 创建运动路径

在After Effects CS4中，可以很容易地创建运动路径。下面介绍一下运动路径的创建过程。

（1）创建一个合成，并在"Composition"窗口中确定运动开始的位置。

（2）在Timeline面板中，按P键显示出Position（位置）属性，如图8-59所示。

图8-59 显示属性

（3）确定当前时间指示器位于最左端，然后单击Position（位置）属性右侧的Stopwatch（时钟）图标，这样就创建了一个关键帧，如图8-60所示。

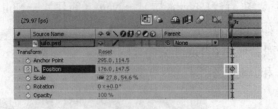

图8-60　创建关键帧

（4）在"Composition"窗口中，单击图像层，并把它拖拽到屏幕的另外一个位置。然后在Timeline面板中把当前时间指示器也移动到另外一个位置，这样会为图像的Position（位置）属性设置第二个关键帧，如图8-61所示。

（5）使用同样的方法，可以创建更多的关键帧，这样就会创建出运动路径，如图8-62所示。

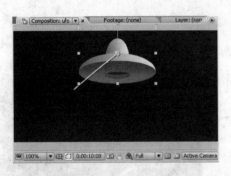

图8-61　第二个关键帧

图8-62　创建出的运动路径

提示：使用工具箱中的Pen（关键帧）工具可以在运动路径上添加关键帧。

8.7.2　移动关键帧

在创建了关键帧之后，也可以移动它们的位置，方法与移动层的方法基本相同，在前面的内容中已经介绍过，在此不再赘述。不过，在这里介绍一种一致地移动所有关键帧或者整个运动路径的方法。

（1）创建运动路径后，在Timeline面板中选择包含有运动路径的层。

（2）按P键显示出Position属性。

（3）在Timeline面板中单击Position，这样可以选择所有的Position关键帧。

（4）确定工具箱中的选择工具处于选择状态，然后在"Composition"窗口中把路径拖拽到一个新的位置，如图8-63所示。

图8-63　移动运动路径

8.7.3 使用遮罩创建运动路径

可以在After Effects CS4中使用遮罩快速地创建运动路径，运动路径也可以在Illustrator或Photoshop中绘制，然后导入到After Effects CS4中。下面介绍一下创建过程。

（1）选择遮罩或者在其他应用程序中创建的路径。

（2）执行"Edit→Copy"命令进行复制。

（3）在Timeline面板中选择目标属性的关键帧。

（4）执行"Edit→Paste"命令即可，如图8-64所示。

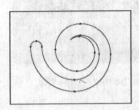

在Illustrator中绘制的路径　　　在After Effects中的遮罩

图8-64　使用遮罩创建运动路径

 提示：关于遮罩，将在本书后面的内容中进行介绍。

8.8 实例：单画面运动效果

在本例中，将使用"添加点"工具创建一个曲线路径。使画面沿着该曲线路径运动，并设置画面的旋转、缩放等动画效果。

（1）准备两幅图片素材，如图8-65所示。将准备好的素材保存到设置好的文件夹中，读者可以打开本书配套资料中的这两个素材文件。

图8-65　准备的图片

（2）启动Adobe After Effects CS4后，进入到系统默认的工作界面。

（3）执行"Composition→New Composition"命令，打开"Composition Settings"对话框，设置选项，如图8-66所示，然后单击按钮　OK　新建一个合成。

（4）执行"File（文件）→Import（导入）→File（文件）"命令，打开"Import File（导出文件）"对话框。框选两个素材文件，然后单击按钮 打开① ，将这个素材文件导入到Project（项目）面板中，如图8-67所示。

图8-66 "Composition Settings" 对话框

图8-67 "Import File" 对话框和Project面板

（5）在Project面板中将两个素材拖拽到Timeline面板中，并使"背景.jpg"处于底层。此时在"Composition"窗口中显示两个图层的效果，如图8-68所示。

图8-68 Timeline面板和"Composition" 窗口中的图片效果

（6）在Timeline面板中展开"画面.jpg"图层，并确定时间指示器处于0秒位置处。调整Position、Scale、Rotation的参数，然后分别单击Position和Rotation这两个选项前面的马表图标，建立这两个选项的第1个关键帧，如图8-69所示。

图8-69 建立两个选项的第1个关键帧

（7）此时，在"Composition"窗口中的图层效果如图8-70所示。

（8）将时间指示器移动到2秒位置处，调整Position、Rotation的参数，这样就建立了这两个选项的第2个关键帧。然后单击Scale前面的马表图标，建立Scale的第1个关键帧，如图8-71所示。

图8-70 "Composition"窗口中
的图层效果

图8-71 建立的几个关键帧

（9）此时，在"Composition"窗口中的图层效果如图8-72所示。

（10）设置曲线路径。使用"添加点"工具 在"画面.jpg"图层的运动路径上添加两个点，然后分别移动这两个点，使"画面.jpg"图层的运动路径成为曲线，如图8-73所示。

图8-72 "Composition"窗口中
的图层效果

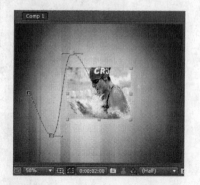

图8-73 创建的曲线路径

（11）此时，在Timeline面板中会看到Position属性中又添加了两个关键帧，如图8-74所示。

图8-74　为Position添加的两个关键帧

（12）将时间指示器移动到3秒位置处，调整Scale的参数，这样就建立了Scale的第2个关键帧，如图8-75所示。

图8-75　建立Scale的第2个关键帧

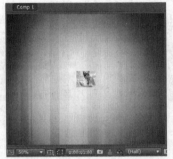

图8-76　"Composition"窗口中的图层效果

（13）此时，在"Composition"窗口中的图层效果如图8-76所示。

（14）将时间指示器移动到4秒位置处，调整Scale的参数，这样就建立了Scale的第3个关键帧，如图8-77所示。

（15）此时，在"Composition"窗口中的图层效果如图8-78所示。

（16）按数字键盘上的0键预览单画面运动的效果，如图8-79所示。

图8-77　建立Scale的第3个关键帧

图8-78　"Compostion"窗口中的图层效果

图8-79 单画面运动的效果

（17）最后渲染输出即可。

第9章 高 级 动 画

　　After Effects CS4是功能最强大的桌面运动图像编辑工具之一，因为它可以为用户、动画师和运动设计师提供最大可能的控制能力。本章着重介绍了**After Effects CS4**中时间控制方面的功能。当用户在创建动画方面有了更丰富的经验时，将认识到运动的细微差异并看到时间所起到的关键作用。"时间"这个术语指的是对象移动的快慢程度，以及在动画期间改变的速度。在动画中，一个10秒钟的对象可能在整个10秒内以相同的速度移动，也可能在开始时慢，保持恒速，然后在结束时变快，但是仍然占用10秒钟的时间。本章介绍的工具将帮助用户更好地控制动画的时间。

　　本章主要介绍下列内容：

　　※ 插补
　　※ 使用关键帧助手
　　※ 时间控制
　　※ 速度控制

9.1 插补

　　插补是在两个已知数据之间填充未知数据的过程。在数字视频和电影中，通常是指在两个关键帧之间创建新的值。比如，为了使字幕从屏幕的一侧向中间移动10像素，可能需要10帧，此时，只需要设置两个关键帧标记出两个关键点，一个在开始位置，另一个在中间位置。中间的部分则由计算机完成填充，形成一个连续的动画效果。因为计算机通过插补生成了两个关键帧之间的所有帧，所以也有人把插补称为补间（补充间隙的简称）。

　　使用关键帧之间的插补可被用于动画运动、效果、音量、图形调整、透明度、颜色改变等方面的视觉和听觉效果。

　　在After EffectsCS4中，有两种最主要的插补类型，它们是线性插补和Bezier插补。使用线性插补可以创建等距的、恒定的改变，中间帧使用相同的值。在两个关键帧之间层或图形的运动是等速的，因此，在开始运动和结束运动的时候，其运动速度看起来是急剧的。但是使用Bezier插补则可以根据Bezier曲线的形状创建出物体加速或者减速的运动效果。

9.1.1 使用插补控制改变

在After Effects CS4中，在创建了关键帧和运动路径之后，可以更精确地调整层的运动。After Effects CS4提供了多种插补方式来控制发生在两个关键帧之间的改变方式，比如在粗略地设置好一个运动之后，可以通过调整使层急剧地进行运动，或者使它平缓地进行运动。

也可以为所有的层属性控制两个关键帧值之间的插补。层的属性包括位置的改变、锚点位置的改变、效果的改变、大小及3D方向的改变等。而且我们也可以控制在运动路径上的两个关键帧之间的插补。

通过使用不同的插补方式可以设置在一个合成中每个层属性之间的作用方式。比如，在创建一个运动路径时，可以使层在第一个关键帧和第二个关键帧之间以减速方式运动，在第二个关键帧和第三个关键帧之间急速地运动，然后在以其他方式在其他的关键帧之间进行运动。另外，对于时间延续层和时间重映射层来说，需要使用Graph Editor中的值图形和速度图形进行调整。

当使一个层的属性随时间而改变时，After Effects将使用Graph Editor中的默认图形类型来显示变换。对于时间性属性而言，比如透明度，使用在默认设置下的值图形来显示。对于空间性属性而言，After Effects以运动路径的形式显示插补值，运动路径显示在"Composition"窗口或者Layer面板中，在Graph Editor中则以速度图形显示。

9.1.2 空间性插补与时间性插补

用户将会看到，After Effects CS4分空间性和时间性关键帧与关键帧插补。空间性即空间，时间性即时间，而关键帧插补描述的是发生在关键帧之间的变化类型。尽管这些术语听起来技术性很强，但是它们的意义却是很简单的。

为属性应用和设置空间性插补时，比如层的运动属性，可以在"Composition"窗口中自动地调整运动路径。在运动路径上的关键帧可以显示出插补的类型。另外，还可以在Info面板中看到选择关键帧的空间插补方式。

当在一个层中创建空间性插补时，After Effects CS4将使用默认的空间插补类型。如果要把插补类型改变为线性插补，那么执行"Edit（编辑）→ Preferences（预置）→ General（常规）"命令，打开"Preference"对话框，如图9-1所示。然后选中Default Spatial Interpolation To Linear（默认空间性插补）项即可。

如果在Graph Editor（图表编辑器）中使用值图形，那么可以对创建的时间性属性关键帧进行精确的调整。在值图形中，X值以红色显示，Y值以绿色显示，Z值（只有3D层有该值）以蓝色显示，如图9-2所示。值图形提供了某一时间点的关键帧值的完整信息，同时允许对它们进行控制。另外，在Info面板中显示了选择关键帧的时间性插补方式。

9.1.3 插补方式

在After Effects CS4中，共有5种类型的插补方式，它们分别是：线性插补、自动Bezier插补、连续Bezier插补、Bezier插补和Hold插补，如图9-3所示。

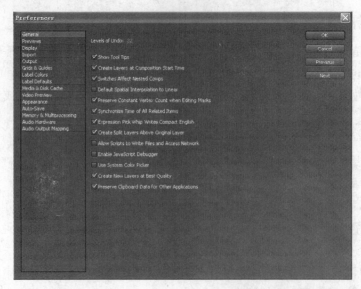

图9-1 "Preference"对话框

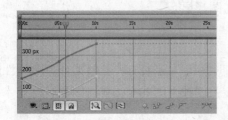

图9-2 Graph Editor中的值图形

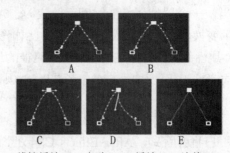

A. 线性插补 B. 自动Bezier插补 C. 连续Bezier插补
D. Bezier插补 E. Hold插补

图9-3 插补类型

实际上，在After Effects CS4中的所有插补方式都基于Bezier插补方式。Bezier插补方式具有方向性手柄，因此可以控制关键帧之间的过渡。不使用方向手柄的插补方式会受到Bezier插补类型的限制，但是对于特定的工作比较方便。

如果想要了解不同的插补方式对时间性属性和运动路径的影响，必须要为它们设置3个关键帧进行实验。改变插补方式，并在Timeline面板的Graph Editor中进行查看。

在下面的内容中，简要地介绍这5种类型的插补方式。

· 线性插补

使用这种插补可以在两个关键帧之间创建匀速的改变，可以为动画添加比较机械的动画效果。After Effects在两个相邻的关键帧之间进行插补，不必考虑其他关键帧的值。

· 自动Bezier插补

使用这种插补方式可以创建平滑的运动改变效果。比如可以使用自动Bezier空间性插补来创建类似于汽车在弯曲的公路上转弯的运动效果。

自动Bezier插补是默认的空间性插补方式。

· 连续Bezier插补

使用这种插补方式和自动Bezier插补方式类似，也可以创建平滑的运动改变效果。但是可以手动设置连续Bezier方向手柄的位置。通过调整手柄可以改变关键帧两侧的值图形和运动路径的形状。

· Bezier插补

使用这种插补方式可以更加精确地控制动画，因为可以以手动方式调整关键帧两侧的值图形和运动路径的形状。和上述两种插补方式不同的是，在Bezier关键帧上的两个方向手柄可以独立地调整值图形和运动路径的形状。

· Hold插补

Hold插补只能作为时间性插补方式。使用它可以改变层属性随时间变化的值，但不属于渐变过渡。这种插补方式对于闪光或者频闪效果比较适合，或者当使层忽然地消失或者忽然地显示时比较适用。

9.1.4 应用和改变插补方式

在After Effects CS4中，可以通过"Keyframe Interpolation（关键帧插补）"对话框来设置时间性插补和空间性插补的各个选项。

（1）通过在Timeline面板中单击Graph Editor（图表编辑器）按钮打开Graph Editor，在Graph Editor窗口中选择需要改变的关键帧。

（2）执行"Animation（动画）→ Keyframe Interpolation（关键帧插补）"命令，打开"Keyframe Interpolation"对话框，如图9-4所示。

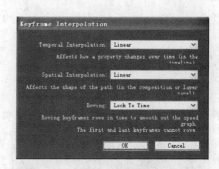

图9-4 "Keyframe Interpolation" 对话框

（3）在Temporal Interpolation（时间性插补）的下拉菜单中可以设置时间性插补类型，其中有前面介绍的5种类型的插补方式。

（4）在Spatial Interpolation（空间性插补）的下拉菜单中可以设置时间性插补类型，有5种类型。

（5）在Roving（漫游）的下拉菜单中有两个选项。

· Lock To Time（锁定到时间）：选择该项可以把选择的关键帧保持在当前位置，除非手动移动它们。

· Rove Across Time（随时间漫游）：选择该项后，可以平滑由选择的关键帧导致的改变速度。

（6）设置好选项后，单击"OK"按钮即可。

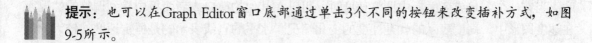

提示：也可以在Graph Editor窗口底部通过单击3个不同的按钮来改变插补方式，如图9-5所示。

9.1.5 调整Bezier方向手柄

在After Effects CS4的Graph Editor中，使用Bezier插补方式的关键帧都包含有方向手柄，通过把这些手柄缩短、延长或者选择等操作来调整Bezier的方向手柄。操作非常简单，在方向手柄上单击并拖拽即可，如图9-6所示。

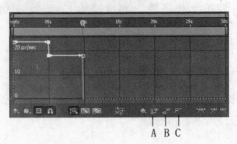

A. Hold（保持）插补方式　B. Linear（线性）插补方式　C. Auto-Bezier插补方式

图9-5　3个插补方式按钮

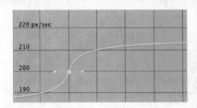 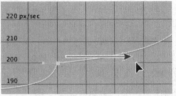

图9-6　调整Bezier的方向手柄

9.2　速度

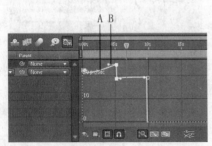

A. 速度图形　B. 方向手柄

图9-7　Graph Editor

在周围的世界中，运动的物体都有一定的速度，速度有快慢之分。在After Effects CS4中也是如此，动画的速度、层的移动速度和改变速度等，也有速度存在。在After Effects中调整速度时，使用的工具是Graph Editor，如图9-7所示。

在Graph Editor窗口中，速度图形提供了合成中帧的空间性值和时间性值的变化信息，还包括变化速度的信息。如果要查看速度的图形，那么在Graph Editor窗口底部单击按钮，从打开的菜单中选择Edit Speed Graph（编辑速度图形）命令即可。

9.2.1　改变速度

在使用Graph Editor编辑动画的属性时，可以通过速度图形看到属性改变的速度，也可以通过"Composition"窗口中运动路径看到速度的变化情况，当然也可以调整属性的变化速度。当在一个窗口或者面板中调整速度时，可以在其他的窗口或者面板中看到调整的情况。在速度图形中，高度表示的就是速度的变化情况。水平的直线表示的是恒定速度。较大的数值表示速度在增加。

在"Composition"窗口中，运动路径上的两个点之间的距离表示的是速度。每个点代表一个帧。如果点的距离相同，表示速度是恒定的，距离越大速度越快，距离越小则速度也越小。使用Hold（保持）插补方式的关键帧不会显示点，因为在关键帧值之间没有中间的过渡，层只显示在下一个关键帧的位置。

在图中以对比的形式列出了速度图形和运动路径中的速度变化情况，如图9-8所示。

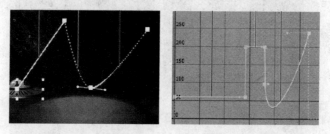

图9-8 运动路径（左）速度图形（右）

在改变速度时，要注意下列几点。

· 在Timeline面板中两个关键帧之间的时间差别。两个关键帧之间的时间间隔越短，层的变化速度也就越快，越长变化就越慢。

· 在Timeline面板中两个相邻关键帧之间的时间差别。两个相邻关键帧之间的时间差别越大，比如，一个透明度的值是80%，另外一个是10%，那么要比一个透明度的值是40%，另外一个是30%层的变化速度慢。

· 应用到关键帧上的插补类型。如果为关键帧应用的是线性插补类型，那么就很难通过关键帧来设置平滑的变化，但是切换到Bezier的话，就比较容易了，如图9-9所示。

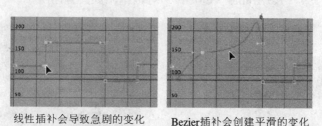

线性插补会导致急剧的变化　　Bezier插补会创建平滑的变化

图9-9 对比效果

1. 在运动路径中调整两个关键帧之间的速度

在"Composition"窗口中，可以通过移动一个关键帧远离另外一个关键帧来增加速度，拖动关键帧点即可。如果使两个关键帧之间的距离缩短，那么关键帧之间的速度就会降低，如图9-10所示。

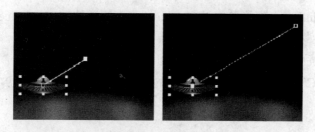

图9-10 增加关键帧之间的空间性距离来提高速度

2. 使用Graph Editor改变两个关键帧之间速度

在层条模式中，可以通过移动一个关键帧远离另外一个关键帧来降低速度。如果使两个关键帧之间的距离缩短，那么关键帧之间的速度就会增加，如图9-11所示。

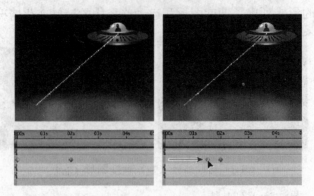

图9-11 缩短关键帧之间的空间性距离来提高速度

9.2.2 使用数字改变速度

在After Effects CS4中，除了通过直接拖动关键帧来改变速度之外，还可以通过输入数字的方式来更为精确地改变速度。下面介绍一下操作过程。

（1）为层属性设置好关键帧后，打开Graph Editor，如图9-12所示。

（2）选择要编辑的关键帧，然后执行"Animation（动画）→Keyframe Velocity（关键帧速度）"命令，打开"Keyframe Velocity"对话框，如图9-13所示。

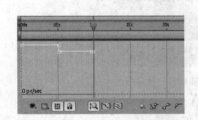

图9-12 速度图表编辑器

图9-13 "Keyframe Velocity"对话框

 提示： 通过双击一个关键帧也可以打开Keyframe Velocity对话框。

（3）在Speed（速度）栏中输入数值。

（4）分别设置Influence（影响）和Continous（连续）的数值。Influence对前一关键帧和下一关键帧都会产生影响，Continous选项用于创建平滑的过渡。

（5）设置完成后，单击"OK"按钮即可。

在After Effects CS4中，属性不同，使用的速度单位也不同，如表9-1所示为不同属性的速度单位。

9.2.3 平滑运动

在After Effects CS4中，使用平滑关键帧可以很容易地创建由多个关键帧创建的运动。平滑关键帧是一种不与特定时间连接的关键帧，它们的速度和时间是由邻近关键帧决定的。当在一条运动路径上改变与平滑关键帧邻近的关键帧的位置时，平滑关键帧的时间也可能会改变。

表9-1 关键帧及速度单位

关键帧类型	速度单位
锚点和位置	像素/秒
遮罩形状	单位/秒
遮罩羽化	像素/秒
大小	百分比/秒
旋转	度/秒
透明度	百分比/秒

平滑关键帧只能应用于空间性层的属性，比如位置。另外，对于一个层中的所有关键帧，除了第一个和最后一个关键帧外，都可以进行平滑处理。因为平滑关键帧必须在前一个和下一个关键帧之间进行插补处理，如图9-14所示。

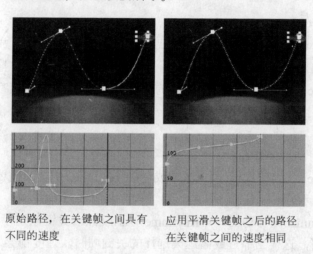

原始路径，在关键帧之间具有　　应用平滑关键帧之后的路径
不同的速度　　　　　　　　　　在关键帧之间的速度相同

图9-14 对比效果

 提示：要根据运动路径中点的密度来确定速度的变化。

下面介绍一下使用平滑关键帧的操作。

（1）在Timeline面板中（在层条模式中）或者Graph Editor中设置要平滑的关键帧。

（2）确定平滑范围的第一个关键帧和第二个关键帧。

（3）选择平滑范围之内的所有关键帧，除了第一个关键帧和第二个关键帧之外。在Graph Editor底部单击按钮，并从打开的菜单中选择Rove Cross Time（随时间漫游）项，如图9-15所示。

也可以在选择关键帧后，执行"Animation（动画）→Keyframe Interpolation（关键帧插补）"命令，打开"Keyframe Interpolation"对话框，然后从Roving菜单中选择Rove Cross Time项。

插补关键帧就在Timeline面板中调整它们的位置，并平滑开始关键帧和结束关键帧之间的速度曲线。

　　如果在平滑关键帧之后想返回到初始状态，那么在选择需要改变的关键帧后，执行"Animation（动画）→Keyframe Interpolation（关键帧插补）"命令，打开"Keyframe Interpolation"对话框，如图9-16所示。然后从Roving菜单中选择Lock To Time项即可。

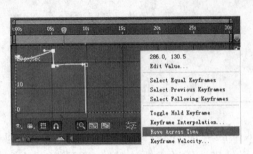

图9-15　选择的命令

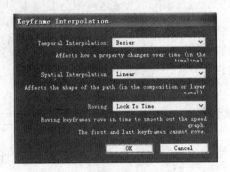

图9-16　选择Lock To Time项

9.2.4　自动调整速度

　　在After Effects CS4中，可以以手动方式通过拖动运动路径中的方向手柄来调整关键帧的速度。也可以自动地调整关键帧的速度，使用Easy Ease（自动调整）命令即可实现。

　　当应用Easy Ease命令之后，每个关键帧的速度都是0，而且影响值都是33.33%。在调整一个物体的速度时，比如，在它逐渐靠近一个关键帧时，物体的速度逐渐降低，或者运动速度逐渐加快。

　　下面介绍如何自动地调整速度。

　　（1）在Timeline面板中的层条模式区域或者Graph Editor中选择需要调整的关键帧，需要多个，如图9-17所示。

　　（2）执行"Animation（动画）→Keyframe Assistant（关键帧助手）→Easy Ease（自动调整）"命令即可，这样当靠近或者远离选择的关键帧时，速度都会发生改变，如图9-18所示。如果选择Easy Ease In命令，那么只有在靠近选择的关键帧时，速度才会发生改变；如果选择Easy Ease Out命令，那么只有在远离选择的关键帧时，速度才会发生改变。

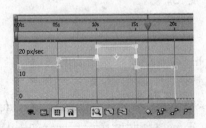

图9-17　选择关键帧

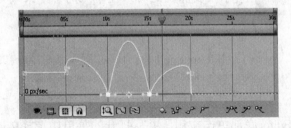

图9-18　速度改变

　　提示：也可以在Graph Editor窗口的底部单击Easy Ease按钮、Easy Ease In按钮或者Easy Ease Out按钮来实现上述目的。

9.3 时间

在After Effects CS4中，用户可以通过空间或者时间属性来改变素材，而且它提供了特有的工具来调整合成的空间性内容和时间性内容。在前面的章节中，用户已经学习了在"Composition"窗口中处理空间性事件的基础知识，比如，通过改变运动路径的曲线可以调节动画的空间性运动质量。本章将会介绍如何在Timeline面板中处理时间性事件。

Timeline面板是处理时间的主要工具。与在"Composition"窗口中处理空间插补一样，用户可以在Timeline面板中调整时间。

所有的属性都具有时间性插补。换句话说，用户可以调整任何属性的时间。After Effects包含有很多高级的工具，使用它们可以以精细方式和粗略方式调整属性的时间。至于如何使用这些工具则取决于用户的想象力和艺术敏感性。

有人曾经说过，时间即一切。时间可能是动画的最重要的内容。音乐家必须通过练习形成节奏的感觉，动画师也是如此，但是用户需要通过对艺术形式的学习来形成时间和节奏的敏锐感。

9.3.1 时间延伸

在After Effects CS4中，使层加速或者减速就是所谓的时间延伸，也有人称之为时间延续。当使一个层的时间延伸的时候，音频文件和素材中的原始帧以及层中的所有关键帧都将被沿着新的持续时间重新分配。当需要层及所有层的关键帧改变持续时间时，就可以使时间延伸，如图9-19所示。

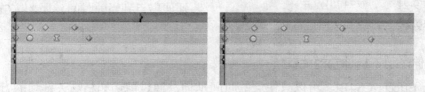

图9-19　使层的时间延伸之后，关键帧将被沿着新的持续时间重新分配

使层的时间延伸之后，会导致帧频明显不同于原始的帧频，而且该层中的运动效果的质量也可能会降低。为了获得最好的效果，在对一个层重新调整时间时，要使用Timewarp（时间扭曲）效果。

下面介绍一下使层的时间延伸的操作。

使层时间从特定的时间点延伸

在After Effects CS4中，可以使层时间从特定的时间点延伸。下面介绍一下操作过程。

（1）在Timeline面板或者"Composition"窗口中选择层。

（2）执行"Layer（层）→Time（时间）→Time Stretch（时间延伸）"命令，打开"Time Stretch"对话框，如图9-20所示。

图9-20　"Time Stretch"对话框

（3）在New Duration（新建持续时间）栏中输入新的持续时间，然后在Stretch Factor栏中输入延伸系数。

（4）在"Time Stretch"对话框的底部还有3个选项。

· Layer In-point（层入点）：选中该项后，保持层的当前开始时间，需通过移动出点来延伸层的时间。

· Current Frame（当前帧）：选中该项后，保持层在当前时间指示器处所在的位置，也就是在"Composition"窗口中显示画面的位置，需通过移动入点和出点来延伸层的时间。

· Layer Out-point（层出点）：选中该项后，保持层的当前结束时间，需通过移动入点来延伸层的时间。

（5）设置好选项之后，单击"OK"按钮即可。

使层时间延伸至特定的时间点

在After Effects CS4中，可以使层时间延伸至特定的时间点。下面介绍一下操作过程。

（1）在Timeline面板中，把当前时间指示器移动到层开始或者结束的帧。

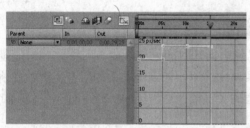

图9-21   入点栏和出点栏

（2）通过在Timeline面板菜单中选择"Columns（栏）→In（入点）"命令或者"Columns→Out（出点）"命令显示入点栏和出点栏，如图9-21所示。

（3）如果要延伸入点到当前时间，那么按Ctrl键在In栏中单击层的入点时间；如果要延伸出点到当前时间，那么按Ctrl键在Out栏中单击层的出点时间。

使层时间延伸，但不延伸它的关键帧

在After Effects CS4中，可以只使层的时间延伸，通过剪切和粘贴关键帧的方式不延伸它的关键帧。下面简要地介绍一下操作过程。

（1）在Timeline面板中使第一个关键帧显示。

（2）在Timeline面板的右侧区域单击设置了关键帧的层属性的名称，需要保持这些关键帧不变。

（3）执行"Edit→Cut"命令。

（4）把层移动或者延伸到新的入点和出点位置。

（5）把当前时间指示器移动到第一个关键帧显示的位置，注意是在剪切关键帧之前。

（6）执行"Edit→Paste"命令即可。

9.3.2 倒转层的播放方向

在After Effects CS4中，可以使层的播放方向倒转，也就是把从前到后的顺序改变成从后到前的顺序，但是层自身可以保持原来的入点和出点，从而创建出特殊的效果。下面简单地介绍一下操作过程。

（1）在Timeline面板中中选择要倒转的层。

（2）执行"Layer→Time→Time-Reverse Layer（倒转时间层）"命令即可，效果如图9-22所示。

 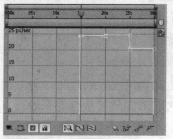

原层顺序   倒转后的顺序

图9-22 对比效果

需要注意一点，在"Composition"窗口中的播放顺序也会倒转。通过按键盘上的空格键可以预览倒转之后的结果。

 提示：还可以使用该操作的快捷方式，按Ctrl+Alt+R组合键。

9.3.3 倒转关键帧

在After Effects CS4中，不仅可以使层的播放方向倒转，也可以使层属性的关键帧倒转。注意倒转关键帧的顺序但不倒转层的播放方向。既可以选择多个关键帧并倒转它们的顺序，也可以选择一个属性的一组关键帧并倒转它们的顺序。在Timeline面板中的标记不被倒转，因此在倒转关键帧后可能需要移动标记。下面简单地介绍一下操作过程。

（1）在Timeline面板中选择要倒转的关键帧。

（2）执行"Animation（动画）→Keyframe Assistant（关键帧助手）→Time-Reverse Keyframes（倒转关键帧）"命令即可，效果如图9-23所示。

关键帧的初始顺序（飞碟由小变大）

倒转后的顺序（飞碟由大变小）

图9-23 对比效果

9.4　时间重映射

在After Effects CS4中，时间重映射（Time remapping）是After Effects本身所具有的一种功能，使用它可以改变实拍电影的时间转换方式。使用时间重映射可以使用户加快、延伸、冻结和倒转层的播放。这种效果一般不常用，但是，在需要这种效果时，就没有其他更好的工具来实现这一效果了。

在对一个行走的角色进行处理时，可以使角色先向前行走几帧，然后向后播放几帧，使角色向后退却，然后再向前播放使角色继续前行，效果如图9-24所示。

角色前行　　　　　　　　　　角色后退

图9-24　对比效果

提示： 有条件的读者可以在After Effects CS4的帮助文件中观看一段有关时间重映射的视频。

A. 当前时间指示器　　B. 时间重映射值
C. 时间重映射标记　　D. 导航栏

图9-25　在Layer面板中进行时间重映射

也可以对包含有音频和视频的层或者只包含有音频的层进行时间重映射操作。当对含有音频和视频的层应用时间重映射时，音频和视频保持同步。如果只对音频文件应用时间重映射，那么可以逐渐地增加或者降低音调，也可以向后播放音频或者创建经过调频的或者发出沙沙声的音频效果。注意对于静止图像不能应用时间重映射。

读者可以在Layer面板或者Graph Editor中应用时间重映射。而且在Layer面板或者Graph Editor中应用时间重映射时，都会显示出相对应的结果，如图9-25所示。

在Graph Editor中则可以看到关键帧改变的情况，在Timeline面板中选择需要应用的层，然后执行"Layer→Time→Enable Time Remapping（启用时间重映射）"命令即可。

9.4.1　对层的一部分帧使用时间重映射

在After Effects CS4中，时间重映射有多种应用选项，比如，可以对整个层应用时间重映射，并可以使它进行播放。也可以在层的开始一帧或者最后一帧应用时间重映射来创建冻结帧的效果。或者对层的一部分帧应用时间重映射来创建速度降低的效果。

冻结第一帧而不改变速度

通过冻结第一帧，可以保持速度不发生改变。下面简要地介绍一下操作过程。

（1）在Timeline面板或者在"Composition"窗口中选择要进行时间重映射的层。

（2）执行"Layer→Time→Enable Time Remapping（启用时间重映射）"命令。

（3）在Timeline面板中把当前时间指示器移动到电影开始的位置。

（4）单击时间重映射的名称，并选择开始关键帧和结束关键帧。

（5）把第一个关键帧拖拽到当前时间指示器位置，这样可以移动开始关键帧和结束关键帧。

 提示： 使用这种方法也可以冻结最后第一帧并保持速度不发生改变。

9.4.2 在Graph Editor中拖动关键帧来重映射时间

也可以通过在Graph Editor中以手动方式拖动关键帧来重映射时间。下面简要地介绍一下操作过程。

（1）在Timeline面板或者在"Composition"窗口中选择要进行时间重映射的层。

（2）执行"Layer→Time→Enable Time Remapping（启用时间重映射）"命令。

（3）在Timeline面板中打开Graph Editor，并把当前时间指示器移动到开始变化的帧位置处，然后添加一个关键帧。

（4）在时间重映射值图形中，向上或者向下拖动关键帧标记，在拖动的同时查看时间重映射的值，如图9-26所示。

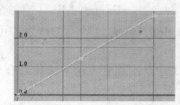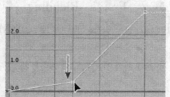

图9-26 向下拖动可以使速度降低

注意下列操作：

· 向下拖动关键帧标记可以使速度降低。

· 向上拖动关键帧标记可以使速度加快。

· 如果向后播放层，向下拖动关键帧标记使它低于前一关键帧的值。

· 如果向前播放层，向上拖动关键帧标记使它高于前一关键帧的值。

· 如果要冻结前一关键帧，拖动关键帧标记使它的值和前一关键帧的值等同，因此在Graph Editor中的线条是平直的。如图9-27所示。

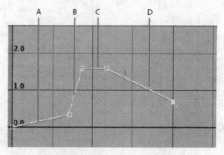

A. 没有改变　B. 运动速度加快
C. 冻结帧　D. 播放运动

图9-27 时间重映射图形

9.5 帧混合

在对层应用时间延伸操作后，它的帧频会降低，运动画面看起来有些跳动。这是因为在进行播放时，每秒显示的帧少了一些。在应用时间重映射时，也可能会产生画面跳动的效果。为了消除这种跳动的画面效果，可以通过使用帧混合（frame blending）来降低或者加快层的播放速度。

在After Effects CS4中有两种类型的帧混合，它们是Frame Mix（帧融合）和Pixel Motion（像素运动）。使用Frame Mix时，使用的渲染时间较少一些，但是使用Pixel Motion会获得更好的结果。

应用帧混合后，预览和渲染的速度会降低。为了加快预览和渲染的速度，可以只应用帧混合，而不使用它进行刷新或者渲染。选择的（Quality）质量设置会影响帧混合。当层被设置为最高质量时，帧混合会产生比较平滑的运动，但是使用的渲染时间比较长。如果设置的质量较低，那么渲染时间就比较短。渲染电影时，也可以为所有的合成应用帧混合。

注意： 如果在Draft（草图）模式下使用帧混合，那么After Effects CS4将总是使用Frame Mix混合类型，这样可以加快渲染的时间。

为层应用帧混合

在After Effects CS4中为层应用帧混合的操作非常简单，下面就介绍一下：

（1）在Timeline面板中选择需要应用帧混合的层。

（2）执行"Layer→Frame Blending（帧混合）→Frame Mix（帧融合）"命令或者"Layer→Frame Blending（帧混合）→Pixel Motion（像素运动）"命令即可。

注意： 如果要删除帧混合，再次选择上述命令，或者再次单击帧混合开关按钮即可。

提示： 通过单击Timeline面板顶部的Enable Frame Blending（启用帧混合）按钮可以在预览或者渲染中启动或者关闭帧混合。

第10章　遮罩、键控和蒙版

使用遮罩可以定义素材的透明区域，它在运动图像设计中起着重要的作用。如果读者已经使用过Photoshop和Illustrator，那么一定使用过带有透明遮罩区域的图像。这一章将介绍如何在After Effects CS4中创建和使用遮罩。遮罩对于所有可视的效果都是非常有用的，而且很多专业的动画设计师也经常使用它。

本章主要介绍下列内容：

※ 创建遮罩
※ 使用遮罩
※ 遮罩模式
※ 遮罩动画
※ 键控

10.1　遮罩

在After Effects CS4中，遮罩用于创建更复杂的合成效果。我们可以创建任意形状的遮罩，也可以修改遮罩、动画遮罩。在创建复杂的合成效果时，还需要借助于遮罩模式。它是进行合成的又一"利器"。

10.1.1　透明

如果要合成多个影像，那么一个或者多个影像必须是透明的，如图10-1所示。在After Effects CS4中，可以使用alpha通道、遮罩、蒙版和键控来定义一个影像中的透明区域，透明区域可以使其他的影像变得朦胧。通过使用透明和适当的混合模式，可以创建出五彩缤纷的视觉效果。

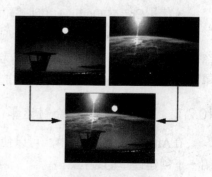

图10-1　透明效果

10.1.2 alpha通道和蒙版

影像的颜色信息被存储在通道中，包括红颜色、绿颜色和蓝颜色的信息。另外影像还包含一个不可见的通道，那就是alpha通道，该通道用于存储透明信息，如图10-2所示。如果要在"Composition"窗口或Premiere Pro的"Monitor（监视器）"窗口中查看alpha通道的话，那么白色区域是完全不透明的区域，黑色区域是完全透明的区域。

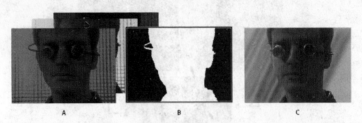

A. 独立的颜色通道　　B. alpha通道　　C. 合并在一起的所有通道

图10-2　颜色通道

蒙版（matte）是一种用于定义层的透明区域的层。白色区域是完全不透明的区域，黑色区域是完全透明的区域。它也可以作为通道使用。alpha通道通常被用作蒙版，也可以作为其他的通道使用。

> **注意：** 很多格式的文件都包含有alpha通道，包括Photoshop、ElectricImage、TGA、TIFF、EPS、PDF、QuickTime，对于Illustrator中的EPS和PDF文件而言，After Effects CS4将把它们中的空白区域转换为alpha通道。

10.2　创建遮罩

在After Effects CS4中，可以在一个合成的一个层中创建一个或者多个遮罩，而且创建遮罩的方法很多。可以使用下列方法来创建遮罩。

- 使用工具箱面板中的遮罩工具绘制遮罩。
- 绘制一个运动路径，然后把它转换为遮罩。
- 使用Auto-trace命令把一个通道转换为遮罩。
- 从其他层或者其他程序（Illustrator或者Photoshop）中复制路径或者形状，然后转换为遮罩。
- 使用Create Outlines（创建轮廓）命令把一个文本层转换成可编辑的遮罩。

在一个层中创建遮罩的时候，遮罩的名称显示在Timeline面板中，如果是多个遮罩，那么它们将按顺序排列。遮罩的命名方式和层的命名方式相同。当在Layer面板中创建附加的遮罩时，要确定在Target弹出菜单中选择None项，否则创建的新遮罩将替换目标遮罩。

10.2.1 使用遮罩工具绘制遮罩

在After Effects CS4中，可以使用工具箱中的遮罩工具直接绘制遮罩。下面就简单地介绍一下创建遮罩的过程。

（1）在"Composition"窗口中或者Layer面板中选择一个层，如图10-3所示。

提示：可以先把素材导入到Project面板中，然后再创建合成。

（2）在工具箱中选择矩形遮罩工具或者椭圆遮罩工具，也可以选择其他的工具。如果其中一个是隐藏的，那么把鼠标指针移动到工具图标上并按住鼠标左键，则会打开工具列表，选择其中的一个即可，如图10-4所示。

图10-3 选择层　　　　　　　　　　　　图10-4 工具菜单

（3）选择工具后，在"Composition"窗口或者Layer面板中单击并拖动即可，如图10-5所示。

图10-5 绘制遮罩

提示：如果按住Shift键绘制遮罩，则可以绘制出正方形或者正圆形的形状。如果按住Ctrl键拖动遮罩工具，则可以从中心开始向外绘制遮罩形状。

10.2.2 创建和层大小相同的遮罩

有时，需要创建尺寸比较大的遮罩，比如和层的尺寸相同的遮罩，在After Effects CS4中有一种比较快捷的方式，下面介绍一下。

（1）在"Composition"窗口或者Layer面板中选择一个层。

（2）在工具箱中双击矩形遮罩工具或者椭圆工具即可，如图10-6所示。

图10-6 创建的遮罩效果

10.2.3 使用Pen工具创建遮罩

在After Effects CS4中，也可以使用Pen工具绘制自定义的遮罩，它使用Bezier点定义遮罩的路径，可以定义出具有各种角度、弯曲或者平滑的曲线路径，如图10-7所示。

使用Pen工具绘制遮罩可以使绘画路径是开放的或者是关闭的。在关闭的路径中，没有明确的开始点和结束点。关闭的路径是连续的，比如，圆就是一个关闭的路径。

在开放的路径中，有明确的开始点和结束点。比如，直线、曲线或者折线就是一个开放的路径。

下面介绍一下创建Bezier遮罩的操作过程。

（1）在工具箱中选择Pen工具 。

（2）在"Composition"窗口中直接通过单击即可绘画出Bezier遮罩，如图10-8所示。

图10-7　调整路径的形状　　　　　　　图10-8　绘制Bezier遮罩

（3）在绘制出具有直角的路径后，如果想把它转换成圆角的路径，那么按住键盘上的Alt键，把鼠标指针移动到拐角点上，在它改变成 形状后单击即可把它转换成圆角的形状。如图10-9所示。

（4）如果在"Composition"窗口中直接单击后，按住鼠标左键拖动可以绘制出圆滑的Bezier遮罩，如图10-10所示。

图10-9　转换成圆角形状　　　　　　　图10-10　绘制Bezier遮罩

小知识

开放的遮罩路径就像刚才绘制的路径，它只用于使用效果。它们就像是效果的一个范围框，或者可以为效果定义一个路径。

在制作遮罩路径时，选择工具有很多的使用功能。能够有效使用After Effects的一个有效途径就是要理解选择工具的工作方式。

在使用选择工具时，有一点可能不太明显，就是根据当前选择的内容，它会有不同的功能。比如，如果选择整个遮罩，那么使用选择工具可以在"Composition"窗口中移动遮罩。但是，只选择了遮罩的一个点或者一组点，那么使用选择工具可以改变遮罩的形状。

还有一点，在选择了整个遮罩后如果单击一个点来选择它，那么After Effects可能不会允许这样做。这会使读者有点失望。

在打算拖拽一个遮罩路径之前，第一件事情是需要区别选择的是整个遮罩还是一个点。在一定程度上，这是最难的一部分。通过学习明白了选择"状态"之后，其他的就简单了，如图10-11所示。

图10-11 使用选择工具选择单点来改变遮罩的形状

读者可以配合使用键盘键来"修改"选择工具的使用功能。在键盘上有3个键可以帮助读者使用选择工具，幸运的是，它们都非常容易记忆。

Mac键：Command，Option和Shift。

Windows：Control，Alt和Shift。

读者可以通过学习下列技术来学会使用选择工具。

- 要学习的第一个技术是，在整个遮罩处于选择状态下如果要改变它的"状态"，可以选择一个点。按住Shift键并使用选择工具框选需要选择的点。然后，遮罩将处于"单点"选择状态下。此时，读者可以直接在选择范围内单击任意的点。按住Shift键可以允许读者单击未选择的点并把它们添加到选择组中。

- 要学习的第二个技术是，单个的点处于选择状态下时如果需要选择整个遮罩，按Option（Mac）键或者Alt（Windows）键单击遮罩，之后，整个遮罩处于选择状态下，可以在"Composition"窗口中重新移动它到任意的位置。

- 要学习的第三个技术是，按Cmd（Mac）键或者Ctrl（Windows）键在Pen工具和选择工具之间切换。比如，如果在工具箱中Convert Control Point工具是可见的，那么在使用选择工具时按Cmd（Mac）键或者Ctrl（Windows）键，它将被激活。当调整Bezier点并打算使直线点类型变成弯曲点类型时或者反向转换，那么使用这一功能是非常方便的。

- 最后需要记住的一点是，双击可以显示或者隐藏遮罩范围框。

知道了这些技术后，读者就可以更为方便地处理遮罩问题，从而少一些失望。

10.2.4 使用运动路径创建遮罩

在After Effects CS4中，读者可以把位置关键帧、锚点关键帧或者其他效果的点位置关键帧复制并粘贴到选择的层上。这对于沿着遮罩的边缘创建动画比较有用，如图10-12所示。当使用运动路径创建遮罩时，一定要注意只复制位置属性的关键帧，不要复制其他属性的关键帧，否则将得不到需要的动画效果。

下面简单地介绍一下创建过程。

（1）在"Composition"窗口中，显示用于创建遮罩的运动路径。

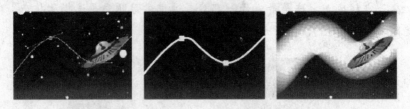

图10-12 把飞船的运动路径（左）复制到背景层（中）并应用Vegas效果（右）

（2）在Timeline面板中，沿运动路径选择相继的关键帧。如果单击Position属性名称则选择所有的关键帧，如果按Shift键单击相继的关键帧就会只选择少量的关键帧。

（3）执行"Edit→Copy"命令。

（4）在Timeline面板中，选择要应用遮罩的层，并展开它的属性。

（5）如果要把运动路径作为新遮罩，那么执行"Layer→Mask→New Mask（新建遮罩）"命令。如果要替换现有遮罩，那么选择该遮罩。

（6）在Timeline面板中展开Mask的属性，并选择遮罩形状的名称，然后执行"Edit（编辑）→Paste（粘贴）"命令即可，如图10-13所示。

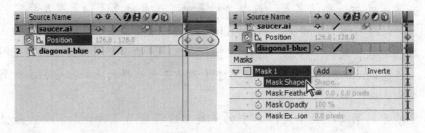

图10-13 选择关键帧（左）复制属性（右）

10.2.5 使用通道创建遮罩

在After Effects CS4中，读者可以使用Auto-trace命令将一个层的alpha通道、RGB通道或者亮度通道转换为遮罩，而且遮罩上的点数保持最少，也可以使用Auto-trace命令修改创建的遮罩。在使用Auto-trace命令时，受影响的层将被自动地设置为Best Quality（最高质量）以便确保获得精确的结果。

下面介绍一下创建操作过程。

（1）在Timeline面板中，执行下列操作。

• 如果要在单帧中创建遮罩关键帧，那么把当前时间指示器拖动到需要的帧。

• 如果要在一定的范围内创建遮罩关键帧，那么设置好工作区。

（2）选择层，一个或者多个层。

（3）执行"Layer→Auto-trace（自动跟踪）"命令，打开"Auto-trace"对话框，如图10-14所示。

• Current Frame（当前帧）：选中该项，在单帧中创建遮罩关键帧。

• Work Area（工作区）：选中该项，在工作区范围内创建遮罩关键帧。

• Preview（预览）：选中该项，可以预览遮罩结果。

- Channel（通道）：用于设置转换为遮罩的通道。
- Invert（转换）：选中该项，在查找边缘之前转换输入层。
- Blur（模糊）：选中该项，在生成轨迹结果之前模糊原始影像。
- Tolerance（公差）：设置轨迹形状偏离于通道形状的距离，单位是像素。
- Threshold（阈值）：设置通道必须包含的像素值。

图10-14　"Auto-trace"对话框

- Minimum Area（最小区域）：设置原始影像将被描绘的最小特征。
- Corner Roundness（拐角圆度）：设置遮罩曲线在顶点处的圆滑度。
- Apply To New Layer（应用到新层）：选中该项，将把遮罩应用到一个新的实色层。

（4）根据需要设置好选项后，单击"OK"按钮即可，如图10-15所示，会在遮罩的四个角上显示出控制手柄。

图10-15　创建的遮罩（右图）

10.2.6　使用文本字符创建遮罩

在After Effects CS4中，读者还可以使用文本字符创建遮罩。对于文本层中的所有字符都可以创建一个单独的遮罩。对于创建的遮罩形状也可以进行调整，或者作为其他的遮罩使用。在默认设置下，使用Create Outlines（创建轮廓）命令创建的遮罩使用的都是Difference（差）模式。

下面介绍以下操作过程。

（1）创建好一个带有文本的层。

（2）根据需要执行下列操作。

- 如果要为文本层中的所有字符创建遮罩，那么在Timeline面板中选择文本层。
- 如果要为特定的字符创建遮罩，那么在"Composition"窗口中选择该字符。

（3）执行"Layer→Create Outlines（创建轮廓）"命令即可，效果如图10-16所示。

提示：关于文本的创建与使用，将在下一章的内容中进行介绍。

图10-16　遮罩效果

10.3　使用遮罩

在After Effects CS4中，也可以修改遮罩。对于创建的遮罩在"Composition"窗口就可以实时地观察到，在Layer窗口中也可以看到。使用选择工具可以选择创建的遮罩，也可以选择遮罩上的点来调整它们的形状。

10.3.1　创建羽化遮罩

对于使用Rectangular（矩形）工具、Ellipse（椭圆）工具和Pen（钢笔）工具创建的关闭遮罩可以执行羽化操作，从而创建出具有柔和边缘的遮罩。

（1）创建一个合成，并在"Composition"窗口中打开一个层，也可以创建一个实色层。

（2）使用椭圆遮罩工具绘制一个椭圆遮罩，如图10-17所示。

（3）按键盘上的M键（作为键盘快捷键）可以显示所有的Mask属性，然后展开它的属性。把Mask Feather的数值设置为70个像素，如图10-18所示。

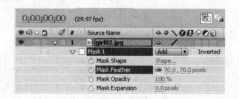

图10-17　椭圆遮罩　　　　　　　　　　图10-18　设置参数值

注意： 在该属性中的两个值代表遮罩形状的X轴和Y轴。在默认设置下，它们是被锁定的，这样是为了使用羽化。因为读者还没有设置马表图标，所以这个变化将延续到合成持续时间的最后。只有在打算动画一个属性时才单击马表图标。

（4）在"Composition"窗口中，可以看到遮罩路径位于羽化过渡区域的中部，如图10-19所示。

（5）可以使用Mask Expansion属性在遮罩路径上控制羽化，这样可以把羽化区域从羽化开始的地方移开。把Mask Expansion的数值分别设置为30和-30像素，获得的效果如图10-20所示。

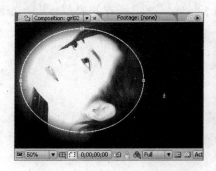

图10-19 羽化效果

Mask Expansion=30　　　　　　　　　Mask Expansion=－30

图10-20 对比效果

可以看到使用正数值可以增加羽化区域，使用负数值可以减小羽化区域。如果打算进行更多的实验练习，可以试着为Mask Feather属性和Mask Expansion属性设置关键帧并为不同的关键帧改变数值。和动画其他的After Effects属性一样，可以通过单击马表图标来动画任意的Mask属性。

（6）保存并关闭该合成文件。

10.3.2　锁定遮罩和解开锁定遮罩

在After Effects CS4中，通过锁定遮罩可以避免在Timeline面板中被意外选择和编辑，从而避免产生麻烦。

（1）在Timeline面板中通过按键盘上的M键（一次）显示出Mask属性。

（2）读者会看到该遮罩的Lock图标。单击Lock图标可以锁定该遮罩。该图标变成一把小锁的形状，它表示现在该遮罩已经被锁定，如图10-21所示。

（3）再次单击Lock图标即可使它消失，这样就可以解开对该层的锁定。如果想把所有锁定的层都解开，执行"Layer→Masks→Unlock All Masks（解开所有的遮罩）"命令即可。

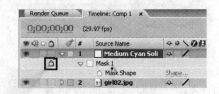

图10-21 锁定遮罩

10.3.3　删除遮罩

如何删除一个遮罩呢？非常简单，下面就介绍一下删除遮罩的几种方法。

· 如果要删除一个遮罩，那么在Timeline面板中选择遮罩，然后按Delete键即可。

· 如果要删除所有的遮罩，那么在Timeline面板中选择包含遮罩的层，然后选择"Layer

（层）→Masks（遮罩）→Remove All Masks（删除所有的遮罩）"命令即可。如果选择"Layer（层）→Masks（遮罩）→Remove Masks（删除遮罩）"命令，那么只能删除选定的遮罩。

10.3.4 复制遮罩

在一个层中创建了遮罩之后，可以把它复制到其他层中，复制操作使用的命令是Duplicate（复制）命令。下面介绍一下复制遮罩的操作。

（1）创建出需要的遮罩。

（2）在Timeline面板中、"Layer"窗口或者在"Composition"窗口中选择需要复制的遮罩。

（3）执行"Edit→Duplicate"命令。

（4）在"Composition"窗口或者"Layer"窗口中，把复制的层拖拽到另外一个位置即可。

10.3.5 设置遮罩轮廓的颜色

有时，在一个合成中包含有多个遮罩，为了便于区别和使用它们，可以为每个遮罩轮廓应用不同的颜色，下面介绍如何设置它们的颜色。

（1）在Timeline面板中选择遮罩。

（2）按M键打开Mask属性，如图10-22所示。

（3）单击遮罩名称左侧的颜色框，打开"Mask Color（遮罩颜色）"对话框，如图10-23所示。从中选择一种颜色，然后单击"OK"按钮即可。

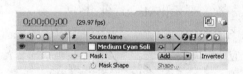

图10-22 展开Mask属性

图10-23 "Mask Color"对话框

10.3.6 调整遮罩的透明度

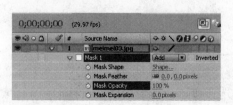

图10-24 展开Mask属性

在After Effects CS4中，可以调整遮罩的透明度，甚至可以临时地关闭或者打开遮罩，下面介绍一下调整透明度的操作。

（1）在Timeline面板中选择遮罩。

（2）展开Mask属性，如图10-24所示。

（3）调整Mask Opacity（遮罩透明度）的数值即可，效果如图10-25所示。

Mask Opacity，50%   Mask Opacity，100%

图10-25 对比效果

10.3.7 为遮罩应用运动模糊

在After Effects CS4中，可以在合成中为遮罩的运动创建运动模糊，可以对层中的任意遮罩应用运动模糊，下面介绍一下应用运动模糊的操作。

（1）选择需要应用运动模糊的遮罩。

（2）执行"Layer→Mask→Motion Blur（运动模糊）"命令，会打开一个子菜单，如图10-26所示。

• Same As Layer（与层相同）：使用Motion Blur（运动模糊）按钮控制遮罩的模糊效果。

• On：即使Motion Blur按钮处于非激活状态，也会渲染遮罩模糊。

• Off：将运动模糊应用到遮罩。

（3）在Timeline面板中单击Enable Motion Blur（启用运动模糊）按钮即可，如图10-27所示。

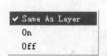

图10-26 子菜单

A. Enable Motion Blur按钮 B. Enable Motion Blur开关

图10-27 Enable Motion Blur按钮

10.3.8 反转遮罩

在遮罩轮廓之内的影像区域是完全不透明的，而遮罩轮廓之外的影像区域是完全透明的。在视频层中，可以通过颠倒遮罩使之显示出另外的底层影像区域，如图10-28所示。在整个合成的持续时间内，都可以使遮罩颠倒。不过，不可以使用关键帧改变遮罩的状态。

下面介绍一下反转遮罩的操作。

（1）选择需要颠倒的遮罩。注意，可以同时选择多个遮罩，并可以同时颠倒它们。

（2）在Timeline面板中，单击遮罩名称右侧的Inverted（反转）选项 Inverted 即可，如图10-29所示。

图10-28　颠倒遮罩效果　　　　　　　　　　　　　图10-29　Inverted选项

10.3.9　为遮罩应用效果

在After Effects CS4中，可以为遮罩形状应用下列标准的After Effects效果：路径文本效果、音频波效果、音频频谱效果、笔触效果、填充效果（只限关闭路径）、Vegas（维加斯）效果和Smear（涂抹）效果（只限关闭路径）。也可以为遮罩形状应用重造型（只限关闭路径）和Inner/Outer（内外）键控效果（只限关闭路径）。还可以应用粒子背景效果来定义粒子范围。

为了使读者对这些效果有一个感性的认识，列出了部分效果供读者欣赏，如图10-30至图10-38所示。

图10-30　路径文本效果

图10-31　音频频谱效果

图10-32　音频波效果

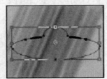

图10-33　笔触效果

图10-34 填充效果

图10-35 Vegas效果

图10-36 Smear效果

图10-37 重造型效果

图10-38 Inner/Outer（内外）键控效果

10.4 遮罩模式

在After Effects CS4中，读者可以在一个层上应用关键帧遮罩，最多可以在一个层上应用127个遮罩。虽然很少在一个层上应用120多个遮罩，但是，很多有趣的效果还是得意于使用关键帧遮罩。当在一个层上应用关键帧遮罩时，需要使用遮罩模式。这些模式可以改变不同遮罩的形状，并可以使效果增色很多。遮罩模式类似于图层的混合模式。

10.4.1 应用遮罩模式

遮罩模式的应用非常简单。这里以实例的形式介绍一下它的操作过程。创建一个实色层，在实色层上可以获得很多不同的"外观"，尤其是在使用遮罩、羽化和不透明度时。在看到通过合并实色层和遮罩所获得的效果时，将会发现自己很少再使用Photoshop和Illustrator了。

（1）在Project面板中单击新建合成按钮，创建一个新的合成。

（2）通过选择"Layer→New→Solid"命令创建一个新的实色层。把颜色设置为一种淡颜色，如图10-39所示。

（3）使用Ellipse（椭圆）工具在屏幕上绘制一个圆形的遮罩，如图10-40所示。

 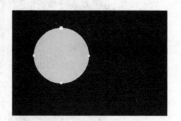

图10-39　实色层　　　　　　　　　　图10-40　圆形的遮罩

（4）选择Rectangular工具，按住Shift键并在圆遮罩上绘制一个正方形遮罩。注意：按住Shift键绘制可以获得正方形，如图10-41所示。

（5）在Timeline面板中，按键盘上的M键显示出Mask Shape（遮罩形状）属性，如图10-42所示。高亮显示每个遮罩，然后按Return（Mac）键或者Enter（Windows）键，把它们重新命名为Circle Mask（圆形遮罩）和Square Mask（方形遮罩）。

图10-41　方形遮罩　　　　　　　　　　图10-42　显示属性

（6）单击遮罩名称右侧的Add按钮，将会打开一个菜单，列出了所有的遮罩模式，从中可以选择不同的遮罩模式即可，共有6种模式，如图10-43所示。注意这是默认的混合模式。

（7）选择Subtract（减）模式之后的效果如图10-44所示。

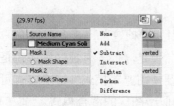 

图10-43　遮罩模式菜单　　　　　　　　图10-44　选择Subtract模式后的效果

10.4.2　使用不同遮罩模式的效果对比

在After Effects CS4中，共有6种遮罩模式，分别是：Add（加）、Subtract（减）、Intersect（交叉）、Lighten（变亮）、Darken（变暗）和Difference（差值）。遮罩模式用于控制多个遮罩之间的作用方式。

使用遮罩模式一般是通过在多个叠加遮罩之间创建不同的透明区域来获得复杂的效果，选择不同遮罩模式之后的效果对比，如图10-45所示。

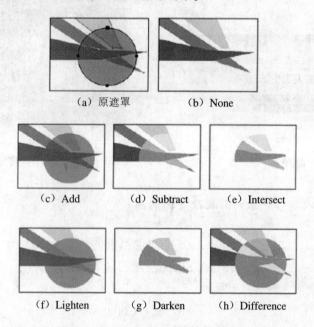

图10-45 使用遮罩模式的各种效果对比

10.5 遮罩动画

遮罩的形状可以被设置成动画，从而可以创建从一个形状过渡到另外一个形状的动画效果。遮罩的各种属性也可以被设置成动画，比如遮罩的透明度、羽化和扩展等属性，也是通过设置关键帧来实现这些动画效果。

下面，通过一个实例来介绍遮罩动画的制作。

（1）在Project面板中单击新建合成按钮，创建一个新的合成。引入一幅图片文件或者其他素材文件，如图10-46所示。

（2）使用椭圆工具在屏幕上绘画一个圆形的遮罩，如图10-47所示。

图10-46 新建合成

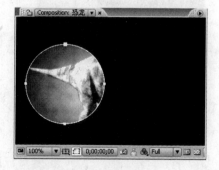

图10-47 圆形遮罩

（3）在Timeline面板中展开其属性，如图10-48所示。

（4）选择Mask Shape（遮罩形状），然后把遮罩移动到一侧，如图10-49所示。

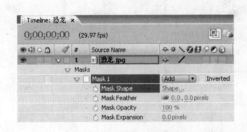

图10-48 遮罩属性

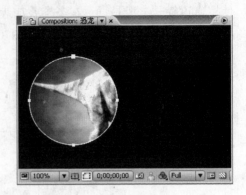

图10-49 移动遮罩

 提示：也可以制作遮罩的形状改变的动画。

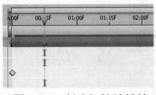

图10-50 创建初始关键帧

（5）确定当前时间指示器位于0帧位置，然后单击Mask Shape左侧的马表图标，创建一个关键帧，如图10-50所示。

（6）在"Composition"窗口中，把遮罩移动到恐龙的其他位置，然后在Timeline面板中把当前时间指示器移动到另外一帧，依次类推，如图10-51所示。

（7）在Timeline面板中来回拖动当前时间指示器或者按空格键预览遮罩形状的动画，就会看到遮罩从恐龙的尾部运动到恐龙的头部。

提示：有时，在真正处理遮罩的工作中，可以在"Layer"窗口中处理，这样可以更容易地查看遮罩。通过在"Composition"窗口中双击艺术品即可打开"Layer"窗口，如图10-52所示。

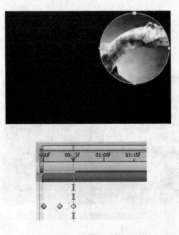

图10-51 设置另外关键帧

图10-52 "Layer"窗口

10.6 键控

在After Effects CS4中，还有一种用于使影像中的部分区域透明的方法，那就是键控（keying），也有人称之为键。被指定的用于设置透明的颜色称为键控色。键控通过在影像中查找与指定键控色匹配的像素来使它们变成透明或者半透明的，当然这要依据使用的键控类型。在叠加的两个层中，通过使上面的层透明，就可以看到下面的层或者背景，如图10-53所示。

图10-53 使用键控替换背景

After Effects CS4使用通道来标识影像中的半透明或者完全透明的区域。在alpha通道中的影像被称为蒙版视图。蒙版分别以白色、黑色和灰色表示影像中的不透明区域、透明区域和半透明区域。

在使用键控创建透明效果之后，可以使用Matte效果来删除键控色痕迹，从而可以创建出清晰的边缘。

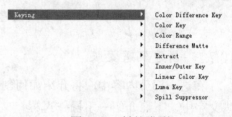

图10-54 键控类型

使用键控的操作也非常简单，选择需要的层后，执行"Effect（效果）→Keying（键控）→键控类型"命令，如图10-54所示。然后调整相关的选项即可。关于这部分内容，读者可以参阅本书后面的内容。

提示：在After Effects CS4中，也可以使用蒙版来制作透明效果，一般设计人员都使用轨道蒙版来制作这方面的效果。下面就介绍有关于蒙版的知识。

10.7 轨道蒙版

轨道蒙版（track matte，有的书上也称为轨迹蒙版）是After Effects中的一大功能。使用它可以创建一些特殊的合成效果。假定需要使一个电影显示在一个文本之中，使用轨道蒙版就可以实现。只需把电影和文本分离到两个层上，然后使用轨道蒙版让After Effects CS4使用文本的形状（或者alpha通道）作为电影的遮罩即可。

10.7.1 轨道蒙版和移动蒙版

当在一个层上通过一个洞显示另外一个层的内容时，就可以设置一个轨道蒙版。在这种情况下，需要两个层，一个层作为蒙版，另外一个层用于填充蒙版中的洞。可以动画轨道蒙版层，也可以填充层。在动画轨道蒙版层时，可以创建移动蒙版来实现。如果使用相同的设置来动画轨道蒙版和填充层，那么就要考虑预合成它们。

在轨道蒙版中需要使用它的alpha通道或者像素的亮度值来定义透明度。在alpha通道蒙版或者亮度蒙版中，像素值越大就越透明。在多数情况下，最好使用高对比度的蒙版，以便使需要的区域完全透明或者完全不透明。

在复制和分离层后，After Effects保持层和轨道蒙版的顺序。在复制或者分离的层中，轨道蒙版保持在填充层的上面。比如，在一个项目中包括层A和层B，层A是轨道蒙版，层B是填充层，那么复制或者分离层后的顺序是ABAB，如图10-55所示。

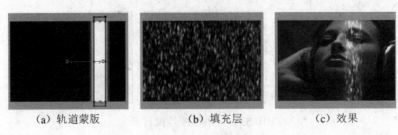

（a）轨道蒙版　　　　　（b）填充层　　　　　（c）效果

图10-55　轨道蒙版效果

> **注意：** 轨道蒙版更酷的一点是可以独立地动画相关的层。也就是说可以把一个电影缩放为任意的大小，并可以显示在移动的文本字母内部。这样不只是把运动的图像约束到文本内容中，还可以使用任意的含有alpha通道的图像。

10.7.2　创建轨道蒙版

在这一部分内容中，将介绍如何创建一个简单的轨道蒙版，该蒙版把一个图像放置在一些文字中。下面介绍一下操作过程。

（1）创建一个新的合成，并为它设置一个合适的名称。

（2）在空的Project面板中双击打开"Import File（导入文件）"对话框。浏览配套资料第10章文件夹，如图10-56所示。

（3）按Ctrl（Windows）键选择多个文件名称：largeclouds.psd、sky.jpg、sky.psd，然后单击"打开"按钮，当得到提示时单击"OK"按钮合并层，如图10-57所示。

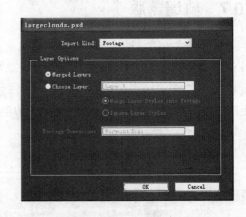

图10-56　"Import File"对话框　　　　　图10-57　提示对话框

（4）在Project面板中，单击Create a new Composition（新建合成）按钮，这样会打开"Composition Settings"对话框。把这个新合成命名Comp 1，然后根据图示进行设置，设置完成单击"OK"按钮，如图10-58所示。

（5）把素材sky.jpg和sky.psd拖拽到Timeline面板中，并确定使名称为sky.psd的文字层位于顶部，如图10-59所示。

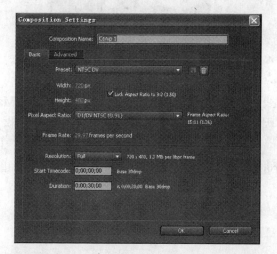

图10-58　"Composition Settings"对话框

图10-59　Timeline面板

（6）在"Composition"窗口中的效果，如图10-60所示。

（7）从Timeline面板的菜单栏中选择Modes（模式）命令，如图10-61所示，切换到Modes面板。在该面板中可以看到轨道蒙版的相关信息。注意Switches栏被隐藏，Mode栏，T栏，TrkMat栏显示。

图10-60　"Composition"窗口

图10-61　选择命令

（8）在sky.jpg层上，把TrkMat选项从None改为Alpha Matte "sky.psd"，如图10-62所示。

（9）可以看到图像显示在文字中了，如图10-63所示。文字后面的颜色是设置合成背景的颜色。轨道蒙版直接从它上面的层中使用alpha通道。这就是轨道蒙版的工作方式，也就是说，需要使带有轨道蒙版的层直接从它上面的层中使用alpha通道。

图10-62 选择命令

图10-63 在"Composition"窗口中的效果

（10）从Project面板中把largecloud.psd拖拽到Timeline面板的sky.jpg下面。该层的TrkMat自动被设置为None，这表示不受文字的影响。因为largecloud.psd文件现在位于层堆栈的底部，如图10-64所示。

（11）将会在"Composition"窗口中看到largecloud.psd取代在前面使用的背景色，如图10-65所示。

图10-64 Timeline面板

图10-65 在"Composition"
窗口中的效果

10.7.3 动画轨道蒙版

因为After Effects CS4中的任何内容都可以被设置为动画。在这一部分内容中，将会看到不仅可以动画蒙版，还可以动画蒙版中的内容，或者同时动画它们。下面介绍操作过程。

图10-66 设置参数

（1）确定sky.psd处于选择状态，展开Position（位置）和Scale（缩放）属性并根据图10-66所示改变这些设置。把Scale属性的数值设置为45%，影像将显示在图中所示的位置。如果不想使用数字进行设置，那么可以在"Composition"窗口中单击单词SKY并移动它。这是不使用数字而设置素材位置的简单方法。

在"Composition"窗口中的效果如图10-67所示。

（2）在Timeline面板中，把当前时间指示器移动到最后一帧（键盘快捷键是K键）。把Scale属性的数值设置为100.0%，把Position（位置）属性的数值设置为160.0，150.0，如图10-68所示。这样将设置2个关键帧。按空格键预览移动和缩放的效果。

图10-67 在"Composition"窗口中的效果

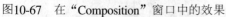

图10-68 设置关键帧

（3）按键盘上的空格键，将会看到文字在轨道蒙版的云图像上运行，如图10-69所示。

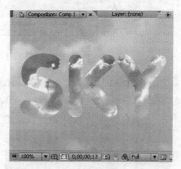

图10-69 运动效果

　提示：也可以在Timeline面板中设置更多的关键帧来设置它的动画。

10.7.4 基于亮度的轨道蒙版

到现在为止，已经学习了alpha通道和轨道蒙版。在这一部分内容中，将介绍什么时候和为什么要使用基于亮度的轨道蒙版。在After EffectsCS4中，术语"亮度"表示的是以灰度级值度量的素材。为了简便起见，把基于亮度的轨道蒙版简称为亮度轨道蒙版。原素材可以在Photoshop和Illustrator中创建，或者是一个Quicktime电影，也可以是彩色的或者灰度级的影像。如果影像是彩色的，那么After Effects将把颜色值自动地转换成灰度级值。一般After Effects把灰度级值作为一个alpha通道——灰度级图像中的黑色完全不透明，白色完全透明，它们之间的灰色为透明度不同的半透明。可以很方便地选择含有灰度级信息的原影像或者含有alpha通道的原影像。After Effects CS4含有很多的选项来满足创作需要。下面介绍一下操作过程。

（1）创建一个新的合成，并使用在上一个例子中相同设置，并为它命名。打开"Import File（导入文件）"对话框导入配套资料中本章的图像lum.psd、pattern1.psd和patttern2.psd，如图10-70所示。单击OK按钮合并层。

（2）把lum.psd、pattern1.psd和patttern2.psd从Project面板中拖拽到Timeline面板中。层的顺序如图10-71所示。

图10-70 "Import File"对话框

（3）在"Composition"窗口中观察lum.psd图像，它的部分区域是纯黑色的，部分区域是纯白色的，部分区域是混合灰色的，如图10-72所示。使用该图像可以很好地理解亮度轨道蒙版在不同灰色区域的工作方式。

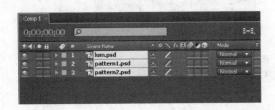

图10-71 层的顺序

图10-72 在"Composition"窗口的效果

（4）把pattern1.psd的TrkMat设置从None改变为Luma Matte "lum.psd"。可以看到纯黑色区域只显示patttern2.psd，根本不显示pattern1.psd。而纯白色区域只显示patttern1.psd，根本不显示pattern2.psd。梯度部分使图案从一个逐渐显示为另外一个，灰色的杂色区域则同时显示两个图案。这就是亮度遮罩的作用，如图10-73所示。

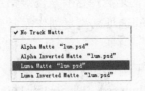

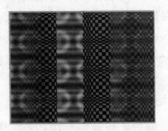

图10-73 选择命令（左） 透明效果（右）

（5）把pattern1.psd的TrkMat设置改变为Luma Inverted Matte "lum.psd"，可以看到改变为与原来相反的效果，如图10-74所示。

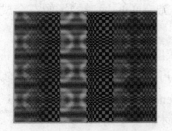 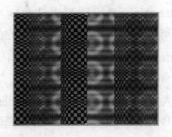

图10-74 对比效果

总体来说，亮度遮罩是基于灰度级值的。在原图像含有黑白色并打算把它作为一个遮罩时，就可以使用亮度遮罩。记住，和使用静止图像一样，也可以把电影素材作为遮罩源。使用这种技术获得的效果是无穷尽的。

10.7.5 蒙版模式

在前面的章节中已经简单地介绍了模式。模式用于把两个或者更多的图像合成在一起来创建有趣的效果。在第10章中，有些模式没有介绍，因为它们都与遮罩一起使用。一般，使用遮罩模式的次数要多于使用轨道蒙版的次数，但是有时候它们也是非常有用的。如果需要，可以尝试练习使用它们。在这一部分内容中就介绍一下这些模式。

模式选项位于Modes（模式）区域的T和TrkMat栏的旁边。在Timeline面板中，每个层都显示有Mode菜单，它的默认设置是Normal（标准）。一般情况下，这些模式不对遮罩或者alpha通道起作用，但是只有少数几种模式对遮罩或alpha通道起作用，它们位于Mode菜单的底部，如图10-75所示。

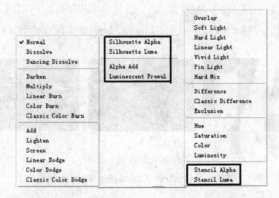

图10-75 Mode菜单底部的几种模式用于处理遮罩

下面简要地介绍一下这几种模式。

- Stencil Alpha（蜡板Alpha）模式：它可以显出它下面的所有层（原素材必须含有alpha通道）。在这种情况下，顶层被设置为Stencil Alpha模式，它下面的两个层才能显示出来。
- Stencil Luma（蜡板亮度）模式：它可以显出它下面的所有层（原素材必须被作为灰度级图像，如果它是彩色的，那么将被转换）。在这种情况下，顶层被设置为Stencil Luma模式，它下面的两个层显示出来。

- Silhouette Alpha（轮廓Alpha）模式：带有alpha通道的影像在合成的背景色上打一个洞。它可以显出该合成中的所有的层。
- Silhouette Luma（轮廓亮度）模式：灰度级影像（彩色的原影像将被转换成灰度级影像）在合成的背景色上打一个洞。它可以显出该合成中的所有的层。
- Alpha Add（Alpha添加）和Luminescence Premul（亮度自左乘）模式：这两种模式用于制作较为复杂的合成，只有偶而才需要使用这些功能。

10.7.6　保持底层透明

图10-76　透明选项

在Modes面板中还有另外一个选项，Preverve Underlying Transpatency（保持底层透明）选项，该选项是一个单选框。通过在该栏的顶部找到字母T即可找到该选项。在这种情况下，可以把字母T考虑为透明，因为透明的第一个字母就是字母T，如图10-76所示。

把顶层的这个Preverve Underlying Transpatency（保持底层透明）单选框打开，影像下层的alpha通道被用作该影像的遮罩。Preverve Underlying Transpatency选项只有在下列情况下才起作用：该层下面的影像的T选项框是打开的，而且含有一个alhpa通道。

这里有一个对比实验，对同一个影像应用两种不同的技术，一个使用的是Preverve Underlying Transpatency选项，另外一个使用的是轨道蒙版。结果是相同的，但是在Timeline面板中的层顺序却不同。

如果要使用Preverve Underlying Transpatency选项，那么单击它的选项框。该选项有一功能与alpha通道相同，它们都基于轨道蒙版，只是实现功能的方式不同。一般都是根据堆栈顺序来确定使用最方便的一种（尽管也可以很容易地调整层的顺序）。如图10-77所示。

A. 底层（白色表示不透明区域）
B. 上层（打开Preverve Underlying Transpatency项）
C. 合成效果

图10-77　效果

10.8　实例：简单抠像与合成

进行简单抠像与合成的操作时，可以使用Keying（键控）中的某个命令将需要的某个图像抠出，然后与其他图层合成。下面制作这样的一个实例——简单抠像与合成。

（1）先准备两幅背景图片，如图10-78所示。将准备好的图片素材保存到设置好的文件夹中，读者可以打开配套资料中的这两个图片文件。

图10-78　准备的图片

（2）启动Adobe After Effects CS4后，进入到系统默认的工作界面。

（3）执行"Composition→New Composition"命令，打开"Composition Settings"对话框，设置选项，如图10-79所示，然后单击按钮 OK 新建一个合成。

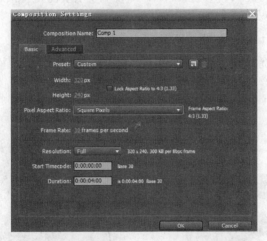

图10-79　"Composition Settings"对话框

（4）执行"File→Import→File"命令，打开"Import File"对话框。框选两个图片文件，然后单击按钮■，将这两个素材文件导入到Project（项目）面板中。如图10-80所示。

图10-80　"Import File"对话框和Project面板

（5）在Project面板中将两个图片文件拖拽到Timeline面板中，并且确定"背景2.jpg"文件处于顶层，此时在"Composition"窗口中显示"背景2.jpg"的图片效果，如图10-81所示。

图10-81 Timeline面板和"Composition"窗口中的效果

（6）在Timeline面板中确定"背景2.jpg"层处于选择状态，然后执行"Effect（效果）→ Keying（键控）→Color key（色彩键）"命令，打开Effect Controls（效果控制）面板，如图10-82所示。

（7）需要将图片中的黑色背景去掉。在Effect Controls（效果控制）面板中单击key Color（键颜色）右侧的颜色框，打开key Color（键颜色）对话框，然后选择黑色，并单击按钮，如图10-83所示。

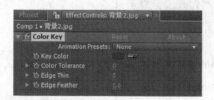

图10-82 Effect Controls面板

图10-83 选择颜色

（8）在Effect Controls（效果控制）面板中单击key Color（键颜色）栏中的"吸管"工具，然后在"Composition"窗口中单击黑色背景，如图10-84所示。

（9）在Effect Controls（效果控制）面板中调整Color Tolerance（颜色容差）的值，如图10-85所示。

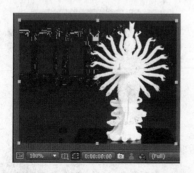

图10-84 单击黑色背景后的效果

图10-85 调整Color Tolerance的值

（10）随着Color Tolerance（颜色容差）值的增大，图片中的黑色被逐渐去掉，最后将图像完全抠出，效果如图10-86所示。

图10-86 抠出图像

（11）完成抠像操作后，两个图层也合成在一起了。最后保存文件。

第11章 文 本

如果在Photoshop中或者Illustrator中使用过文本工具，那么可能也会希望在After Effects CS4中使用文本工具，在After Effects CS4中，可以直接在程序中输入文本并进行编辑。它的高级格式选项可以很方便地设置每个字符的布局，可以创建一个、一行或者一段文本来创建各种各样的文本效果。当然，也可以在其他喜欢使用的程序中创建文本，然后再输入到After Effects CS4中进行编辑。比如，可以对从Photoshop和Illustrator中输入的文本进行编辑。

本章主要介绍下列内容：

※ 创建文本

※ 格式化字符

※ 文本动画

※ 选择器

11.1 创建文本

在After Effects CS4中，可以灵活而又精确地在层中添加文本，可以直接在"Composition"窗口中创建和编辑文本，还可以很方便地改变字体、风格、大小和颜色等文本的属性。可以对单个文本和整段文本执行对齐、调整、文字变形等操作。After Effects CS4还提供了用于为文本设置动画的各种工具。

在After Effects CS4中提供了多个与文本有关的面板，包括Tools（工具）面板、Character（字符）面板和Paragraph（段落）面板。可以在"Composition"窗口中输入垂直方向或水平方向的文本。有两种类型的文本，它们是点文本和段文本。使用点文本可以输入单个的文本或者一行文本，使用段文本可以输入一段或者多段文本，如图11-1所示。

图11-1 点文本（左）、段文本（右）

11.1.1 文本层

在After Effects CS4中，文本层和其他层基本相同。可以为文本层应用效果和表达式，可以动画它们，把它们转换成3D层，并可以在多个视图中进行查看。当把从Illustrator中的文本导入到After Effects中时，文本层将被栅格化，因此当缩放或者重新调整文本大小时，文本会保持清晰的外观。文本层和其他层的主要区别是不能在"Layer"窗口中打开文本层，但是可以使用特定的文本动画器和选择器来为文本设置动画。

可以从其他应用程序中复制文本，如Photoshop、Illustrator、Indesign或者其他文本编辑器，然后把复制的文本粘贴到After Effects CS4中。After Effects CS4支持统一字符编码标准，也就是说可以在After Effects CS4和其他支持统一字符编码标准的程序之间相互复制和粘贴文本。

11.1.2 输入点文本

在输入点文本后，每一行的文本都是独立的。在编辑文本时，文本行的长度会随时变长或者缩短，但是不会与下一行文本重叠。输入的文本显示在新的文本层中。

下面介绍一下输入点文本的操作过程。

（1）新建一个合成，在"Composition"窗口中导入素材或者创建一个实色层，如图11-2所示。

（2）在工具箱中选择文本工具，有两种类型的工具，一种是输入水平方向的文本工具 T，另外一种是输入垂直方向的文本工具 IT。

（3）执行"Window→Character"命令，打开Character面板，如图11-3所示。在该面板中可以设置文本的字体、大小、字型等。

（4）在"Composition"窗口中需要在输入文本的位置单击，并输入，注意可以输入中文和英文，如果在输入一行文本后需要换行，那么按住Enter键，如图11-4所示。

图11-2 "Composition"窗口

图11-3 Character面板

图11-4 输入水平方向的文字

提示：如果位置不合适，可以使用工具箱中的选择工具移动文本的位置。

（5）要结束文本的输入，按Enter键即可。

注意：也可以把其他应用程序中的文本复制到After Effects CS4中。

提示：要删除输入的文本，在Timeline面板中或者"Composition"窗口中选择输入的文本后，按Delete键即可。

11.1.3 输入段文本

段文本的输入和点文本的输入操作基本相同。但是在输入段文本时，需要先使用文本工具在"Composition"窗口中拖拽出一个范围框或者文本框，如图11-5所示。

拖拽出范围框之后，如果位置不合适，那么可以使用选择工具把它移动到合适的位置，然后输入文字即可，如图11-6所示。

图11-5 范围框

图11-6 输入文字

11.1.4 调整文本范围框的大小

在输入段文本后，可以调整它们的大小，有下列几种调整文本范围框大小的方式：

- 在文本工具处于激活状态下，在"Composition"窗口中拖动文本范围框的手柄，这样可以调整文本范围框的大小，但是文本范围框里面的文本不变，如图11-7所示。
- 如果按住Shift键拖拽可以按比例缩放文本范围框的大小。
- 如果按住Ctrl键拖拽可以从中间开始缩放文本范围框的大小。
- 还可以使用工具箱中的选择工具缩放文本范围框的大小，但是，文本范围框中的文本也被同时缩放，如图11-8所示。

图11-7 文本不变的对比效果

图11-8 文本改变的对比效果

11.1.5 编辑文本

输入文本后，可以对单个文字或者整段文本进行各种各样的编辑，比如改变大小、字体、间距和颜色等。

（1）在工具箱中选择文本输入工具，并在"Composition"窗口中输入文本，如图11-9所示。

（2）把鼠标指针移动到文本中，鼠标指针改变成 I 形状，如果是垂直文本工具，那么它会改变成横向的形状，然后通过拖动选择文字。

（3）执行"Window→Character"命令，打开Character（字符设置）面板，如图11-10所示。在该面板中可以设置文本的字体、大小、字型、颜色等。

图11-9　输入文本

图11-10　Character面板

（4）如果要改变文本的大小，在Character面板中设置字体的大小即可；如果要改变字体的颜色，单击颜色框，打开"Text Color（文本颜色）"对话框，如图11-11所示。

（5）单击选择一种颜色，比如红色，然后单击"OK"按钮即可，如图11-12所示。

图11-11　"Text Color"对话框

图11-12　编辑文本

也可以进行其他编辑，比如字间距、行距等，如图11-13所示。这些编辑操作和在Photoshop和Word中的文字编辑功能基本类似，由于本书篇幅有限，不再一一介绍。

图11-13　调整字间距

11.2 编辑段文本

在After Effects CS4中，段文本的编辑相对于点文本而言稍微复杂一些，在这里介绍几种常见的段文本编辑方法。

11.2.1 对齐文本

段文本的编辑都是通过Paragraph（段落）面板中的选项来实现的。执行"Window→Paragraph"命令即可打开Paragraph面板，如图11-14所示。注意，选择的文本输入工具不同，Paragraph面板中的按钮设置也不同。选择文本后，在该面板中单击相应的按钮即可。

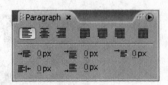 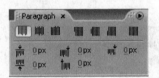

图11-14 Paragraph面板

下面介绍一下Paragraph（段落）面板中的一些选项。

· 在Paragraph面板中有下列选项可以设置文本的对齐。

▤按钮使水平段文本左对齐，右侧不对齐，如图11-15所示。
▤按钮使水平段文本居中对齐，两侧不对齐。
▤按钮使水平段文本右对齐，左侧不对齐。
▥按钮使垂直段文本在顶部对齐，底部不对齐。
▥按钮使垂直段文本居中对齐，两侧不对齐。
▥按钮使垂直段文本在底部对齐，顶部不对齐。

图11-15 左对齐文字

· 在Paragraph面板中有下列选项可以设置文本的对齐。

▤用于调整所有的水平文本行，最后一行除外，它是左对齐的。
▤用于调整所有的水平文本行，最后一行除外，它是居中对齐的。
▤用于调整所有的水平文本行，最后一行除外，它是右对齐的。
▤用于调整所有的水平文本行，最后一行除外，它是两侧对齐的。
▥用于调整所有的垂直文本行，最后一行除外，它是顶部对齐的。
▥用于调整所有的垂直文本行，最后一行除外，它是居中对齐的。
▥用于调整所有的垂直文本行，最后一行除外，它是底部对齐的。
▥用于调整所有的垂直文本行，最后一行除外，它是两侧对齐的。

 提示：以上选项也适用于点文本。

11.2.2 转换段文本或者点文本

在After Effects CS4中，可以使用水平文本工具或者垂直文本工具创建点文本或者段文本。另外还可以快速地把点文本转换成段文本，或者把段文本转换成点文本。注意一点，在把段文本转换成点文本时，范围框之外的文本或者字符将被删除，因此为了避免丢失文本，需要重新调整范围框的大小，使所有的文本包含在范围框之内。

下面介绍一下把段文本转换成点文本的操作。

（1）激活工具箱中的选择工具 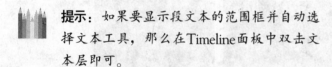，并选择文本。

提示：在文本编辑模式下，不能转换文本。

（2）激活工具箱中文本工具，然后在"Composition"窗口中右击，从打开的菜单中选择Convert To Point Text（转换为点文本）命令即可，如图11-16所示。

（3）如果是把点文本转换成段文本，那么在打开的菜单中显示的是Convert To Paragraph Text（转换为段文本）命令，选择它即可。

提示：如果要显示段文本的范围框并自动选择文本工具，那么在Timeline面板中双击文本层即可。

图11-16　选择命令

11.2.3　改变文本方向

在After Effects CS4中，可以输入水平方向的文本，也可以输入垂直方向的文本。水平方向的文本是从左到右，如果是多行，那么从上到下进行排列。垂直方向的文本是从上到下，如果是多行，那么从左到右进行排列。

为了便于操作，After Effects CS4提供了改变文本方向的功能。也就是说可以把水平方向的文本改变成垂直方向的文本，也可以把垂直方向的文本改变成水平方向的文本。有一点需要注意，在转换段文本的方向时，其范围框不改变方向，只有文本改变方向。

下面介绍一下转换文本方向的操作过程：

（1）激活工具箱中的选择工具 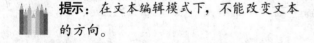，并选择文本。

提示：在文本编辑模式下，不能改变文本的方向。

（2）激活工具箱中文本输入工具，然后在"Composition"窗口中右击，从打开的菜单中选择Horizontal（水平方向）或者Vertical（垂直方向）命令即可，效果如图11-17所示。

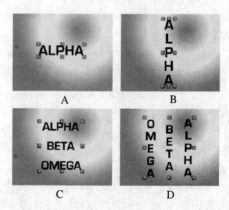

A. 水平方向　B. 改变成垂直方向
C. 水平方向的段文本　D. 垂直方向的段文本

图11-17　改变文本的方向

11.3 文本动画

文本层和After Effects CS4中的其他层一样，可以被设置成动画。但是，在设置动画时，文本层具有更多的控制选项。可以使用下列方式动画文本层。

- 通过动画Transform（变换）属性。
- 使用文本动画预置。
- 动画源文本层，使字符改变成不同的字符，或者使用不同的字符或段落格式。
- 使用文本动画器属性和选择器来动画单独的字符、一组字符或者一定范围内的字符。

11.3.1 文本动画预置

在After Effects CS4中提供了大量的文本动画预置，也就是Effects&Presets（效果和预置）面板中的那些效果。在工作中，可以直接应用这些文本动画预置，应用方式与对层应用效果和预置的方式相同，如图11-18所示。

图11-18　文本动画预置效果

文本动画预置的制式及大小是NTSC DV 720×480，每个文本层使用的是72点Myriad Pro。在合成中，有些文本预置动画会使文本逐渐消失、逐渐显示或者贯穿于整个合成中。有些文本动画预置的位置值可能小于或者大于720×480。比如从屏幕一侧开始离开的文本动画可能开始从屏幕的另一侧进入，因此需要调整文本动画器的位置值。如果位置或者显示效果不是希望的那样，那么可以在Timeline面板中或"Composition"窗口中调整文本动画器的位置值。

在路径类型的文本预置动画中，将使用预置的名称替换源文本，并把字体颜色改变成白色的，可能还会改变其他的字符属性。在填充和笔触类型的动画预置中可能会改变应用的填充色和笔触属性。

> **注意**：为了使文本动画看起来比较平滑，需要对文本层应用运动模糊。其应用非常简单，在Timeline面板或"Composition"窗口中选择层，然后执行"Layer→Switches→Motion Blur"命令即可。

11.3.2 文本预置动画效果展示

在这一部分内容中，为了对文本动画有一个感性的认识，将以图片形式向读者介绍一些常见的文本动画效果，如图11-19至图11-33所示。

> **提示**：有条件的读者，可以参阅After Effects CS4帮助文件中的文本预置动画部分的内容，在那里动态地演示了各种文本预置动画的效果。

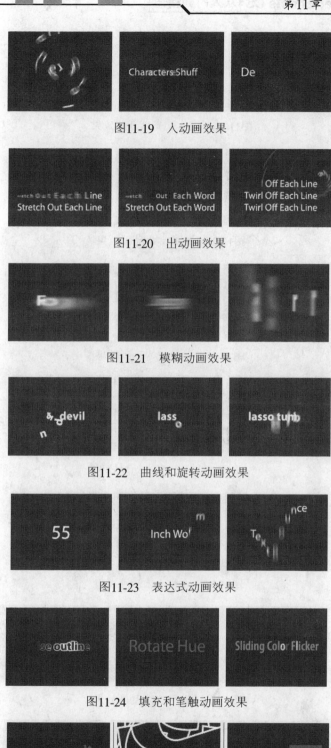

图11-19 入动画效果

图11-20 出动画效果

图11-21 模糊动画效果

图11-22 曲线和旋转动画效果

图11-23 表达式动画效果

图11-24 填充和笔触动画效果

图11-25 图形文本动画效果

图11-26 闪电和光学动画效果

图11-27 机械文本动画效果

图11-28 随机文本动画效果

图11-29 多行文本动画效果

图11-30 有机文本动画效果

图11-31 路径文本动画效果

图11-32 旋转文本动画效果

图11-33 缩放文本动画效果

图11-34 跟踪文本动画效果

11.3.3 动画源文本

使用Source Text（源文本）属性可以改变动画字符和字符段，比如把字母a改变成w。由于可以在文本层中混合和匹配文本格式，因此可以很容易地创建动画来变换单词或者语句的所有细节。比如，可以通过为Source Text属性设置关键帧来改变单词中的字母、文本颜色、字体、样式或者笔触的宽度和高度等，如图11-35所示。

下面简单地介绍一下动画源文本的操作过程。

（1）在Timeline面板中展开需要设置动画的文本层，并展开文本的属性，效果如图11-36所示。

图11-35 动画源文本

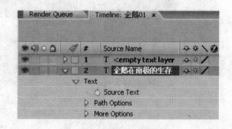

图11-36 文本属性

（2）单击Source Text左侧的马表图标，创建第一个关键帧。然后把当前时间指示器移动到第一处需要文本发生变化的位置点，并在Character面板中或者Paragraph面板中改变文本字符。

（3）按着上述方法创建其他的关键帧即可。

11.3.4 使用文本动画器组来动画文本

在创建了文本层后，可以使用文本动画器组来创建文本动画。使用文本动画器组创建文本动画可以更快捷、更精确。在一个文本动画器组中包括一个或者多个选择器，还包括一个或者多个动画器属性。选择器类似于一个遮罩，使用它可以在文本层中指定需要动画的字符或者文本范围，还可以定义文本的百分比。

提示： 动画器是After Effects中专门用于为文本设置动画的一组属性集。通过选择"Animation（动画）→Add Text Selector（添加文本选择器）→Range（范围）"命令即可在Timeline面板中添加上动画器和选择器，如图11-37所示。

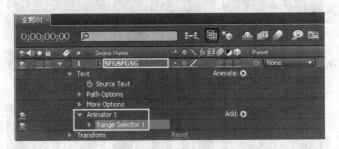

图11-37 添加动画器和选择器之后的效果

通过合并使用动画器属性和选择器，可以创建出非常复杂的文本动画，但不需要设置令人痛苦的关键帧。很多文本动画只需要改变选择器的值即可实现。注意，选择器的值不是属性值。使用少量的关键帧即可创建出非常复杂的文本动画。比如，从第一个字符到最后一个字符的透明度过渡创建动画，在动画器组中将Opacity（透明度）值设置为0，然后在0秒位置把End（Range Selector属性）的值设置为0%，并在动画的末端把它的值设置为100%即可，如图11-38所示。

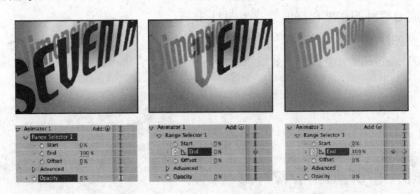

图11-38 动画文本层的不透明度

在使用文本动画器组动画字符的位置、形状和大小时，都与字符的锚点相关。文本属性Anchor Point Grouping（锚点组）允许重新移动每个字符的锚点。另外，还可以通过使用Anchor Point Grouping中的选项使锚点对齐，如图11-39所示。

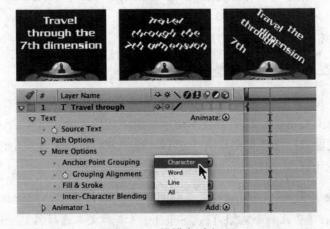

图11-39 使锚点对齐

下面简单地介绍一下使用动画器动画文本的操作。

（1）创建一个新的合成，然后在Timeline面板中选择文本层，也可以在"Composition"窗口中选择需要动画的字符。

（2）执行"Animation（动画）→Animate Text（动画文本）"命令，并根据需要从子菜单中选择一个命令，如图11-40所示。

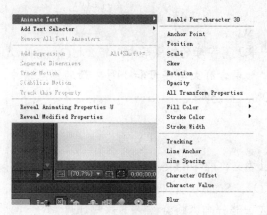

图11-40　选择命令

也可以在Animate（动画）菜单中选择一种属性，如图11-41所示。

（3）在Timeline面板或Graph Editor窗口中调整动画器属性的值。

（4）展开Range（范围）选择器，并为Start（开始）或者End（结束）属性设置关键帧，可以在Timeline面板中设置参数值，也可以在"Composition"窗口中拖拽选择器条，如图11-42所示。

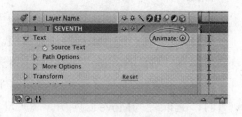

图11-41　动画菜单

图11-42　选择器条

（5）按需要进行调整即可。

11.3.5　设置文本层的锚点属性

在After Effects CS4中，对锚点的属性也可以进行设置，下面简单地介绍一下设置锚点属性的操作过程。

（1）在Timeline面板中展开文本层，展开More Options（更多选项）选项组，如图11-43所示。

（2）可以进行下列设置：

· 在Anchor Point Grouping（锚点组）菜单中可以选择组合字符锚点的方式；

· 降低Grouping Alignment（组对齐）的值可以使每个锚点向上或者向左移动；

· 增加Grouping Alignment（组对齐）的值可以使每个锚点向下或者向右移动。

图11-43 More Options选项组

> **提示**：如果要使一串大写字母的锚点居中，那么把Grouping Alignment的值设置为0%、－50%。如果要使一串含有大写字母和小写字母的锚点居中，那么把Grouping Alignment的值设置为0%、－25%。

11.3.6 动画器属性

使用动画器属性可以为文本层中的文本设置动画。多数动画器属性与其他层的属性是相同的，比如Position（位置）、Scale（缩放）和Opacity（透明度）等，但是有些属性与其他层中的属性则是不同的，这一部分内容将介绍一下这些属性。

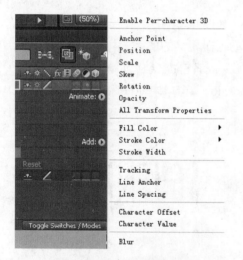

图11-44 在Timeline面板中展开文本层的属性

设置好文本层后，在Timeline面板中展开文本层的属性，即可看到Animate（动画）项，单击它右侧的小三角按钮即可打开一个菜单，如图11-44所示，在该菜单中列出了动画器的属性。

- **Enable Per-character 3D**：用于启用预字符3D功能。
- **Position**：与字符的位置相关。用户可以在Timeline窗口中为该属性设置数值，也可以在"Composition"窗口中使用选择工具，当把该工具移动到文本字符上面时，它改变为Move工具。
- **Skew**：设置和动画文本字符的倾斜度，Skew Axis（歪斜轴）是用于设置字符歪斜的轴。

- **All Transform Properties**：允许把所有的Transform属性添加到Animator组中。
- **Fill Color**：根据选择颜色的Animator属性类型设置和动画文本字符的颜色变化。
- **Stroke Color**：设置和动画文本字符的笔画或者轮廓的颜色。
- **Stroke Width**：设置和动画文本字符的笔画的宽度。
- **Tracking**：在一个词中设置和动画每个文本字符之间的间隔距离。
- **Line Anchor**：为每个文本行的间隔设置对齐，值为0%时，设置左对齐，50%时，设置居中对齐，100%时，设置右对齐。
- **Line Spacing**：用于设置和动画在多个文本层中设置的文本行之间的间隔。

- Character Offset：根据输入的数值，使数字或者字母进行偏移。如果为字母a输入的值为5，那么它将变成e。
- Character Value：允许用户替换选择的字符，使用一个由新值确定的字符替换每个字符。
- Character Range：限制字符的范围。
- Blur：用于为字符设置高斯模糊效果。水平模糊和垂直模糊的数量可以被单独地设置。

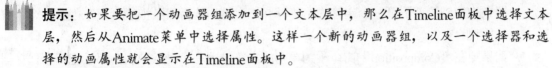 提示：如果要把一个动画器组添加到一个文本层中，那么在Timeline面板中选择文本层，然后从Animate菜单中选择属性。这样一个新的动画器组，以及一个选择器和选择的动画属性就会显示在Timeline面板中。

如果要在当前的动画器组中添加新的动画器属性，那么在Timeline面板中选择动画器组，并从Add菜单中选择属性，然后从子菜单中选择一个属性。这样新的动画器属性就会显示在当前动画器属性中，并共享当前的选择器。

11.4 选择器

在After Effects CS4中，每个动画器组都包含有一个默认的Range（范围）选择器，而且在动画器组中可以添加附加的Range选择器，也可以使多个动画器属性使用同一个Range选择器。

除了Range选择器之外，还可以添加Wiggly（摇摆）选择器。使用Wiggly选择器可以创建摇摆的选区，也就是在指定数量范围内会发生变化的内容。在一个动画器组中可以添加一个或者多个Wiggly选择器，在一个动画器组中可以包含一个或者多个属性。

在把多个选择器添加到一个动画器组中时，可以通过使用选择器的Mode（模式）属性来控制它们之间的相互作用。另外可以为Start（开始）和End（结束）属性设置参数值。

11.4.1 在动画器组中添加新的选择器

添加选择器的操作过程非常简单，在Timeline面板中选择动画器组，从Add（添加）菜单中选择Selector（选择器）项，然后从子菜单中选择Range（范围）或者Wiggly（摇摆）即可，如图11-45所示。

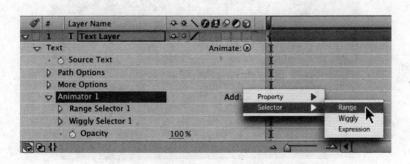

图11-45 在动画器组中添加新的选择器

11.4.2 使用Range选择器设置范围

Range选择器主要用于设置选择范围，设置操作也非常简单，但是分为下面几种情况。

- 如果要设置把一个动画器属性逐渐应用到所有字符的动画范围，那么在0秒位置设置一个End关键帧，并把它的值设置为0%，然后在动画的最后，把关键帧的值设置为100%。
- 如果要在"Composition"窗口中为单个的字符设置一个静态范围，那么把左侧的选择器条拖拽到该范围第一个字符的左侧，并把右侧的选择器条拖拽到该范围第一个字符的右侧。
- 如果要在"Composition"窗口中为单个的字符设置一个动态范围，那么把两个选择器条拖拽到该范围第一个字符的左侧，并设置Start或者End关键帧。然后把当前时间指示器移动到动画的末端，并把右侧的选择器条拖拽到该范围最后一个字符的右侧。
- 如果要使End和Start的值改变的数量相同，那么需要为Offset（偏移）设置一个值。

 提示：什么是Offset？

Offset是Range选择器的一部分，它有很大的意义。Range选择器的Offset值会根据文本块的起点改变选区的开始点和结束点。比如，当Offset的值是0%时，就会把开始点和结束点保持在用户设置的位置。而当Offset的值是100%时，就会把开始点和结束点移动到文本块的末端。

使用偏移的优点是可以同时移动开始点和结束点，从而可以创建一个选区大小不会随时间的改变而变化的效果。与开始和结束属性相同，偏移也可以使用百分比或者指数通过字符、单词或者文本行来表示。在下一个项目中，将使用Offset属性把同一动画效果应用到一个文本块的不同部分。

11.4.3 Range选择器的属性

在After Effects CS4中，Range（范围）选择器是一种功能很强大的文本动画工具。在下面的内容中，将简单地介绍一下它的属性。应用动画器之后，才能在Timeline面板中看到选择器的属性，如图11-46所示。

图11-46 选择器的属性

为了便于阅读，把它们归结成一个表格，如表11-1所示。

表11-1 Range选择器的属性

属性	选项	功能
Start	Any number	为Text Selector设置开始点，如果值大于文本长度或者大于End属性值，那么就表示效果不会显示
End	Any number	为Text Selector设置结束点，如果值小于文本长度或者小于Start属性值，那么就表示效果不会显示
Offset	Any number	设置Selector与文本开始点的距离，如果Offset的值为0值，那么就表示对Start属性和End属性没有修改
Units	Index	使用从1开始的绝对值计算字符、字或者文本行。如果文本长度在动画期间有变化，那么就使用它
	Percentage	使用百分数计算字符、字或者文本行。如果文本被加长或者变短，那么受Selector影响的字符数将被缩短
Based On	Characters	计算每个字符，并把空格单位作为一个字符。在使用该项的情况下，在动画到一个空格时，可能会产生停顿
	Excluding Space	计算单个字符，但是不包括空格（空格键和回车键）
	Words	把使用空格键隔开的字符作为一组进行计算
	Lines	把由回车键隔开的字符作为一组进行计算
Mode	Add	把这个Selector中的字符添加到这个Animator中的激活选区中
	Subtract	从这个Animator中的激活选区中减去这个Selector中的字符
	Intersect	修改选区只考虑显示在Selector中的字符和在Animator中的激活部分
	Min	筛选与单词起始部分最近的所有选区
	Max	筛选与单词结尾部分最近的所有选区
	Difference	筛选显示在Selector中的字符和在Animator中的激活部分
Amount	$-100\% \sim 100\%$	决定与当前的Selector相关的Animator属性对整个文本的影响程度
Shape	Square	对文本从左到右应用Amount属性
	Ramp Up	对文本从右到左应用Amount属性，权重效果朝向右侧
	Ramp Down	对文本从左到右应用Amount属性，权重效果朝向左侧
	Triangle	对文本从中间向外应用Amount属性，权重效果朝向中间
	Round	对文本以递增或者递减的量应用Amount属性，好像一个半圆
	Smooth	对文本从中间向外应用Amount属性，它以平滑的弧形应用效果，与使用三角形模式不同
Smoothness	$0\% \sim 100\%$	它以等级方式把效果应用到单个字符。当值为100%时，逐级应用效果，当值为0%时，对每个字符应用的效果强度相同
Ease High	$-100\% \sim 100\%$	决定对文本属性的影响权重，当效果强度增加时，减少效果改变的速率
Ease Low	$-100\% \sim 100\%$	决定对文本属性的影响权重，当效果强度减少时，增加效果改变的速率
Randomize Order	Off	随机化由Range选择器指定的应用到字符的属性顺序
	On	
Random Seed	$-100\% \sim 100\%$	当把Randomize Order项设置为On时，计算Range选择器的顺序

11.4.4 Wiggly选择器的属性

在After Effects CS4中，Wiggly选择器可以独立使用，也可以用作Range选择器的辅助选择器，它的选项如图11-47所示。

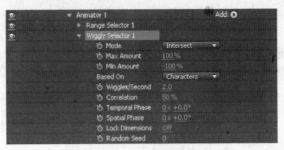

图11-47 Wiggly选择器的选项

为了便于阅读，把它们归结成一个表格，如表11-2所示。

表11-2 Wiggly选择器的属性

属性	选项	功能
Mode	多个	用于设置每个选择器与其上部选择器的合并方式
Max Amount	-100%~100%	决定Wggler随机展开或者缩短（应用它的）选区的最大值
Min Amount	-100%~100%	决定Wggler随机展开或者缩短（应用它的）选区的最小值
Wiggles/Sec.	Any number	决定Wggler改变Selector的大小的次数/秒，如果数值大于这个帧速率或者小于0，将没有可视效果
Correlation	0%~100%	决定单个字符（或者单词、或者行，取决于Based On属性）改变的随机性。值为0%时，每个字符都随机改变，值为100%时，选区内的字符都统一改变
Temporal phase	Revolutions+degrees	根据动画的阶段，使动画随时间而稍微改变
Spatial Phase	Revolutions+degrees	使每个字符的动画随时间而稍微改变
Lock Dimensions	On或者Off	使Wiggly选择器均等地修改多维属性的维数。比如，把该属性设置为"On"，那么Wiggly选择器就会修改Scale属性的水平和垂直组件
Random Seed	0%~100%	通过指定数值来改变动画的开始时间

11.4.5 Expression选择器

在After Effects CS4中，还有一种选择器，那就是Expression（表达式）选择器。使用Expression选择器可以动态地指定字符受动画器属性影响的程度，而且能够使字符产生随机的变化，如图11-48所示。也可以在动画器组中添加一个或者多个Expression选择器。

Expression选择器包含有下列选项，下面将对它们做简单的介绍。

- Based On：用于设置Expression选择器控制的基数，包括空间、字符、单词和字符行等。
- Amount：用于设置动画器属性对字符范围影响的程度。

图11-48 使填充颜色随机改变

注意：Expression选择器的添加操作非常简单，先在Timeline面板中选择动画器组，然后单击Add（添加）按钮，并从打开的菜单中选择"Selector（选择器）→Expression（表达式）"命令即可。

11.5 从Photoshop或者Illustrator中输入文件

如果使用以前版本的After Effects，那么一定会遇到在原文件中出现文字错误的问题。出现这种问题时，必须返回并改变文本，把它重新转换成略图或者图像，然后再导入到After Effects中。如果用户对After Effects还比较生疏，那么不必尝试如此复杂的操作。在下面的内容中，将在After Effects中输入一个带有文本层的图像，然后直接改正文字，不必离开After Effects。

（1）通过选择"File→New→New Project"命令创建一个新项目。

（2）在Project窗口中双击打开"Import File"对话框。浏览配套资料中第11章文件夹，并选择"大象.psd"文件，如图11-49所示。

（3）单击"打开"按钮，打开"大象.psd"对话框，然后选择Choose Layer（选择层）项，如图11-50所示。

图11-49 选择文件

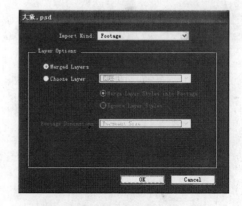

图11-50 选择Choose Layer项

提示：读者也可以在Photoshop中自己制作一副这样的分层图像。

（4）单击"OK"按钮在Project面板中打开该文件，然后把它拖入到"Composition"窗口中，如图11-51所示。

（5）这时会发现单词kat是错误的，应该是cat。如果要使用Text工具编辑该文本，将会发现不能对文本层进行编辑。因此首先应该把它转换成一个After Effects文本层。选择该层，然后从Layer菜单命令中选择Convert to Editable Text（转换成可编辑文本）命令。

（6）从Tools面板中选择Text工具，选择错误的字符，然后改正它即可，如图11-52所示。

图11-51　"Composition"窗口

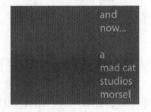

图11-52　改正错误的字母

11.6　实例：水平滚屏字幕

在本实例中，首先创建一个文本图层，并调整好该图层的大小。然后为文本图层在水平方向上选取两个位置，并分别为其设置关键帧，从而实现文本图层沿水平方向上的滚动动画。

（1）准备素材。准备一幅背景图片，如图11-53所示。将准备好的图片素材保存到设置好的文件夹中，读者可以打开配套资料中的图片文件。

（2）启动Adobe After Effects CS4后，进入到系统默认的工作界面。

（3）执行"Composition→New Composition"命令，打开"Composition Settings"对话框，并设置选项，如图11-54所示，然后单击按钮 OK 新建一个合成。

图11-53　准备的图片

图11-54　"Composition Settings"对话框

（4）执行"Composition（合成）→Background Color（背景色）"命令，将背景色设置成白色。

（5）执行"File→Import→File"命令，打开"Import File（导出文件）"对话框。选择

素材文件，然后单击按钮 打开① ，将该素材文件导入到Project（项目）面板中，如图11-55所示。

图11-55 "Import File"对话框和Project面板

（6）执行"Window→Character"命令，打开Character面板，在该面板中设置文本的字体、颜色等，如图11-56所示。

（7）在工具箱中单击Horizontal Type Tool（水平文本工具）按钮 T. ，然后在"Composition"窗口的某一位置处单击，并输入文本。然后使用Selection Tool（选择工具） ▶ 拖拽该文本的边框来改变其大小，并移动文本位置，如图11-57所示。

图11-56 Character面板

图11-57 在"Composition"窗口中输入的文本

（8）在Timeline面板中展开文本图层的属性，并确定时间指示器处于0秒位置。调整Position（位置）属性中X向的参数，然后单击Position前面的马表图标 ，这样就建立了Position的第1个关键帧，如图11-58所示。

（9）此时，文本在"Composition"窗口中的位置如图11-59所示。

（10）按End键把当前时间指示器移动到最后的位置，然后调整Position属性中X向的参数，这样就建立了Position的第2个关键帧，如图11-60所示。

（11）此时，文本在"Composition"窗口中的位置如图11-61所示。

（12）从Project面板中将"背景.jpg"素材拖到Timeline面板中，并使其处于文本层的下面，为字幕添加背景，效果如图11-62所示。

（13）按数字键盘上的0键预览字幕的水平滚屏效果，如图15-63所示。

（14）最后进行渲染输出就可以了。

图11-58　建立Position的第1个关键帧

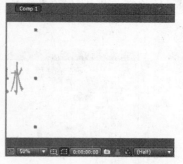

图11-59　文本在0秒时的位置

图11-60　建立Position的第2个关键帧

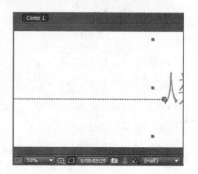

图11-61　文本在4秒时的位置

图11-62　拖入背景素材和背景效果

图11-63　字幕的水平滚屏效果

第12章 绘 画

如果在Photoshop中使用过绘画工具，可能也会希望在After Effects CS4中使用绘画工具，在After Effects中有很多需要绘画的内容。在After Effects CS4中，可以直接进行输入和绘画。在After Effects CS4中，绘画处理的是矢量类型的艺术品，而不是位图类型的艺术品（在Photoshop中使用的文件）。矢量绘画有很多的优点，但是也有不足之处。使用新的Paint工具时，每个笔画和每个擦除都被单独记录，这样可以使用户随时修改它们的属性，从颜色到画笔类型，以及笔画的形状。

本章主要介绍下列内容。

※ 编辑绘画属性

※ 造型绘画笔画

※ 橡皮遮罩

※ 克隆工具

12.1 关于绘画

After Effects CS4中的绘画特性被认为是一种效果，通过Paint工具而不是Effects菜单来实现。Paint工具包括Brush（画笔）工具、Clone Stamp（克隆图章）工具和Eraser（擦除）工具，在Tools面板中，这3个工具都有自己的图标，而且都使用Paint面板和Brush面板中的选项。

可以在Layer Edit（层编辑）模式中只使用Paint 工具。如果要访问Layer Edit模式，只要在Timeline面板中双击层即可，"Composition"窗口将会改变显示选择的层，层的标题后面跟有层的名称，Comp Name将由当前使用的合成名称替代。

一旦进入到Layer Edit模式，就可以使用任意的Paint 工具（和Paint and Brush Tip面板中的修改器）来修改这个层。在设置好初始的笔画时，就可以在Timeline面板中像修改其他属性一样来修改Paint属性了。

Paint工具不具有破坏性，意思是说它不会对原始图像做永久的改变，另外还表示所有的改变都被作为一个单独的修改被记录，这些修改也可以随时被改变。

12.1.1 设置Paint面板中的选项

Brush工具、Clone Stamp工具和Eraser工具都属于Paint工具。每一种绘画工具都使用画笔在层上应用绘画笔触，可以在层上添加或者删除像素，也可以改变层的透明度，但是对层本身不具有修改作用。可以通过在Paint面板中选择合适的选项来设置绘画笔触的各种属性。

执行"Window（窗口）→Paint（绘画）"命令即可打开Paint（绘画）面板，如图12-1所示。注意，只有在工具箱中激活Brush工具后，Paint面板的选项才可用。

下面介绍该面板中的几个主要选项。

- Opacity（不透明度）：用于设置画笔的不透明度。如果要绘制不透明的效果，那么把该值设置得大一些；如果要绘制半透明的效果，那么把该值设置得小一些。

- Flow（流量）：用于设置画笔的流量。注意，透明度和流量的值介于0%到100%之间。

- Mode（模式）：用于设置绘画的模式。它有一个下拉列表，列出了所有的混合模式。关于这些模式，将在后面的内容中进行介绍。

- Channels（通道）：用于选择通道，比如RGB通道、RGBA通道和alpha通道等，也可以对影像的alpha通道应用Brush工具和Clone Stamp工具，当选择alpha通道后，可以只添加或者删除透明度。如果使用100%的纯黑色绘画alpha通道，那么效果与使用Eraser工具是相同的，可以创建出透明的绘画笔触。

- Duration（持续时间）：它有4个选项。Single Frame，只把绘画笔触应用到选择的帧上；Constant，把绘画笔触应用到该层的当前帧和后继帧上；Write On，用于动画绘画的笔触；Custom，把绘画笔触应用到指定的帧上。

- 颜色框：单击右上角的颜色框可以打开"Foreground（前景）"对话框或"Background（背景）"对话框来设置绘画的颜色，如图12-2所示。

图12-1　Paint面板

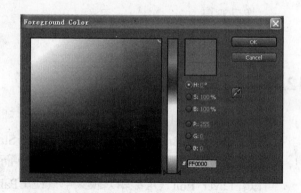

图12-2　"Foreground（前景）"对话框

12.1.2 使用Brush工具

在After Effects CS4中，使用Brush工具可以使用前景色在层上进行绘画。使用Brush工具可以修改层的颜色和透明度，但是不会改变源素材。在默认设置下，使用Brush工具可以绘制出柔和的笔触颜色。可以通过设置画笔的选项来改变它的默认属性。还可以通过设置混合模式来修改画笔笔触与层背景色和其他画笔笔触的交互作用。

下面简单地介绍一下画笔工具的使用：

（1）在Timeline面板中或"Composition"窗口中双击要绘画的层，打开绘画的层，如图12-3所示。注意，它和"Composition"窗口并列在同一个位置。

（2）在工具箱中通过单击选择Brush工具✐。

（3）在Paint面板中设置颜色、透明度、流量和混合模式。

（4）在绘画层中根据需要进行拖拽即可进行绘画，如图12-4所示。

图12-3　打开的绘画层　　　　　　　　图12-4　绘画（右图）

（5）在Timeline面板中，每个笔触都会以单独的项目显示，如图12-5所示。其属性也可以被设置成动画。

图12-5　在Timeline面板中的笔触

12.1.3　为画笔设置颜色

在After Effects CS4的Paint面板中，可以为画笔设置绘画的前景色和背景色，可以从颜色选择框中选择颜色，也可以通过输入RGB值来设置颜色。

下面介绍如何设置绘画的颜色。

（1）在Paint面板的右上角单击前景色和背景色的颜色框█，即可打开"Foreground Color（前景色）"对话框，如图12-6所示。

（2）在"Foreground Color"对话框中，可以通过在需要的颜色上单击来选择颜色，也可以通过输入数值来设置颜色。设置完成后，单击"OK"按钮即可。

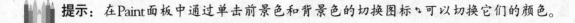

提示：在Paint面板中通过单击前景色和背景色的切换图标╲可以切换它们的颜色。

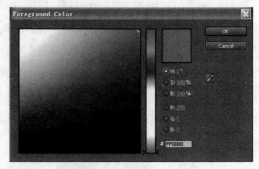

图12-6 "Foreground Color"对话框

12.1.4 选择画笔及设置属性

在After Effects CS4中有多种类型的画笔，不同的画笔具有不同的特性，因此绘画出的效果也不同。可以选择预置的画笔，也可以自定义画笔，一般使用Brush Tips（画笔提示）面板来实现上述操作。

选择"Window→Brush"命令即可打开Brush面板，如图12-7所示。在该面板中列出了画笔的所有属性。上半部分是画笔的类型，只要单击它的图标就可以选择对应类型的画笔。图标所代表的就是画笔的形状，一般把这些形状称为画笔提示。

下面介绍一下该面板中关于画笔的一些选项设置。

图12-7 Brush面板

- Diameter（直径）：设置画笔的大小。
- Angle（角度）：设置画笔的角度。
- Hardness（硬度）：100%表示一个硬的笔触，减小这个百分数可以创建羽化的图章。
- Roundness（圆滑度）：100%表示一个圆形的笔触，减小这个百分数可以创建椭圆的笔触。
- Spacing（间距）：设置笔触之间的间距。使用圆形图章时，改变这个设置可以创建一条点状线。
- Size（尺寸）：设置画笔的大小。
- Minimum Size（最大尺寸）：该项用于设置画笔大小的范围，在1%到100%之间。
- Opacity（不透明度）：设置笔触的不透明度或者透明度。
- Flow（流量）：设置一个笔触连续性改变的程度。

提示：最后4项一般用于设置连接到计算机上的手写板。

在Timeline面板中也有这些选项，在使用画笔进行绘画之后即可看到，如图12-8所示。

注意：如果要使用Brush Dynamics（画笔动力学）设置手写板的压力灵敏度，必须要在计算机上安装手写板。查看"Edit Layer（编辑层）"对话框中的画笔笔画，以及不同粗细的笔画，还有墨水和透明度的改变情况。这些都要通过Brush Dynamics进行设置。

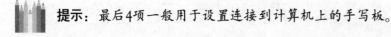

不知道读者有没有听说过压感写字板。它们的确很好——如果在Photoshop或After Effects中有很多需要绘画的艺术品时，一般需要拥有一套。如果需要在After Effects中使用压力灵敏度，那么单击Brush Dynamics旁边的旋转开关并分别设置Pen Pressure（钢笔压力）的Size（大小）、Angle（角度）、Roundness（圆度）、Opacity（透明度）和Flow（流量）项即可。

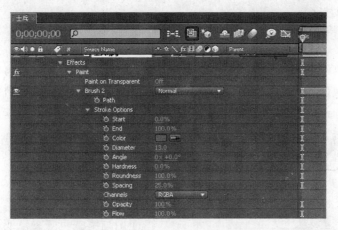

图12-8　在Timeline面板中的选项

12.1.5　自定义画笔提示的属性

画笔的笔触是由单个的画笔提示形状构成的。选择的画笔提示决定了画笔标记的形状、直径及其他属性。不过，可以通过改变画笔提示的属性来自定义画笔提示。对于改变后的画笔提示可以保存为一个新的画笔提示。

下面介绍改变画笔属性的操作。

（1）打开**Brush**面板，并选择需要自定义的画笔提示。

（2）根据需要在**Brush**面板中改变前面介绍的属性。改变属性的数值后，按键盘上的Enter键即可完成修改。

下面的内容中列出了几种修改属性后的效果，如图12-9至图12-13所示。

图12-9　改变直径（左图直径值小，右图直径值大）

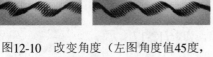

图12-10　改变角度（左图角度值45度，
右图角度值－45度）

图12-11　改变圆滑度（左图值100%，
右图值60%）

图12-12　改变硬度（左图值100%，
　　　　右图值0%）

图12-13　改变间隔值（左图间隔值小，
　　　　右图间隔值大）

提示：修改后的画笔提示可以保存起来，在Brush面板中单击Save current settings as new brush（保存当前设置为一个新画笔）按钮即可；如果想删除某画笔提示，那么在Brush面板中单击Delete the current brush（删除当前画笔）按钮即可；如果要恢复默认的画笔提示，那么在Brush面板的菜单中选择Reset Brush Tips（重置画笔提示）命令即可。

12.1.6　绘画笔触

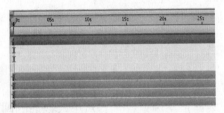

图12-14　持续时间条

当使用画笔、克隆图章或者擦除工具在影像中拖动时，After Effects就会创建一个绘画笔触，每个笔触都有与之相关的属性，而且会在Timeline面板中创建单独的绘画项目和持续时间条，如图12-14所示。可以在Timeline面板中改变笔触的位置，也可以为每个绘画笔触的形状设置动画。

注意：在选择Last Stroke Only（仅最后笔触）项后，使用擦除工具绘制的笔触不能设置动画，而且会永久性地擦除绘画的笔触。关于Eraser工具和Clone Stamp工具，在稍后的内容中进行介绍。

可以在Timeline面板中通过改变入点、出点和持续时间栏中的值来调整笔触的位置，也可以通过拖动笔触的持续时间栏来调整笔触的位置，还可以通过使用方向键来挪动绘画笔触的位置、大小和旋转等。

12.1.7　混合模式

在Paint面板中，有一个Mode（模式）选项，单击它右侧的下拉按钮，会打开一列菜单，如图12-15所示，该菜单中列出了所有的混合模式。

选择不同的模式绘画出的笔触的效果，以及在使用Clone Stamp工具和Eraser工具时，获得的效果也是不同的，如图12-16所示。

下面简要地介绍一下这些不同模式的作用。

- **Normal**（正常）：这是系统默认的模式，绘画每一个像素，绘画出的颜色和选择颜色相同。
- **Darken**（变暗）：可以使底层的颜色更暗，如图12-17所示。

Overlay
Soft Light
Hard Light
Linear Light
Vivid Light
Pin Light
Hard Mix

✓ Normal

Darken
Multiply
Color Burn
Linear Burn

Difference
Exclusion

Add
Lighten
Screen
Color Dodge
Linear Dodge

Hue
Saturation
Color
Luminosity

Silhouette Luma

图12-15　Mode下拉菜单　　　　　　　　图12-16　绘画效果对比

图12-17　变暗混合模式效果（右图）

· **Multiply**（乘）：使底层的颜色值和混合颜色值相乘，获得一种更暗的颜色，如图12-18所示。

图12-18　正片叠底混合模式效果（右图）

· **Linear Burn**：通过降低亮度使底层的颜色变暗来表现混合色，如图12-19所示。

图12-19　线性加深混合模式效果（右图）

- Color Burn：通过增加对比度使底层的颜色变暗来表现混合色。
- Add：通过合并底层颜色和混合颜色的方式来获得最终的颜色。
- Lighten：通过选择底层颜色或者混合颜色中更亮的颜色来获得最终的颜色。
- Screen：通过使底层颜色值和混合颜色值的相反值相乘来获得最终的颜色，最终颜色会更亮。
- Linear Dodge：通过增加亮度使底层颜色变亮来表现混合色。
- Color Dodge：通过降低对比度使底层颜色变亮来表现混合色。
- Overlay：通过使底层颜色和混合颜色相互混合来获得最终的颜色。
- Soft Light：通过混合色使颜色变暗或者变亮。
- Hard Light：用于创建一种类似于高光的效果。
- Linear Light：通过增加或者降低亮度值来获得一种更亮的颜色。
- Vivid Light：通过增加或者降低对比度来获得一种更亮的颜色。
- Pin Light：根据混合色来获得一种替换色。
- Hard Mix：通过在源层上使用遮罩来增强底层的对比度，遮罩大小决定对比区域的大小。
- Difference：根据每个通道的信息，通过从底层颜色减去混合颜色，或者从混合颜色减去底层颜色来获得最终的颜色。
- Exclusion：根据亮度值来获得最终的颜色，不会降低对比度。
- Hue：通过底层颜色的亮度和饱和度以及混合色的色调来获得最终的颜色。
- Saturation：通过底层颜色的亮度和色调以及混合色的饱和度来获得最终的颜色。
- Color：通过底层颜色的亮度以及混合色的色调和饱和度来获得最终的颜色。
- Luminosity：通过底层颜色的色调和饱和度以及混合色的亮度来获得最终的颜色。
- Silhouette Luma：可以在层的绘画区域创建一种透明效果，允许看到底层或者背景。

为了更好地理解这些模式，建议读者通过设置不同的模式并进行绘画，进行比较，以便对各种模式有一个更感性的认识。充分地理解并利用这些模式可以绘制出需要的效果。

12.1.8 动画绘画笔触

前面提到过，对于绘画的笔触也可以把它们设置成动画。当在Paint面板的Duration（持续时间）菜单中选择Write On（开始写）项后或在Timeline面板中替换绘画笔触后，After Effects将会自动地为笔触进行动画。绘画笔触的时间决定笔触的持续时间，运动的速度决定笔触的动画速度。

在改变动画绘画笔触的形状时，After Effects将使用新的形状改变绘画笔触的速度，因此笔触动画是平滑的。如果原始笔触的动画速度是固定的，那么新的笔触动画速度也是不变的。

下面介绍自动地动画绘画笔触的操作过程。

（1）在Project面板的下面，单击New Composition（新建合成）按钮 ![icon] 创建一个新的项目，打开"Composition Settings"对话框，如图12-20所示。对该合成进行命名，并把Duration数值设置为0:00:02:00，然后单击"OK"按钮。

（2）选择"Layer→New→Solid"命令，打开"Solid Settings"对话框，如图12-21所示。单击下部的颜色框，从打开的"Solid Color"对话框中选择一种颜色并单击"OK"按钮，即可创建一个新的实色层。

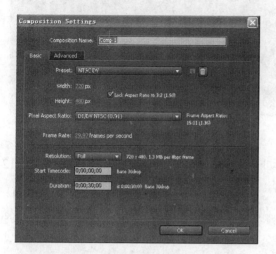

图12-20 "Composition Settings"对话框

图12-21 "Solid Settings"对话框

（3）为了使用Paint工具，必须首先有一个能够使用的层。任意层都可以——电影、静止图像或者实色层。在这里，需要创建一个实色层以便有一个可以绘画的纯色层。

（4）在Timeline面板中双击实色层，这样将会打开可以绘画的"Layer"窗口，如图12-22所示。

注意：不能在After Effects中的其他窗口中进行绘画，只能在"Layer"窗口中进行绘画。

（5）在工具箱中选择绘画工具 ✐。

（6）在Paint面板中，选择一种画笔。从Duration（持续时间）项的弹出菜单中选择Write On（开始写）项，如图12-23所示。

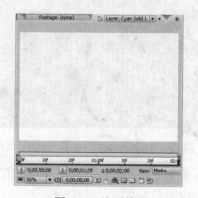

图12-22 绘画的层

图12-23 设置选项

（7）在"Layer"窗口中单击并拖拽光标创建一个螺旋形状，如图12-24所示。在释放鼠标后，螺旋形状将消失！不要担心，它不是真正的消失。

（8）在Timeline面板中，单击Brush1旁边的旋转开关展开Stroke Options（笔触选项）。注意在End（结束）参数中显示有关键帧，如图12-25所示。

图12-24　螺旋形状

图12-25　Timeline面板

（9）现在拖动当前时间指示器可以查看动画，但是显示不出全部的螺旋形状，如图12-26所示。需要进行设置才能显示出全部的内容，稍后介绍。

注意：单击Keyframe Navigator（关键帧导航器）箭头才能找到在绘画螺旋形状时自动创建的第2个关键帧。

（10）第2个关键帧处的Current Time（当前时间）显示的数值是0:00:04:08，它显示在Timeline面板的左上角。注意，Current Time显示的数值应该根据绘画的螺旋长度而有所不同。如果要显示出全部的螺旋形状，需要进行设置。选择"Composition→Composition Settings"命令打开该合成的"Composition Settings"对话框，设置持续时间，也就是把它改变成0:00:04:08，如图12-27所示，然后单击"OK"按钮。

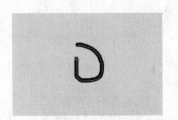

图12-26　只显示部分螺旋形状

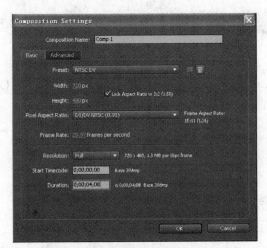

图12-27　"Composition Settings"窗口

（11）在Timeline面板中通过拖动左侧的手柄来调整层条的长度，使它们的长度改变成0:00:04:08，也就是使它们到达合成的末端，如图12-28所示。

（12）按空格键进行预览，将会看到整个绘画的螺旋效果。

12.1.9　使用笔触目标创建笔触动画

在After Effects CS4中，还可以使用笔触目标来设置笔触的动画效果，也就是说要创建两个笔触形状，把后一个目标笔触与第一个笔触进行插补运算，然后形成动画。下面就简单地介绍一下操作过程。

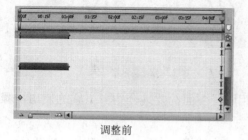 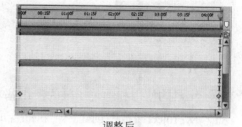
调整前　　　　　　　　　　　　　　　　　调整后

图12-28　调整层条的长度

（1）在Project面板的下面，单击New Composition（新建合成）按钮创建一个新的项目。

（2）打开一个层，并在工具箱中选择绘画工具 ✎ 。

（3）在Paint面板中，选择一种画笔。从Duration（持续时间）项的弹出菜单中选择Single Frame（单帧）、Constant（恒定）或者Custom（自定义）项，如图12-29所示。

（4）在"Layer"窗口中单击并拖拽光标创建绘画笔触。

（5）在Timeline面板中，在Strokes中单击层旁边的旋转开关展开Stroke Options（笔触选项）。

（6）单击马表图标 ⏱ 设置关键帧。

（7）把当前时间指示器拖拽到一个新的位置。

（8）在笔触处于选择状态的情况下，通过拖动创建一个新的笔触，生成一个关键帧。在进行渲染时，After Effects将会在两个关键帧或者两个形状之间进行插补运算，效果如图12-30所示。

图12-29　设置选项

第一个形状　　　　　　插补形状　　　　　　第二个形状

图12-30　动画效果

12.2　使用Eraser工具

在After Effects CS4中，使用Eraser工具可以在一个层中创建透明效果，也可以用于删除使用画笔绘制的笔触。

在工具箱中激活Eraser工具后，打开Paint面板，可以在Paint面板中看到它的三种擦除类型，如图12-31所示。

选择Layer Source&Paint（源层和绘画）和Paint Only（仅绘画）后，使用Eraser工具可以在层中通过绘画来创建单独的项目和持续时间条，可以动画它的形状、笔触选项和变换属性。如果选择Last Stroke Only（仅最后笔触）项后，只能永久性地擦除目标绘画笔触，不能被设置成动画。也可以使用Eraser工具逐级地隐藏层和显示层。如图12-32所示。

绘画效果

擦除效果

图12-31　三种擦除类型　　　　　　　　　图12-32　对比效果

Eraser工具的使用和画笔工具的使用基本相同，下面简要地介绍一下它的使用步骤。

（1）从Project面板中创建一个新的合成。

（2）在Timeline面板中或"Composition"窗口中选择一个层，然后双击层打开"Layer"窗口。

（3）在Tools面板中，选择Eraser工具。

（4）在Brush面板中设置好大小。

（5）在Paint面板中设置好Opacity（透明度）、Flow（流量）和Duration（持续时间）。

（6）在Layer面板中进行拖动即可。

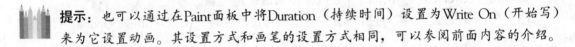

提示：也可以通过在Paint面板中将Duration（持续时间）设置为Write On（开始写）来为它设置动画。其设置方式和画笔的设置方式相同，可以参阅前面内容的介绍。

12.3　使用Clone Stamp工具

使用Clone Stamp工具可以在源素材中取样像素，然后把取样像素应用到目标层中。目标层可以是同一个合成项目中的同一层或不同的层。

可以使用Clone Stamp工具在"Layer"窗口中克隆像素和修改影像。比如可以使用Clone Stamp工具润饰素材、删除素材中的线条，如图12-33所示。也可以在素材中添加一些需要的元素。

每个克隆笔触都有很多的属性，包括混合模式、笔触选项和变换属性等，在Timeline面板中可以看到，如图12-34所示。

图12-33　删除素材中的线条元素（右图）

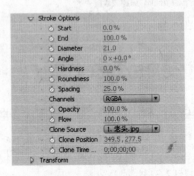

图12-34　克隆笔触属性

在笔触选项中，属性包括笔触的开始和结束时间，笔触的直径、角度、硬度、圆滑度、间隔、通道、透明度、流量、克隆源、克隆位置、克隆时间和克隆时间转换等。有些属性比较容易理解，但是有些属性不好理解。下面就简单地介绍一下这些属性。

- Start（开始）：设置克隆开始的时间（使用百分数）。
- End（结束）：设置克隆结束的时间（使用百分数）。
- Color（颜色）：用于设置颜色。
- Diameter（直径）：设置克隆图章的大小。
- Angle（角度）：克隆图章的角度。不同角度的设置只有在非圆形图章上是可见的。
- Hardness（硬度）：100%表示一个硬的图章，减小这个百分数可以创建羽化的图章。
- Roundness（圆滑度）：100%表示一个圆形的图章，减小这个百分数可以创建椭圆的图章。
- Spacing（间距）：设置图章的间距。使用圆形图章时，改变这个设置可以创建一条点状线。
- Chanels（通道）：可以使用该项把通道限制为RGB、RGBA（RGB+Alpha），或者alpha。
- Opacity（不透明度）：设置图章的不透明度或者透明度。
- Flow（流量）：设置一个图章连续性改变的程度。
- Clone Source（克隆源）：用于设置取样的层，也就是从哪个层进行取样。
- Clone Position（克隆位置）：用于设置在源层中取样的位置，使用X、Y坐标确定。
- Clone Time（克隆时间）：当在源层中进行取样时，在"Composition"窗口中设置时间，单位是秒，由当前时间指示器来指示。
- Clone Time Shift（克隆时间转换）：在取样和克隆笔触之间设置秒的数量。

当使用Clone Stump工具时，可以在源层中设置开始取样点，然后拖拽到目标层中应用该取样。为了帮助识别Clone Stamp工具正在取样，会在源层中显示一个十字图标。也可以使用Clone Source Overlay（克隆源叠加）选项来识别取样的区域，会在目标层上显示半透明的源层图像。如图12-35所示。

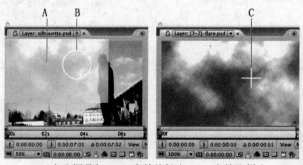

A. 克隆源叠加　B. 当前笔触点　C. 当前取样点

图12-35　取样

12.3.1　以手动方式使用Clone Stamp工具

在After Effects CS4中，Clone Stamp工具的操作非常简单，以手动方式即可使用该工具。下面介绍一下该工具的使用。

（1）在"Composition"窗口中需要打开两个层，一个是源层，另外一个是目标层，如图12-36所示。把有企鹅的层作为源层，把带有老人头像的层作为目标层。

（2）在工具箱中选择Clone Stamp工具 。

（3）在Brush面板中选择大小合适的画笔，如图12-37所示。

图12-36　打开的两个层

图12-37　Brush面板

（4）在Timeline面板中把当前时间指示器移动到开始取样的帧处，如图12-38所示。

（5）通过双击，打开源层，然后按住Alt键在需要的位置单击，确定取样的开始点，如图12-39所示。

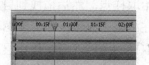

图12-38　移动到取样的帧处

图12-39　打开源层

图12-40　选中Clone Source
　　　　　Overlay项

（6）在Layer面板中打开目标层。

 注意：也可以把源层作为目标层。

（7）在Timeline面板中把当前时间指示器移动到应用取样的帧处。

（8）在Paint面板中选中Clone Source Overlay（克隆源叠加）项，如图12-40所示。

（9）在目标层中单击并拖动即可，效果如图12-41所示。

（10）也可以在目标层的多个位置单击并拖动，如图12-42所示。

提示：也可以结合Paint面板使用Clone Stamp工具。

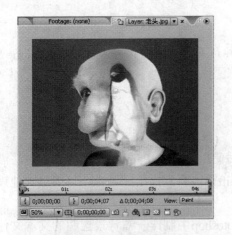

图12-41 取样效果

图12-42 多个位置取样效果

12.3.2 Clone Stamp的Aligned和Locking Source Time选项

在默认设置下，在"取样"一个要克隆的区域时，要在取样区域（在按住Option键或Alt键时）和开始绘画的区域（在不按那两个键时）之间建立一条"虚线"。这条线随着画笔的移动而移动，这样可以使取样区域的运动点与绘画区域中的绘画操作点成一条直线。当Clone Stamp工具被激活时，会在屏幕上显示两个十字准线：一个代表原位置，另一个代表目标位置。Clone Stamp的Aligned（对齐）和Locking Source Time（锁定源时间）选项如图12-43所示。

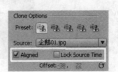

图12-43 选项

在Paint面板中不选中Aligned（对齐）选项框时可以"锁定"原区域，这样可以使所有的目标绘画都基于首次单击时的单取样区域。当需要通过一个宽的区域展开一个小且规则的颜色区域时，这一点非常有用。

在默认设置下，Locking Source Time（锁定源时间）选项处于非选择状态，这样可以为每个视频帧取样原克隆区域。这意味着当克隆的原区域改变时，也会影响克隆的目标区域。一般在复制动作区域时，这一点非常重要。但是，如果要制作一个"遮盖"克隆以便从屏幕中去除一个不需要的对象时，则需要从一个单帧中取样所有的内容——也可能需要在一个帧中使不需要的对象不显示出来。在这种情况下，需要选中Locking Source Time选项以便使被取样图像的部分不会随着视频的改变而改变。

12.3.3 使用Clone Stamp工具预置

使用Clone Stamp工具预置可以允许用户更加方便地使用Clone Stamp工具，而且可以重新使用。可以在同一个合成的层中应用Clone Stamp工具预置，也可以在不同合成的层中使用Clone Stamp工具预置，甚至可以在不同项目的层中使用Clone Stamp预置。

下面介绍一下如何使用Clone Stamp预置。

（1）选择Clone Stamp工具。

（2）在工具箱中选择Clone Stamp工具，然后在Paint面板中单击需要的Clone Stamp预置按钮，如图12-44所示。

图12-44 Clone Stamp
工具预置

（3）现在就可以使用Clone Stamp工具了。

提示：也可以在调整一个Clone Stamp工具预置后，把它保存为一个新的Clone Stamp工具预置。

12.4 实例：手写字幕

在本实例中，首先导入一个文本素材，然后使用Vector Paint（矢量绘画）方法沿着文本的笔划顺序进行描绘，注意在描绘时要按住Shift键，直到描绘完为止。再通过其他设置创建出手写字幕的动画效果。

（1）准备素材。准备一幅图片，然后在Photoshop中制作一幅背景透明的文本文件，名称是字幕.psd，如图12-45所示。将准备好的素材保存到设置好的文件夹中，读者可以打开配套资料中的这两个文件。

图12-45 准备的图片和在Photoshop中制作的文本文件

（2）启动Adobe After Effects CS4后，进入到系统默认的工作界面。

（3）执行"Composition→New Composition"命令，打开"Composition Settings"对话框，并设置选项，如图12-46所示，然后单击按钮 OK 新建一个合成。

（4）执行"Composition→Background Color"命令，将背景色设置成白色。

（5）执行"File→Import→File"命令，或者在Project面板中双击，打开"Import File"对话框，选择图片素材，如图12-47所示。

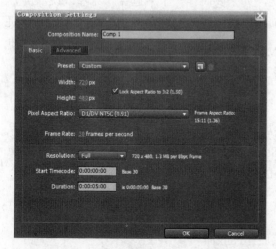

图12-46 "Composition Settings"对话框　　　图12-47 "Import File"对话框

（6）在"Import File"对话框中单击按钮 打开(0)，将该素材文件导入到Project（项目）面板中，如图12-48所示。

图12-48 导入图片素材

（7）再次打开"Import File（导入文件）"对话框，选择在Photoshop中制作的文本素材，然后单击按钮 打开(0)，打开"字幕.psd"对话框。设置Import Kind（导入类型）和Layer Options（图层选项）选项，然后单击按钮 OK ，将该素材导入到Project（项目）面板中，如图12-49所示。

图12-49 导入文本素材

提示：由于在Photoshop中创建文本时背景和文本都属于独立的层，并且背景层是透明的，这里需要对这两个层进行合并。

（8）把素材"字幕.psd"和"背景.jpg"文件拖入到Timeline面板中，并确定"字幕.psd"文件位于顶层，如图12-50所示。

图12-50 Timeline面板

（9）此时在"Composition"窗口中即可看到字幕和背景的效果，如图12-51所示。可以使用Selection Tool（选择工具） 拖拽该文本层或图片层的边框来改变其大小。

（10）在Timeline面板中确定文本层处于选择状态，然后执行"Effect（效果）→Paint（绘画）→Vector Paint（矢量绘画）"命令，打开Effect Controls（效果控制）面板。根据需要调整Radius（半径）的值，这是设置笔画的粗细。将Playback Mode（回放模式）设置为Animate Stroke（动画笔划），如图12-52所示。

（11）在"Composition"窗口的左侧出现一个工具条，单击左上角的小三角按钮，并在打开的菜单中选择"Shift-Paint Records（转换绘画记录）→Continuously（连续）"命令，如图12-53所示。

图12-51 "Composition"窗口中的效果　　　　　图12-52 Effect Controls面板

（12）按住Shift键，拖动鼠标按笔画的顺序描绘整个文本（鼠标指针在"Composition"窗口中边为圆形），如图12-54所示。

图12-53 在"Composition"窗口中选择的命令　　　　图12-54 在"Composition"窗口中描写文本

 提示：在描写文本的过程中，不能松开Shift键，也不能有文本残留。

（13）描写完文本后松开Shift键，在Effect Controls（效果控制）面板中将Composite Paint（合成绘画）设置为As Matte（作为蒙版），在"Composition"窗口中的文本隐藏，如图12-55所示。

图12-55 设置选项隐藏文本

 提示：关于蒙版的具体内容，读者可以参阅本书前面相关内容。

（14）按End键把当前时间指示器移动到最后位置，然后在Effect Controls（效果控制）面板中调整Playback Speed（回放速度）的值，直到文本全部显示，如图12-56所示。

图12-56　设置回放速度和显示的文本

（15）按键盘上的0键预览手写字幕的效果，如图12-57所示。

图12-57　手写字幕的效果

（16）最后进行渲染输出就可以了。

第13章 应用视频效果

如果使用过Photoshop，就会对里面的术语"滤镜"比较熟悉。一般把这些小程序称为插件，使用它们可以改变图像的外观，比如亮度、对比度、颜色、模糊等。After Effects也有和Photoshop一样的插件滤镜，但是不叫滤镜，而是被称为视频效果。After Effects中的视频效果更好一些，因为可以动画它们，且有很多可以设置关键帧的选项，使用这些选项可以为动画添加更多的效果。

本章主要介绍下列内容：

※ 视频效果概述

※ 使用和控制视频效果

※ 视频效果的类型

13.1 效果概述

After Effects CS4中包括多种视频效果，这些视频效果都可以应用到层。使用视频效果可以改变素材的外观，比如可以改变素材的曝光度或者颜色、扭曲影像、增加亮度、创建过渡效果，甚至可以调整声音。下面是为视频应用模糊后的效果，如图13-1所示。

图13-1 视频模糊效果（右图）

实际上，所有的这些"效果"都属于插件，它们位于硬盘上After Effects安装程序文件夹中名称为Plug-ins（插件）的文件夹中，如图13-2所示。可以把插件考虑成在After Effects中使用的一个小程序。在编程时，After Effects就允许插入这些特殊的外部程序并使用它们。为了简便起见，以后把视频效果称为效果。

Adobe公司提供了大量可以在After Effects中使用的插件效果。其他公司创建的一些插件效果也可以在After Effects中使用。可以在Plug-ins文件夹中添加任意数量的插件。

图13-2　Plug-ins（插件）的文件夹

在After Effects CS4中，有两个面板与应用效果有着直接的关系，一个是Effect&Presets（效果和预置）面板，另外一个是Effects Control（效果控制）面板，如图13-3所示。在Effect&Presets面板包含有After Effects CS4中的所有视频效果，而Effects Control面板用于调整应用的各种视频效果。

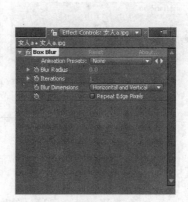

图13-3　Effect&Presets面板和Effects Control面板

13.2　使用和控制效果

在After Effects CS4中，可以应用一个效果，也可以一次性应用多个效果。应用效果后，可以把它们删除掉，也可以把它们临时关闭掉，还可以调整效果。

13.2.1　应用效果

在After Effects CS4中，可以通过下列几种方法来应用效果。一是使用Effect（效果）菜单命令，二是使用Effect&Presets（效果和预置）面板，三是通过复制的方法来应用效果。下面介绍一下使用Effect菜单命令应用效果的操作过程。

（1）在Project面板中导入素材，并创建一个合成，如图13-4所示。

（2）执行"Effects（效果）→Blur&Sharpen（模糊和锐化）→Gaussion Blur（高斯模糊）"命令，打开Effects Control（效果控制）面板，如图13-5所示。

图13-4 "Composition"窗口

图13-5 Effects Control面板

（3）调整Blurriness（模糊）的数值，然后可以在"Composition"窗口中看到影像变得模糊起来，如图13-6所示。

图13-6 影像变模糊

 提示： 单击Blurriness左侧的马表图标，可以设置关键帧来为模糊的变化过程设置动画。

（4）要使用Effect&Presets（效果和预置）面板，可以在Effect&Presets面板中找到需要的效果，如图13-7所示。

（5）确定目标层处于选择状态，双击需要的效果，打开Effects&Control面板，然后调整适当的参数即可。

 提示： 要复制效果，使用编辑菜单中的复制和粘贴命令即可实现。

13.2.2 临时关闭效果

在添加效果后，可以临时使它们关闭。临时关闭效果的操作非常简单，只要在Effect Controls面板或者Timeline面板中选择层，然后单击效果名称左侧的效果开关即可，如图13-8所示。

图13-7　Effect&Presets面板

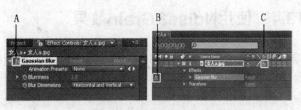

A. 在Effect Controls面板的效果开关
B. 在Timeline面板中的效果开关
C. 在开关栏中的效果开关

图13-8　效果开关

13.2.3　删除效果

在After Effects CS4中应用效果后，如果感觉不合适或者添加了错误的效果，那么可以把它们删除掉。有两种方法：

- 如果要删除一个效果，那么在Effect Controls面板中通过单击选择效果名称，然后按键盘上的Delete键即可。通过单击即可选择效果名称，如图13-9所示。

- 如果要删除一个层或者多个层中的所有效果，那么在Timeline面板或"Composition"窗口中选择层，然后执行"Effect（效果）→Remove All（删除全部）"命令即可。

图13-9　选择效果名称

13.3　修改效果

在Effect Controls面板中具有所用效果的所有控制选项，这些控制包括带有下划线的值、滑块、效果点图标、菜单、颜色样本、吸管和图标等，也就是说在Effect Controls面板中可以改变所有效果的属性。也可以在Timeline面板中改变效果的属性，但是相对而言，在Effect Controls面板中修改效果的属性会更方便一些。如图13-10所示。

使用上面介绍的选项即可修改效果的属性。在默认设置下，当把一个效果应用到一个层后，在层的整个持续时间内，为它设置的参数保持不变。为效果属性设置动画的方式和其

A. 单击可以展开效果的控制
B. 单击可以设置关键帧
C. 拖拽可以增减数值
D. 单击可以返回到默认值
E. 单击可以看到动画预览
F. 拖拽可以设置新的数值
G. 单击并拖拽可以设置新的数值

图13-10　Effect Controls面板

他的动画方式相同，使用关键帧或者表达式即可为效果设置动画。

13.4 使用Noise&Grain效果

基本上，使用摄像机在真实世界中拍摄的数字影像都或多或少地包含有微粒或视觉噪波效果，包括编码、扫描或者重新制作的影像。这些微粒效果并非一无是处，有时还需要在影像中添加这种效果来创建一种气氛或者用于连接影像中的一些元素。

在After Effects CS4中，可以为影像处理这种微粒或者噪波效果。比如使用Add Grain（添加微粒）、Match Grain（匹配微粒）和Remove Grain（删除微粒）效果就可以在影像中添加、删除或者匹配微粒效果，如图13-11所示。

匹配微粒　　　　　　　　添加微粒　　　　　　　　删除微粒

图13-11　三种类型的微粒效果

下面介绍一下应用微粒效果的操作过程。

应用微粒效果的操作步骤和应用其他效果的操作步骤相同，非常的简单，下面介绍一下操作步骤。

（1）在Project面板中导入素材，并创建一个合成，如图13-12所示。

（2）执行"Effects（效果）→Noise&Grain（噪波和微粒）→Noise（噪波）"命令，如图13-13所示。

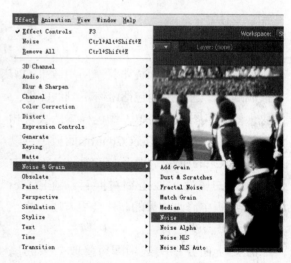

图13-12　"Composition"窗口　　　　　　　　　图13-13　选择的命令

（3）打开Effects Control面板，并调整Amount of Noise（噪波数量）的值，如图13-14所示。

图13-14　Effects Control面板和噪波效果

（4）如果要删除噪波效果，那么选择层，然后执行"Effect（效果）→Noise & Grain（噪波和微粒）→Remove All（删除全部）"命令即可。

13.5　效果参考

为了对各种视频效果有一个感性的认识，在这一部分内容中简要地列举一些常见的视频效果类型。在Effects&Presets（效果和预置）面板中列出了19种效果，其中还包括音频效果，如图13-15所示。

13.5.1　3D Channel效果

该效果一般用于模拟一些类似于景深、3D雾或者蒙版的效果，应用后的效果如图13-16所示。

　提示：3D Channel效果是一种非常有用的视频效果，After Effects CS4中没有内置这种效果，可以从Adobe Premiere Pro中把该效果复制到After Effects CS4中使用。另外也可以复制其他的效果来使用。

图13-15　Effects&Presets

　　3D通道拔出效果　　　　深度蒙版效果　　　　　景深效果

　　　　3D雾效果　　　　　　　ID蒙版效果

图13-16　3D Channel效果

13.5.2 Blur & Sharpen（模糊和锐化）效果

该效果用于模拟模糊、运动模糊或者锐化的视频效果，应用到视频后的效果如图13-17所示。

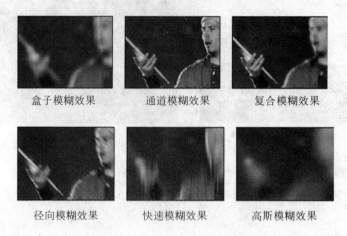

盒子模糊效果　　　　通道模糊效果　　　　复合模糊效果

径向模糊效果　　　　快速模糊效果　　　　高斯模糊效果

图13-17　Blur & Sharpen效果

13.5.3 Channel（通道）效果

该效果用于模拟一些混合和合成方面的视频效果，应用到视频后的效果如图13-18所示。

Alpha效果　　　　　算术效果　　　　　　混合效果

计算效果　　　　　通道合并效果　　　　复合算术效果

图13-18　Channel效果

13.5.4 Color Correction（颜色矫正）效果

该效果用于调整视频中的颜色效果或者改变色调、色相，应用到视频后的效果如图13-19所示。

13.5.5 Distort（扭曲）效果

该效果用于调整视频中对象的形状效果，也可以使画面变形，应用后的效果如图13-20所示。

亮度和对比度效果

广播颜色效果

改变颜色效果

改变到特定颜色效果

通道混合器效果

颜色平衡效果

图13-19　Color Correction效果

贝塞尔扭曲效果

凸起效果

牵制效果

替换贴图效果

液化效果

放大效果

图13-20　Distort效果

13.5.6　Generate（生成）效果

该效果用于在视频中生成一些特殊的画面效果，比如闪电效果，应用到视频后的效果如图13-21所示。

4色渐变效果

高级闪电效果

音频频谱效果

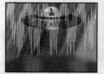
音频波效果

光束效果

细胞图案效果

图13-21　Generate效果

13.5.7 Keying（键控）效果

该效果用于在视频中合成一些视频元素，使用它们可以获得一些特定的视频特效效果，如图13-22所示。

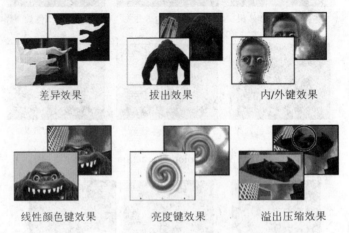

差异效果　　　　拔出效果　　　　内/外键效果

线性颜色键效果　　　亮度键效果　　　溢出压缩效果

图13-22　Keying效果

13.5.8 Paint（绘画）效果

该效果用于在合成中绘画出一些特殊的视频元素，在视频中绘画的效果如图13-23所示。

模拟星光　　　　　模拟烟雾

图13-23　Paint效果

13.5.9 Noise&Grain（噪波和微粒）效果

该效果用于在视频中生成一些类似于微粒的视频元素，应用到视频后的效果如图13-24所示。

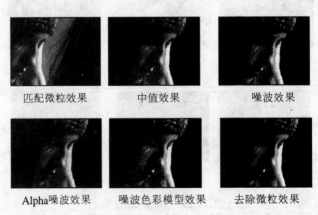

匹配微粒效果　　　　中值效果　　　　噪波效果

Alpha噪波效果　　噪波色彩模型效果　　去除微粒效果

图13-24　Noise&Grain效果

13.5.10　Perspective（透视）效果

该效果用于在视频中生成透视的视频效果，也就是所说的立体效果，如图13-25所示。

3D玻璃效果　　　　基本3D效果　　　　斜角alpha效果

斜角边效果　　　　投影效果　　　　放射状投影效果

图13-25　Perspective效果

13.5.11　Simulation（模拟）效果

该效果用于在视频中生成一些特殊的视频效果，如破碎效果、粒子发射效果等，如图13-26所示。

卡片跳到效果　　　　腐蚀效果　　　　泡沫效果

粒子场效果　　　　破碎效果　　　　波形效果

图13-26　Simulation效果

13.5.12　Stylize（风格化）效果

该效果用于在视频中生成一些风格化的特殊效果，比如浮雕效果和辉光效果等，如图13-27所示。

13.5.13　Text（文本）效果

该效果用于在视频中生成一些文本效果，比如数字效果和文本数字效果等，如图13-28所示。

画笔笔触效果　　　　　　颜色浮饰效果　　　　　　　浮雕效果

查边效果　　　　　　　　辉光效果　　　　　　　　镶嵌效果

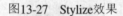

图13-27　Stylize效果

基本文本效果　　　　　　数字效果　　　　　　　　路径文本效果

图13-28　Text效果

13.5.14　Time（时间）效果

该效果用于在视频中生成一些与时间相关的效果，比如重复效果、时间差异效果等，如图13-29所示。

重复（影）效果　　　　　多色调分色效果　　　　　时间差异效果

时间替换效果　　　　　　时间偏差效果

图13-29　Time效果

13.5.15　Transition（过渡）效果

该效果用于在视频中生成过渡方面的效果，比如块分散效果和渐变擦除效果等，如图13-30所示。

块分散效果　　　　　　卡片擦除效果　　　　　　渐变擦除效果

虹擦除效果　　　　　　线性擦除效果　　　　　　放射状擦除效果

图13-30　Transition效果

13.5.16　Utility（应用）效果

该效果用于在视频中生成一些转换效果，比如颜色轮廓效果和辉光跳跃效果等，如图13-31所示。

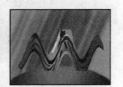

宽银幕转换器效果　　　　颜色轮廓效果　　　　　辉光跳跃效果

HDR压缩器效果　　　　HDR高光压缩效果

图13-31　Utility效果

13.6　实例：淡入淡出

在本例中，将使用Transition（过渡）中的Cross Dissolve Front and Back Layers（前后层交叉溶解）方法使一个图层淡入，另一个图层淡出，这样就能够制作出淡入淡出的过渡效果了。

（1）准备素材。准备两幅背景图片，如图13-32所示。将准备好的图片素材保存到设置好的文件夹中，读者可以打开配套资料中的这两个图片文件。

（2）启动Adobe After Effects CS4后，进入到系统默认的工作界面。

（3）执行"Composition→New Composition"命令，打开"Composition Settings（合成设置）"对话框，并设置选项，如图13-33所示，然后单击按钮 OK 新建一个合成。

图13-32　准备的图片

图13-33　"Composition Settings"对话框

（4）执行"File→Import→File"命令，打开"Import File"对话框。按住Ctrl键选择两个图片文件，然后单击按钮 打开(0)，将这两个图片文件导入到Project面板中，如图13-34所示。

图13-34　"Import File"对话框和Project面板

（5）在Project面板中将"马.jpg"和"宝马汽车.jpg"素材文件拖拽到Timeline面板中，并且使"马.jpg"文件处于顶层，此时在"Composition"窗口中显示马的图片效果。如图13-35所示。

（6）可以设置层的持续时间。单击Timeline面板右上角的小三角按钮▓，然后从打开的菜单中选择"Columns（栏）→Duration（持续时间）"命令，如图13-36所示。

图13-35 Timeline面板和"Composition"窗口中的图片效果

（7）这样会在Timeline面板中显示出Dura-tion（持续时间）栏，如图13-37所示，从而可以为层分别设置它们的持续时间。

（8）如果要调整某个层的持续时间，那么单击该层Duration栏下的时间码，打开"Time Stretch（时间延续）"对话框，设置Hold In Place（约束位置）为Layer In Point（层入点），然后调整New Duration（新持续时间）的值，这里的两个层都使用默认的持续时间，如图13-38所示，然后单击按钮 OK 。

图13-36 选择Duration命令

图13-37 显示出Duration栏

（9）下面开始排列层。在Timeline面板中选择两个层，可以按住Shift键或Ctrl键选择层。执行"Animation（动画）→Keyframe Assistant（关键帧助手）→Sequence Layers（排列层）"命令，打开"Sequence Layers（排列层）"对话框。在默认设置下，Overlap（叠加）项处于未选择状态，如图13-39所示。

图13-38 "Time Stretch"对话框

图13-39 "Sequence Layers"对话框

图13-40 在"Sequence Layers"
对话框中进行设置

（10）为了能够添加过渡效果，需要使这两个层能够相互叠加，因此选择Overlap（叠加）项，然后将Transition（过渡）设置为Cross Dissolve Front and Back Layers（前后层交叉溶解），如图13-40所示。

提示：在Transition（过渡）下拉列表中有3个选项（如图13-40所示）。

- Off：选择该项，则没有过渡效果，只能通过使用Effects菜单中的过渡命令添加过渡效果。
- Dissolve Front Layer：选择该项后，将对叠加层中的第一个层创建淡入淡出效果。
- Cross Dissolve Front and Back Layers：选择该项后，将对叠加层都创建淡入淡出效果。

（11）在"Sequence Layers"对话框中单击按钮 OK ，使这两个层相互叠加，如图13-41所示。

图13-41 使两个层相互叠加

（12）按0键预览两个层的淡入淡出效果，如图13-42所示。

图13-42 淡入淡出效果

（13）最后进行渲染输出就可以了。

第14章　粒子与爆炸

本章将主要介绍After Effects CS4的粒子特效和爆炸特效。这两大特效对制作影视特效起着举足轻重的作用，因此拿出一章的内容进行介绍。在学习过程中，要重点掌握这两大特效中的各个控制选项的意义及使用方法和技巧。

本章主要介绍下列内容：

※　粒子运动场

※　爆炸效果

14.1　粒子运动场

在制作粒子运动时，可以通过设置关键帧来实现粒子的运动效果。但实际上，往往不会采用这样的方法。因为在制作粒子运动时，不可能通过几个粒子或几十个粒子就能创建出需要的效果，并且为这些粒子分别设置关键帧的工作量具大。在After Effects CS4中可以使用Particle Playground（粒子运动场）这一功能来创建粒子的运动效果。只需要设置运动场中粒子的某些属性就可以了。

粒子系统以云、烟、火、雨、雪等自然现象为理论基础。一个粒子系统包含着若干个粒子，如果使用设置关键帧的方法来创建粒子模拟自然运动的逼真效果，显然是不理想的。比如，要制作落雪效果，要使雪花的大小各有差异，并且每一个雪花都要沿着一定的路径以各自的方式飘落。这就需要复制成百上千个小白点，然后再对每一个小白点进行分层和分别设置关键按帧来模拟真实的落雪效果。这样会花费大量的宝贵时间，并且制作的最终效果也不一定理想。而粒子运动场可以发射成百上千的雪花，并且可以单独设置雪花的速度、方向、生命、重力、碰撞、颜色等各种属性以及它们的随机方式。只要设置好粒子的运动属性就可以了。

大多数的粒子系统一般只允许用简单的点，而粒子运动场可以用图层作为粒子，也可以用单独的图像或动态图像序列作为粒子发射器。如果用文字作为粒子，那么就可以创建出更多意想不到的效果。

大多数的粒子系统都有一些内置的属性，比如改变粒子的大小、颜色、速率、透明度等。而粒子运动场是使用贴图来设置属性的，称之为属性贴图。属性贴图的应用大大增强了操作的灵活性，也丰富了想象空间，同时也增加了一些技术上的难度。但是粒子运动场确实是After

Effects中的一个功能强大的特技工具，尤其是在文字特效方面的应用。

14.1.1　粒子运动场控制

上面简单介绍了粒子运动场的功能及意义，了解了粒子运动场对创建粒子运动的重要性。下面就具体介绍一下如何控制粒子运动场。

先介绍一下使用粒子运动场的步骤。

（1）选择要创建粒子的图层或创建一个固态层。

（2）执行"Effect→Simulation（模拟）→Particle Playground（粒子运动场）"命令，打开Effect　Controls面板。在"Composition"窗口中显示粒子效果。如图14-1所示。执行该命令后，选择的图层将变为不可见而只能看见粒子。如果在Timeline（时间标尺）面板中动画该图层，那么将动画整个粒子层。

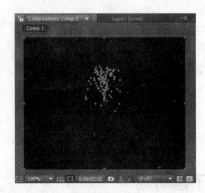

图14-1　Effect　Controls面板和"Composition"窗口中的粒子效果

（3）在Effect Controls面板中选择粒子发射器来确定如何产生粒子，如图14-2所示。

（4）选择粒子。默认状态下，粒子运动场产生点状粒子。也可以用合成中的脚本或字符来替换这些点。

（5）设置粒子行为。Gravity（重力）用来确定粒子的受力方向；Repel（斥力）用来确定粒子之间的斥力，使粒子彼此分开或靠近；Wall（围墙）用来将粒子包围在一个确定的范围之内或将粒子排除在一个确定的范围之外，如图14-3所示。

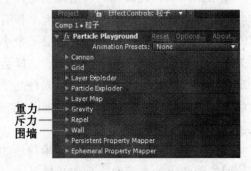

图14-2　选择发射器　　　　　　　　　图14-3　设置粒子行为

（6）使用图像指定单独粒子的行为。可以调整粒子的运动，比如速度、力等，还可以调整粒子的外观，比如大小、颜色、透明度等。

在**Effect Controls**面板中还可以进行的设置如图14-4所示。

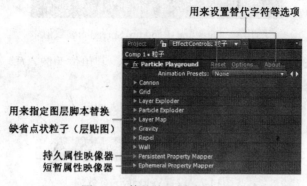

图14-4 其他的设置选项

用来设置替代字符等选项

用来指定图层脚本替换
缺省点状粒子（层贴图）

持久属性映像器
短暂属性映像器

提示：持久属性指的是粒子被属性映像修改器修改之后不能恢复到原来状态的属性，短暂属性则相反。

粒子运动场可以产生3种粒子：点状、图层脚本或文本字符。每一个粒子发射器只能指定一种粒子类型。

在选择粒子发射器时就确定了粒子的属性，而粒子的行为是由重力、斥力、围墙、爆炸和属性映像控制的。下面就介绍几个发射器的应用。

1. Cannon发射器

Cannon发射器是默认的发射器，也是经常使用的发射器。如果要使用其他发射器，那么需要将Cannon下Particles Per Second（每秒粒子数）的值设置为0以关闭加农炮，如图14-5所示。

下面介绍一下Cannon发射器的各个属性的意义。

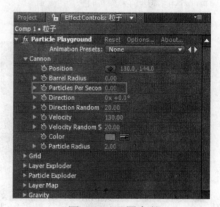

图14-5 设置参数

- **Position**（位置），用来指定加农炮的坐标（X，Y）。

- **Barrel Radius**（筒半径），用来设置加农炮炮筒的半径。如果半径为负值，则创建一个圆筒。如果半径为正值，则创建一个方筒。

  如果要创建如同枪一样细的粒子源，就要用较小的数值，反之亦然。

- **Particles Per Second**（每秒粒子数），用来设置每秒钟发射粒子的数量。当值为0时不产生粒子，如果不需要在合成时间内连续发射粒子，可以设置关键帧进行控制。

- **Direction**（方向），用来设置沿某一角度发射粒子。

- **Direction Random Spread**（随机扩散方向），用来设置粒子随机偏离发射方向的角度。如果将该值设置为30度，则粒子随机偏离发射方向的角度为正负15度。如果要粒子流高度集中，则需要设置较低的值。如果要粒子流快速散开，则需要设置较高的值，它最小值为0，最大值为360，如图14-6所示。

图14-6 Direction Random Spread的参数值

· Velocity（速度），用来设置粒子的发射速度，其单位为像素/秒。它的最小值为0，最大值可以根据需要进行设置，如图14-7所示。

图14-7 设置Velocity的参数值

· Velocity Random Spread（随机扩散速度），用来设置粒子发射速度的随机变化范围。如果设置粒子的发射速度为30，随机扩散速度为10，那么粒子速度的变化范围在25～35之间，如图14-8所示。

图14-8 设置Velocity Random Spread的参数值

· Color（颜色），用来设置粒子或文本字符的颜色。如果使用图层作为粒子发射源，则不能为其设置颜色。

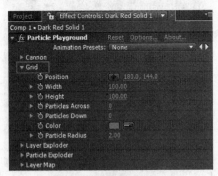

图14-9 Grid的属性选项

· Particle Radius（粒子半径），用来设置粒子的大小。

2. Grid发射器

Grid发射器是从一组网格的交点位置处发射连续的粒子面。栅格粒子的运动完全取决于重力、斥力、围墙和属性映像。默认状态下，重力是被激活的，因此，粒子由上往下运动。Grid发射器会在每一帧每一个栅格交点处发射新的粒子。Grid属性选项如图14-9所示。

下面介绍一下Grid发射器的各个属性。

· Position（位置），用来指定栅格的中心坐标（X，Y）。不论是圆点、图层或者文本字符，都会在栅格交叉点中心处产生栅格粒子。如果使用文本字符作为粒子，那么在"Edit Grid Text（编辑栅格文本）"对话框中的Use Grid（使用栅格）选项被激活，如图14-10所示。每个字符将被放置在各自的栅格交叉点上。如果要使文本字符以通常的字间距放置在栅格位置，则使用文本排列功能，而不使用Use Grid选项。

提示： 在Effect Controls面板中单击 Options... 按钮，打开Particle Playground（粒子运动场）对话框，如图14-11所示。然后单击 Edit Grid Text... 按钮，打开"Edit Grid Text（编辑栅格文本）"对话框。具体的设置，这里不再进行详细介绍。

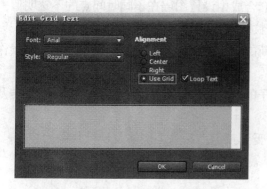

图14-10 "Edit Grid Text"对话框

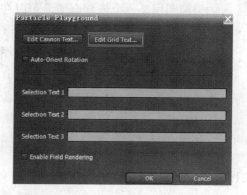

图14-11 "Particle Playground"对话框

- Width（宽度），用来设置栅格的宽度，以像素为单位。
- Height（高度），用来设置栅格的高度，以像素为单位。
- Particles Across（水平方向粒子），用来设置在水平方向上粒子的数量。
- Particles Down（竖直方向粒子），用来设置在竖直方向上粒子的数量。
- Color（颜色），用来设置粒子或文本字符的颜色。如果使用图层作为粒子发射源，则不能为其设置颜色。
- Font Size（字符尺寸），用来设置字符的大小。

3. Layer Exploder（图层爆破器）和Particle Exploder（粒子爆破器）

Layer Exploder用来将一个图层爆炸成新的粒子，而Particle Exploder用来将粒子爆炸成新的粒子。除了爆破效果之外，爆破器还用来模拟火焰效果或者快速增加粒子数量。Layer Exploder和Particle Exploder的属性选项如图14-12所示。

下面介绍一下Layer Exploder和Particle Exploder的各个属性。

- Exploder Layer（爆破图层），用来设置要爆破的图层。
- Radius of New Particles（新粒子半径），用来设置爆炸产生的新粒子的半径值，该值必须小于源图层或源粒子的半径值。

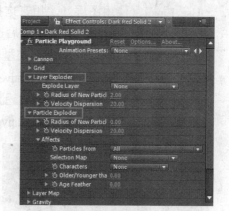

图14-12 Layer Exploder和Particle Exploder的属性选项

- Velocity Dispersion（扩散速度），用来设置爆破后粒子的扩散速度范围，其单位为像素/秒。当该值比较大时，爆炸产生的粒子扩散范围就比较大。当该值比较小时，爆炸产生的粒子会聚集在一起，像一个光晕或冲击波。
- Affects（影响），用来确定哪些粒子将要受到爆破器的影响。

使用爆破器产生粒子应该遵循以下原则。

- 默认状态下，图层在每一帧爆炸一次，这将在合成的时间内连续产生粒子。如果要开始或停止爆炸图层，则可以设置Radius of New Particles的关键帧，使得在不需要产生粒子时，该项的值为0。

- 如果源图层是一个嵌套合成，可以在嵌套合成中设置图层在不同时间点的不透明值、入点或出点，当源图层透明时不会产生粒子。
- 如果要改变爆破图层的位置，则以图层新的位置进行预合成，然后使用预合成图层作为爆破图层。
- 爆破粒子时，产生的新粒子会继承源粒子的各种属性，如位置、速度、缩放、旋转及不透明度。
- 当图层或粒子爆破后，产生的新粒子会受到重力、斥力、围墙及属性映像的控制。

14.1.2 粒子形状控制

以上内容介绍了粒子运动场的控制，主要包括各个粒子发射器及其各个属性的应用。下面介绍一下有关粒子形状控制方面的内容。

1. Layer Map（图层映像）

默认状态下，加农炮、栅格、图层爆破器和粒子爆破器产生点状粒子。可以使用合成中的某一个图层来替换点状粒子，它是由Layer Map来实现的。比如，要使用一只飞舞的蝴蝶的影片作为一个粒子源图层，After Effects将把所有的点替换为飞舞的蝴蝶，创建出群蝶飞舞的壮观景象。粒子源图层可以是静态图像、固态层或者一个嵌套合成。Layer Map的各个属性选项如图14-13所示。

下面介绍一下Layer Map的各个属性。

- Use Layer（使用图层），用来选择要用作粒子的图层。通过单击None右侧的下拉小三角，打开一个图层列表，然后选择一个需要的图层即可。
- Time Offset Type（时间偏移类型），用来设置动态图层的帧。比如，如果使用一只蝴蝶煽动翅膀的图层并选择Relative（相对）选项和设置Time Offset（时间偏移）的值为0，那么粒子层中所有蝴蝶煽动翅膀的动作都是同步的。如果使每只蝴蝶在不同的帧开始煽动翅膀，那么就要选择Relative Random（相对随机）选项，如图14-14所示。

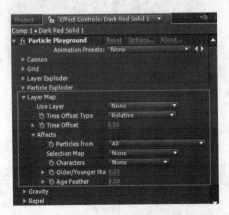

图14-13　Layer Map的属性选项

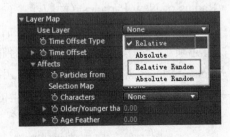

图14-14　设置的不同选项

下面介绍一下Time Offset Type（时间偏移类型）中几个选项的意义。

（1）Relative，指的是指定Time Offset（时间偏移）的值相对于所使用图层的当前时间。如果指定的时间偏移为0，那么所有的粒子都显示与所使用图层当前时间对应的帧。如果指定的时间偏移为0.1，那么每一个新的粒子显示的帧都要比前一个粒子滞后0.1秒，而第1

个粒子总是显示与所使用图层当前时间对应的源图层的帧。

（2）Absolute（绝对），指的是不考虑当前时间，而根据指定的时间偏移显示图层中的一帧。使用该选项可以使粒子在整个生命周期中显示动态源图层中的某一帧，而不是随着时间播放不同的帧。比如，选择该项并设置Time Offset（时间偏移）的值为0，那么每一个粒子始终显示源图层的第1帧。如果要显示其他帧，那么在时间标尺上移动图层直到与粒子运动场图层的入点相对应。比如，如果设置Time Offset（时间偏移）的值为0.1秒，那么每一个粒子将显示比前一个粒子滞后0.1秒的帧。

（3）Relative Random，如果从一个随机选择的帧开始播放图层，那么该随机范围就是所使用图层的当前时间和指定的Random Time Max（随机时间最大值）值之间的范围。比如，如果选择该项并设置Random Time Max的值为5，那么每一个粒子将在当前时间和5秒之间随机播放。如果将Random Time Max的值设置为－5，那么粒子在当前时间之前的5秒至当前时间范围内随机播放，如图14-15所示。

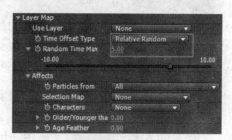

图14-15　设置Relative Random选项

![提示图标] **提示**：将Time Offset Type设置为Relative Random时，Time Offset项则变为Random Time Max。

（4）Absolute Random（绝对随机），选择从0和指定的Random Time Max值之间的随机帧开始播放图层。选择该项可以使每一个粒子显示动态图层中不同的帧。比如，选择该项并设置Random Time Max的值为5，每一个粒子将显示从0到5秒之间的一个随机的帧。

· Time Offset，指定从图层开始播放序列帧的位置。

· Affects（影响），用来确定哪些粒子将要受到图层映像的控制。

2. 用文本替换粒子

上面介绍了用图层替换粒子，另外，还可以用文本字符替换加农炮粒子和栅格粒子。下面先介绍一下用文本字符替换加农炮粒子的具体步骤。

（1）在Effect Controls面板中单击按钮 Options... ，打开"Particle Playground（粒子运动场）"对话框，如图14-16所示。

（2）单击按钮 Edit Grid Text... ，打开"Edit Cannon Text（编辑加农炮文本）"对话框。在文本框中输入文本字符，这里随便输入一些字母，然后设置各个选项，如图14-17所示。

· Font（字体），用来设置加农炮字符的字体类型。单击Arial右侧的下拉小三角▼，打开一个字体列表，选择一个需要的字体即可。

· Style（样式），用来设置加农炮字符的字体样式。

· Order（顺序），用来设置加农炮发射字符的顺序。该顺序是指在文本框中输入字符的顺序。如果将Cannon Direction（加农炮方向）设置为90度，即方向指向右边。那么文本的最后一个字符应该先发射出去，因此要选择Rihgt to Left（从右往左）选项。

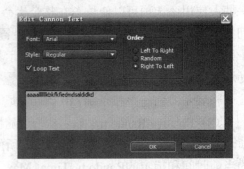

图14-16　"Particle Playground"对话框　　　　图14-17　输入的字符和设置的选项

· **Loop Text**（循环文本），选择该项后，将连续产生输入的文本。如果不选择该项，那么只会产生一次文本。

（3）单击按钮 OK ，关闭"Edit Cannon Text"对话框。然后再单击"Particle Playground"对话框中的按钮 OK ，将其关闭。

（4）在Effect Controls面板中展开Cannon选项，并设置Font Size（字体大小）及其他选项的值。在"Composition"窗口中可以看到字符替换粒子后的效果，如图14-18所示。

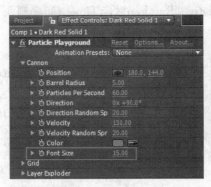

图14-18　参数设置及字符效果

下面介绍一下用文本字符替换栅格粒子的具体步骤。

（1）在Effect Controls面板中单击按钮 Options... ，打开"Particle Playground"对话框，如图14-19所示。

（2）单击按钮 Edit Grid Text... ，打开"Edit Grid Text"对话框，如图14-20所示。

（3）设置以下选项。

· **Font**（字体），用来设置栅格字符的字体类型。单击Arial右侧的下拉小三角 ，打开一个字体列表，然后选择一个需要的字体即可。

· **Style**（样式），用来设置栅格字符的字体样式。

· **Alignment**（排列），用来设置文本的位置，分为Left（左）、Center（中心）、Rihgt（右）。如果选择Use Grid选项，则使每一个字符定位在栅格的交叉点上。

· **Loop Text**（循环文本），选择该项后，将连续产生输入的文本，直到每一个栅格交叉点都包含一个字符。如果不选择该项，那么只会产生一次文本。

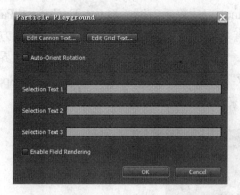

图14-19　"Particle Playground"对话框

图14-20　输入的字符和设置的选项

（4）在文本框中输入文本字符。如果选择Use Grid选项，又要跳过一个栅格交叉点，可以按空格键。

（5）单击按钮 OK ，关闭"Edit Cannon Text"对话框。然后再单击"Particle Playground"对话框中的按钮 OK ，将其关闭。

（6）在Effect Controls面板中展开Grid选项，并设置Font Size及其他选项的值。在"Composition"窗口中可以看到字符替换栅格粒子后的效果。如图14-21所示。

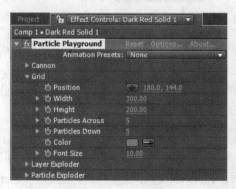

图14-21　参数设置及字符效果

14.1.3　粒子行为控制

以上介绍了控制粒子形状的有关内容，主要包括图层映像和使用文本字符替换粒子。下面将介绍一下有关粒子行为控制方面的内容。

有些控制是在粒子一产生时就发生作用的，包括Cannon、Grid、Layer Exploder和Particle Exploder。而另外一些是在粒子产生后，伴随着整个生命周期发生作用的，包括Gravity、Repel、Wall、Persistent Property Mapper（持久属性映像器）和Ephemeral Property Mapper（短暂属性映像器）。为了更好地控制粒子的运动和外观，需要很好地平衡各个控制选项。

下面介绍一下粒子的通常行为及控制。

- Speed（速度），粒子的运动速度，通过Cannon和爆破器设置，Grid粒子没有初始速度。当粒子产生后，使用Gravity和Repel属性组中的Force项来控制，也可以使用图层映像来设置属性映像器中的Speed、Kinetic Friction（动摩擦）、Force和Mass（质量）属性作用于单独的粒子。

• Direction（方向），粒子的运动方向。Cannon包括粒子方向，Layer Exploder和Particle Exploder全方位发射粒子，Grid粒子没有初始方向。当粒子产生后，它的运动方向可以由Gravity属性组中的Direction项来控制，或者是Wall属性组中的Boundary（边界）来控制。也可以通过图层映像设置属性映像器中的Gradient Force（渐变力）、X Speed（X向的速度）、Y Speed（Y向的速度）来作用于单独的粒子。如图14-22所示。

图14-22　设置属性选项

• Area（区域），使用一个围墙遮罩包围粒子到一个不同的区域，也可以使用图层映像设置属性映像器中的Gradient Force来限定粒子区域。

• Appearance（外观），粒子产生时的外观。Cannon、Grid、Layer Exploder和Particle Exploder包括粒子的大小。Cannon和Grid设置粒子的初始颜色，而Layer Exploder和Particle Exploder则从爆破的粒子、图层、字符获取颜色。粒子产生后，可以使用属性映像器来设置红色、蓝色、绿色、缩放、字体大小和不透明度。如图14-23所示。

• Rotation（旋转），粒子产生时的旋转。Cannon和Grid不包括粒子的旋转。Particle Exploder从爆破的粒子、图层、字符获取旋转。点状粒子不容易显示旋转，只有使用图层或字符替换点状粒子时才容易看到。粒子产生后，使用图层映像可以设置映像属性器中的Angle（角度）、Angle Velocity（角速度）和Torque（扭矩）属性。如图14-24所示。

以上简要叙述了粒子的通常行为及其控制，下面将具体介绍一下各个属性控制组及其属性选项。

1. Gravity属性组

使用重力控制可以使粒子按指定的方向运动，粒子在重力方向上做加速运动。使用垂直方向的重力可以产生像雨、雪下落一样的粒子，或者像气泡上升一样的粒子。使用水平方向的重力可以模拟风的效果。Gravity属性组中的各个属性选项如图14-25所示。

• Force（力），用来设置重力的大小。该值设置的越大，重力就越大，粒子的加速度就越大，反之亦然。

• Force Random Spread（力的随机扩展），用来设置力的随机范围。该值若为0，则所有的粒子具有相同的速率。当该值较大时，粒子将以不同的速率运动。通过增加该值可以产生更加真实的粒子运动效果。

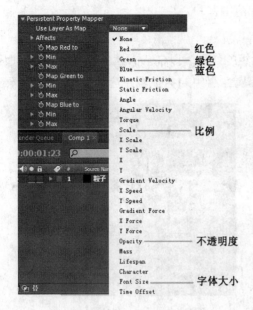

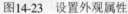

图14-23　设置外观属性　　　　　　　　　　图14-24　设置旋转属性

- Direction（方向），用来设置重力的方向，默认为180度。
- Affects（影响），用来设置受重力影响的粒子。

2. Repel属性组

斥力，即粒子之间的排斥力。这个特性模拟磁场对粒子的作用。Repel属性组中的各个属性选项如图14-26所示。

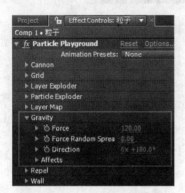

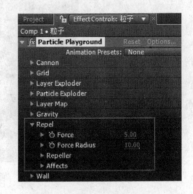

图14-25　重力属性选项　　　　　　　　　　图14-26　Repel属性选项

- Force，用来设置斥力的大小。该值设置的越大，粒子之间的排斥力就越大，反之亦然。
- Force Radius（力的半径），用来设置斥力半径的大小。只有该半径之内的粒子才受到斥力的作用。
- Repeller（斥力器），用来设置哪些粒子作为斥力器。
- Affects，用来设置哪些粒子受斥力的影响。

3. Wall属性组

Wall用来包围粒子，限制粒子的活动范围。围墙是一个封闭的遮罩，当粒子碰到围墙时，就会基于碰撞而反弹。Wall（围墙）属性组中的各个属性选项如图14-27所示。

· Boundary（边界），用来设置遮罩的边界范围。

4．Affects属性组

· Affects属性组用来指定哪些粒子受该属性组的作用。以Gravity属性组中的Affects属性组为例来介绍一下它的各个属性。Affects属性组中的各个属性选项如图14-28所示。

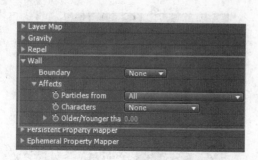

图14-27　围墙属性选项

图14-28　Affects属性选项

· Particles From（粒子源），用于选择受影响的粒子源。粒子源的种类很多，比如Cannon、Grid、Layer Exploder和Particle Exploder等，如图14-29所示。

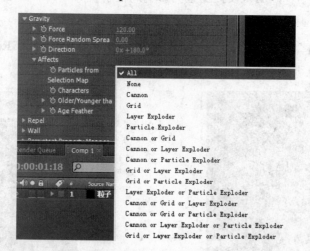

图14-29　粒子源选项

· Selection Map（选择图层映像），用于选择作用于受影响粒子的图层映像。

· Characters（字符），用于选择受到影响的字符。当使用字符作为粒子时，该选项才能使用。

· Older/Younger Than（年龄范围），用于设置年龄范围。以秒为单位，正值影响年长的粒子，负值影响年幼的粒子。比如，将该值设置为10，则只要粒子达到10秒就将变成新的粒子。

· Age Feather（年龄羽化），用于设置Older/Younger Than值的浮动范围。如果设置Older/Younger Than的值为10，Age Feather的值为2，那么大约20％的粒子在达到9秒时开始转变，50％的粒子在达到10秒时开始转变，其余的粒子在达到11秒时开始转变。

14.1.4 属性映像控制

通过使用图层映像和属性映像器可以控制单个粒子的指定属性。可以使用图层映像来指定粒子所发生的变化，但不能直接改变一个粒子。粒子运动场将每一个图层映像像素的亮度解析为确定的值。属性映像器将指定的图层的颜色通道和指定的属性联系起来。

调整粒子属性有两种方式：持久属性和短暂属性。

持久属性：持久属性保持粒子属性通过图层映像为后面粒子的生命周期而设置的最近的值。比如，使用图层映像设置了粒子的大小，并且动画图层映像使其离开屏幕，那么粒子将保持图层离开屏幕时设置的大小值。

短暂属性：短暂属性可以使粒子属性在每一帧后都恢复到原始设置。比如，使用图层映像设置了粒子的大小，而且动画图层映像使其离开屏幕，当没有图层映像像素与之对应时，每一个粒子都恢复到原始设置。

在持久和短暂属性映像器中，使用一个RGB图像最多可以控制粒子的3个属性。粒子运动场属性则通过分别从R、G、B通道中提取亮度来完成控制。

1. 属性映像器的设置

在Effect Controls面板中展开Persistent Property Mapper（持久属性映像器）选项，如图14-30所示。

以持久属性映像器为例介绍一下设置粒子属性映像器的步骤。

（1）Use Layer As Map（使用图层映像），选择一个图层映像作为调整粒子数值的原始数值。该图层映像必须包含在合成中。

（2）如果要应用效果到粒子的子集，则需要指定Affects控制项。

（3）为Map Red To（映像红色到）、Map Green To（映绿红色到）、Map Blue To（映像蓝色到）分别选择一个属性，不必映像属性到所有颜色通道。比如，如果要改变缩放比例，可以映像红色通道到缩放属性而不必设置其他属性，如图14-31所示。

（4）设置Map To项的Min和Max值。Min是黑色像素的值，Max是白色像素的值。

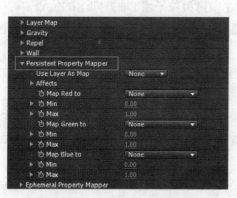

图14-30 持久属性映像器面板

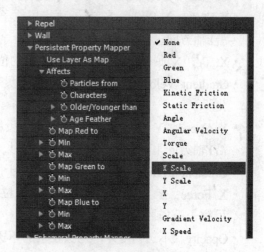

图14-31 选择选项

（5）如果使用短暂属性映像器，可以使用一个粒子属性值与相应的图层映像像素值进行运算。通过运算控制项来放大、减小或限制图层映像的作用。

图14-32　选项菜单

2. 粒子运动场属性映像控制器

在持久和短暂属性映像器中，可以使用一个图层映像的通道来精确调整粒子属性的值。比如，当粒子经过图层映像中通道值为255的像素时，粒子受完全作用。当值较低时，粒子就会受到较小的作用。完全透明的图层映像像素对粒子属性不发生作用。

如果选择以下任意一项属性，如图14-32所示。粒子运动场将从指定的图层映像拷贝数值。

- None（无），此项为默认项，不调整粒子属性。
- Red（红色）、Green（绿色）、Blue（蓝色），此3项为颜色选项，用来拷贝粒子的红色、绿色或蓝色通道的值，范围在0.0～1.0之间。
- Kinetic Friction（运动摩擦），拷贝阻止运动粒子的力度，范围在0.0～1.0之间。将该值调大，将会减慢或停止运动的粒子，反之亦然。

- Static Friction（静摩擦），拷贝保持粒子静止的惯性，范围在0.0～1.0之间。将该值设置为0时，任意一点力就可以使粒子运动。反之，该值越大，就需要越大的力使固定的粒子运动。
- Angle（角度），拷贝粒子运动的角度方向。当粒子为文本字符或非对称图层时效果很明显。
- Angle Velicity（角速度），拷贝粒子的旋转速度，其单位是度/秒。
- Torque（扭矩），拷贝粒子旋转的力度。正扭矩增加粒子的角速度。
- Scale（比例），拷贝粒子沿X轴和Y轴方向上的缩放比例。该值可以等比例拉伸粒子，当该值为1时，是粒子的实际大小。
- X Scale、Y Scale，X Scale项拷贝粒子沿X轴方向上的缩放比例，Y Scale项拷贝粒子沿Y轴方向上的缩放比例。
- X、Y，X项拷贝粒子沿X轴方向上的位置，Y项拷贝粒子沿Y轴方向上的位置。
- Gradient Velocity（渐变速度），拷贝基于图层映像在X和Y运动平面区域内的速度变化。
- X Speed、Y Speed，X Speed项拷贝粒子沿X轴方向上的速度，Y Speed项拷贝粒子沿Y轴方向上的速度。单位是像素/秒。
- Gradient Force（渐变力），拷贝基于图层映像在X和Y运动平面区域内的力的变化。
- X Force、Y Force，X Force项拷贝粒子沿X轴方向上受到的力的大小。Y Force项拷贝粒子沿Y轴方向上受到的力的大小。
- Opacity（不透明度），拷贝粒子的不透明度，值为0时为完全透明，值为1时为完全不透明。
- Mass（质量），拷贝粒子的质量，影响所有力的属性，比如，重力、摩擦力、扭矩等。粒子的质量越大，就需要越大的力才能使粒子移动。

- Lifespan（生命周期），拷贝粒子的生存时间，以秒为单位。在生命周期结束时，粒子将从图层上消失。
- Character（字符），拷贝对应ASCH文本字符的值，替换当前粒子。通过在图层上绘制灰度的明暗来确定哪些字符显示，当值为0时不产生字符。
- Font Size（字符大小），拷贝字符的大小，当使用字符作为粒子时该项可用。
- Time Offset（时间偏移），拷贝图层映像使用的时间偏移值。当使用图层映像指定动态图层作为粒子源时该项可用。
- Scale Speed（缩放速度），拷贝粒子的缩放速度。按每秒百分数来计算，正值放大粒子，负值缩小粒子。

3. 属性映像的最小与最大控制

当图层映像的亮度值范围过大或过小时，可以使用Min和Max进行辅助调整。比如，先设置一个粒子的初始颜色，然后使用图层映像来改变粒子颜色。如果颜色的变化不够充分，则可以通过减小Min的值和增加Max的值来增减颜色变化的对比度。

4. 短暂属性映像器

当使用短暂属性映像器控制时，粒子运动场用图层映像当前位置像素的值来替换粒子属性的值。还可以通过运算来放大、减小或限定数值，然后一并使用粒子属性的值和与之对应的图层映像像素的值。在短暂属性映像器面板中展开Operator（运算）选项的下拉列表，可以看到它包含的运算方式，如图14-33所示。

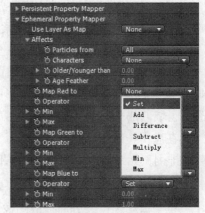

图14-33 Operator选项菜单

- Set（设置），这是默认的运算方式，用对应的图层映像像素的值替换粒子属性的值。比如，只用图层映像像素的值来简单地替换一个粒子属性的值，可以使用该项。
- Add（相加），使用粒子属性的值加上对应的图层映像像素的值。
- Difference（差值），使用粒子属性值与对应图层映像像素亮度值的差分绝对值。因为是绝对值，所以该值总是正数。该运算方式用于限定为正值的时候。
- Subtract（相减），用粒子属性的值减去对应的图层映像像素的亮度值。
- Multiply（相乘），用粒子属性的值乘以对应的图层映像像素的亮度值。
- Min（最小），比较粒子属性的值与对应的图层映像像素的亮度值，使用较小的值。为了使粒子属性的值小于或等于一个数值，使用Min进行运算并设置Min和Max控制项。如果只使用一个白色图层作为图层映像，只需要设置Max控制项就可以了。
- Max（最大），比较粒子属性的值与对应的图层映像像素的亮度值，使用较大的值。

14.1.5 图层映像

图层映像就是其像素亮度值用于效果运算的一个图像。粒子运动场使用图层映像精确地控制粒子属性。这样，After Effects将图层映像不是用做一个图片而是数字矩阵。在很多情况下，在影片中看不到图层映像，只能看到应用图层映像的结果。

1. 创建图层映像

经常在可编辑图像的软件中创建图层映像，比如在Adobe Photoshop中。虽然可以使用与After Effects兼容的任意软件存储图像，但创建一个好的图层映像在于记住每一个像素的亮度值对属性产生的作用。下面介绍一下常用的创建图层映像的方法和技巧。

（1）如果要使图层映像与已经存在的图像形状相匹配，则直接使用该图像即可。为了得到更好的结果，创建一个与包含图像的图层同样大小的图层映像。

（2）将白色图层、黑色图层、在顶层绘制的确定黑白区域的遮罩进行预合成，创建一个图层映像。通过增加遮罩的羽化可以柔化黑色与白色的过度。

（3）在Photoshop中创建图层映像，简单的方法就是先创建一个黑色或白色的图层，然后绘制选区并填充相反的颜色。将整个图层进行模糊处理可以柔化黑色与白色的过度。

（4）通过绘画灰度明暗可以更直观地设置图层映像。

（5）如果要改变图层映像的图层属性，比如遮罩、效果或变换等，先改变属性，再预合成图层，然后应用该合成作为图层映像，否则粒子运动场将忽略图层的属性设置。

（6）相邻像素值的对比度决定沿图层映像表面数值变化的光滑效果。为了创建光滑的变化，可以使用渐变，或者使用柔和的或仿锯齿笔刷绘画。

（7）使用模糊锐化效果可以全面调整边缘的对比度。

（8）图层映像中的alpha通道调整应用到目标图层之前的值。alpha通道完全关闭的区域即图层映像的完全透明区域，不影响粒子的值。alpha通道具有部分值的区域即图层映像的半透明区域，部分影响粒子的值。

在应用一个图层映像到一个粒子图层之前，它们必须处于同一个合成中，并且按合适的顺序排列。如果要粒子出现在图层映像的前面，那么粒子图层就要排列在图层映像的前面。

2. 创建RGB图层映像

粒子运动场可以分别提取图像中的红色、绿色和蓝色通道的亮度值。如果要为每一通道创建不同的图层映像，则使用可以编辑单个通道的软件，比如Photoshop等，绘画或粘贴每一个图层映像到各自的通道中，并存储该图像为一个After Effects可以导入的RGB图像。该图像在RGB模式下看起来可能很不正常，这是因为只使用了它的通道作为映像，而不是一个彩色图层。

当应用了可以用每一个颜色通道作为一个单独的图层映像的效果时，可以使用一个灰度图像，RGB通道是一样的。

如果已经准备了3个单独的图像，通过使用Set Channels效果可以将它们合并到RGB文件中。Set Channels可以将每一个图像导入到合并文件中各自的通道，以使其用作RGB图层映像。

14.2 爆炸效果

在After Effects中，使用Shatter（爆炸）这一功能可以制作图层爆炸效果。使用效果控制器可以设置爆炸点的位置、爆炸强度、爆炸半径等。该爆炸半径之外的任何元素都不会爆炸，这样就保持了部分图层不变。

选择一个图层，执行"Effect（效果）→Simulation（模拟）→Shatter（爆炸）"命令，打开Effect Controls面板，如图14-34所示。

在为一个图层应用了Shatter（爆炸）效果后，可以在Effect Controls面板中设置Shatter控制器的多个选项，比如视图模式、碎片形状、爆炸力度、渐变控制、纹理贴图、摄像机、灯光等。下面将要介绍一下有关Shatter控制器的一些选项。

14.2.1 显示与输出选项

1. 显示选项

View（显示），该项用来指定"Compositim"窗口中场景的显示方式，在该项的选项列表中可以看到它有5种显示方式，如图14-35所示。

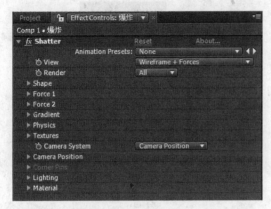

图14-34 Effect Controls面板　　　　图14-35 View的方式选项

- Rendered，该方式用来显示碎片的纹理和灯光效果，就像最后输出的样子。当渲染动画时使用该方式。
- Wirefrme Front View，该方式用来全屏显示前视图，没有透视。
- Wirefrme，该方式用来显示场景的透视图，可以方便地设置摄像机和精确调整Extrusion Depth（挤出深度）。
- Wirefrme Front View + Forces，以线框显示代表图层的前视图，蓝色代表力的半径。
- Wirefrme + Forces，显示线框，蓝色代表力的半径。该视图包括摄像机控制，所以可以在3D空间中定位所有元素。

2. 渲染选项

Render（渲染），在该项的选项列表中可以看到它有3种渲染方式，如图14-36所示。

- All（全部），该方式用来单独渲染整个场景，这是默认设置。

图14-36 Render的方式选项

- Layer（图层），该方式用来渲染未破碎的图层部分。
- Pieces（碎片），该方式用来渲染已经爆炸了的碎片。

14.2.2　爆炸控制选项

图层的爆炸控制选项主要包括形状、力、渐变和物理属性。下面分别介绍一下这些控制选项。

1. Shape（形状）控制选项

该项用来控制图层爆炸后碎片的形状和外观。在Effect Controls面板中展开该项，如图14-37所示。

- Pattern（图案），用于设置碎片的图案效果，包括Bricks（砖）、Eggs（卵）、Glass（玻璃）、Hexagons（六边形）等选项，如图14-38所示。

图14-37　Shape控制选项

图14-38　Pattem选项列表

- Custom Shatter Map（自定义爆炸贴图），用来指定用作碎片形状的图层。
- White Tiles Fixed（固定的白色拼贴），该项用来防止刚破碎时纯白色拼贴被定制在爆炸贴图中。使用该项可以强制部分图层保持完整。
- Repetitions（循环），该项用来指定拼贴图案的比例。该控制项只作用于预设爆炸贴图。增加该值将减小碎片的尺寸，从而增加碎片的数量。设置该控制项的动画，会导致碎片数量和尺寸的突然变化。
- Direction（方向），该项用来旋转预设爆炸贴图相对于图层的方向。
- Origion（原点），该项用来准确定位预设爆炸贴图在图层上的位置。需要使用指定的碎片排列部分图像时很有用。
- Extrusion Depth（挤出深度），该项用来为碎片添加三维尺寸。该值越大，碎片越厚。在Rendered显示方式下，只有在开始爆炸或旋转摄像机时才可以看到该效果。

2. 力的控制选项

力的控制选项包括Force1和Force2两个选项。这两个选项用来指定使用两个不同的力的爆炸区域。在Effect Controls面板中展开这两个选项，如图14-39所示。

- Position（位置），该项用来设置当前爆炸中心点的坐标（*X*，*Y*）。
- Depth（深度），该项用来设置当前中心点在*Z*空间的位置。调整Depth的值可以确定应用到图层的爆炸范围。爆炸范围是球形的，而图层是基于平面的，因此只有一个圆形的相交平面。爆炸中心距离图层越远，相交面越小。当图层开始爆炸时，碎片从力的中心飞出，深度决定了碎片飞出的方式。正值导致碎片向前飞，飞向摄像机。负值导致碎片向后飞，远离摄像机。使用Wirefrme＋Forces显示方式可以看清深度设置的结果。

- Radius（半径），该项用来设置爆炸球体的半径大小。通过调整该值，可以精确地控制爆炸对象。
- Strenth（力量），该项用来设置爆炸碎片运动的力度。正值将碎片脱离爆炸中心，负值将碎片吸附在爆炸中心。正值越大，碎片飞离中心就越快越远，反之亦然。当碎片飞出后，就不再受力半球的作用，而是受Physics设置的影响。

3. 渐变控制选项

渐变控制选项用于指定控制爆炸的渐变图层。在Effect Controls面板中展开Gradient（渐变）选项，如图14-40所示。

图14-39　力的控制选项

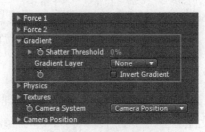

图14-40　渐变控制选项

- Shatter Threshold（爆炸阈值），根据指定渐变图层中对应的亮度来确定力半球中被爆炸的碎块。如果该值为0%，则力半球中没有爆炸碎块。如果该值为1%，则只有与渐变图层中白色或接近白色对应的块才会爆炸。如果该值为50%，则渐变图层中白色到50%灰度的块都会发生爆炸。如果将该值设置为100%，则力半球中所有的块都发生爆炸。每一个百分点代表大约2.5级灰度。

  设置Shatter Threshold的动画会影响爆炸的时间。当该值为0%时，图层不发生爆炸。如果为Shatter Threshold设置一个值为50%的关键帧，与渐变图层上白色到50%灰度对应的区域发生爆炸。再为Shatter Threshold设置一个值为100%的关键帧，力半球中其余部分就会爆炸了。
- Gradient Layer（渐变图层），指定用于确定目标图层爆炸时间的图层。白色区域首先爆炸，黑色区域最后爆炸。
- Invert Gradient（反转渐变），该项用来设置反转渐变图层中像素的值。

4. Physics（物理）属性控制选项

Physics属性控制选项包括Rotation Speed（旋转速度）、Randomness（随机）、Mass Variance（质量变化）、Gravity（重力）等选项。在Effect Controls面板中展开Physics属性选项，如图14-41所示。

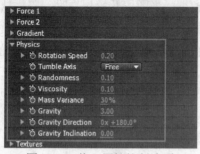

图14-41 物理属性控制选项

- Rotation Speed，该项用于设置碎块绕Tumble Axis（旋转轴线）的旋转速度。
- Tumble Axis，该项用于选择碎块旋转的轴线。
- Randomness，作用于初始速度和力产生的旋转。当该值为0时，碎块直接从爆炸中心飞出，实际上爆炸一般不是这样的，所以使用该项可以进行爆炸改观。

- Viscosity（粘性），该项用于设置碎块在运动过程中受到的阻力的大小。当该值较高时，碎块移动和旋转时受到的阻力就较大，反之亦然。
- Mass Variance，该项用于设置爆炸时碎块的理论重量。比如，大块要比小块重，因此飞得就慢一些。Mass Variance的默认值为30%，这是一个在物理定律上接近现实的值。
- Gravity，该项用于设置爆炸后碎块受到重力的大小。
- Gravity Direction（重力方向），该项用于设置爆炸后碎块受重力作用时在XY空间中的运动方向。该方向是相对与图层的。如果Gravity Inclination（重力倾度）的值为-90或90，Gravity Direction项不发生作用。
- Gravity Inclination，该项用于设置爆炸后碎块在Z空间中的运动方向。若该值为90，则碎块相对于图层向前运动。若该值为－90，则碎块相对于图层向后运动。

14.2.3 三维效果控制选项

三维效果主要是指，Textures（纹理）、Camera（摄像机）、Lighting（灯光）等属性。通过设置这些属性，可以获得碎块的三维视觉效果。下面分别介绍一下各个属性控制选项。

1. Textures（纹理）

Textures选项用于设置碎块的纹理效果，在Effect Controls面板中展开Physics（物理）属性选项，如图14-42所示。

- Color（颜色），该项用于设置碎块的颜色，该颜色是否可见取决于Front Mode、Side Mode、Back Mode菜单中的设置。当将Mode设置为Color、Tinted Layer、Color+Opacity、Tinted Layer+Opacity时，设置的颜色可见，如图14-43所示。
- Opacity（不透明度），该项用于控制相应的Mode设置的不透明度。只有将Mode设置为Color+Opacity、Layer+Opacity、Tinted Layer+Opacity时，才影响碎块的外观。可以与纹理贴图结合起来使用Opacity项来创建半透明材质。

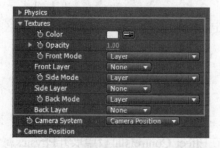

图14-42 Textures属性控制选项

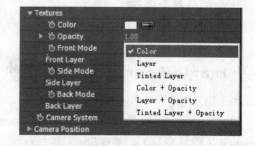

图14-43 Mode菜单选项

- Front Mode、Side Mode、Back Mode用来确定碎块的前面、侧面、后面的外观。Color项将颜色应用于碎块对应的面。Layer项提取图层菜单中选择的图层并将其映像到碎块对应的面。Tinted Layer用于混合选择的图层和选择的颜色。Color+Opacity用于混合选择的颜色和不透明值，Opacity的值为0时，对应的面是透明的，Opacity的值为1时，对应的面接受选择的颜色。Layer+Opacity用于混合选择的图层和不透明值，Opacity的值为0时，对应的面是透明的，Opacity的值为1时，选择的图层映像到对应的面。Tinted Layer+Opacity用于混合选择的色彩化的图层和不透明值，Opacity的值为0时，对应的面是透明的，Opacity的值为1时，色彩化的图层映像到对应的面。

- Front Layer、Side Layer、Back Layer项用于指定映像到碎块对应面的图层。Front Layer将选择的图层映像到碎块的前面，Back Layer将选择的图层映像到碎块的后面。如果Front Mode 和Back Mode都选择Layer项，并且都被指定同一个图层，则每一个碎块的前后两面都具有相同的像素信息。Side Layer将选择图层的挤出映像到碎块的挤出面。

2. Camera System（摄像机系统）

Camera System用于选择Camera Position（摄像机位置）、Corner Pins（顶角牵制）、Comp Camera（合成摄像机）选项。Comp Camera跟踪合成的摄像机和灯光位置并在图层上渲染3D图像。

在Camera System菜单中选择Camera Position选项，然后在下面展开该项，如图14-44所示。

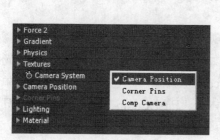
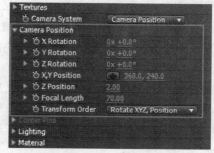

图14-44 选择Camera Position选项并展开

- X Rotation、Y Rotation、Z Rotation，此3个选项分别用于设置沿相应的轴旋转摄像机的角度值。使用这些选项可以实现从任意角度查看图层。
- X，Y Position（X，Y位置），该项用于指定摄像机在（X，Y）空间的位置。
- Z Position（Z位置），该项用于指定摄像机在Z空间的位置。当该值较小时，摄像机距离图层较近，反之亦然。
- Focal Length（焦距），该项用于指定摄像机的缩放比例，就像变焦一样。
- Transform Order（变换顺序），该项用于指定摄像机沿3个轴向旋转的顺序，以及当使用Camera Position项时摄像机在定位之前旋转还是在定位之后旋转。

3. Corner Pins（顶角牵制）

Corner Pins是可供选择的摄像机系统，可以作为在场景中合成图层的辅助设置。

在Camera System菜单中选择Corner Pins选项，然后在下面展开该项，如图14-45所示。

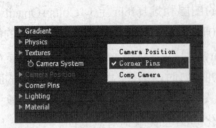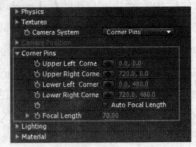

图14-45 选择Corner选项并展开

- Upper Left Corner（左上角）、Upper Right Corner（右上角）、Lower Left Corner（左下角）、Lower Right Corner（右下角）这4个选项用于设置图层的4个顶角的位置。
- Auto Focal Length（自动焦距），该项用于控制动画过程中的透视效果。当关闭该项时，指定的焦距用于发现摄像机的位置和定位图层顶角的方向，如果不能实现，则该图层被顶角之间的轮廓替换。
- Focal Length（焦距），如果该项的值不符合在实际结构中与顶角牵制相匹配的焦距，图像看起来可能会很不正常。我们需要尽可能地调整好焦距，使用Focal Length是得到正确结果的最容易的方式。

4. Lighting（灯光）

Lighting控制项用于设置爆炸效果的灯光，它包括Light Type（灯光类型）、Light Intencity（灯光强度）、Light Color（灯光颜色）等选项。

在Effect Controls面板中展开Lighting属性选项，如图14-46所示。

- Light Type，该项用于设置灯光的类型，如图14-47所示。Point Source（点光源），类似于球形灯，全方位投影。Distant Source（远光源），它模拟日光并产生单方向上的阴影，所有的光线从一个角度投射到物体上。First Comp Light（第一合成灯光），使用合成的第一个灯光层，可以包含一系列设置。

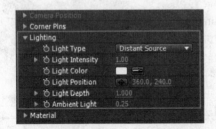

图14-46 Lighting属性控制选项　　　　图14-47 Light Type选项

- Light Intencity，该项用于设置灯光的强度。该值越大，图层越亮。
- Light Color，该项用于设置灯光的颜色。
- Light Position（灯光位置），该项用于指定灯光在（X，Y）空间的位置。
- Light Depth（灯光深度），该项用于设置灯光在Z空间的位置。负值将灯光移动到图层的后面。

- Ambient Light（环境光），该项用于照亮整个场景。增大该值，将为所有对象均匀加亮并防止阴影变成全黑。将Ambient Light设置为纯白色并设置其他所有灯光到0，将使对象完全被照亮并失去3D明暗效果。

5. Material（材质）

Material控制选项用来设置碎块的映像值，它包括Diffuse Reflection（漫反射）、Specular Reflection（镜面反射）、Highlight Sharpness（高光锐化）3个选项。

在Effect Controls面板中展开Material属性选项。如图14-48所示。

图14-48 Material属性控制选项

- Diffuse Reflection（漫反射），该项用于设置对象外观的明暗度，依赖于灯光照射表面的角度和观察者的位置。
- Specular Reflection（镜面反射），直接依赖于观察者的位置，模拟光源反射回观察者。
- Highlight Sharpness（高光锐化），该项用于控制光亮。很光亮的表面产生小面积的反射，而阴暗的表面会扩展高光区。镜面高光是入射光的颜色，因为灯光的颜色是白色或非白色。

14.3 实例：爆炸字幕

在本例中，将使用Shatter功能来制作一个文本图层的爆炸效果。在制作过程中要注意有关Shatter控制选项的设置。

制作过程

（1）准备素材。准备一幅背景图片，如图14-49所示。将准备好的图片素材保存到设置好的文件夹中，读者可以打开配套资料中的图片文件。

（2）启动Adobe After Effects CS4后，进入到系统默认的工作界面。

（3）执行"Composition→New Composition"命令，打开"Composition Settings"对话框，进行各项设置，如图14-50所示，然后单击"OK"按钮新建一个合成。

图14-49 准备的图片

图14-50 "Composition Settings"对话框

（4）执行"File→Import→File"命令，打开"Import File"对话框，选择"背景.jpg"素材文件，然后单击按钮 打开(@) ，将该素材文件导入到Project面板中，如图14-51所示。

图14-51　Import File对话框和Project面板

（5）在Project面板中将"背景.jpg"素材文件拖拽到Timeline面板中，此时在"Composition"窗口中显示背景效果，如图14-52所示。

图14-52　Timeline面板和"Composition"窗口中的背景效果

（6）在工具箱中单击Horizontal Type Tool（水平文本工具）按钮 T. ，并在Character面板中设置文本的字体类型及颜色等。在"Composition"窗口中的某一位置处单击，并输入文本。然后使用Selection Tool（选择工具） 拖拽该文本的边框改变其大小，如图14-53所示。

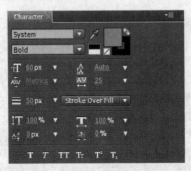

图14-53　Character面板和"Composition"窗口中的文本效果

（7）在Timeline面板中确定文本层处于选择状态，执行"Effect（效果）→Simulation（模拟）→Shatter（爆炸）"命令，打开Effect Controls面板，在"Composition"窗口中显示线框效果，如图14-54所示。

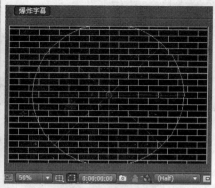

图14-54 Effect Controls面板和"Composition"窗口中的线框效果

提示： 为了看清线条效果，在Timeline面板中单击背景层左侧的显示开关 👁，将背景隐藏。

（8）在Timeline面板中来回拖动时间指示器查看爆炸效果，如图14-55所示。

（9）在Timeline面板中展开文本层的属性，设置View（显示）为Rendered（着色），Pattern（图案）为Bricks（砖块），Repetitions（循环）和Radius（半径）的值等，如图14-56所示。

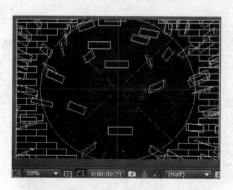

图14-55 在"Composition"窗口中的爆炸效果

图14-56 在Timeline面板中的设置

提示： Repetitions（循环）的值越大，破碎后的模块数越多。Radius（半径）的值越大，爆炸的面积就越大。

（10）此时在"Composition"窗口中显示文本的爆炸效果，如图14-57所示。

（11）在Timeline面板中单击"背景.jpg"图层的小方框 ■，打开该图层的显示开关 👁，如图14-58所示。

（12）按0键预览字幕的爆炸效果，如图14-59所示。

图14-57　在"Composition"窗口中
　　　　的文本爆炸效果

图14-58　打开图层的显示开关

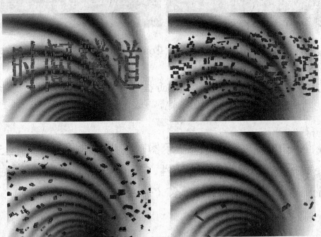

图14-59　字幕的爆炸效果

（13）最后进行渲染输出就可以了。

第15章 表 达 式

"表达式"是一个数学术语，也是一个程序术语，它表示新值的创建要基于原来的数值。可以使用表达式把一个属性中的值应用到另外一个属性中去。使用表达式可以依据一个属性的改变来影响另外一个属性的改变，这样可以获得交互式的动画。

表达式是使用JavaScrip编写的，它的好处是不必知道如何编写和使用代码，因为After Effects CS4自动编写它们。为了更有效地编写表达式，必须知道如何使用After Effects编写表达式，只要知道了一些规则就可以很容易地修改表达式了。

本章主要介绍下列内容：
※ 创建和修改表达式
※ 使用表达式
※ 效果和表达式
※ 关闭和删除表达式

15.1 创建和修改表达式

创建比较复杂的动画时，比如机车发动机内部各个零件的运动、多个汽车轮子的旋转等，如果使用关键帧制作这种动画的话，则需要成百上千个关键帧才能实现。如果使用表达式的话，那么就非常简单了。

表达式是使用标准的JavaScript语言编写，但是不必担心，不必知道如何使用JavaScript语言来编写表达式。只需要使用几个简单的范例并稍加修改即可创建出需要的表达式。

在After Effects CS4中，使用表达式的面板是Timeline面板，如图15-1所示。可以使用Pick Whip（选用操纵）工具来创建表达式，也可以在表达式文本栏中输入和编辑表达式。表达式文本栏位于属性下面的时间图形中。也可以在文本编辑器中编写表达式，然后复制到表达式文本栏中。为层属性添加表达式时，就会在表达式文本栏中显示一个默认的表达式。

15.1.1 使用Pick Whip工具创建表达式

虽然可能对JavaScript或者After Effects表达式语言不熟悉，但是仍就可以使用Pick Whip工具来创建表达式。只要简单地在Timeline面板中把Pick Whip工具◎从一个层拖拽到另外一个层即可，这样在第一个层中设置的动画属性也就被复制到了第二个层上了。

A. On/Off开关　B. 图形叠加图标　C. Pick Whip
D. 表达式语言菜单　E. 表达式文本栏

图15-1　Timeline面板

使用Pick Whip创建的表达式可以链接属性值或者影响另外一个属性值。比如，如果把一个层的旋转属性链接到另一个层的旋转属性，可以使前一个层的旋转属性值与后一个层的旋转属性值相同；再比如通过把摄像机的兴趣点属性链接到另外一个3D层，那么可以使摄像机跟随该3D层的运动。

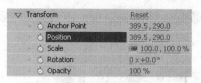

图15-2　选择属性

下面介绍一下使用Pick Whip工具创建表达式的操作过程。

（1）在Timeline面板中选择一个属性，比如Position属性，如图15-2所示。

（2）执行"Animation→Add Expression"命令，在Timeline面板中的改变如图15-3所示。

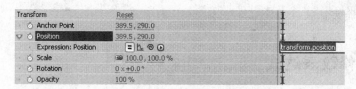

图15-3　Timeline面板

（3）把Pick Whip工具⊚拖拽到另外一个属性即可，如图15-4所示。

图15-4　链接属性

 提示：也可以在表达式文本栏中以手动方式修改默认的表达式。

15.1.2 修改Pick Whip表达式

在使用**Pick Whip**创建表达式后，可以对它执行简单的编辑，从而进一步改变表达式的作用或者意义。比如，可以在表达式中添加一个缩放系数来增加或者减缓创建的动画效果。

如果是在表达式文本栏中直接输入表达式，然后按**Enter**键或者在表达式文本栏的外侧单击即可激活输入的表达式。

使用简单的数学运算符号就可以修改**Pick Whip**表达式，在表15-1中列出了几个常用的符号。

表15-1 符号和功能

符号	功能
+	加
-	减
/	除
*	乘
*-1	执行相反操作，比如把逆时针运动改变为顺时针运动

使用复杂的数学函数可以执行更复杂的操作。比如，使用数学函数/360×100可以把表达式的范围从0~360改变成0~100。

15.1.3 添加表达式

在前面的内容中，介绍了如何使用**Pick Whip**工具来创建表达式的关系。在这里，将介绍如何在一个层的**Scale**属性中添加一个表达式并与另外一个层的属性创建一对一的关系。

（1）创建一个新的合成。

（2）执行命令创建一个淡色的实色层，以便书写文字，如图15-5所示。

（3）使用文本工具书写两个字母，注意要分两次写，不要一次性写完，如图15-6所示。

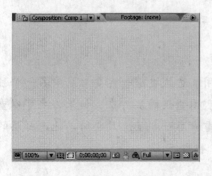

图15-5 实色层

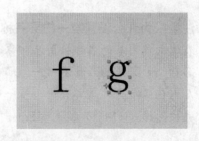

图15-6 书写文字

注意： 使用其他的物体也可以这样操作，比如图形。

（4）在Timeline面板中，展开这两个层的Scale属性。可以按住Shift键选择这两个层，然后按键盘上的S键显示出Scale属性，并为f层选择Scale属性，如图15-7所示。

（5）为f层调整它的Scale属性值，并设置两个关键帧，使字母f由小变大。

（6）确定f层处于选择状态，然后选择"Animation（动画）→Add Expression（添加表达式）"命令。在Timeline面板的Switches面板中会显示一个新的图标，在Timeline面板的中间部位还包括一个Pick Whip图标，如图15-8所示。

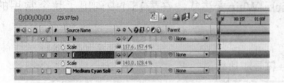

图15-7　Timeline面板　　　　　　　　　　　　图15-8　Pick Whip图标

（7）单击Pick Whip图标，并把它拖拽到g层上，这样会创建一个表达式，如图15-9所示。

（8）来回地拖拽g层的Scale值改变它的大小。当g的值改变时，会看到两个字母的大小以相同的方式改变，因为表达式已经把f的值绑定在了g的值上，如图15-10所示。

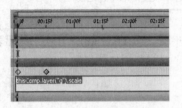
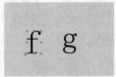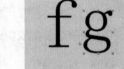

图15-9　表达式　　　　　　　　　　　　　　图15-10　字母由小变大

提示：也可以通过子化来实现同样的效果。这是创建表达式的一个非常简单的例子，但是它还没有显示出表达式的强大功能。表达式的子化和层的子化操作基本相同，可以参阅前面第8章中的介绍。

提示：保留在这里制作的文件，稍后还会使用。

注意：**为什么设置唯一的层名称**
表达式使用层的名称引用层对象，所以在使用表达式之前一定要为层命名一个独特的名称。如果层的名称不唯一，那么表达式将引用错误的层对象。如果必要可以重命名层以确保所有的层都有一个唯一的名称。要重命名一个层，只要简单地选择层的名称并按Return（Mac）键或者Enter（Windows）键即可。

15.1.4　创建属性关系

在这一部分内容中，将介绍如何创建层之间的属性关系。在一个层上为Scale属性创建的第一个表达式可以被借用到另一个层上。但是现在需要告诉After Effects把一个层中的Scale属性值应用到另一个层的Rotation（旋转）属性中，完成之后，把一个层的Scale属性值设置为

30，会看到另外一个层也将旋转30度。这是使用子化操作所不能实现的。

（1）确定上一部分内容中使用的文件处于打开状态。选择f层并按键盘上的R键来显示Rotation属性，如图15-11所示。

（2）按Option（Mac）键或者Alt（Windows）键单击Rotation的马表图标。一个表达式将被用于f层的Rotation属性。也可以断定这个表达式处于激活状态，因为单词Rotation显示在该层的Expression（表达式）栏中，如图15-12所示。

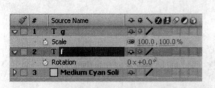

图15-11　Rotation属性

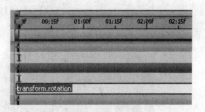

图15-12　表达式

（3）单击f层Rotation属性的Pick Whip图标，并把它拖拽到为g层的Scale属性中，同时创建一个表达式，如图15-13所示。

图15-13　拖拽属性

（4）来回地拖拽g层Scale的值，会看到f层既被缩放又被旋转，但是g层只是被缩放，如图15-14所示。

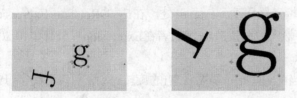

图15-14　变化效果

注意：使一个物体根据另一个物体的缩放进行旋转是使用表达式的一个很实用的例子。在本章后面的内容中将介绍更为实用的使用，现在学习的只是基本原理。

（5）保存该项目，并保持该合成文件打开，以便进行下面的学习。

15.1.5　乘以表达式的值

在使用Pick Whip工具创建了属性关系之后，在Expression栏中JavaScript代码会被自动编写出来。如果需要，可以编辑和修改代码，这样就可以在两个属性之间创建出更为复杂的关系。

在这部分内容中，将介绍一种简单的修改方法，通过乘以它的值来修改一个表达式。可以使用同样的方法加、减和除表达式的一个值来修改它。尽管编写代码听起来让人畏惧，实际上这种方法是非常直接而且也非常简单。

（1）在After Effects CS4中打开在前面操作中保存的文件，也可以打开配套资料中的"表达式02"文件。

（2）确定当前时间指示器位于第一帧的位置，而且g层的Scale Rotation（缩放旋转）属性都处于显示状态。把Scale属性的数值设置为100%，单击Scale的马表图标设置一个开始关键帧。把当前时间指示器移动到00:01:00处，并通过把Scale属性的数值设置为180%来为Scale属性设置一个关键帧，如图15-15所示。

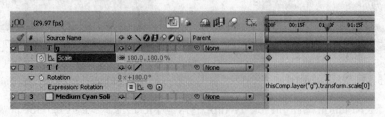

图15-15 创建两个关键帧

这样做是为了看到创建的这个表达式如何交互地对关键帧和改变的属性起作用。在设置好第2个关键帧后，将会看到两个字母都变大了，如图15-16所示。这就是表达式起的作用。

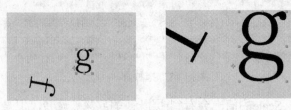

图15-16 字母变大

（3）把当前时间指示器移动到Frame1处，在f层的Rotation Expression栏中单击并把光标放置在代码行的最后。输入*2并按Enter键或者在Expression栏外部单击激活该表达式，这表示乘以2，如图15-17所示。

（4）来回地拖动当前时间指示器并观察f的旋转运动。可以看到字母f旋转一圈，并放大，如图15-18所示。

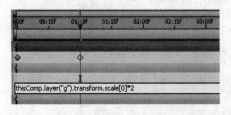

图15-17 输入代码

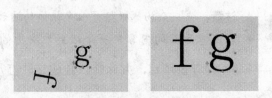

图15-18 字母的变化

（5）如果在f层Rotation Expression栏中单击并把光标放置在代码行的最后。输入*8并按Enter键或者在Expression栏外部单击激活该表达式，这表示乘以8。来回地拖动当前时间指示器并观察f的旋转运动，可以看到字母f旋转多圈，并放大。

（6）保存该项目，并保持该合成文件打开，以便进行下面的操作。

注意：使用这些符号可以对表达式的值进行简单的运算，而且还可以把一个动作改变为相反的动作，比如，通过使用*-1（或者其他的值）使顺时针旋转变为逆时针旋转。

提示：可以尝试使用不同的符号和数值来观察字母的运动变化，这样可以更好地理解表达式的作用。

15.2 文本、效果和表达式

使用表达式还可以控制Effects属性的选项或者参数，也可以控制Transform属性的选项或者参数。在下面这一部分内容中，将介绍一个使用文本层和快速模糊效果的实例。

（1）创建一个新的合成，并把它命名为motion（运动），把它的持续时间设置为0:00:04:00，也可以是自己需要的其他的数值，如图15-19所示。

（2）选择"Layer→New→Solid"命令创建一个新的实色层，注意把层的颜色设置得淡一些。

（3）选择"Layer→New→Text"命令创建一个新的层。在"Composition"窗口中将会显示文本插入的光标。输入单词motion，一个名称为motion的新文本层将显示在Timeline面板中（在文本旁边单击后）。然后通过在Paragraph窗口中（在这里没有显示该窗口）单击居中图标使文本居中，如图15-20所示。

图15-19 创建合成

图15-20 输入文本

（4）确定Timeline面板中当前时间指示器在第一帧的位置。单击该文本层旁边的旋转开关展开它的文本属性。从Animate（动画）菜单中选择Tracking（跟踪）命令，如图15-21所示。

（5）Animate 1的属性将会显示，还有Tracking Amount（跟踪数量）的属性。单击Tracking Amount属性的马表图标 ，这样会在Frame0:00:00:00处创建一个关键帧，如图15-22所示。

（6）把当前时间指示器移动到最后一帧（按键盘上的End键）。把Tracking Amount属性的值改变为140。现在"Composition"窗口中的字母间距应该改变成如图15-23所示的样子。

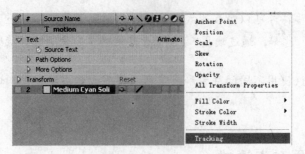

图15-21 选择Tracking命令

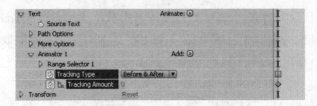

图15-22 创建关键帧

（7）选择"Effect（效果）→Blur&Sharpen（模糊和锐化）→Fast Blur（快速模糊）"命令，这样将把Fast Blur效果添加到文本上。看起来没有什么不同，这是因为还没有为Fast Blur效果进行设置，在Timeline面板中展开Fast Blur效果的选项设置，如图15-24所示。在下面的步骤中对它进行设置。

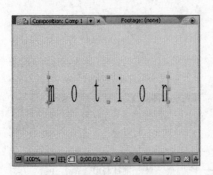

图15-23 在"Composition"窗口
中字母间距增加

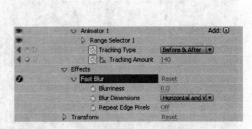

图15-24 Fast Blur效果的选项设置

（8）在Timeline面板中，把当前时间指示器移动到Frame的0:00:00:00处。按Return（Mac）键或者Enter（Windows）键单击Blurriness（模糊）的马表图标，将会看到JavaScript代码立即显示Blurriness的值，如图15-25所示。

图15-25 代码

（9）单击并把Blurriness的Pick Whip拖拽到Tracking Amount的属性值上，会看到在JavaScript栏中又添加了更多的代码，如图15-26所示。

（10）在JavaScript代码的末端，输入*6或者其他的值，如图15-27所示。这样会使Tracking（跟踪）的值乘以6，并把这个模糊效果应用到Blurriness属性。起先，不会看到有什么改变，因为第一个关键帧的Tracking值是0。

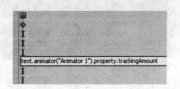

图15-26 代码

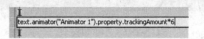

图15-27 输入代码

> **提示：** 如果看不到JavaScript代码的末端，可以通过把光标放置到文本栏的底部展开这个文本栏。光标将改变成一个有上下指向的箭头，使用这个箭头拖拽文本栏即可看到所需要的内容。

（11）把当前时间指示器移动到合成中部的一帧处，将会看到Tracking的数量直接影响模糊的数量。试着把Tracking的值改变成为另外一个值，比如.2或者.7，并在Timeline中拖动当前时间指示器来查看结果。可以通过这种方式选择一个满意的数值这样就可以看到字母的模糊效果了，如图15-28所示。

图15-28 模糊效果

> **注意：** 在Timeline中拖动当前时间指示器时，必须释放鼠标键才能看到模糊效果的渲染——在拖动时不渲染。

（12）注意，没有为Fast Motion（快速运动）效果使用任何的关键帧。After Effects会根据Tracking Settings的值处理模糊的值，这样可以使运动同步——使模糊的数量与Tracking的相关。可以使用表达式来控制所有类型的Effects属性和值。这里只是尝试了一下使用这种编程方式所能实现的效果。

（13）保存并关闭motion合成。

15.3 关闭表达式

如果表达式中含有错误，那么After Effects有时会关闭该表达式。也可以选择手动关闭一个表达式。可以通过关闭一个复杂的表达式来加快预览，或者使多个表达式链在一起并调试这个链，或者只是不确定是否要使用表达式，直到做出决定时再关闭它。

在这一部分内容中，将介绍如何关闭一个表达式。关闭一个表达式的操作是非常简单的。

（1）打开配套资料中的"表达式02"文件，也可以使用在前面制作的文件。

（2）拖动当前时间指示器，将会看到字母的变化效果，如图15-29所示。

（3）选择g层并按键盘上的R键。这种操作的作用与单击它旁边的旋转开关来展开它的属性是等同的，只是它会隔离Rotation属性以便使屏幕少一些混乱。单击g层Rotation属性旁边的Enable Expression（启用表达式）开关，如图15-30所示。这个开关看上去像是一个等号。注意，在关闭这个开关时，它将变成一个有一个斜线穿过等号中部的符号。

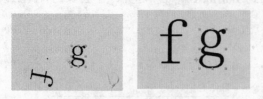

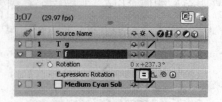

图15-29　字母的变化　　　　　　　　图15-30　Enable Expression开关

（4）在"Composition"窗口中观察，当拖动当前时间指示器时，字母不再旋转，因为这个表达式已经被关闭了。

> **注意**：关闭表示临时使它失去作用，但这不是删除。重新打开表达式也是非常简单的，再次单击Enable Expression开关即可，这样它就会改变为一个等号。

> **提示**：删除表达式的方法是非常简单的，可以使用下列3种方法。
> - 选择"Animation（动画）→Remove Expression（删除表达式）"命令。
> - 按Option（Mac）键单击等号或者按Alt（Windows）键单击等号。
> - 按Option（Mac）键单击马表图标或者按Alt（Windows）键单击马表图标。

15.4　JavaScript的表达式库

如果了解JavaScript，那么可以使用表达式库编写自己的JavaScript表达式。

如果要访问库菜单，那么单击一个表达式的Expression language menu（表达式语言菜单）菜单图标即可，如图15-31所示。

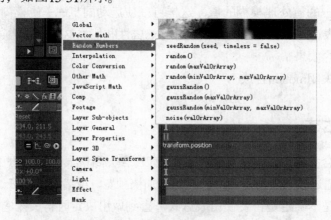

图15-31　Expression language menu菜单

可以从After Effects中的JavaScript语言元素库中选择需要的表达式。对于有经验的JavaScript程序员而言，这些选项都很熟悉。如果不了解JavaScript，那么可以忽略这些选项或者通过阅读一本有关JavaScript的书来了解它们即可。

第16章 音 频

多数专业的动画和运动图形作品中都含有音乐、解说、声音效果。After Effects CS4是制作运动图像和动画的主要工具，但是，如果不包括音频的话，它也是不完美的。音频文件可以作为"向导"来帮助设计运动的图像，也可以用于为电影创建最终的音频轨道。虽然After Effects CS4不是专业的处理视频的软件，但是，如果打算合并一个最终的音乐轨道、解说和动画，使用它也可以完成这样的工作。

本章主要介绍下列内容：

※ 在合成中添加音频
※ 预览音频
※ Audio面板
※ 调节音量
※ 音频效果

16.1 在After Effects CS4中使用音频

在After Effects CS4中，可以像输入其他文件那样把音频文件输入到Project面板中。使用"File→Import→File"命令，从打开的对话框中选择需要的素材文件。在Project面板中选择音频素材时，看到的不是小的图像预览，而是一段波形图像，这表明该素材是音频素材，如图16-1所示。

After Effects CS4支持的音频文件格式包括QuickTime电影，AIFF（一种流行的Mac音频文件格式）和WAV（一种流行的Windows音频文件格式）。这些和其他由QuickTime支持的音频文件格式（包括MP3、AU和只被Mac OS支持的Mac Sound）都可以被直接输入到After Effects中。输入后，音频素材可以作为层在合成中使用。QuickTime电影图标看起来像是图像或者音频的图标，如图16-2所示。

> **提示**：在After Effects CS4中的所有素材，包括音频文件、视频文件和静止图片文件都是作为层使用的。

图16-1　音频预览

图16-2　电影图标

16.2　添加音频

在这一部分内容中，将介绍如何在合成中添加音频，以及如何使用Audio开关及在Time-line面板中查看音频波。

（1）可以自己创建一个带有音频的合成或只是一段带有视频和音频的合成，在Project面板中打开，如图16-3所示。

（2）双击音频文件，将会在一个独立的窗口中把它打开，如图16-4所示。

图16-3　Project面板

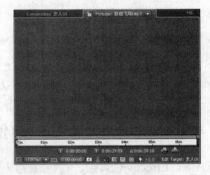

图16-4　在一个独立的窗口中打开音频文件

提示：如果单击带有视频和音频的合成文件，那么将会在一个独立的窗口中进行预览，如图16-5所示。

（3）在该窗口的底部，可以通过单击插入入点按钮和插入出点按钮来截取需要的音频文件，然后单击Ripple Insert Edit（涟漪插入编辑）按钮或者Overlay Edit（覆盖编辑）按钮添加到Timeline面板中。

（4）也可以直接拖入到Timeline面板中，在Timeline面板中，可以单击Audio开关来打开或者关闭音频文件，如图16-6所示。

（5）单击Thunder层的旋转开关展开它的Audio属性，然后单击Audio旁边的旋转开关，再单击Waveform（波形）旁边的旋转开关显示出Waveform图表，如图16-7所示。

图16-5　在一个独立的窗口中
打开的视频文件

图16-6　Timeline面板

图16-7　Waveform图表

这个波形是记录声音的图形表示，在图像的上面，有两个弯曲的线，它们代表左立体声轨道和右立体声轨道。每个弯曲线都表示音频轨道的频率和音量。

　提示：必须打开Audio开关才能看到音频的波形。

16.3　预览音频

在After Effects CS4中，最不直观最不明了的部分就是预览声音。在这一部分内容中，将介绍如何使用Preview（预览）面板和Audio Preview命令预览音频，以及通过在Timeline面板中拖拽当前时间指示器来预览声音。

（1）在Preview（预览）面板中，确定Audio是打开的，然后单击RAM Preview按钮预览动画，如图16-8所示。前几秒的音频和动画一起被预览。注意音频和图像必须首先被渲染，这样可能需要花费一些时间。预览完成后，在屏幕的任意位置单击或者按任意键停止预览。

图16-8　RAM Preview按钮

（2）把当前时间指示器移动到合成的中间位置。选择"Composition→Preview→Audio Preview"命令。当需要停止预览时，在屏幕的任意位置单击或者按任意键停止预览。

注意：音频将从当前时间指示器位置开始向前播放。使用这种预览方式不需要使用预渲染。而且使用这种方式图像也不会移动，因此不能使用这种方式检查音频与视频是否同步，但这是一种最快的听到声音轨道的方式。

（3）按键盘上的句号键，该键是Audio Preview（音频预览）命令的键盘快捷键。在屏幕的任意位置单击或者按键盘上的任意一个键可以停止预览。

（4）在Timeline面板中，按住Cmd（Mac）键或者Ctrl（Windows）键拖动当前时间指示器，观察音频预览。停止拖拽当前时间指示器即可停止预览。

注意：拖动音频会导致抖动的播放。最好使用RAM Preview和打开Audio按钮来获得平滑的运动和声音。

提示：可以在"Preferences"对话框中设置音频预览的持续时间。如果音频文件很长，而且打算将精力集中于某一特定部分，并使这部分音频与实拍素材或者动画同步，那么就需要限制持续时间了。

选择"Edit→Preferences→Previews"命令，打开"Preferences"对话框，如图16-9所示。在该对话框中，把Duration（持续时间）项设置为需要的时间，并单击"OK"按钮，这样将使音频按设置的时间持续。如果音频素材长于在这里设置的持续时间，那么音频预览将被截短。

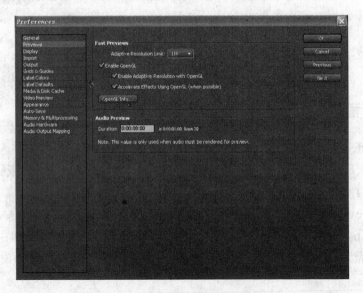

图16-9　"Preferences"对话框

16.4　Audio面板

有时，需要调整在After Effects项目中使用的声音，这需要使用Audio面板对音频文件进行调整。注意，After Effects在编辑声音的功能方面不太专业，Audio面板只用于处理一些短小而且简单的音频文件。

选择"Window（窗口）→Audio（音频）"命令
即可打开Audio面板，如图16-10所示。Audio面板含有
几个用于处理音量的工具。

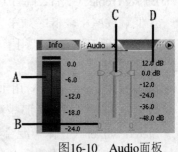

图16-10 Audio面板

下面介绍一下该面板中的几个控制。

A. UV meter：该项反馈音频的音量。在播放音频
时，它显示音量的范围。

B. 音量值：它表示每个音量水平控制的精确值。

C. 音量控制滑块：用于调整音量的大小。左侧的
滑块为左声道控制滑块，右侧的滑块为右声道控制滑块。

D. 音量单位：该单位以分贝表示音量的改变。

在预览音频时，UV meter将显示绿色、黄色和红色的音量水平。在播放音频期间，绿
色音量水平表示音量水平非常安全（safe）。黄色音量水平表示警告，但是音量水平仍然安
全。而红色的音量水平则表示音量水平超出安全范围，处于被裁掉的危险状况下。

当音频被剪切时，有些音频频率数据会丢失。但是，如果熟悉数字记录技术的话，那么
就会适当地处理一些音频剪切。安全的方法是尽量保持音量水平足够高，音频偶尔会进入到
红色区，但是不要太高，以免音频数据被裁掉。如果遵循这个规则，那么音频将会是安全的，
同时保持最大程度的保真度、清晰度和音调的饱满度。

如果打算使用After Effects来制作最终电影的音频，就要多学习一些数字音频的知识和
除After Effects之外的其他一些工具的使用。

16.5 音频效果

使用音频效果可以增强或纠正音频的音质，还可以为音频创建音频特效。在当前音频素
材中应用音频效果的方法是，选择音频层后，选择"Effect（效果）→Audio（音频）"命令
并从菜单中选择一种音频效果即可应用音频效果，如图16-11所示，共有10种音频效果。另外，
还可以为这些音频效果设置动画。

在Effects&Presets面板中也可以看到这些效果，如图16-12所示。

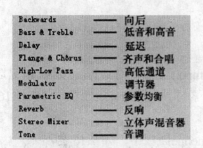

图16-11 音频效果菜单

图16-12 Effects&Presets面板

下面简单介绍一下主要的音频效果。

· Backwards（向后）音频效果：使用该音频效果可以使音频从最后一帧向音频的第一帧
  播放，也就是使音频从后向前进行播放。

- Bass&Treble（低音&高音）音效：用于调整音频层中的高频部分和低频部分，可以增加低频或减小较低的频率。
- Delay（延迟）音效：用于在音频播放后为它添加回声效果，指定原始音频和它的延迟间隔的时间。
- Reverb（反响）音效：用于为音频创建热烈的气氛，比如在礼堂中人们喝彩的声音或者鼓掌的声音，以及那些被物体表面反弹的音频效果等。
- Stereo Mixer（立体声混合器）音效：使用该音频效果可以混合音频层中的左声道和右声道，还可以使整个音频信号在左声道和右声道之间进行摆动。
- Parametric EQ（参数均衡）效果：该音频效果用于增加或者减小靠近指定中间频率的频率。该音频可用于5.1、立体声和单声道音频。
- Tone（音调）音效：使用该音频效果可以通过合并单音频音调来创建像海底中的咕噜声、背景中的电话铃声、汽笛声、激光的发射声等音频效果。还可以通过添加最多5种音调来创建和弦的音效。

提示：关于具体的音效还有很多，尤其是在Premiere Pro CS4中更多，有兴趣的读者可以参阅《Premiere Pro CS4从入门到精通》中关于音频效果的介绍。

16.6 实例：添加背景音乐

好的背景需要有好的音乐来衬托。添加背景音乐的操作很简单，只需要将背景文件和音乐文件合成在一起，然后进行渲染输出就可以了。下面就制作这样的一个实例——添加背景音乐。

（1）准备素材，先准备一个瀑布下落的动画文件，再准备一首动听的音乐。将准备好的素材保存到设置好的文件夹中，读者可以打开配套资料中的这两个素材文件。

（2）启动After Effcts CS4后，进入到系统默认的工作界面。

（3）执行"Composition→New Composition"命令，打开"Composition Settings"对话框，设置合成的名称、大小、时间等，如图16-13所示，然后单击按钮 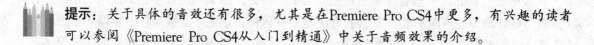 新建一个合成。

提示：这里设置的时间与动画的时间一致。

（4）执行"File→Import→File"命令，打开"Import File"对话框。按住Ctrl键选择音乐素材和动画素材，然后单击按钮 打开⊙ ，将这两个素材导入到Project面板中，如图16-14所示。

（5）在Project面板中将两个素材文件拖拽到Timeline面板中，如图16-15所示。

提示：把"歌曲.wav"文件拖到Timeline面板中时，该层中的Audio开关◁自动打开。

（6）此时在"Composition"窗口中显示背景效果，如图16-16所示。

图16-13 "Composition Settings"对话框

 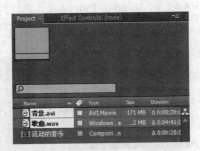

图16-14 "Import File"对话框和Project面板

图16-15 Timeline面板

（7）如果没有打开Audio面板，那么执行"Window→Audio"命令，打开Audio面板，如图16-17所示。

图16-16 "Composition"窗口中的背景效果　　　　图16-17 Audio面板

（8）按0键预览预览动画和音频效果。 在Audio（音频）面板中会显示绿色、黄色和红色的音量水平，如图16-18所示。在屏幕的任意位置单击即可停止预览。

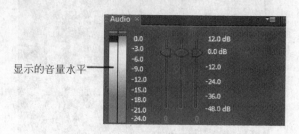

图16-18　显示的音量水平

提示：在进行预览时，音频文件可能不能按正常节奏播放，这不会影响渲染结果。播放渲染后的文件时，该音频就可以正常播放了。

（9）开始渲染。在Timeline面板的空白处单击以激活该面板，然后执行"Composition（合成）→Add to Render Queue（添加到渲染序列）"命令，打开Render Queue（渲染序列）面板，如图16-19所示。

图16-19　Render Queue面板

（10）单击Output Module（输出模块）栏中的 Lossless（无损的），打开"Output Module Settings（输出模块设置）"对话框。将Format（格式）设置为FLV，然后选择Audio Output（音频输出），其他选项使用默认设置，如图16-20所示。

图16-20　"Output Module Settings"对话框

（11）在"Output Module Settings"对话框中单击按钮 OK ，回到Render Queue （渲染序列）面板。

（12）在Render Queue（渲染序列）面板中单击Render（渲染）按钮 Render ，开始渲染。

（13）渲染完成后，找到渲染的文件，然后选择一个支持FLV格式的播放器进行播放，既可以看到奔流而下的银色瀑布，同时又可以听到迷人动听的音乐。

（14）这样就成功地为背景添加上了音乐，最后保存文件。

第17章 渲 染 输 出

在前面的内容中，介绍了如何预览电影。本章将主要介绍如何制作最终的产品。在**After Effects CS4**中，可以从一个合成中创建多种类型的输出。比如，可以把一个合成输出为视频、电影、光驱、在Web上播放的流视频、GIF动画、HDTV及其他的输出类型。输出项目的过程称为渲染。和艺术家着色一幅图画一样，After Effects可以根据设置渲染最终的电影。图像的每个像素和每个音频信号都是由输出类型决定并进行渲染的。

本章主要介绍下列内容：

※ 渲染设置

※ Render Queue面板

※ 使用Output Module设置

※ 创建和使用渲染模板

※ 创建Flash输出

17.1 渲染简介

在进行输出时，合成的层及每层的遮罩、效果和属性都被逐帧渲染成一个或者多个输出文件。依据合成的帧大小、质量、复杂性及合成方式，渲染的时间需要几分钟到几个小时。把合成放置到渲染队列中后，它们就成了一个渲染项目，并应用为它们指定的渲染设置。注意，在After Effects CS4进行渲染时，不能同时进行其他的工作了，因为渲染会占用很大的系统资源。

17.1.1 QuickTime格式和AVI/Video for Windows格式

如果使用过Windows，那么一定听说过AVI/Video for Windows。如果使用过Mac，那么一定听说过QuickTime。渲染电影时，在默认设置下，After Effects在Mac中生成的是QuickTime，在Windows中生成的是AVI/Video for Windows。

很多视频专业人士认为QuickTime是一种高级格式，因为它具有多种用途。在专业的视频制作中，QuickTime因为其多功能性和分辨率方面的优势，所以它的使用要多于AVI/Video for Windows。

QuickTime可用于低端Web、多媒体演示及在电影院中上演的电影等。而AVI/Video for Windows最适合于低端的发布内容——对于Web电影比较理想。AVI/Video for Windows格式的优势是使用PC的人要比使用Mac的人多。经常在网上冲浪的人就会看到AVI/Video for Windows、Real Video和QuickTime这些低端的视频格式，因为大部分终端用户都使用PC机，不必安装其他的播放器即可观看这些视频内容。由于这个原因，很多Web出版商更喜欢使用AVI/Video for Windows格式渲染，而不喜欢使用Real Video和QuickTime格式。

17.1.2 压缩和解压缩

在After Effects CS4中渲染电影时，不仅可以创建最终的电影，而且还可以创建压缩和解压缩的设置。在视频制作中的这一术语称为codec（compression/decompression的缩写）。很多设置都会影响电影的质量，比如维数、颜色和声音，而codec是用于处理视频渲染的方式。有些codec可以把电影压缩得足够小以便于在网上发布，而有些codec可以保留高质量电影的特性。作为After Effects的初学者，需要并且应该进行大量的有关codec的练习来熟悉它。比如，使用Sorenson codec产生的颜色可能要比Cinepak codec好。

> **提示**：After Effects CS4提供的所有输出设置都很不错，因此需要对它们进行详细的介绍。虽然内容复杂一些，但是也不要担心。这是学习After Effects的必要内容，而且在将来的制作项目中都将会使用到本章介绍的内容。

17.1.3 输出格式

在After Effects CS4中，在制作完成一个合成之后，可以把它输出为多种格式的文件，包括用于制作视频带的压缩电影或者静止图像序列。After Effects CS4专业版本支持32位/通道、16位通道和8位通道的文件格式。After Effects CS4标准版本支持8位通道的文件格式。位通道简写为bpc。

（1）在After Effects CS4中可以输出下列视频和动画文件格式：

- 3G（3GP、3G2、AMC）
- AIFF
- FLM
- FLC
- SWF
- XFL
- MPEG-4（Windows）
- OMF
- QuickTime
- RealMedia
- AVI
- DV流
- Wave
- 分包影片

· 图像序列

（2）在After Effects CS4中可支持的项目文件格式：

· Adobe Premiere Pro项目（PRPROJ）

（3）在After Effects CS4中可以输出下列静止图片文件格式：

· PSD

· BMP

· GIF

· Maya IFF

· JPEG（JPG）

· EXR

· PCX

· Pict

· Pixar

· PNG

· Radiance

· RLE

· SGI

· Targa（TGA、VAB、ICB、VST）

· TIFF

（4）在After Effects CS4中可以输出下列音频文件格式：

· AU音频文件

· AIFF

· MP 3

· WAV

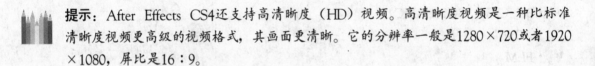

提示：After Effects CS4还支持高清晰度（HD）视频。高清晰度视频是一种比标准清晰度视频更高级的视频格式，其画面更清晰。它的分辨率一般是1280×720或者1920×1080，屏比是16：9。

17.2 Render Queue面板

本章将介绍以前还没有使用过的After Effects的一个功能——Render Queue（渲染序列，"Queue"这个词在英语中是排队等候的意思），也有人把它称为"Render Queue"窗口，它提供了如何渲染最终电影的反馈。可以渲染一个合成，也可以把多个合成添加到Render Queue面板中并使After Effects按设置的顺序渲染它们。

Render Queue面板中的设置不影响合成，但是影响After Effects输出合成的发布类型（视频、数字视频、Web等）。另外，也可以把电影制作成在After Effects项目中使用的素材，在该面板中可以一次性渲染多个合成。Render Queue面板和Timeline面板是组合在一起的，单击Render Queue题标即可显示出Render Queue面板，如图17-1所示。

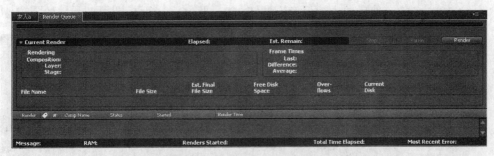

图17-1 Render Queue面板

> **提示**：如果Render Queue面板没有显示，那么选择"Window（窗口）→Render Queue（渲染序列）"命令即可显示。

Render Queue面板中的每个项目都可以被设置为需要的输出类型，而且每个输出类型都有自己的选项设置，对于以前没有制作过数字电影的人而言，渲染是一个非常重要的技术。有时，最好的学习方法是进行练习，因此一定要多进行尝试、多进行练习，这样才能精通该软件。

17.2.1 使用Render Queue面板的默认设置制作一个电影

在Mac中，After Effects的默认设置是创建QuickTime电影；而在Windows中，它的默认设置是创建AVI电影。在这一部分内容中，将介绍如何使用程序的默认设置输出电影的基本知识。基本的渲染步骤如下。

（1）打开配套资料中的"渲染.aep"文件。

（2）双击Popcorn Planets合成，把它打开，预览电影，如图17-2所示。

（3）选择"Composition→Make Movie"命令，或者按Ctrl+M（Windows）组合键，打开"Output Movie To"对话框，如图17-3所示。

图17-2 预览电影

图17-3 "Output Movie To"对话框

（4）输入名称，然后单击"保存"按钮，Render Queue面板即可打开，如图17-4所示。

图17-4　Render Queue面板

提示：可以把电影保存在硬盘的任意地方，建议保存在自己习惯保存的位置，以便在渲染后浏览该电影。

（5）在该面板中有多种类型的设置。现在，保持这些设置不变，然后单击Render（渲染）按钮，会看到Current Render（当前渲染）状态栏处于激活状态，并显示渲染的时间、剩余的时间和其他有关渲染的信息。这些反馈信息说明电影正在被渲染。

图17-5　播放器列表

（6）电影渲染完成后，如果声音是打开的，那么就会听到声音。听到声音后，找到自己渲染的电影，然后双击电影即可进行浏览。

注意：渲染的文件必须要在Windows Media Player播放器中播放。如果必要，右击电影图标并选择"Open With→Windows Media Player"命令打开Windows Media Player，或者从选择播放器列表中选择该播放器，如图17-5所示。

（7）观看完电影之后，返回到After Effects CS4中。在Render Queue面板中，选择Popcorn Planets合成的名称并按Backspace键（Windows）从Render Queue中把渲染的电影删除。也可以选择"Edit→Clear"命令，并关闭Render Queue面板。

注意：在渲染过程中，虽然可以在"Composition"窗口中观看合成，但是这样会降低渲染的速度。在开始渲染前，关闭"Composition"窗口可以使渲染的速度加快。从Project面板中选择需要渲染的电影，然后按Ctrl+M（Windows）组合键即可。

17.2.2　改变渲染设置

Render Queue面板中的设置是输出最终电影的主要设置。在这一部分内容中，将介绍如何根据需要改变这些设置。本练习将主要介绍如何制作低分辨率的测试电影。很多After Effects专业人士在以高分辨率设置输出最终电影之前都使用小的尺寸渲染电影来测试它们的作品。下面介绍如何改变渲染设置。

（1）制作一个合成文件。

（2）在Project面板中，选择"Composition→Make Movie"命令或者按Ctrl+M组合键，打开Render Queue面板，如图17-6所示。

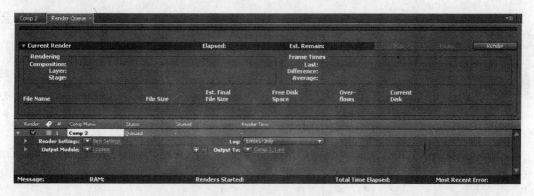

图17-6　Render Queue面板

（3）单击Render Settings（渲染设置）右侧的小三角按钮，从打开的菜单中选择Current Settings（当前设置）命令，打开"Current Settings"对话框，如图17-7所示。

（4）在"Current Settings"对话框中有3组设置：Composition（合成）设置，Time Sampling（时间采样）设置和Option（选项）设置。可以参阅本章后面的内容来了解这些设置。下面介绍如何改变这些设置。

（5）在"Composition"组中，单击Quality（质量）右侧的小三角箭头，在弹出的菜单中选择Draft（草图）项，如图17-8所示。

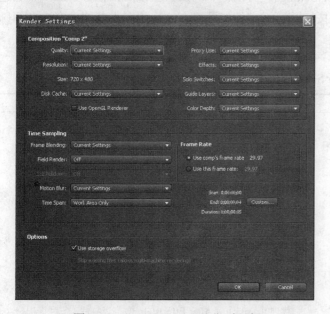

图17-7　"Current Settings"对话框

图17-8　选择菜单命令

提示：Best（最佳）项一般用于最终的输出。测试电影而不打算使用Best项渲染时使用Draft项。Wireframe（线框）项用于选择每层的线框轮廓，使用该项时的渲染速度很快，但是没有细节。这些设置都可以使用合成的Timeline面板中的Quality（质量）开关进行设置。默认项是Current Settings（当前设置），它在合成中确定所使用的设置。因此，如果把合成的Quality开关设置为Best，那么Current Settings就使用该设置，而且不必在这里进行修改。

（6）单击Resolution（分辨率）弹出菜单并选择Half（一半）分辨率。改变后，将会看到Size指示合成的大小，圆括号中的值是括号外面的值的一半。

> **提示**：Resolution的默认设置是Current Settings，它使用为合成设置的分辨率。在测试电影时，为了加快渲染的速度和快速地获得电影的外观效果，一般都选用一个较小的尺寸。

（7）在Time Sampling选项中，单击Time Span（时间跨度）项并选择Length of Comp（合成长度），单击"OK"按钮关闭"Render Settings"对话框。

> **提示**：Time Span设置是一个非常重要的选项。默认是Work Area Only（仅工作区）。但是，在多数情况下，可能需要输出整个合成。由于这个原因，要养成在每次设置合成渲染时都要检查该选项的习惯。本练习后面的表中介绍了"Render Settings"对话框中的所有设置。

（8）在Render Queue面板中单击Render（渲染）按钮，可以看到渲染速度加块。

17.2.3　渲染设置

在前的内容中，提到了"Render Settings"对话框中的设置。该对话框每个选项中还包含有多个子选项，单击右侧的小三角按钮即可把它们打开。在这里用一小节的内容来介绍一下这些设置，如表17-1所示。

表17-1　"Render Settings"对话框选项的子选项及功能

选项	子选项	功能介绍
Quality （质量）	Current Settings Best Draft Wireframe	选择Best项时，使用的渲染时间最长，该选项用于最终的输出渲染。Draft选项用于电影的渲染测试，当渲染速度比渲染质量重要时使用该项。Wireframe只用于渲染每一层的线框轮廓，使用该项时，渲染速度很快，但是没有细节。Current Settings是默认设置，在合成中使用Qual设置
Resolution （分辨率）	Current Settings Full Half Third Quarter,Custom	这些选项都与被渲染的合成的原始尺寸/大小相关。在选择一个尺寸时，Size栏就会以像素为单位显示其大小。使用Custom设置允许用户输入自己的设置。当After Effects艺术家需要快速地渲染电影时，一般都会选择比较小的分辨率设置，因为渲染低分辨率的电影使用的时间比较少
Proxy Use （代理使用）	Current Settings Use All Proxies Use Comp Proxies Only Use No Proxies	代理（proxy）是After Effects的一种高级特性，它允许用户设置虚拟素材，这些虚拟的素材可以使用真实的素材替换。After Effects专业人员通常使用它作为制作高分辨率电影的快捷方法。这样我们可以首先制作素材的低分辨率"代理"，当对其效果感到满意后，再使用最终的素材替换这些代理素材

（续表）

选项	子选项	功能介绍
Effects（效果）	Current Settings All On All Off	选择Current Settings项可以选择合成中处于"激活"状态的效果。可以选择渲染所有的效果，也可以选择不渲染任何的效果（忽略合成设置）。当所有的效果处于"关闭"状态时，电影的渲染速度最快，因此，当需要快速渲染时，可以考虑选择All Off项
Frame Blending（帧混合）	Current Settings On For Checked Layers Off For All Layers	帧混合只用于电影素材，而且只能在Timeline面板中的Swit-ches区域中设置。它可以创建一种溶散的效果（一个图像淡出，同时另一个图像淡入），它通常用于时间被延长了的素材。如果想了解更多关于帧混合和时间延长的内容，可参阅After Effects使用手册
Field Rendering（场混合）	Off Upper Field First Lower Field First	场混合只用于视频项目中，对于电影和Web内容不适用，因为它只能处理视频素材和输出中的视频场。比如，要把素材输出为NTSC或者PAL制式的视频，那么就要选择该项。在精确地设置该项之前，需要了解视频设备（摄像机和记录装置）首先使用上场（upper field）还是首先使用下场（lower field）。如果不是输出为视频项目，那么把该项设置为Off
Time Span（时间长度）	Length of Comp Work Area Only Custom	默认时间长度是Work Area Only。在第7章中，已经介绍了如何设置工作区。在输出整个合成时，需要把该项设置为Length of Comp。Custom允许设置不属于合成长度或者工作区长度的时间长度
Motion Blur（运动模糊）	Current Settings On For Checked Layers Off For All Layers	使用Motion Blur项可以设置在渲染输出中处理运动模糊的方式。使用运动模糊时，必须激活Timeline面板中的Switches面板。已经在第8章中介绍过了该面板
Frame Rate（帧频）	Use comp's frame rate Use this frame rate	可以选择使用合成的帧速率或者设置一个不同的帧速率。有时，需要增加或者减少电影的帧速率来节省渲染时间或者对硬盘空间的使用
Options（选项设置）	Use storage overflow （使用存储溢出） Skip existing files （跳过当前文件）	如果在渲染完成之前硬盘空间满了，且选择了该项，那么就会使用作为溢出容积设置的另外一个硬盘。如果要设置溢出容积，那么选择"Edit→Preferences→Output"命令；如果选择另一选项，那么可以跳过当前文件

注意：有几个选项只有两个设置，非常简单，比如Solo Switches和Guide Layers，不再介绍。

17.3 使用Output Module设置

在上一部分内容中，介绍了Render Queue面板中的Render设置。现在，再来了解Output Module，它也位于Render Queue面板中。这里将介绍如何选择格式和设置格式选项。

（1）在Project面板中选择（不是打开）3D Text合成。

（2）选择"Composition→Make Movie"命令或者按Ctrl+M（Windows）组合键，打开Render Queue面板，即可看到Output Module栏，如图17-9所示。

图17-9　Output Module栏

（3）单击带有下画线的Lossless（无损），打开"Output Module Settings（输出模块设置）"对话框，如图17-10所示。

在后面的内容中，将会介绍该对话框中各个选项的功能。现在，将介绍如何在该对话框中适当地改变设置。

（4）在上半部分，单击Format选项右边的小三角箭头并查看可以应用的不同选项，确定QuickTime Movie选项处于选择状态。在Mac中，QuickTime Movie选项是默认设置的格式。而在Windows中，AVI/Video for Windows则是默认设置的格式，如图17-11所示。

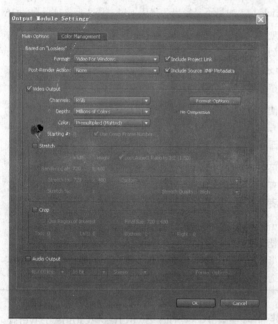

图17-10　"Output Module Settings"对话框

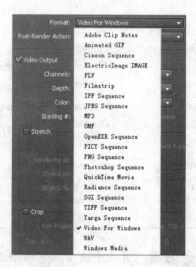

图17-11　格式选项

（5）在Video Output设置中单击Format Options按钮。打开"Video Compression（视频压缩）"对话框，如图17-12所示。如果选择一个不同于QuickTime的格式，那么将会显示其他选项的设置。在After Effects中提供了大量的可应用的格式选项。

（6）在"Video Compression"对话框中，单击Compressor（压缩器）右侧的小三角箭头弹出菜单，观察所有可应用的压缩器类型，如图17-13所示。注意，默认设置是No Compression（无压缩）选项。

（7）根据需要选择压缩器类型后，再根据需要设置质量，然后单击"OK"按钮，返回到"Output Module Settings"对话框。

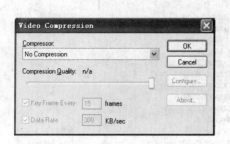

图17-12 "Video Compression"窗口 图17-13 压缩器类型

（8）在"Output Module Settings"对话框中，单击Depth（深度）选项并设置为Millions of Colors（百万颜色）的色位，如图17-14所示。

（9）观察Stretch（延伸）选项，如果需要扩大输出文件的大小，那么在这里单击Stretch选项框并输入需要的大小。

（10）观察Crop（裁切）选项，如果需要裁切合成的任意一侧的像素，那么在这里单击Crop选项框并输入需要裁切的像素数值。比如，在每个输入框中输入数值10，那么将在合成的每一侧去掉10个像素。

（11）观察Audio Output（音频输出）选项，如果需要输出QuickTime中的音频，那么在这里单击Audio Output选项框并选择适当的选项。注意也可以设置音频格式等选项。

（12）设置完成后，在Render Queue面板中单击Render按钮进行渲染即可。

Output Module Settings对话框中的选项

在上一部分内容中，已经了解了"Output Module Settings"对话框。这一对话框是After Effects中非常重要的一部分。在该对话框中，可以选择输出的格式以及设置格式类型的选项。比如，可以根据可应用的格式选择输出一列TIFF图像，一个QuickTime电影或者一个动画的GIF文件等，如图17-15所示。

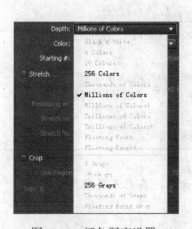

图17-14 颜色深度设置 图17-15 "Output Module Settings"对话框中的设置

单击Custom（自定义）右侧的箭头按钮，就会打开一个输出类型菜单，如图17-16所示，在菜单中列出了可以输出的各种类型格式。

✓ Custom	HDV/HDTV 720 29.97
	HDV/HDTV 720 25
Web Video, 320 x 240	HDV 1080 29.97
Web Banner, 468 x 60	HDV 1080 25
	DVCPRO HD 720 23.976
NTSC DV	DVCPRO HD 720 25
NTSC DV Widescreen	DVCPRO HD 720 29.97
NTSC DV Widescreen 23.976	DVCPRO HD 1080 25
NTSC D1	DVCPRO HD 1080 29.97
NTSC D1 Widescreen	HDTV 1080 24
NTSC D1 Square Pixel	HDTV 1080 25
NTSC D1 Widescreen Square Pixel	HDTV 1080 29.97
PAL D1/DV	
PAL D1/DV Widescreen	Cineon Half
PAL D1/DV Square Pixel	Cineon Full
PAL D1/DV Widescreen Square Pixel	Film (2K)
	Film (4K)

图17-16　输出类型

"Output Module Settings"对话框的设置比较多，为了便于阅读，下面以表的形式介绍一下"Output Module Settings"对话框中的选项功能，如表17-2所示。注意，在该对话框中，上半部分用于设置格式，在下半部分用于设置输出视频和音频的选项。

表17-2　"Output Module Settings"对话框中的选项

选项	功能描述
Fomat（格式）	允许为电影选择输出的格式。可以参阅下一个表格中关于"输出格式类型"的介绍
Post-Render Action（后期渲染动作）	用于设置在后期渲染中所用的选项，包括Import（导入）、Impcrt & Replace Usage（导入或替换所用）和Set Porxy（设置代理）
Fomat Options（格式选项）	打开另一个对话框，允许设置特定的格式选项。比如，QuickTime的选项就不同于TIFF的选项
Channels（颜色通道）	允许设置电影有多少个通道，多数电影都是使用RGB渲染的，也可以使用RGB+Alpha渲染，这样在储存电影时也会储存一个alpha通道
Depth（位深）	设置电影的位深。该项控制电影是灰度级的、彩色的还是带有alpha通道的彩色的
Color（色彩）	设置在alpha通道中颜色被处理的方式。该项有两个选项：Straight（Unmatted）和Premultiplied（Matted）。Premultiplied可用于多种输出目的
Stretch（拉伸）	这一组选项用于设置最终电影的大小。如果输入的大小/维数不同于合成的设置，那么可以选择使用Low质量或者High质量进行输出
Crop（裁切）	用于设置裁切影像中不需要的部分。

注意：关于输出类型，在前面的内容中已经做了介绍，在此不再赘述。

17.4　渲染音频

就像使用各种图像压缩方法一样，也可以使用各种音频压缩方法来输出音频文件。在这一部分内容中，将介绍如何选择音频压缩方法及如何渲染音频。下面介绍一下渲染音频的操作过程。

（1）在Project面板中选择一个音频合成文件。

（2）选择"Composition→Add To Render Queue（添加到渲染序列）"命令或者按Cmd+Shift+/（Mac）组合键或者Ctrl+Shift+/（Windows）组合键。使用Add To Render Queue命令是开始制作电影的另外一种方法。这种方法也经常被使用，因为可以使用它一次性添加多个合成文件到一个序列中。

（3）在Render Queue面板中单击带有下画线的单词Lossless（无损），打开"Output Module Settings"对话框，如图17-17所示。

（4）在"Output Module Settings"对话框中，把Format（格式）项设置为QuickTime Movie项。QuickTime是唯一一种包括音频的格式。单击Audio Output选项，然后单击该选项组中的Format Option（格式选项）按钮，打开"声音设置"对话框，如图17-18所示。

图17-17　"Output Module Settings"对话框

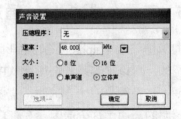

图17-18　"声音设置"对话框

（5）在"声音设置"对话框中，单击"压缩程序"项，选择合适的压缩器，然后单击"确定"按钮关闭该窗口。

（6）可以在"Output Module Settings"对话框中使用默认设置，也可以根据需要进行设置，然后单击"OK"按钮返回到Render Queue面板中。

（7）单击Render Queue面板中的Render（渲染）按钮即可进行渲染。

（8）电影渲染完成后，在QuickTime播放器上播放电影，这样就可以听到声音。

音频输出设置

在下面的内容中，以表格形式介绍在"声音设置"对话框中可应用的各种音频输出设置，如表17-3所示。

表17-3 音频输出设置

设置	描述
Format（格式）	确定格式类型。文件格式包括QuickTime、Video for Windows和在插件格式模块中可用的文件类型
Post-Render Action（后期渲染动作）	在合成文件渲染完成后请求After Effects执行的一个命令。可以参阅After Effects Help菜单了解更多的信息
Format Options（格式选项）	打开一个含有格式设置信息的窗口。比如，QuickTime是一个格式，For mat Options将打开"QuickTime Compression"对话框（可以参阅After Effects Help菜单中的Choosing Compression Options）
Starting（设置）	设置一个序列中开始帧的帧数。如果把该项设置为38，那么After Effects将把第一帧命名为filename_00038.psd（或者是设置的其他格式）。Use Comp Frame Number项把工作区中的开始帧数设置为序列中的开始帧
Channels（通道）	在渲染的电影中设置包含的输出通道。如果选择RGB+Alpha，那么After Effects将创建一个带有alpha通道的电影
Stetch（拉伸）	设置渲染电影的大小。如果打算保持当前的比率，那么选择Lock Aspect To项。测试渲染时选择Low Stetch Quality项。渲染最终电影时选择High Stetch Quality项
Crop（裁切）	使用该项可以为渲染电影的边缘添加或者减去像素。输入正值是裁切（减去）像素，输入负值是添加像素。如果选择Region of Interest项，那么只渲染在合成或者层窗口中选择的区域
Audio Output（音频输出）	该项用于设置样本速率、样本深度（8Bit或者16Bit）和播放格式（Mono或者Stereo）。选择与输出格式对应的样本速率。如果在计算机上播放，那么选择8Bit的样本速率。如果输出到光盘、使用数字音频播放或者是在支持16Bit的硬件上播放，那么选择16Bit的样本速率。它还是Component Video压缩器的一个选择性方法

17.5 查看合成的alpha通道

打算渲染带有alpha通道的电影时，必须首先确定这个合成文件是否含有alpha通道。如前面介绍的，可以很容易地把影像从Photoshop和Illustrator中输入到After Effects中，并保留它们的透明性。在渲染一个合成时，需要渲染合成中的所有层，其中有些层是透明的，有些层则不是透明的。由于这个原因，在打算渲染带有alpha通道的电影之前需要确定合成中的alpha通道是什么样子的。

在每一个"Composition"窗口的底部都有一排红色、绿色、蓝色和白色的按钮。如果要查看alpha通道，单击白色的按钮，这是Show Alpha Channel（显示alpha通道）按钮。单击其他几个按钮可以分别查看R、G和B通道。也可以在这个项目中查看其他合成的通道，单击这几个按钮就可以查看。如果单击Show Alpha Channel按钮的话，会看到本章使用的"渲染.aep"项目中的多数合成都含有一个纯白色的alpha通道。这是因为它们使用图像作为背景，占据了整个屏幕，使这个合成的alpha通道看起来完全是白色的。如果关闭背景层，将会在alpha通道中看到合并的形状，如图17-19所示。

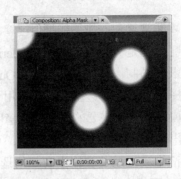

图17-19 alpha通道（右图）

一般情况下，alpha通道中的白色区域用于显示素材中的图像，黑色区域用于隐藏素材中的图像。

17.6 After Effects CS4和Web

熟悉了After Effects以后，可能会想把自己的作品发布到Web上去。这部分内容将介绍一些与Web发布有关的重要内容。

为Web创建项目时，建议使用QuickTime电影格式，因为这种格式在Web应用上要比AVI格式功能更多。在"Output Module Settings"对话框中，确定把Format（格式）设置为QuickTime Movie，如图17-20所示。

然后在"Compression Settings"对话框中，将Compressor（压缩程序）设置为Sorenson Video，这是把24位电影压缩为流视频的最好的设置。

接下来，设置Quality项。质量越低，文件就越小。在Web上发布时，每秒的帧数要低于15或者更

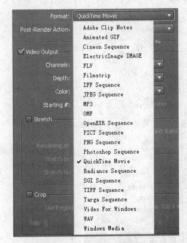

图17-20 选择格式

低。也可以改变帧速率来制作更小的Web电影。注意QuickTime中的关键帧不同于After Effects中的关键帧。Adobe建议使用3:1公式来确定关键帧的速率。比如，如果选择的帧速率是15，那么再乘以3，得到值45，输入45作为关键帧的速率，选中Key frame every（每一关键帧）选项并输入45。这个数据速率也会根据终端系统的速度而改变。样本数据速率是：28Kbmodem = 2.5Kb/s，56Kbmodem = 4.0Kb/s，ISDN = 12Kb/s，T1 = 20Kb/s。最好为速度慢的调制解调器设置自己的数据速率以便于每个用户都可以看到自己的作品，并不是所有的用户都使用高速的Internet。

另外也可以把分辨率设置的低一些，这样能够节省文件的每一位（或者比特），从而可以节省终端用户的宝贵下载时间。

17.7 创建和使用渲染模板

有的渲染设置非常复杂。能不能把自己喜欢或者经常使用的设置保存起来,以便在需要的时候再次使用呢?这是完全可以的。Rendering Templates(渲染模板)就可以存储预定义的设置,而且它很容易制作。Render设置和Output Modules设置都有一些默认的模板,可以从下拉菜单中选择使用它们。这些模板都有用于渲染和输出的特定设置。更为理想的办法是可以创建自己的模板来保存需要的设置。这意味着可以存储自己经常使用的设置并使它们通过下拉菜单显示出来。在创建自己的模板时,可以根据需要为它命名。在这一部分内容中,将介绍如何创建渲染模板以及在输出时如何选择渲染模板。

(1)在Project面板中选择合成文件。

(2)选择"Composition→Make Movie"命令或者按Ctrl+M(Windows)组合键打开Render Queue面板。

(3)在Render Queue面板中单击Render Settings选项旁边的箭头,并从弹出的菜单中选择Make Template项,如图17-21所示。

(4)在打开的"Render Settings Templates(渲染设置模板)"对话框中,找到Settings Name(设置名称)输入框并输入模板的名称,如图17-22所示。

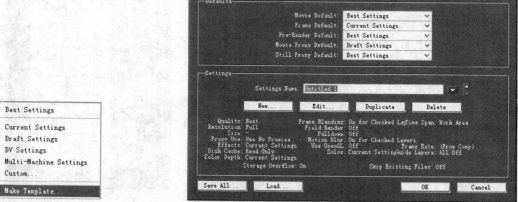

图17-21　选择命令　　　　　图17-22　"Render Settings Templates"对话框

(5)单击Edit(编辑)按钮,打开"Render Settings"对话框,如图17-23所示。

(6)在"Render Settings"对话框中,单击Quality菜单并选择Draft项。这是创建低质量、快速渲染和粗略电影的设置。

(7)单击Resolution(分辨率)菜单并选择Quarter(四分之一)项,用于设置低的分辨率。

(8)单击Time Span(时间跨度)菜单并选择Length of Comp(合成长度)项,用于设置时间长度。

(9)把Motion Blur(运动模糊)项设置为Off For All Layers(关闭所有层),用于关闭层中的运动模糊效果。单击"OK"按钮返回到"Render Settings Templates"对话框中。

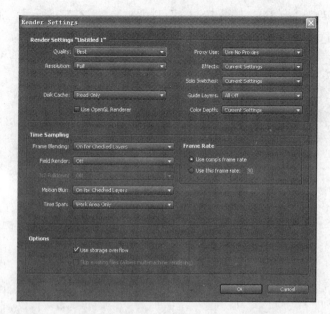

图17-23 "Render Settings"对话框

提示：如果要渲染成高端的电影，那么把这些选项设置的高一些即可。

17.8 Collect Files命令

在After Effects CS4中，有一个可应用的自动化命令，使用这个命令可以有效地组织自己的工作，这个命令称为Collect Files。该命令自动地创建在项目中使用的所有素材的副本以及项目文件本身的副本并把副本放置在指定的文件夹中。它非常有用，但是使用这个命令可以很容易地为一个项目以副本的形式收集所有的文件，这些副本可以被存档、渲染或者在其他项目中使用。在这一部分内容中，将介绍如何使用Collect Files命令。注意，可以在整个项目或者个别的合成中使用这一功能。

（1）制作好项目或者合成文件后，选择"File→Save"命令或者按Ctrl+S（Windows）组合键可以保存项目。

提示：在使用Collect Files命令之前必须先保存项目，否则将会得到一个提示窗口提示用户在收集文件之前必须先保存项目，并给出一个保存项目的选项。

（2）选择"File→Collect Files"命令，打开"Collect Files"对话框，如图17-24所示。

（3）在"Collect Files"对话框中，单击Collect Source Files收集源文件选项，确定All处于选择状态，然后单击"Collect"按钮，打开一

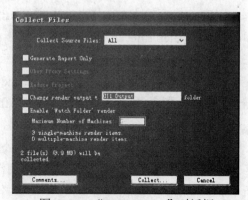

图17-24 "Collect Files"对话框

个用于保存文件的"Collect Files into Folder"对话框，如图17-25所示。使用All项可以收集项目文件和所有在这个项目中使用的素材，并会生成一个报告。

（4）在"Collect Files into Folder"对话框中，指定文件夹并单击"OK"按钮，将会显示一个收集文件的进程表，如图17-26所示。

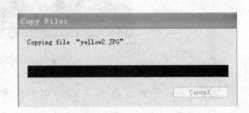

图17-25　"Collect files into folder"对话框　　　　图17-26　Copy Files进程表

（5）收集过程完成后即可找到并打开该文件夹查看里面的项目文件和素材文件的副本。

17.9　输出Flash文件

可以很容易地把After Effects电影输出为Flash文件格式（SWF）。为什么需要使用After Effects CS4来实现这样的目的呢？

Flash支持声音、图像、运动和交互性。由于这个原因，在Flash中创建的范围就不同于在After Effects中创建的范围。可以在Flash中创建带有按钮和浏览者填写的表格的网页。

After Effects CS4具有不同的功能，既可以创建位图运动图形，也可以用于制作带有混合、模糊和遮罩的视频效果。

以Flash格式输出After Effects电影的好处是可以不必知道怎样在Flash中创建运动，只要知道如何在After Effects中创建运动即可。由于这个原因，After Effects更具有吸引力，用户在After Effects中要比在Flash中更能够熟练地创建动画。另外，After Effects比Flash有更高级的运动控制功能，After Effects中的Timeline面板能够为效果设置关键帧而且具有独立的Transform和Mask属性。用户可能会选择使用After Effects而不选择使用Flash，因为使用After Effects可以创建出更多的不同种类的动画效果。

另外，也有很多的After Effects制作公司使用Flash创建网站，因为这样可以使用更多的格式。这是因为制作人员可以在Flash中制作全屏动画并且可以使用更多的字体，这是HTML所不能实现的。

一般情况下，Flash作品中只使用矢量图，因此文件的尺寸将会非常的小，而且下载的速度要比基于像素的影像快。在After Effects中的任何内容包括实拍素材和视频效果在Flash中都是作为基于像素的影像被处理的。如果合并After Effects作品和Flash作品，也会使文件的尺寸变大。

也可以从After Effects CS4中只输出矢量影像。关键问题是使用基于矢量的影像或者使用实色层和非羽化的遮罩。也应该避免使用实拍的素材、效果或者模糊。但是After Effects最适合于制作和输出基于像素的动画，而且多数情况下都在After Effects影像中使用实拍的素材、效果或者模糊效果。

在After Effects CS4中以Flash格式输出时可以忽略基于像素的影像。也可以选择含有不支持某些特性的光栅化帧，把它们添加到SWF文件作为以JPEG格式压缩的位图。但是，如果把位图添加到每个帧，Flash电影的文件将变得很大，这样对于在Web上的发布不是很理想。

以Flash格式输出文件后，可以把这个输出的文件输入到Flash中。After Effects既支持Flash格式也支持QuickTime格式，因此也可以选择从After Effects中把项目以QuickTime格式输出为Flash影像。也可以尝试在After Effects中把特定的内容输出为SWF或QuickTime以确定哪种输出比较好。

下面介绍一下如何创建Flash格式的输出并作为最终的电影格式。该操作过程非常简单，而且还可以选择忽略基于像素的效果以便创建出纯矢量的尺寸更小的文件。

（1）导入配套资料中的Flash Comp文件，在Project面板中打开并播放Flash Comp文件。该合成含有一个带有羽化遮罩的实色层。选择这个练习是因为在输出为Flash（SWF）文件格式时可以尝试不同的输出设置。关闭Flash Comp文件，但是要保持该文件在Project面板中处于选择状态。

（2）选择"File（文件）→Export（导出）→Adobe Flash Player（SWF）"命令，打开"Save File As"对话框，如图17-27所示。注意只能在Export菜单中访问Adobe Flash（SWF）命令，在Render Queue中不能访问该命令。

（3）设置好保存的路径，然后单击"保存"按钮，打开"SWF Settings（SWF设置）"对话框，如图17-28所示。

（4）在"SWF Settings"对话框中，观察Images选项组。在这一部分内容中，使用JPEG Quality项的默认设置，其默认设置是中等。该设置影响任何基于像素的内容，比如图像或者实拍素材。如果选择使用较大的质量，将会使文件的尺寸变大。

（5）单击查看Unsupported Features（不支持的功能）菜单，注意可以选择不支持的特性或者光栅化它们。在这一部分内容中，保持使用Ignore（忽略）设置。如果使用Rasterize（栅格化）项，那么会把所有的不支持特性转换为JPEG图像，这样会使文件的尺寸增加。

（6）注意Audio（音频）部分，这几个选项用于设置音频，可以根据需要进行选择。

在Flash文件中，音频使用MP3压缩类型编码。如果要在Web项目中使用音频，并且创建尽可能小的文件，那么要把Sample Rate（采样速率）项设置为一个较小的数值（11.025kHz或者22.050kHz），并保持可以接受的音频质量。使用Mono比使用Stereo创建的数据要小。使用较小的Bit Rate（位速率）也可以减小文件的尺寸。

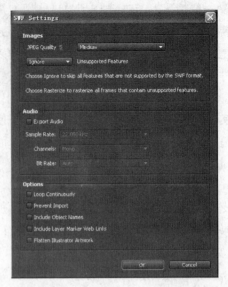

图17-27　"Save File As" 对话框　　　　　图17-28　"SWF Settings" 对话框

（7）单击Loop Continuously（连续循环）选项，这样可以使电影重复地播放。单击Prevent Import（防止输入）选项，可以防止其他人访问和修改输出的SWF文件。

（8）设置好选项后单击"OK"按钮。

> 提示：使用Include Object Names（包括对象名称）选项可以包含合成中存在的层、遮罩和效果的名称，但是这样会增加文件的尺寸。使用Include Layer Marker Web Links（包括层编辑Web链接）选项可以使有标记和Web链接的层包含在Adobe Flash输出文件中并能够起作用。使用Flatten Illustrator Artwork选项可以合并Illustrator影像。可以参阅本练习后面的提示来更详细地了解该选项。

（9）完成输出后，将会创建一个SWF文件和一个HTML文件，然后在Web浏览器中打开HTML文件。

如果Web浏览器上安装有Flash插件，那么可以在HTML网页上看到输出文件的播放。滚动该网页并注意创建的关于Flash输出的报告。浏览完动画后，关闭该浏览器。创建的HTML文件可以帮助用户预览最终的SWF文件以及它的设置。如果要把SWF文件输入到Adobe Flash或者Adobe Live Motion中，那么就会丢弃HTML文件。

（10）最后保存并关闭该项目即可。

第18章 综合实例——科技宣传片头制作

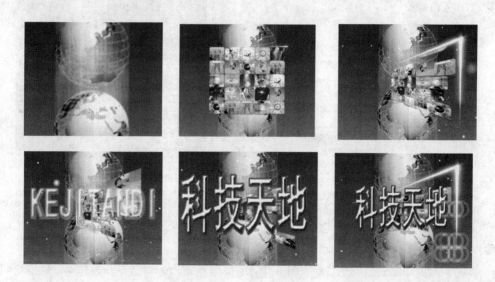

在本例中，将制作几个小动画，并用这些小动画组成一个科技宣传片片头。将要制作的动画有：粒子动画、摄像机动画、方块图的运动、循环流动的光边、文字动画、圆环动画等。

18.1 导入素材

在这一部分中，将介绍如何导入素材。本例中使用到的素材有JPG格式和PSD格式，对于PSD格式的素材，需要在打开的对话框中设置它的导入方式。

（1）启动Adobe After Effects CS4后，进入到系统默认的工作界面。

（2）执行"Composition→New Composition"命令，打开"Composition Settings"对话框，设置合成名称及其他选项，如图18-1所示。然后单击按钮 OK ，新建一个合成。

图18-1 "Composition Setting"对话框

（3）执行"File→Import→File"命令，打开"Import File"对话框。按住Ctrl键，选择多个图片名称，然后单击按钮 打开(O)，将这些图片导入到Project面板中。如图18-2所示。注意，对话框中的PSD格式的素材需要以合成的方式导入。

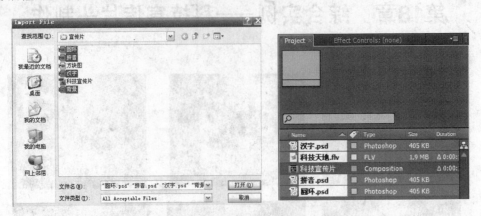

图18-2 "Import File"对话框和Project面板

（4）执行"File→Import→File"命令，打开"Import File"对话框，选择 PSD 方块图，然后单击按钮 打开(O)，打开"方块图.psd"对话框，将Import Kind（导入类型）设置为Composition选项，如图18-3所示。

（5）单击按钮 OK，将"方块图.psd"素材导入到Project（项目）面板中，如图18-4所示。

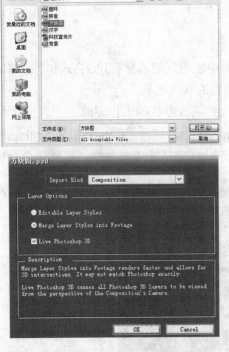

图18-3 "Import File"对话框和　　　　　　图18-4 导入的"方块图.psd"素材
　　　　　　"方块图.psd"对话框

（6）将"背景.jpg"素材从Project面板拖入到Timeline面板中，此时在"Composition"窗口中即可看到背景的效果了，如图18-5所示。

图18-5 Timeline面板和"Composition"窗口中的效果

18.2 创建粒子动画

在这一部分中，将使用Particle（粒子）命令来制作粒子动画。可以通过设置发射器类型、粒子的大小、每秒钟发射粒子的数量、粒子的生命等来创建出比较理想的粒子动画。

（1）创建"粒子"图层。执行"Layer→New→Solid"命令，打开"Solid Settings"对话框，输入图层名称，将颜色设置为黑色，如图18-6所示。

（2）单击"OK"按钮，创建一个黑色图层，即"粒子"图层。该图层将"背景.jpg"图层覆盖了，如图18-7所示。

图18-6 "Solid Settings"对话框

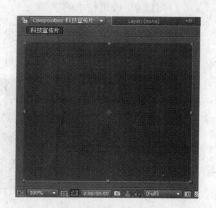

图18-7 创建的"粒子"图层

（3）创建粒子动画。在Timeline面板中确定"粒子"图层处于选择状态，执行"Effect（效果）→Trapcode（限制码）→Particular（粒子）"命令，打开Effect Controls面板。如果来回拖动时间指示器，会看到粒子的动画效果，如图18-8所示。

（4）设置粒子参数。在Effect Controls（效果控制）面板中展开Emitter（发射器）选项，设置有关参数，如图18-9所示。

图18-8 Effect Controls面板和粒子的动画效果

（5）在Effect Controls面板中展开Particle选项，设置有关参数，如图18-10所示。

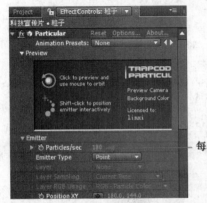

图18-9 设置粒子的数量

图18-10 设置粒子的其他参数

（6）这样就创建了粒子的动画效果，按0键预览粒子动画，其中几帧的效果如图18-11所示。

图18-11 粒子的动画效果

18.3 创建摄像机动画

摄像机的运动会直接带动3D图层的运动。在这一部分中，将通过为摄像机设置动画而创建出"方块图"图层由大到小、由左向右的运动效果。

（1）将"方块图"合成素材从Project面板拖入到Timeline面板中的顶层位置，然后打开该图层的3D开关 ▦。"Composition"窗口中显示方块图的效果，如图18-12所示。

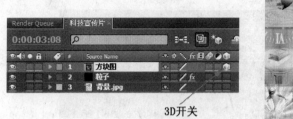

图18-12　Timeline面板和"Composition"窗口中的方块图效果

（2）创建"摄像机"图层。执行"Layer→New→Camera"命令，打开"Camera Settings"对话框，输入名称，并设置有关选项，如图18-13所示。

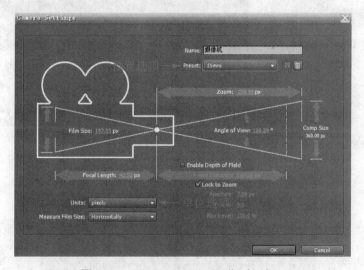

图18-13　"Camera Settings"对话框

（3）单击"OK"按钮，创建一个"摄像机"图层，如图18-14所示。创建"摄像机"图层后，所有的3D图层将会随着摄像机的运动而运动。

图18-14　创建的"摄像机"图层

（4）创建摄像机动画。确定时间指示器处于0秒位置处，展开"摄像机"图层。将Camera Options（摄像机选项）下Zoom（缩放）的值调大，然后单击其前面的马表图标 ⏱，建立Zoom属性的第1个关键帧，如图18-15所示。

（5）由于"方块图"图层受摄像机的影响，所以图层被放大了。

（6）单击"Composition"窗口底部的按钮 `0:00:00:00`，打开"Go to Time"对话框。将

时间设置为1秒，单击按钮 OK ，时间指示器移动到1秒位置处。然后将Zoom（缩放）的值调小，这样就建立Zoom属性的第2个关键帧，如图18-16所示。

图18-15　创建Zoom属性的第1个关键帧

图18-16　"Go to Time"对话框和建立的Zoom属性第2个关键帧

（7）由于Zoom（缩放）的值被调小了，所以"方块图"图层也被缩小了。

（8）展开Transform（转换）选项，使用默认参数，建立Point of Interest（原点）和Position（位置）这两个属性的第1个关键帧，如图18-17所示。

图18-17　建立两个属性的第1个关键帧

（9）将时间指示器移动到2秒位置处，单击Point of Interest（原点）前面的"添加关键帧"按钮 ，建立它的第2个关键帧。修改Position（位置）的参数，建立它的第2个关键帧，如图18-18所示。

"添加关键帧"按钮

图18-18　建立两个属性的第2个关键帧

（10）将时间指示器移动到3秒位置处，调整Point of Interest（原点）和Position（位置）的参数，这样就建立了这两个属性的第3个关键帧，如图18-19所示。

图18-19 建立两个属性的第3个关键帧

（11）这样就创建了摄像机的动画效果，按0键预动画，会看到"方块图"图层先由大到小，再从左向右翻转，其中几帧的效果如图18-20所示。

图18-20 摄像机动画效果

18.4 创建光边动画

在这一部分中，将使用3D Stroke（描边）命令创建描边效果，并为描边添加Star Glow（星光）特效，然后设置循环流动的光边动画。

（1）将时间指示器调整到1秒位置处，这时的"方块图"图层是正对着视线的，如图18-21所示。

（2）创建"光边"图层。执行"Layer→New→Solid"命令，打开"Solid Settings"对话框，输入图层名称，将颜色设置为黑色，如图18-22所示。

图18-21 "方块图"图层在1秒时的效果

图18-22 "Solid Settings"对话框

（3）单击"OK"按钮，创建一个黑色图层，即"光边"图层。在Timeline面板中打开"光边"图层的3D开关。由于受摄像机的影响，在"Composition"窗口中会看到一个比较小的黑色图层，如图18-23所示。

图18-23　创建的"光边"图层

（4）在Timeline面板中确定"光边"图层处于选择状态，按S键，展开它的Scale属性，然后修改参数值，使"光边"图层变大，如图18-24所示。

图18-24　修改Scale的参数和修改后的效果

（5）创建蒙版。需要创建一个与"方块图"图层大小匹配的蒙版。为了方便绘制，在Timeline面板中将"光边"图层拖动到底层，然后使用"矩形蒙版工具"沿着"方块图"图层的边缘绘制一个矩形，如图18-25所示。

图18-25　移动"光边"图层的位置和绘制的矩形

图18-26　创建的描边效果

（6）创建3D描边。在Timeline面板中将"光边"图层再拖动到顶层位置。执行"Effect→Trapcode（限制码）→3D Stroke（描边）"命令，为"光边"图层添加描边效果，如图18-26所示。

（7）确定"光边"图层处于选择状态，在Effect Controls面板中设置Thickness（粗细）的值来调整描边的粗细，如图18-27所示。

（8）在Effect Controls面板中展开Taper（锥形）选项，设置有关参数，将描边调整为锥形效果，如图18-28所示。

（9）添加光效。确定"光边"图层处于选择状态，执行"Effect→Trapcode（限制码）→Star Glow（星光）"命令，为描边添加星光效果。在Effect Controls面板中调整Steak Length

（光线长度）的值，然后再展开Colormap A和Colormap B选项，设置颜色，如图18-29所示。

图18-27 设置描边的粗细效果

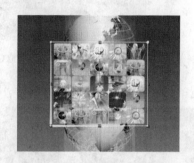

图18-28 设置锥形描边效果

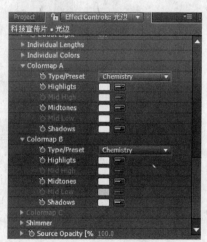

图18-29 设置光线长度和颜色

（10）此时，可以在"Composition"窗口中看到为描边添加的星光效果，如图18-30所示。

（11）创建光边动画。确定时间指示器处于0秒位置处，展开"光边"图层。设置Offset（偏移）的值，并建立它的第1个关键帧，将Loop（循环）设置为On，如图18-31所示。

（12）按End键把当前时间指示器移动到最后的位置处，然后调整Offset的值，这样就建立了它的第2个关键帧，如图18-32所示。

图18-30　为描边添加的星光效果

图18-31　建立Offset的第1个关键帧

图18-32　建立Offset的第2个关键帧

（13）这样就创建了光边的动画效果，按0键预览动画，其中几帧的效果如图18-33所示。

图18-33　光边动画效果

18.5　创建方块图动画

图18-34　添加卡片擦除后的效果

在这一部分中，将使用Card Wipe（卡片擦除）命令创建"方块图"图层的卡片擦除效果，然后设置方块图的Position Jitter（位置抖动）动画。

（1）创建卡片擦除效果。在Timeline面板中确定"方块图"图层处于选择状态。执行"Effect→Transition→Card Wipe（卡片擦除）"命令，为"方块图"图层添加卡片擦除效果，如图18-34所示。

（2）在Effect Controls面板中调整有关选项的参数，其他使用默认设置，如图18-35所示。

（3）创建动画。将时间指示器移动到3秒位置处，然后在"方块图"图层中展开"Effects→Card Wipe（卡片擦除）→Position Jitter（位置抖动）"。设置Z Jitter Amount（沿Z轴抖动数）的值，并建立它的第1个关键帧，如图18-36所示。

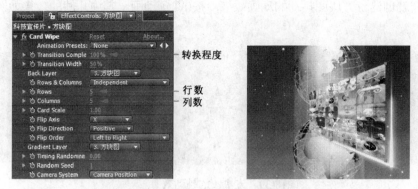

图18-35 设置参数和效果

图18-36 建立Z Jitter Amount属性的第1个关键帧

（4）将时间指示器移动到4秒位置处，然后调整Z Jitter Amount的值，建立它的第2个关键帧，如图18-37所示。

图18-37 建立Z Jitter Amount属性的第2个关键帧

（5）创建方块投影。确定"方块图"图层处于选择状态，执行"Effect→Perspective→Drop Shadow"命令，然后在Effect Controls（效果控制）面板中设置有关参数和颜色，如图18-38所示。

图18-38 设置投影参数和效果

（6）这样就创建了方块图抖动的动画效果，按0键预动画，其中几帧的效果如图18-39所示。

图18-39　方块图的抖动效果

18.6　创建文字动画

在这一部分中，将为"拼音.psd"图层和"汉字.psd"图层设置由大到小的动画，并为"拼音.psd"图层添加Shine（扫光）特效。还将根据需要分别设置这两个图层的持续时间。

（1）在Project（项目）面板中将"拼音.psd"素材拖入到Timeline面板中。为了使该图层在5秒时出现，7秒时消失，将时间指示器移动到5秒位置处，然后将时间条的开始端移动到5秒位置处。将时间指示器移动到7秒位置处，然后将时间条的结束端移动到7秒位置处，如图18-40所示。

图18-40　拖入的图层

（2）此时，可以在"Composition"窗口中看到"拼音.psd"图层的效果，如图18-41所示。

（3）设置文字动画。将时间指示器移动到5秒位置处，确定"拼音.psd"图层处于选择状态。按S键展开它的Scale属性，修改参数值，使该图层变大，并建立它的第1个关键帧，如图18-42所示。

图18-41　合成窗口中的文字效果　　　　图18-42　建立Scale的第1个关键帧

（4）将时间指示器移动到7秒位置处，修改Scale的参数值，使该图层恢复到原来的大小，这样就建立了它的第2个关键帧，如图18-43所示。

图18-43 建立Scale的第2个关键帧

（5）为文字添加光效。确定"拼音.psd"图层处于选择状态，执行"Effect→Trapcode（限制码）→Shine（扫光）"命令，为文字添加扫光效果。在Effect Controls面板中调整Ray Length（光线长度）的值。然后再展开Colorize（色彩）选项，设置颜色。如图18-44所示。

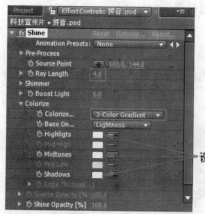

→设置为白色

图18-44 设置光效参数和效果

（6）设置光效动画。将时间指示器移动到5秒位置处，展开"拼音.psd"图层，建立Ray Length（光线长度）的第1个关键帧，如图18-45所示。

图18-45 建立Ray Length的第1个关键帧

（7）将时间指示器移动到7秒位置处，修改Ray Length（光线长度）的参数值，这样就建立了它的第2个关键帧，如图18-46所示。

图18-46 建立Ray Length的第2个关键帧

（8）"拼音.psd"图层在5秒和7秒两帧的动画效果如图18-47所示。

图18-47 "拼音.psd"图层在两帧中的效果

（9）在Project（项目）面板中将"汉字.psd"素材拖入到Timeline面板中。为了使该图层在7秒时出现，将时间指示器移动到7秒位置处，然后将时间条的开始端移动到7秒位置处，如图18-48所示。

图18-48 拖入的图层

（10）此时，可以在"Composition"窗口中看到"汉字.psd"图层的效果，如图18-49所示。

（11）设置文字动画。将时间指示器移动到7秒位置处，确定"汉字.psd"图层处于选择状态。按S键展开它的Scale属性，修改参数值，使该图层变大，并建立它的第1个关键帧，如图18-50所示。

图18-49 "Composition"合成窗
口中的文字效果

图18-50 建立Scale的第1个关键帧

（12）将时间指示器移动到8秒位置处，修改Scale的参数值，使该图层变小，这样就建立了它的第2个关键帧，如图18-51所示。

图18-51 建立Scale的第2个关键帧

18.7　创建流动的圆环

在这一部分中，将创建圆环流动的动画。使用Offset（偏移）命令创建多个圆环，并设置圆环的透明效果，然后使用复制图层的方法，创建多个"圆环.psd"图层，以增强圆环的动感效果。

（1）在Project面板中将"圆环.psd"素材拖入到Timeline（时间标尺）面板中，在"Composition"窗口中显示圆环效果，如图18-52所示。

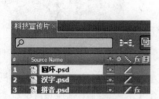

图18-52　拖入的图层和显示的圆环效果

（2）创建圆环动画。将时间指示器移动到8秒位置处，展开"圆环.psd"图层。修改Scale和Position的参数值，并建立Position的第1个关键帧，如图18-53所示。在8秒位置时，圆环在"Composition"窗口的外围，暂时看不到。

图18-53　建立Position的第1个关键帧

（3）按End键，将时间指示器移动到最后位置处。修改Position的参数值，这样就建立了Position的第2个关键帧，如图18-54所示。

图18-54　建立Position的第2个关键帧

（4）确定"圆环.psd"图层处于选择状态，执行"Effect→Distort→Offset"命令，为圆环添加偏移效果。在Effect Controls面板中调整Shift Center To和Blend With Original（与原点混合）的值，如图18-55所示。

图18-55　设置偏移参数

（5）为圆环添加偏移效果后，圆环动画中一帧的效果如图18-56所示。

（6）创建更多的圆环效果。确定"圆环.psd"图层处于选择状态，再次执行"Effect→Distort→Offset"命令，并在Effect Controls面板中调整Shift Center To和Blend With Original的值，如图18-57所示。

图18-56　圆环效果

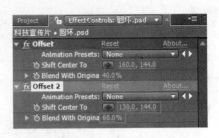

图18-57　设置偏移参数

（7）再次设置圆环的动画效果。将时间指示器移动到8秒位置处，展开"圆环.psd"图层。修改Blend With Original的值，并建立它的第1个关键帧，如图18-58所示。

图18-58　建立Blend With Original的第1个关键帧

（8）按End键，将时间指示器移动到最后位置处。修改Blend With Original的值，这样就建立了Blend With Original的第2个关键帧，如图18-59所示。

图18-59　建立Blend With Original的第2个关键帧

（9）复制"圆环.psd"图层。确定"圆环.psd"图层处于选择状态，按Ctrl+D键两次，复制两个"圆环.psd"图层，也可以复制多个。然后分别在8秒和最后时间处修改Position（位置）的参数，使它们在不同的位置运动，如图18-60所示。

（10）宣传片制作完成，按0键预览宣传片的动画效果。

（11）渲染输出动画，然后保存文件。

有些复杂片头的制作，需要分成几大部分制作，因此读者需要有足够的耐心。本书中实际上只介绍了After Effects CS4的一小部分功能，更多的功能还需要读者花时间去研究，只有这样才能充分地精通它，并能够在以后的工作中制作出好的视频效果。

图18-60　复制的两个图层在8秒（左）和最后时间（右）的Position参数

附录A 键盘快捷键

利用After Effects CS4工作时，能够熟练地使用键盘快捷键可以在很大程度上提高工作效率，因此下面按类型分类介绍键盘快捷键。

1. 选择工具箱中的操作

选择工具	V
旋转工具	W
摄像机工具	C
画笔工具	Ctrl+B
徒手工具	H
缩放工具	Z放大，Alt+Z缩小
平移到后面工具	Y
矩形遮罩工具	Q
文本工具	Ctrl+T
钢笔工具	G
克隆图章工具	Ctrl+B
橡皮擦工具	Ctrl+ B

2. 项目和素材操作

新建项目	Ctrl+Alt+N
打开项目	Ctrl+O
打开项目时只打开项目窗口	按住Shift
打开上次打开的项目	Ctrl+Alt+Shift+P
保存项目	Ctrl+S
选择上一子项	上箭头
选择下一子项	下箭头
打开选择的素材项或合成图像	双击
在After Effects素材窗口中打开影片	Alt+双击
激活最近激活的合成图像	\
增加选择的子项到最近激活的合成图像中	Ctrl+/
显示所选的合成图像的设置	Ctrl+K
增加所选的合成图像的渲染队列窗口	Ctrl+Shift+/
导入一个素材文件	Ctrl+i
导入多个素材文件	Ctrl+Alt+i
替换选择层的源素材或合成图像	Alt+从项目窗口拖动素材项到合成图像

替换素材文件	Ctrl+H
设置解释素材选项	Ctrl+F
扫描发生变化的素材	Ctrl+Alt+Shift+L
重新调入素材	Ctrl+Alt+L
新建文件夹	Ctrl+Alt+Shift+N
记录素材解释方法	Ctrl+Alt+C
应用素材解释方法	Ctrl+Alt+V
设置代理文件	Ctrl+Alt+P
退出	Ctrl+Q

3. 合成、层和素材窗口中的操作

在打开的窗口中循环	Ctrl+Tab
显示/隐藏标题安全区域和动作安全区域	'
显示/隐藏网格	Ctrl+'
显示/隐藏对称网格	Alt+'
居中激活的窗口	Ctrl+Alt+\
动态修改窗口	Alt+拖动属性控制
暂停修改窗口	Caps Lock
在当前窗口的标签间循环	Shift+,或Shift+.
在当前窗口的标签间循环并自动调整大小	Alt+Shift+,或Alt+Shift+.
快照（多至4个）	Ctrl+F5，F6，F7，F8
显示快照	F5，F6，F7，F8
清除快照	Ctrl+Alt+F5，F6，F7，F8
显示通道（RGBA）	Alt+1，2，3，4
带颜色显示通道（RGBA）	Alt+Shift+1，2，3，4
带颜色显示遮罩通道	Shift+单击ALPHA通道图标

4. 项目编辑

拷贝	Ctrl+C
复制	Ctrl+D
剪切	Ctrl+X
粘贴	Ctrl+V
撤销	Ctrl+Z
重做	Ctrl+Shift+Z
选择全部	Ctrl+A
取消全部选择	Ctrl+Shift+A或F2
层、合成图像、文件夹、效果更名	Enter（数字键盘）
在原应用程序中编辑子项（仅限素材窗口）	Ctrl+E

5. 在时间标尺面板中的时间缩放

    缩放到帧视图   ;

    放大时间   主键盘上的=

    缩小时间   主键盘上的-

6. 在时间标尺面板中查看层属性

定位点	A
音频级别	L
音频波形	LL
效果	E
遮罩羽化	F
遮罩形状	M
遮罩不透明度	TT
不透明度	T
位置	P
旋转	R
时间重映象	RR
缩放	S
显示所有动画值	U
在对话框中设置层属性值（与P,S,R,F,M一起）	Ctrl+Shift+属性快捷键
隐藏属性	Alt+Shift+单击属性名
弹出属性滑杆	Alt+单击属性名
增加/删除属性	Shift+单击属性名
switches/modes转换	F4
为所有选择的层改变设置	Alt+单击层开关
打开不透明对话框	Ctrl+Shift+O
打开定位点对话框	Ctrl+Shift+Alt+A

7. 在时间标尺面板中的工作区设置

操作	快捷键
设置当前时间标记为工作区开始	B
设置当前时间标记为工作区结束	N
设置工作区为选择的层	Ctrl+Alt+B
未选择层时，设置工作区为合成图像长度	Ctrl+Alt+B

8. 时间标尺面板中修改关键帧

操作	快捷键
设置关键帧速度	Ctrl+Shift+K
设置关键帧插值法	Ctrl+Alt+K

增加或删除关键帧（计时器开启时） 或开启时间变化计时器	Alt+Shift+属性快捷键
选择一个属性的所有关键帧	单击属性名
增加一个效果的所有关键帧到当前关键帧选择	Ctrl+单击效果名
逼近关键帧到指定时间	Shift+拖动关键帧
向前移动关键帧一帧	Alt+右箭头
向后移动关键帧一帧	Alt+左箭头
向前移动关键帧十帧	Shift+Alt+右箭头
向后移动关键帧十帧	Shift+Alt+左箭头
在选择的层中选择所有可见的关键帧	Ctrl+Alt+A
到前一可见关键帧	J
到后一可见关键帧	K
在线性插值法和自动Bezier插值法间转换	Ctrl+单击关键帧
改变自动Bezier插值法为连续Bezier插值法	拖动关键帧句柄
Hold关键帧转换	Ctrl+Alt+H或Ctrl+Alt+ 单击关键帧句柄
连续Bezier插值法与Bezier插值法间转换	Ctrl+拖动关键帧句柄
Easy easy	F9
Easy easy入点	Alt+F9
Easy easy出点	Ctrl+Alt+F9

9. 在合成窗口和时间标尺面板中层的精确操作

以指定方向移动层一个像素	箭头
旋转层1度	+（数字键盘）
旋转层-1度	-（数字键盘）
放大层1%	Ctrl++（数字键盘）
缩小层1%	Ctrl+-（数字键盘）
移动、旋转和缩放变化量为10	Shift+快捷键

10. 在效果控制面板中的操作

选择上一个效果	上箭头
选择下一个效果	下箭头
扩展/卷收效果控制	`
清除层上的所有效果	Ctrl+ Shift+E
增加效果控制的关键帧	Alt+单击效果属性名
激活包含层的合成图像窗口	\
应用上一个喜爱的效果	Ctrl+Alt+Shift+F
应用上一个效果	Ctrl+Alt+Shift+E

11. **在合成窗口和时间标尺面板中使用遮罩**

设置层时间标记	*（数字键盘）
清楚层时间标记	Ctrl+单击标记
到前一个可见层时间标记或关键帧	Alt+J
到下一个可见层时间标记或关键帧	Alt+K
到合成图像时间标记	0~9（数字键盘）
在当前时间设置并编号一个合成图像时间标记	Shift+0~9（数字键盘）

12. **渲染队列窗口**

制作影片	Ctrl+M
激活最近激活的合成图像	\
增加激活的合成图像到渲染队列窗口	Ctrl+Shift+/
在队列中不带输出名复制子项	Ctrl+D
保存帧	Ctrl+Alt+S
打开渲染队列窗口	Ctrl+Alt+O

13. **显示窗口和面板**

项目面板	Ctrl+0
项目流程视图	F11
渲染队列窗口	Ctrl+Alt+0
工具箱	Ctrl+1
信息面板	Ctrl+2
时间控制面板	Ctrl+3
音频面板	Ctrl+4
显示/隐藏所有面板	Tab
偏好设置	Ctrl+
新合成图像	Ctrl+N
关闭激活的标签/窗口	Ctrl+W
关闭激活窗口（所有标签）	Ctrl+Shift+W
关闭激活窗口（除项目窗口）	Ctrl+Alt+W

14. **在时间标尺面板中的其他操作**

到工作区开始	Home
到工作区结束	Shift+End
到前一可见关键帧	J
到后一可见关键帧	K
到前一可见层时间标记或关键帧	Alt+J

到后一可见层时间标记或关键帧　　　　　　　　Alt+K

到合成图像时间标记　　　　　　　　　　　　主键盘上的0～9

滚动选择的层到时间布局窗口的顶部　　　　　　X

滚动当前时间标记到窗口中心　　　　　　　　　D

到指定时间　　　　　　　　　　　　　　　　　Ctrl+G

15. 合成图像、素材和层窗口中的移动

到开始处　　　　　　　　　　　　　　　　　　Home或Ctrl+Alt+左箭头

到结束处　　　　　　　　　　　　　　　　　　End或Ctrl+Alt+右箭头

向前一帧　　　　　　　　　　　　　　　　　　Page Down或左箭头

向前十帧　　　　　　　　　　　　　　　　　　Shift+Page Down
　　　　　　　　　　　　　　　　　　　　　　或Ctrl+Shift+左箭头

向后一帧　　　　　　　　　　　　　　　　　　Page Up或右箭头

向后十帧　　　　　　　　　　　　　　　　　　Shift+Page Up
　　　　　　　　　　　　　　　　　　　　　　或Ctrl+Shift+右箭头

到层的入点　　　　　　　　　　　　　　　　　i

到层的出点　　　　　　　　　　　　　　　　　o

逼近子项到关键帧、时间标记、入点和出点　　　Shift+拖动子项

16. 预览

开始/停止播放　　　　　　　　　　　　　　　空格

从当前时间点预览音频　　　　　　　　　　　　.（数字键盘）

RAM预览　　　　　　　　　　　　　　　　　　0（数字键盘）

每隔一帧的RAM预览　　　　　　　　　　　　　Shift+0（数字键盘）

保存RAM预览　　　　　　　　　　　　　　　　Ctrl+0（数字键盘）

快速视频　　　　　　　　　　　　　　　　　　Alt+拖动当前时间标记

快速音频　　　　　　　　　　　　　　　　　　Ctrl+拖动当前时间标记

线框预览　　　　　　　　　　　　　　　　　　Alt+0（数字键盘）

线框预览时用矩形替代alpha轮廓　　　　　　　　Ctrl+Alt+0（数字键盘）

线框预览时保留窗口内容　　　　　　　　　　　Shift+Alt+0（数字键盘）

矩形预览时保留窗口内容　　　　　　　　　　　Ctrl+Shift+Alt+0（数字键盘）

17. 在合成和时间标尺面板中的层操作

放在最前面　　　　　　　　　　　　　　　　　Ctrl+Shift+]

向前提一级　　　　　　　　　　　　　　　　　Shift+]

向后放一级　　　　　　　　　　　　　　　　　Shift+[

放在最后面　　　　　　　　　　　　　　　　　Ctrl+Shift+ [

选择下一层　　　　　　　　　　　　　　　　　Ctrl+下箭头

选择上一层	Ctrl+上箭头
通过层号选择层	1~9（数字键盘）
取消所有层选择	Ctrl+Shift+A
锁定所选层	Ctrl+L
释放所有层的选定	Ctrl+Shift+L
分离所选层	Ctrl+Shift+D
激活合成图像窗口	\
在层窗口中显示选择的层	Enter（数字键盘）
显示隐藏视频	Ctrl+Shift+Alt+V
隐藏其他视频	Ctrl+Shift+V
显示选择层的效果控制面板	Ctrl+Shift+T或F3
在合成图像窗口和时间布局窗口中转换	\
打开源层	Alt++双击层
在合成图像窗口中不拖动句柄缩放层	Ctrl+拖动层
在合成图像窗口中逼近层到框架边和中心	Alt+Shift+拖动层
逼近网格转换	Ctrl+Shit+"
逼近参考线转换	Ctrl+Shift+；
拉伸层适合合成图像窗口	Ctrl+Alt+F
层的反向播放	Ctrl+Alt+R
设置入点	[
设置入点	]
剪辑层的入点	Alt+[
剪辑层的出点	Alt+]
所选层的时间重映象转换开关	Ctrl+Alt+T
设置质量为最好	Ctrl+U
设置质量为草稿	Ctrl+Shift+U
设置质量为线框	Ctrl++Shift+U
创建新的固态层	Ctrl+Y
显示固态层设置	Ctrl+Shift+Y
重组层	Ctrl+Shift+C
通过时间延伸设置入点	Ctrl+Shift+，
通过时间延伸设置出点	Ctrl+Alt+，
约束旋转的增量为45度	Shift+拖动旋转工具
约束沿*X*轴或*Y*轴移动	Shift+拖动层
复位旋转角度为0度	双击旋转工具
复位缩放率为100% 双击缩放工具	

18. 在合成、层和素材窗口中的空间缩放

放大	.
缩小	,
缩放至100%	主键盘上的/或双击缩放工具
放大并变化窗口	Alt+.或Ctrl+主键盘上的=
缩小并变化窗口	Alt+, 或Ctrl+主键盘上的-
缩放至100%并变化窗口	Alt+主键盘上的/
缩放窗口	Ctrl+\
缩放窗口适应于监视器	Ctrl+Shift+\
窗口居中	Shift+Alt+\
缩放窗口适应于窗口	Ctrl+Alt+\
图像放大，窗口不变	Ctrl+Alt+=
图像缩小，窗口不变	Ctrl+Alt+-

19. 打开/关闭面板/窗口

音频面板	Ctrl+4
画笔提示面板	Ctrl+9
字符设置面板	Ctrl+6
效果和预置面板	Ctrl+5
信息面板	Ctrl+2
绘画面板	Ctrl+8
段落面板	Ctrl+7
时间控制面板	Ctrl+3
工具面板	Ctrl+1
项目面板	Ctrl+0
渲染序列窗口	Ctrl+Alt+0

附录B　常见问题处理

这一部分内容收集了在使用After Effects CS4时可能会遇到的一些问题，以便读者参考和解决问题。

在合成的最后有一个灰色的帧

如果读者在Timeline面板中把Time Marker手动移动到Timeline的末端，After Effects通常会在Timeline的末端显示一个灰色的帧。这是因为Timeline通常会在合成长度的末端延长出一帧。通过按End键或者单击Preview面板上的Last Frame按钮就可以移动到最后一帧。

RAM预览很快就会停止

为了能够正确地使用RAM预览，计算机必须要有足够的RAM。根据After Effects项目的复杂程度和大小，RAM的大小也会不同。建议读者购买一个大的内存条安装在自己的计算机上。

QuickTime不能使用

可以去网站下载一个最新版本的QuickTime插件。下载插件时不要打开After Effects。如果使用的是Windows XP SP2，那么一定要升级到Windows XP SP3，可以到网上下载更新补丁程序。读者可以通过选择"Start→All Programs→Windows Updates"命令实现。这样的更新会对QuickTime的兼容性有很大的影响，因此不要忘记这个操作。

出现素材丢失错误信息

丢失的素材将会以斜体文本的形式显示在Project面板中，必须单击该面板中的旋转开关找到丢失的素材。如果在Project面板中双击丢失素材的名称，After Effects将会打开磁盘查找丢失的素材。

电影播放时会出现停顿的现象

当播放硬盘上的QuickTime电影时，如果处理器的速度不够快或者内存不足，就会出现停停动动的现象。如果是在After Effects中创建的电影，那么需要使用更大的压缩方法再次渲染电影。可以试用Sorenson或者Graphics压缩类型和一个更低的帧速率，而且关键帧的数量也更少一些。

如果使用的是笔记本电脑，怎么使用键盘快捷键呢？

不是所有的键盘快捷键都能够在笔记本电脑上使用。对于Home键，可以按Shift+Option+左箭头（Mac）组合键或者Shift+Alt+左箭头（Windows）组合键。对于End键，可以按Shift+Option+右箭头（Mac）组合键或者Shift+Alt+右箭头（Windows）组合键。

反侵权盗版声明

电子工业出版社依法对本作品享有专有出版权。任何未经权利人书面许可，复制、销售或通过信息网络传播本作品的行为；歪曲、篡改、剽窃本作品的行为，均违反《中华人民共和国著作权法》，其行为人应承担相应的民事责任和行政责任，构成犯罪的，将被依法追究刑事责任。

为了维护市场秩序，保护权利人的合法权益，我社将依法查处和打击侵权盗版的单位和个人。欢迎社会各界人士积极举报侵权盗版行为，本社将奖励举报有功人员，并保证举报人的信息不被泄露。

举报电话：（010）88254396；　（010）88258888

传　　真：（010）88254397

E-mail：　dbqq@phei.com.cn

通信地址：北京万寿路173信箱

　　　　　电子工业出版社总编办公室

邮　　编：100036

欢迎与我们联系

为了方便与我们联系，我们已开通了网站（www.medias.com.cn）。您可以在本网站上了解我们的新书介绍，并可通过读者留言簿直接与我们沟通，欢迎您向我们提出您的想法和建议。也可以通过电话与我们联系：

电话号码：（010）68252397

邮件地址：webmaster@medias.com.cn